El Pozo de los Muertos

EL POZO DE LOS MUERTOS

MICK FINLAY

Cualquier forma de reproducción, distribución, comunicación pública o transformación de esta obra solo puede ser realizada con la autorización de sus titulares, salvo excepción prevista por la ley.
Diríjase a CEDRO si necesita reproducir algún fragmento de esta obra.
www.conlicencia.com - Tels.: 91 702 19 70 / 93 272 04 47

Editado por HarperCollins Ibérica, S.A.
Núñez de Balboa, 56
28001 Madrid

El pozo de los muertos
Título original: The Murder Pit
© Mick Finlay 2018
© 2022, para esta edición HarperCollins Ibérica, S.A.
Publicado originalmente por HarperCollins Publishers Limited, UK.
©De la traducción del inglés, Carlos Ramos Malavé

Todos los derechos están reservados, incluidos los de reproducción total o parcial en cualquier formato o soporte.
Esta edición ha sido publicada con autorización de HarperCollins Publishers Limited, UK.
Esta es una obra de ficción. Nombres, caracteres, lugares, y situaciones son producto de la imaginación del autor o son utilizados ficticiamente, y cualquier parecido con persona, vivas o muertas, establecimientos de negocios (comerciales), hechos o situaciones son pura coincidencia.

Diseño de cubierta: HQ 2018
Imágenes de cubierta: Shutterstock Valentino Sani / Trevillion Images

ISBN: 978-84-18623-22-6
Depósito legal: M-4902-2022

A la buena gente de Haslemere Avenue y 33P.
Finales de los años 80, principios de los 90

NOTA DEL AUTOR

En la década de 1890, los términos «idiota» e «imbécil» se utilizaban para referirse a personas de las que ahora decimos que tienen discapacidades intelectuales, de aprendizaje o de desarrollo. El síndrome de Down se conocía como «mongolismo» y a las personas con esa anomalía se las solía denominar «idiotas mongólicos», «mongolitos» o «mongoloides». Aunque hoy en día resulta inapropiado escuchar tales etiquetas, el término «síndrome de Down» no empezó a emplearse hasta la década de 1960.

CAPÍTULO 1

Sur de Londres, 1896

En ocasiones el horror se presenta con una sonrisa en la cara, y así sucedió en el caso de Birdie Barclay. En la mañana de Año Nuevo, el barro se congelaba en las calles, el hollín volaba por el aire como nieve negra entre la niebla. Los caballos temblorosos avanzaban con fatiga en dirección a lugares a los que no querían ir, guiados por hombres taciturnos de cara roja. Los barrenderos esperaban pacientes en los cruces a que algún cliente les lanzara una moneda para que barriesen el suelo por donde pisaban, mientras los ancianos se agarraban a las paredes y a las barandillas por miedo a resbalar sobre los adoquines húmedos, suspirando y murmurando mientras expectoraban enormes escupitajos llenos de gérmenes que lanzaban sobre los montones de excrementos de caballo que se acumulaban en cada esquina.

Hacía cinco semanas que no teníamos ningún caso, de modo que recibimos de buena gana la carta del señor Barclay invitándonos a visitarlo esa misma tarde. Vivía en Saville Place, una hilera de casitas de dos dormitorios bajo las vías del tren entre el palacio de Lambeth y

Bethlem. Cuando llegamos a la casa, oímos dentro a una dama cantando por encima del sonido de un piano. Me encontraba a punto de llamar cuando el jefe me tocó el brazo.

—Espera, Barnett —susurró.

Nos quedamos en el umbral, escuchando, rodeados por la niebla espesa. Era una canción que solía oírse en los *pubs* cerca de la hora de cierre, pero nunca la había oído cantada con tanta belleza y tristeza, tan llena de soledad: «En el crepúsculo, oh, querido, cuando las luces se atenúan y las sombras silenciosas van y vienen». Cuando se aproximaba al estribillo, el jefe cerró los ojos y se balanceó al ritmo de la canción, con la cara como un cerdo entre las heces. Entonces, cuando llegó la última estrofa, empezó a cantar él también, desafinado y sin ritmo, ahogando la voz pesarosa de la dama: «Cuando el viento llora, con un lamento amable y desconocido, ¿pensarás en mí y me amarás, como hiciste hace tiempo?».

Creo que esa era la única frase que se sabía, la que más resonaba en su maltrecho corazón, y terminó con la voz entrecortada y temblorosa. Extendí la mano para apretarle el brazo rollizo. Por fin abrió los ojos y me hizo un gesto con la cabeza para que llamase.

Un hombre corpulento de cara sonrosada abrió la puerta. Lo primero que llamaba la atención era su nariz llena de espinillas, achatada y cubierta de pelo fino como una grosella; el bigote que lucía bajo la nariz era negro, aunque el pelo que rodeaba su coronilla calva era blanco. Nos saludó con una voz nerviosa y nos condujo hasta el salón, donde había una mujer alta de pie junto a un pianoforte. Era española o portuguesa, o algo así, e iba vestida de negro de la cabeza a los pies.

—Estos son los detectives, querida —dijo el hombre retorciéndose las manos con emoción—. Señor Arrowood, señor Barnett, esta es mi esposa, la señora Barclay.

Al oír nuestros nombres una cálida sonrisa iluminó el rostro de la dama, y cuando vi al jefe hacer una reverencia y llevarse la mano al pecho supe que se sentía abrumado por ella: por su canto, por sus ojos marrón oscuro, por la amabilidad de su expresión. Nos pidió que nos sentáramos en el sofá.

La pequeña sala estaba abarrotada de muebles demasiado grandes. El pianoforte estaba encajado entre un escritorio y una vitrina con puertas de cristal. El sofá tocaba con el sillón. Un reloj dorado de Neptuno ocupaba casi toda la repisa de la chimenea y sus manecillas sonaban con excesiva fuerza.

—Bueno —dijo el jefe—, ¿y si nos cuentan su problema y vemos qué podemos hacer para ayudarles?

—Es nuestra hija, Birdie, señor —respondió el señor Barclay—. Se casó hace seis meses con un granjero, pero desde la boda no hemos sabido nada de ella. Nada en absoluto. He intentado visitarla en dos ocasiones, pero ¡ni siquiera me dejaron entrar en la casa! Me dijeron que había salido de visita. En fin, señor, no puede ser verdad.

—Las muchachas jóvenes salen de visita —comentó el jefe.

—Ella no es de las que van de visita, señor. Si la conociera, lo entendería. Estamos muy preocupados, señor Arrowood. Es como si hubiera desaparecido.

—¿Discutieron antes de la boda? Puede ser una ocasión muy tensa.

—Ella no es así —respondió la señora Barclay.

Frente al nerviosismo de su marido, era una mujer muy calmada. Tenía el rostro bronceado; la melena negra la caía suelta por la espalda. Tres pequeños lunares decoraban el lateral de su mejilla por debajo del ojo. Al darse cuenta de que la estaba mirando, volvió a sonreír con humildad—. Birdie nunca discute. Hace lo que le dices aunque le duela, por eso estamos tan preocupados. Nunca nos ignoraría de esta forma. Creemos que le están impidiendo ponerse en contacto con nosotros.

—Es muy preocupante —convino el jefe, asintiendo con su enorme cabeza de patata. Llevaba el pelo de los lados revuelto y tieso; la barriga empujaba los botones de su raído abrigo de astracán. Sacó su libreta y su pluma—. Háblennos de su marido. No se dejen nada.

—Se llama Walter Ockwell —dijo el señor Barclay. Apretó las manos como si le fastidiara hablar de su yerno—. La familia posee una granja de cerdos a las afueras de Catford. No confiamos en él. Es raro, pero no como el típico granjero. No puedo describirlo mejor. No te mira a los ojos. No lo sabíamos antes de la boda, pero pasó un tiempo en prisión por apalear a un hombre hasta casi matarlo en una pelea. El clérigo me lo dijo la última vez que estuve allí. Le golpeó con tanta fuerza en un lado de la cabeza que le explotó un ojo. Le destrozo la cavidad. El ojo le colgaba de un hilo por la mejilla. —El señor Barclay se estremeció—. ¡En fin, señor! Ese clérigo podría habérnoslo dicho antes de la boda, ¿no le parece? Y, como si eso no fuese suficiente, resulta que ya había estado casado antes. La pobre mujer falleció hace algo más de dos años.

El jefe dejó de escribir y me miró.

—¿De qué murió? —preguntó.

—Se le cayó encima un carro, eso es lo que dice el

14

clérigo. Fuimos a la policía, pero no fueron de mucha ayuda. El sargento Root nos dijo que probablemente Birdie vendría a vernos cuando estuviese preparada. Por eso hemos acudido a usted, señor. Tal vez le haya hecho daño y no quieran que lo sepamos.

El jefe puso cara larga. Se esfumó la sonrisa amable de su rostro.

—¿Y no han sabido nada de ella?

—Es como si hubiera desaparecido. Podría haber muerto y no lo sabríamos.

—¿Quién más vive en la granja, señor?

—Son cinco. La madre está postrada en cama. Rosanna es la hermana, no está casada, y Godwin el hermano, y su esposa, Polly. Fue la hermana la que no me dejó pasar en ambas ocasiones. Pedí ver a Walter, pero estaba en el norte, viendo cerdos. No fui bien recibido, se lo puedo asegurar. Exigí que me dejara pasar, pero se negó. ¿Qué podía hacer? Le dije que le pidiera a Birdie que viniese a visitarnos con urgencia, pero ni siquiera sé si le dio el mensaje. Y lo mismo con nuestras cartas. ¿Lo entienden, señores? ¡Nuestra hija se ha convertido en un fantasma!

—¿Puedo preguntar cómo conoció a su marido? —preguntó el jefe.

—Los presentó un socio de mi empresa. Queríamos un candidato mejor, pero ella se mostró decidida. Y además… —Entonces miró a su esposa—. No sabíamos si algún otro hombre la querría.

—¡Dunbar! —exclamó la mujer.

—Los detectives deben saberlo todo, querida. —Se volvió hacia nosotros y la presión desapareció de su voz—. Birdie sufrió ciertos daños al venir a este mundo y no se desarrolló por completo. Necesita mucha ayuda.

El médico lo denominó amencia. Débil de mente, en otras palabras. Walter tampoco es muy diferente, diría yo. Ambos lo pensamos, ¿verdad, querida?

—¿Es mentalmente defectuosa? —preguntó el jefe mientras escribía en su libreta.

—Es hija única —respondió la señora Barclay—. Comprende perfectamente, pero es un poco lenta a la hora de hablar. No se le nota al mirarla y es una buena trabajadora: no tienen allí motivo de queja. Hará lo que se le diga.

—¿Y qué desean que hagamos?

—Queremos que la traigan de vuelta a casa —dijo el señor Barclay. Caminó hacia su esposa, pero cambió de opinión y se retiró junto al fuego.

—¿Y si no quiere que la traigamos, señor? ¿Qué pasaría entonces?

—No sabe lo que hace, señor Arrowood —dijo el señor Barclay—. Cree lo que le dice cualquiera, hace lo que le digan. Si la han puesto en nuestra contra, debemos alejarla de ellos. Si logramos traerla aquí, tenemos a un médico que jurará que el matrimonio no es válido debido a que ella es una enferma mental. Podemos hacer que lo anulen.

—¿Quiere que la secuestremos, señor Barclay? —preguntó el jefe con su voz más dulce.

—No es secuestro si es para los padres.

—Me temo que sí lo es, señor.

—Al menos averigüen si está a salvo —dijo la señora Barclay con voz temblorosa. Se enjugó los ojos con un pañuelo—. Que no la maltratan.

El jefe asintió y le acarició la mano.

—Eso sí podemos hacerlo, señora.

Me dio a mí una palmada en la rodilla.

—El precio es de veinte chelines al día más gastos —expliqué—. Dos días por adelantado para un caso como este.

Mientras hablaba, el jefe se puso en pie y se acercó a inspeccionar el cuadro de un barco zarpando que colgaba junto a la puerta. Aunque iba justo de dinero, a Arrowood nunca le gustaba pedir sus honorarios. Tenía una elevada opinión de sí mismo y le avergonzaba ser la clase de caballero que necesitaba compensación por sus servicios.

—Si solo nos lleva un día, les devolveremos la cantidad que no hayamos usado —agregué mientras el señor Barclay sacaba una cartera del chaleco y contaba las monedas—. Somos sinceros. Nadie les dirá lo contrario.

Cuando terminamos, el jefe se apartó del cuadro.

—¿Hace cuánto que viven aquí, señora?

—¿Cuánto? —preguntó la señora Barclay mirando a su marido.

—Oh, unos pocos años —respondió él, apoyando el codo en la repisa de la chimenea, antes de retirarlo de nuevo como si lo hubiera apoyado en una bandeja caliente—. Puede que cinco.

—Sí, es una zona respetable. El hermano de Kipling vivió en esta misma calle.

—Vaya, es maravilloso —murmuró el jefe—. ¿Puedo preguntar a qué se dedica, señor?

—Soy empleado de rango superior en una agencia de seguros, señor.

—Tasker e Hijos —aclaró su esposa—. Dunbar lleva veintidós años con ellos. Y yo soy profesora de canto.

—Tiene usted una voz preciosa, señora —la elogió el jefe—. La hemos oído antes.

—Su profesora fue la señora Welden. Mi esposa era una de sus mejores alumnas. Ha cantado con Irene Adler en el Oxford: lord Ulverston le hizo un cumplido especial.

—Eso fue hace unos años —murmuró la señora Barclay dejando caer la mirada. Se acercó al pequeño escritorio, lo abrió y extrajo una pluma azul de pavo real—. Cuando vean a Birdie, denle esto. Díganle que la quiero y que la echo de menos.

—Y que le compraré un vestido nuevo a juego con la pluma cuando regrese —agregó su marido.

El jefe asintió con la cabeza.

—Haremos lo posible por ayudarles. Han hecho bien en llamarnos.

Antes de marcharnos, nos dieron una fotografía de Birdie e indicaciones para llegar a la granja. Mientras caminábamos por Saville Place, un muchacho con dos bufandas enrolladas en la cabeza se nos acercó entre la niebla.

—Eh, muchacho —dijo el jefe señalando hacia la casa—. ¿Sabes adónde se fue la gente que vivía allí antes de los Barclay?

—El señor Avery se fue a Bedford, señor —respondió el chico con el vaho saliéndole de la boca y las manos bajo las axilas para calentarse—. ¿Quiere la dirección? Mi madre la tendrá.

—No, gracias. ¿Y cuándo se instalaron los Barclay?

—Hará unos dos meses, señor. Quizá tres.

Al entrar en Lambeth Road, le pregunté cómo lo había sabido.

—Todos esos muebles fueron comprados hace poco —me explicó. Se metió la mano en el chaleco, sacó una bolsita de estrellas de chocolate y me ofreció una. Estaban calientes y medio derretidas por haberlas llevado guardadas tan cerca del calor de la grasa de su pecho. Sacó un par y se las metió en la boca—. No tenían ni una marca. Cuando le he preguntado a la señora Barclay cuánto tiempo llevaban ahí, parecía que no sabía qué decir. Me ha resultado de lo más extraño. ¿Y te has fijado en los contornos de todas esas fotos que faltaban en las paredes, donde el papel pintado estaba protegido del hollín? Habrían tenido el fuego encendido en esa habitación durante los últimos meses, así que no hará mucho tiempo que retiraron esas fotografías. El único marco que tenían era el del barco. He echado un vistazo a la pared por detrás y no había marca, Barnett. Deben de haberlo colgado hace poco.

—Entonces es una suposición, señor.

Se rio.

—Siempre es una suposición, Barnett. Hasta que se confirma. El caso es que debemos vigilar a esos dos. Ocultan algo.

Sonreí para mis adentros mientras caminábamos. Aunque le fastidiaría oírmelo decir, a veces se parecía más a Sherlock Holmes de lo que pensaba. Se metió la última estrella de chocolate en la boca y tiró la bolsa vacía en la calle.

—¿Qué le ha parecido el caso? —le pregunté.

—Podría no ser nada, pero si yo fuera el padre, estaría preocupado. Una joven enferma mental a la que impiden ver a su familia. Un marido violento. —Se chupó los dedos y se los limpió en los pantalones—. La pobre Birdie podría estar en apuros. El problema es que no sé qué podemos hacer nosotros al respecto.

CAPÍTULO 2

A la mañana siguiente tomamos el tren desde London Bridge. Avanzaba con un traqueteo, lento como un buey, por encima de las hileras de casas ennegrecidas y los almacenes de Bermondsey, después atravesó Deptford, New Cross y Lewisham. Cuanto más nos alejábamos, más se disipaba la niebla, hasta desaparecer por completo justo antes de Ladywell.

El jefe dejó su periódico, abrió el maletín que había llevado y extrajo la fotografía de los Barclay. Era la imagen de cinco mujeres con gorros de verano de pie en un parque. Birdie era la más bajita de todas con diferencia. Aparecía con la boca abierta entre su madre y una mujer joven cuya mano sujetaba. Llevaba un vestido de algodón insulso y tenía la cabeza ladeada mientras miraba a la joven que tenía al lado. Birdie parecía perdida en un sueño agradable.

—No estoy familiarizado con los enfermos mentales, Barnett —me dijo. Resollaba un poco mientras hablaba y las patillas le sobresalían de las mejillas como nubes de lana—. No sé si seré capaz de adivinar si está siendo coaccionada. ¿Crees que son más difíciles de interpretar?

—Cuando yo era pequeño había uno que vivía debajo —le dije—. Solía enfadarse con las cosas. Creo que nunca dejó a su madre.

—El pequeño Albert es el único al que conozco —me dijo mientras contemplaba la fotografía—. Debo decir que creo que nunca entendí lo que le pasaba por la cabeza. Isabel sentía debilidad por él.

—¿Ha sabido algo de ella en Navidad?

Isabel, la esposa del jefe, le había dejado hacía más o menos un año y ahora vivía con un abogado en Cambridge. Recientemente le había pedido que solicitara el divorcio, utilizando su infidelidad como motivo. El jefe no lo había hecho.

—Me envió una tarjeta —respondió agitando la mano—. Creo que está empezando a descubrir a ese pequeño timador.

—¿Qué decía?

—Preguntaba cuándo estarían terminadas las obras.

Asentí lentamente manteniéndole la mirada.

—¡Estoy leyendo entre líneas, Barnett! —me dijo con cierta irritación en la voz—. Si quiere saber cuándo estarán listas nuestras habitaciones, eso significa que está pensando en volver a Londres. Siempre fue él quien la presionó.

—No se haga muchas ilusiones, señor —le dije—. Recuerde lo que sucedió la última vez.

Se quedó callado. El tren se detuvo entre estaciones y esperamos.

—¿Para qué ha traído ese maletín? —le pregunté.

—Voy a probar una cosa. Pero he olvidado preguntarte por tu Navidad, Barnett. ¿Lo pasaste bien?

Asentí. La había pasado solo emborrachándome en un *pub* de Bankside donde nadie me conocía. No podía decirle eso, igual que no podía decirle por qué. Habían pasado más de seis meses y seguía sin poder decírselo.

—Mi hermana cocinó un pavo —me dijo—. Lewis no lo celebra, claro, aunque comió muchísimo. Ettie salió y se pasó la mitad del día entregándoles ratones de azúcar a los niños callejeros. Luego Lewis tuvo que acostarse por los calambres. Qué glotón es, y no me hagas hablar de mi hermana. Dios, lo que puede llegar a comer esa mujer. Y tiene el valor de animarme a tomar purgantes. Ah, eso me recuerda una cosa.

Se metió la mano en el interior del abrigo y me ofreció una prenda de punto.

—Es un regalo de Navidad, Barnett. Una bufanda. La que llevas está hecha harapos.

Nunca antes me había hecho un regalo y eso me conmovió. La abrí; era una bufanda roja y gris de lana gruesa. Me la enrollé al cuello.

—Gracias, señor.

—Recuérdalo la próxima Navidad. —Me dio una palmadita en la rodilla y volvió a levantar el periódico. El tren comenzó a moverse—. Siguen hablando del asesinato en Swaffam Prior —comentó—. Piden la destitución del inspector de policía. Mira, una columna entera sobre ese pobre hombre. El maldito editor no entiende la naturaleza de las pruebas. Dios quiera que nunca se hagan eco de uno de nuestros casos. ¡Y esta campaña! El *sheriff* de Ely, el obispo. Toda clase de fariseos. ¿Qué sabrán ellos? Lo digo en serio. Dan por hecho que un chico de catorce años no puede arrancarle la cabeza a una anciana. ¡Tonterías! Un muchacho de catorce años puede hacer lo mismo que un hombre.

Pasó la página.

—Ay, Señor —se lamentó—. ¿Qué le ha pasado a este periódico? Ese charlatán está siempre aquí.

—¿Otra vez Sherlock Holmes, señor?

—Le han pedido que investigue la desaparición de un joven lord de su escuela. Hijo del condenado duque de Holdernesse. Bueno, se sentirá como en casa. —Siguió leyendo un poco, con los labios amoratados abiertos entre la maraña de pelo de su bigote—. ¿Qué? ¡No! Ay, Señor. No, no, no. —Parpadeaba compulsivamente, con el ceño fruncido por la confusión—. Hay una recompensa de seis mil libras, Barnett. ¡Seis mil libras! ¡Yo podría resolver quinientos casos de asesinato y no ganaría ni la mitad!

—Son una familia importante, señor —le dije—. ¿El duque no es caballero de la Orden de la Jarretera?

El jefe resopló.

—Holmes solía ser más discreto.

—No sabe si fue Holmes quien se lo dijo a la prensa.

—Tienes razón. Sin duda fue Watson, en un intento de vender más libros.

No había taxis en la estación de Catford Bridge, de manera que recorrimos una hilera de hospicios en dirección a la plaza. Era un día gélido y el cielo estaba cubierto de nubes grises sobre los edificios. Aunque no hacía sol, era agradable alejarse del aire turbio de la ciudad. Mis pasos eran más ligeros y sentía la cabeza más despejada.

Catford era un viejo pueblo granjero al que iba devorando Londres. Había obras por todas partes: estaban construyendo una línea de tranvía hacia Greenwich; unos albañiles estaban levantando las paredes de un banco junto al surtidor; estaban excavando los cimientos de un nuevo *pub*. Dejando atrás la calle principal, pasadas las pequeñas casas situadas cerca de la estación, se alzaban enormes villas para los comerciantes y trabajadores de la ciudad. Las zonas más pobres se ocultaban aquí y allá, en las sombras de la terminal del tranvía y la fundición, donde las familias de los granjeros vivían en cobertizos desvencijados y sótanos húmedos, hacinados en casas ruinosas con ventanas tapiadas y canalones rotos.

El Plough and Harrow era la clase de lugar que uno encontraba a las afueras del pueblo; un suelo de piedra al que le habría venido bien una escoba para el polvo, paredes forradas de madera oscura y una media puerta que hacía las veces de mostrador. Una abuela taciturna estaba sentada con un joven de mirada ausente en los bancos ubicados a un lado del fuego, mientras que tres ancianos de mejillas venosas con pipas en la boca jugaban al dominó al otro lado. Un perro viejo de pelaje enmarañado tumbado a sus pies mordisqueaba un palo.

—¿Hay algún taxi por aquí, señora? —le preguntó el jefe a la dueña tras pedir un par de pintas.

—El chico puede llevarles en el carro si es por la zona —respondió la mujer. Llevaba un sombrero vaquero como los que se ven en los espectáculos de Buffalo Bill.

—La granja Ockwell —le informó el jefe—. ¿Conoce a la familia, señora?

—Godwin viene de vez en cuando. ¿Por qué lo pregunta?

—Tenemos que tratar unos asuntos con ellos, eso

es todo —respondió el jefe antes de dar un trago a su jarra. Sonrió a la mujer—. Me gusta ese sombrero.

—Vaya, gracias, socio. —Su expresión se relajó; se pasó un dedo por el borde del ala del sombrero—. Me lo dio un amigo americano.

—Gente decente, los Ockwell —murmuró uno de los viejos junto al fuego—. La familia lleva por aquí por lo menos doscientos años, quizá más.

—Son francos con uno mientras uno sea franco con ellos —comentó otro. Levantó el pie y le dio una patada al perro para apartarlo de la mesa—. No son tontos, si es lo que piensa.

La puerta se abrió y entraron dos albañiles, ambos con una barba agreste y enmarañada. Uno de ellos era un tipo grande y calvo que vestía un traje de muletón sucio con dos chaquetas y un gorro con visera rematado con una borla de lana. El otro era igual de alto, pero delgado, con un pañuelo rojo atado al cuello y una chaqueta de pana cubierta de desgarrones y costurones mal hechos. Una mata de pelo asomaba por debajo de su gorro y se juntaba con la maraña de su barba.

—Buenos días, Skulky, buenos días, Edgar —dijo la dueña mientras les servía dos jarras de metal. Empezaron a beber sin decir palabra—. Los hermanos están ahora trabajando en la granja de los Ockwell, reparando el pozo de agua —nos dijo a nosotros—. ¿Verdad, muchachos?

—Eso es asunto suyo —respondió el delgado.

—Estos caballeros solo estaban preguntando por la granja, Skulky —explicó la mujer—. Tienen un asunto que tratar con ellos.

—Son de Londres, ¿verdad? —preguntó él.

—Del sur de Londres —aclaré yo—. Conoce a la familia, ¿verdad?

—A lo mejor podrías decirle que esto no es Londres, Bell —dijo el calvo rascándose la barba—. A lo mejor podrías decirles que aquí la gente respeta la intimidad de los demás.

Los albañiles se terminaron la cerveza y se fueron.

CAPÍTULO 3

Cinco minutos más tarde, un muchacho de nueve o diez años entró y nos condujo hasta un viejo carro. Nos llevó atravesando la plaza, se salió de la carretera principal y se incorporó a un estrecho camino de tierra donde las casas dieron paso a los campos. Fuimos dando tumbos colina abajo y después empezamos a subir de nuevo. Al llegar arriba, tomamos otro camino con más baches aún que el anterior. A ambos lados había campos de tierra congelada y hierba escarchada. Se veían pequeñas cabañas dispersas aquí y allá, y cerdos parados por todas partes como pasmarotes. Un viento frío soplaba sobre el terreno.

—Ahí arriba, señor —dijo el muchacho.

A lo lejos vimos los edificios de la granja. Dos graneros, un establo, los cobertizos ruinosos de los animales hechos con hierro corrugado y, al otro lado, una casa grande. Parecía que todo necesitaba arreglos: faltaban tejas en los tejados, las puertas estaban desencajadas y las malas hierbas crecían en los canalones. Frente a la verja había un par de arados viejos y rotos acumulando óxido. Y, mientras me fijaba en todo aquello, los perros empezaron a ladrar.

Protegían la puerta principal y tiraban con furia de sus cuerdas. Uno era un *bull terrier* blanco, todo músculos y dientes, el otro era el dogo *bullmastiff* más grande que jamás he visto. Tenía el pelaje corto y tostado y el hocico negro. En vez de intentar pasar junto a ellos, el chico condujo el carro hacia la parte trasera de un granero y accedió por una entrada lateral situada junto a la casa. Cuando los perros nos vieron aparecer de nuevo, atravesaron corriendo el jardín, pero frenaron en seco debido a las cuerdas poco antes de alcanzar el carro. Aquello no contribuyó a mejorar su temperamento.

—El señor Godwin hace peleas con ellos —dijo el muchacho—. Dicen que son los mejores de Surrey.

Justo entonces, un par de hombres mugrientos entraron por la verja principal y se dirigieron hacia una de las cabañas situadas al otro lado de la finca. Ambos vestían ropa vieja y sencilla, unos guardapolvos abultados con lo que parecían ser sacos que llevaban debajo. Uno de ellos se quedó mirándonos con la cara polvorienta y la expresión severa. El otro, un mongólico, nos saludó con una amplia sonrisa. Le devolví el saludo. Llevaba solo la copa de un bombín en la cabeza, sin el ala. El dogo olfateó el aire, nos dio la espalda y corrió hacia los trabajadores. El mongólico soltó un grito y puso cara de horror mientras el delgado le agarraba de la manga y tiraba de él hacia el cobertizo antes de que el perro pudiera alcanzarlos.

Nos bajamos del carro; el jefe no dejaba de mirar al *bull terrier*, que nos gruñía y tiraba de la cuerda a escasos tres metros de nosotros. La parcela, que no habría sido más que tierra seca en un día más cálido, estaba congelada, llena de surcos y agujeros, y resultaba difícil caminar por ella. Junto a uno de los cobertizos del ganado había un montón de estiércol del tamaño de una berlina. La casa principal en sí misma tenía siete ventanas en el piso de arriba, seis abajo, con una lechería de azulejos verdes en un extremo. Todo estaba echado a perder: las paredes de la casa tenían manchas de barro hasta los aleros; las chimeneas mostraban grietas y había que volver a aplicarles mortero; la techumbre de paja estaba deteriorada, en algunas partes había desaparecido y su superficie era irregular.

El jefe llamó con fuerza a la puerta. No respondió nadie, pero, tras llamar unas cuantas veces más, se abrió uno de los cobertizos y salió un hombre. Llevaba un delantal de lona remendado que le llegaba hasta las botas. Mezcladas con el barro que cubría la prenda había manchas sangrientas de tonos púrpura y carmesí, con trozos de grasa amarilla. Tras él, en el cobertizo, una hilera de cerdos blancos colgaban boca abajo de una viga, retorciéndose, soltando gruñidos derrotados.

El hombre tenía la cara húmeda por el sudor. El pelo, rubio y escaso, lo llevaba pegado a la frente, sobre la que se apreciaba una línea roja, provocada seguramente por la gorra que llevaría puesta. Sus cejas y pestañas también eran rubias, lo que le otorgaba un aspecto ensimismado. Se acercó a nosotros y se detuvo a acariciar a los perros, que se tranquilizaron.

—Buenos días —dijo cuando nos alcanzó. Nos miró de un modo extraño e inocente.

—Hemos venido por un asunto de negocios a ver a Birdie Ockwell, señor —dijo el jefe sin dejar de mirar el delantal del carnicero—. ¿Es usted su marido?

El hombre entró en la casa y cerró la puerta.

El jefe estaba a punto de volver a llamar cuando le detuve.

—Espere un poco, señor.

Pegó la oreja a la puerta y escuchó. Pasados unos minutos, la puerta volvió a abrirse. En ella apareció una mujer pequeña y enjuta, de ojos despiertos y brillantes, con la boca torcida hacia abajo y una cruz plateada colgada al cuello.

—¿Sí? —preguntó tras lanzarnos una mirada rápida.

—Soy el señor Arrowood —respondió el jefe—. Este es mi ayudante, el señor Barnett. Hemos venido a ver a Birdie Ockwell.

—Soy su cuñada —dijo la mujer con brusquedad; su acento no era tan pobre como su ropa—. Cuido de Birdie. Pueden hablar conmigo sobre cualquier cosa que le atañe. ¿De qué se trata?

—Es un asunto legal referente a su familia, señorita Ockwell —respondió el jefe levantando su maletín para que lo viera—. Algo que creo que se alegrará de oír.

La mujer miró el maletín por un momento y después nos hizo pasar a la sala. Era cinco veces mayor que la de los Barclay, los muebles eran lujosos y de buena calidad, caros en su época, aunque ya anticuados. El largo sofá y las sillas estaban deshilachados y tenían rajas en el tapizado; el baúl de roble tenía arañazos y muescas. La enorme alfombra persa estaba desgastada y las polillas se habían comido algunas partes. Junto a la ventana estaba el hombre de antes, toqueteando su delantal ensangrentado.

—Abogados, Walter —anunció la mujer—. Traen buenas noticias para Birdie. —Se volvió hacia nosotros—.

Este es su marido, señor Arrowood. Supongo que podrá decírselo a él.

Atravesó la habitación, se sentó en una silla baja situada junto a una lámpara y comenzó a coser.

—¿De qué se trata? —preguntó Walter. Tenía el mismo acento que su hermana, pero su voz era lenta y más elevada—. Alguien le ha dejado dinero, ¿verdad?

—Debemos hablar directamente con su esposa, señor Ockwell —dijo el jefe. Su tono había cambiado. En la puerta se había mostrado amable y cercano, pero ahora, en la casa, su voz sonaba dura como la de un juez que dicta sentencia—. Por favor, llámela de inmediato.

—No está aquí —dijo Walter.

—Le agradecería que fuera más específico —dijo el jefe—. Tengo otras cosas que hacer hoy. ¿Dónde está exactamente?

—Visitando a sus padres, ¿verdad, Rosanna? —preguntó Walter mirando a su hermana.

—Oh, vaya, vaya. —El jefe chasqueó la lengua y negó con la cabeza—. Hemos recorrido un largo camino. Tendremos que ir directamente a casa de los Barclay, imagino. —Recogió su maletín y se volvió hacia mí—. Vamos, señor Barnett. Saville Place, ¿verdad?

—Sí, señor.

—Vaya, esto sí que ha sido una pérdida de tiempo.

Se dirigió hacia la puerta conmigo detrás.

—Espere, señor Arrowood —dijo la señorita Ockwell poniéndose en pie. Sonrió y se estiró la falda—. No ha ido a visitar a sus padres, sino a los de Polly. La esposa de nuestro hermano Godwin. Walter tiene por costumbre no prestar mucha atención. Nos burlamos de él diciendo que es porque pasa mucho tiempo con los cerdos. La mujer está enferma, de modo que no sería aconsejable que visitaran a Birdie allí, pero si nos dicen de qué se trata, nos aseguraremos de darle el mensaje.

—Por favor, señorita Ockwell. Soy un hombre ocupado y no tengo paciencia para repetirme. ¿Cuándo regresará?

—Mañana.

—Entonces tendrá que venir a Londres a verme. Envíenme una nota con la hora, o mañana o pasado. No más tarde. Debemos concluir el asunto.

—Por supuesto, señor —dijo la señorita Ockwell.

El jefe le dio la dirección de la cafetería de Willows en Blackfriars Road, el lugar donde solíamos organizar nuestras reuniones.

Nos acompañó hasta la entrada.

—Se lo diremos cuando regrese —nos dijo mientras abría la puerta—. ¿Han dicho que es por un testamento?

—Lo antes posible, señorita Ockwell —respondió el jefe poniéndose el sombrero—. Que tenga un buen día.

Fuera, el muchacho estaba temblando. Los perros estaban al otro lado de la finca con Edgar, uno de los albañiles que nos habían dado la bienvenida en el *pub*. Estaba dándoles de comer algo de un viejo trapo, acariciándolos mientras comían. Se incorporó cuando nos vio y le murmuró algo a su hermano, que estaba martilleando en el interior de uno de los cobertizos. Skulky se detuvo, con el trapo rojo atado sobre la boca y el martillo agarrado con una mano. Ambos nos observaron mientras el muchacho sacaba el carro por el lateral de la finca.

Pasamos por detrás del granero, después llegamos al camino de tierra y dejamos atrás la verja principal.

Cuando ya estábamos lejos de los albañiles, el jefe le pidió al muchacho que se detuviera. Se volvió para contemplar la granja con expresión dura y los ojos entornados a causa del viento. Negó con la cabeza. Levantada en la cima de la colina, bajo el cielo plomizo, aquella maldita granja parecía de esos sitios a los que uno podía llegar y no abandonar nunca.

—Mira —murmuró.

Una de las ventanas superiores estaba abriéndose. No distinguíamos nada tras el cristal grueso y negro, pero apareció una mano que lanzó algo al viento. La ventana se cerró. Estaba lejos, pero supimos lo que era por su manera de moverse con el viento, dando vueltas hasta desaparecer detrás del granero.

Era una pluma.

El jefe se volvió hacia mí y asintió.

—Está ahí dentro —me dijo.

CAPÍTULO 4

Cuando fuimos a por café a la tarde siguiente, la señora Willows nos entregó un telegrama. Era de Rosanna Ockwell, diciendo que Birdie había vuelto y que nos visitarían al día siguiente a las cuatro. El jefe me dio una palmada en la espalda, recogió los periódicos del mostrador y se sentó pesadamente en un banco junto a la ventana.

—¡Una porción de esa tarta de semillas, Barnett! —me dijo mientras hojeaba el *Pall Mall Gazette*—. Una bien grande, Rena, sino te importa —añadió.

Rena Willows puso los ojos en blanco. Su cafetería no era un lugar muy elegante, pero habíamos llevado a cabo muchos de nuestros negocios allí a lo largo de los años y Rena nunca interfería. A veces me preguntaba si le gustaría el jefe, algo improbable a la vista de su enorme cabeza de nabo y esa barriga protuberante como un pudin que le colgaba entre las piernas cuando se sentaba.

Se comió la tarta deprisa, como si llevara días sin comer, aunque le había visto con mis propios ojos devorar una fuente de ostras hacía menos de dos horas. Sopló su taza de café y retiró las migas del periódico.

—¿Cree que traerán a Birdie? —le pregunté.

—A juzgar por esa granja, deben de malvivir. Si creen que se trata de una herencia, vendrán con ella.

—¿Por qué fue tan seco con ellos ayer?

—No me parecieron la clase de gente que reaccionaría ante la amabilidad, Barnett. A esa gente le impresiona la autoridad. Cuando decidieron que era abogado, me pareció buena idea intentar confirmar sus expectativas, y preferí hacerlo con mi actitud antes que contarles mentiras. Birdie estaba en esa casa, lo supe en cuanto Walter nos dijo que estaba donde sus padres. No pudo ser un error: no ha visto a sus padres desde la boda y sin duda él lo sabe. Ese hombre no piensa lo suficientemente rápido para mentir bien. —Se atragantó mientras bebía el café y, sin previo aviso, me estornudó en la mano—. Pero ¿por qué no nos permiten hablar con ella? Esa es la cuestión.

—Quizá Walter le hizo daño y no quieren que nadie lo sepa —comenté mientras me limpiaba la mano en los pantalones.

—Bueno, con un poco de suerte podremos verla mañana. Debemos traer a los Barclay aquí al mismo tiempo; quizá podamos cerrar el caso. Ni siquiera Holmes podría haberlo hecho más rápido. Por cierto, esta mañana recibí una nota de Crapes: tal vez tenga un trabajo para nosotros. Tanto mejor, pues no ganaremos mucho dinero con este.

Crapes era un abogado que a veces nos ofrecía trabajo. Normalmente implicaba vigilar a un marido o a una esposa durante unos pocos días e intentar pillarlos teniendo una aventura. No nos gustaban mucho esos casos: lo que deseaba de verdad el jefe era algo que le diese reputación, que hiciese que su nombre apareciese en los periódicos como el de ese otro gran detective de la ciudad.

Se volvió hacia el periódico abierto ante nosotros sobre la mesa.

—¿Te has enterado de ese caso tan descabellado en Clapham? —preguntó pasado un rato—. La mujer no creía en el matrimonio. Quería vivir con su amante, de modo que la familia la internó en el Priory. Encontraron a un doctor que le diagnosticó monomanía. —Me miró y continuó—: Provocada por…, escucha, Barnett, te estoy hablando…, provocada por asistir a reuniones políticas mientras menstruaba. ¿Habías oído alguna vez algo así?

Negué con la cabeza.

—No, porque el idiota del doctor se ha inventado el diagnóstico —continuó pasando la página con brusquedad. Frunció el ceño de inmediato y dejó escapar un gruñido. Bajé la mirada para ver qué le había molestado:

ENCONTRADO LORD SALTIRE SANO Y SALVO. SHERLOCK HOLMES RESUELVE EL MISTERIO. «EL MEJOR DETECTIVE DEL MUNDO», DICE EL DUQUE DE HOLDERNESSE.

Habían dedicado la columna entera a la noticia. El jefe suspiró con fuerza mientras la leía, negando desesperado con la cabeza.

—¿Qué ha hecho ahora? —pregunté.

—Ha ganado seis mil libras, Barnett —me respondió lanzando el periódico por los aires. Le temblaba el labio como si estuviera a punto de echarse a llorar. Bajó entonces la voz hasta acabar susurrando—. Por dos días de trabajo.

Al día siguiente por la tarde volvimos a Willows. Ya estaba oscureciendo y durante todo el día había estado cayendo una lluvia fría. Los Barclay estaban dentro, envueltos en sus abrigos y sombreros como si estuvieran sentados en un autobús. Al señor Barclay se le veía nervioso y su cara sonrosada lo estaba más aún por efecto del viento frío, mientras que la señora Barclay se mostraba serena, con la barbilla levantada, observando a los demás clientes. El jefe, temiendo que Birdie pudiera salir corriendo al ver a sus padres, los trasladó a una mesita situada al fondo de la cafetería, tras un grupo de taxistas que se tomaba un descanso de la crueldad de las calles.

—Esta es su oportunidad para ver cómo está —les dijo—. Sean amables y no hagan nada que pueda enfadar a Walter. No lo acusen. Y no hagan que su hija se sienta culpable.

—Claro que no —respondió el señor Barclay. Miraba de un lado a otro; agitaba la pierna, nervioso, haciendo temblar la mesa.

—Barnett, ve a esperar fuera. Deja que entren primero. Si se dan la vuelta cuando vean al señor y a la señora Barclay, debes bloquear la puerta hasta que yo tenga ocasión de persuadirlos. —Se volvió de nuevo hacia nuestros clientes—. Entonces dependerá de ustedes.

Salí a la calle y me metí las manos en los bolsillos para protegerlas del frío mientras mi sombrero iba acumulando la lluvia. Había tres calesas aparcadas junto al bordillo, con sus caballos melancólicos y silenciosos. Dos niñas pequeñas pasaron pidiendo dinero, extendiendo la mano a cualquiera que pasara por allí. Al otro lado, un vendedor de bollos circulaba con una bandeja en la cabeza, haciendo sonar su campana y gritando, pero sin duda sabría que nadie come bollos bajo la lluvia.

No tardé en ver a Rosanna Ockwell caminando por Blackfriars Road hacia mí. Iba envuelta en un grueso abrigo color marrón, una bufanda y un sombrero negro atado bajo la barbilla.

—Señor Barnett —dijo con un rápido movimiento de cabeza—. Está dentro, ¿verdad?

—Así es. —Le abrí la puerta.

Entró en la cafetería y escudriñó las mesas hasta que reparó en los Barclay.

—¿Esto qué es? —preguntó secamente volviéndose hacia mí—. ¿Qué hacen aquí?

—Tiene que ver con ellos, señora —respondí bloqueando la puerta.

Me miró con rabia. Había algo extraño en sus ojos: cuando te miraba era como si pudiera ver todas tus debilidades, todas las cosas malas que habías hecho.

—¿Ha venido Birdie con usted, señorita Ockwell? —preguntó el jefe levantándose de su asiento.

—Está a la vuelta de la esquina —respondió volviéndose hacia él. Tenía la tez bastante pálida, salvo por algunos pelos que le salían por encima del labio—. Pero ahora no va a venir. No con ellos dos aquí.

—Pero ¿por qué no?

—Porque no quiere saber nada de ellos, por eso. Nunca la trataron bien. Nunca la quisieron.

—¡Eso es mentira! —exclamó el señor Barclay poniéndose en pie de un brinco—. ¡Es su familia la que la ha convencido de eso! Tráigala aquí o tendremos problemas, ¡se lo advierto!

Los taxistas se habían quedado callados y se habían girado para contemplar el espectáculo. Rena dejó lo que estaba haciendo y cruzó los brazos sobre su gran barriga.

—Por favor, siéntese, señorita Ockwell —dijo el jefe con su voz más suave—. Vamos a hablar de esto.

—Quiere librarse de ellos.

—¡No es verdad! —gritó el señor Barclay golpeando la mesa con fuerza—. ¡Maldita mentirosa!

—¡Cálmese, señor Barclay! —gruñó el jefe.

—Birdie es una jovencita que necesita a alguien que mire por ella, y yo estoy encantada de hacerlo, señor Arrowood —explicó Rosanna. Hablaba con firmeza y claridad—. Le prometí a Birdie que los mantendría alejados y eso es lo que haré.

—Oh, Dios mío —dijo el jefe—. Pero eso hay que negociarlo. Hay detalles y cosas por el estilo.

—No les permitiré hablar con ella. Solo la disgustarían.

El señor Barclay volvió a ponerse en pie.

—¿Quién narices se cree que es para decirnos que no podemos hablar con nuestra propia hija? —preguntó—. Es usted la que la ha envenenado poniéndola en nuestra contra, señora. Usted y el condenado de su hermano. ¡Llévenos a verla ahora mismo o tendremos problemas!

—¡Siéntese, señor! —le dijo el jefe. Se volvió de nuevo hacia la señorita Ockwell, la agarró con suavidad del brazo y la condujo hacia el mostrador para que los

Barclay no pudieran oírla—. No se enfrente a ellos —le dijo en voz baja—. Así nunca podremos concluir este asunto, y necesitamos a Birdie, señorita Ockwell. ¿Por qué no va a buscarla? Yo controlaré al señor Barclay.

Mientras hablaba, la señora Barclay se levantó de la mesa y atravesó la estancia. Me apartó de un empujón, abrió la puerta de la calle y se la sujetó a la señorita Ockwell, con su rostro alargado y sus tres lunares en forma de lágrima ensombrecidos bajo el sombrero.

—¿Qué estás haciendo? —preguntó el señor Barclay—. ¡No hemos terminado!

—La esperaremos aquí, señora —le dijo el jefe a la señorita Ockwell.

La señorita Ockwell se giró para marcharse, pero, al llegar a la puerta, la señora Barclay, que le sacaba unos treinta centímetros de altura, se puso en su camino. Se produjo un momento de confusión mientras la señorita Ockwell intentaba salir, primero por un lado, después por el otro. Entonces, con la misma rapidez, el momento pasó y ella abandonó el establecimiento.

—¿Por qué diablos has hecho eso, Martha? —le preguntó su marido.

—Lo estabas empeorando, Dunbar.

—Ve tras ella, Barnett —me dijo el jefe—. Asegúrate de que regresen.

Ya me encontraba en la puerta cuando lo dijo. A lo lejos veía la figura enjuta de Rosanna Ockwell caminando con paso ligero hacia St. George's Circus. Corrí tras ella entre la multitud. En el cruce se metió por Charlotte Street. Llegué a la intersección justo a tiempo de verla entrar en la Pear Tree Tavern, un establecimiento grande junto a la esquina.

Esperé fuera unos minutos, bajo la lluvia, pero no era un *pub* que conociera y empecé a temer que pudiera haber una salida trasera. Justo cuando cruzaba para entrar, una calesa salió de uno de los callejones y se detuvo para dejar pasar al carro de un vendedor ambulante cargado de nabos. La calle en esa parte no estaba muy bien iluminada, y hasta que el vehículo no empezó a moverse no distinguí a las tres figuras del interior. Eran Rosanna y Walter, ambos mirando al frente en silencio. En el otro extremo de la cabina iba sentada una mujer. Tenía la cabeza girada hacia la otra ventanilla, pero supe que tenía que ser Birdie.

Supuse que tenían que dirigirse hacia la estación de London Bridge, de modo que me monté en una calesa que pasaba por allí. Cuando llegamos, corrí escaleras arriba y los vi a lo lejos caminando hacia el andén. Walter era el más alto de los tres; aunque Rosanna no debía de medir más de uno cincuenta y cinco, Birdie era aún más baja.

El tren estaba esperando, a punto de partir.

—¡Eh! —grité mientras corría hacia ellos.

Se giraron. Birdie tenía la boca abierta y el rostro fino; su viejo abrigo y su sombrero de fieltro caído estaban hechos para una mujer más ancha. En la vida real, como sugería su nombre, sí que parecía un pajarito, como un pinzón con el pico pequeño y torcido, y unos ojos redondos e inocentes.

—¿Nos ha seguido? —preguntó la señorita Ockwell.

—Dijo que iban a volver, señora —le respondí.

—Ella no quería, ¿verdad, Birdie?

Birdie me miró con curiosidad, con unos ojos profundos y marrones como los de su madre. Llevaba una mano vendada con un trapo manchado. En la otra sostenía una pluma gris de paloma. No dijo nada.

—Soy Norman —le dije—. Conozco a tu madre y a tu padre.

—Hola, Norman —me dijo en voz baja. La sonrisa amable de su madre apareció en su rostro.

—Me gusta esa pluma —comenté.

La levantó para mostrármela y su sonrisa iluminó la sombría estación. Le devolví la sonrisa.

—Tus padres te echan de menos, Birdie —le dije—. Están a la vuelta de la esquina. ¿Querrías venir a verlos?

—No tiene que hacerlo si no quiere —dijo Walter con voz plana. Llevaba camisa y corbata, un traje oscuro y un bombín sobre su escasa melena rubia. Parecía fuera de lugar en la ciudad.

—Quizá solo un minuto, ¿eh, Birdie? —sugerí—. Ven a saludar.

Birdie no dijo nada; seguía sonriendo, pero dejó caer la mirada al suelo.

—¡Pasajeros al tren! —exclamó el revisor antes de tocar el silbato.

—Vamos —dijo Rosanna, agarró a su cuñada del brazo y tiró de ella hacia el tren. Debió de apretarle con mucha fuerza, porque Birdie dejó escapar un grito ahogado.

—Podrías tomar el siguiente, Birdie —le dije siguiéndolos—. Vamos, te están esperando.

—No puede decirte lo que tienes que hacer, niña —dijo Walter—. No le perteneces.

Justo cuando llegaron al tren, a Birdie se le enganchó la bota en un adoquín suelto. Cayó al suelo y soltó un grito al golpearse la cabeza con los adoquines húmedos, pero de inmediato se puso a cuatro patas y alcanzó su sombrero. Me dio la impresión de que aquella mujer estaba acostumbrada a caerse.

—¡Levanta! —le ordenó Rosanna agarrándola del brazo y tirando de ella con fuerza para levantarla. Birdie volvió a gritar.

—Le está haciendo daño —le dije.

—No le estoy haciendo daño, la estoy ayudando.

Birdie ya no sonreía y tenía los ojos llenos de lágrimas. Fue entonces, sin el sombrero, cuando vi la cicatriz que tenía detrás de la cabeza, donde debería estar el pelo. Tenía más o menos el tamaño de un huevo, era de un rojo intenso, reciente, y el pelo a los lados estaba pegajoso por el pus amarillento. Parecía como si le hubieran arrancado un trozo de cuero cabelludo.

—¿Qué te ha pasado en el pelo, Birdie? —le pregunté mientras las nubes de vapor nos rodeaban los pies.

—Se le enganchó en el rodillo de la ropa—dijo Rosanna, le quitó el sombrero a Birdie y se lo puso en la cabeza para taparle la cicatriz—. No te lo habías atado bien, ¿verdad, tonta?

Birdie me miró. Desvió la mirada brevemente hacia Rosanna y después volvió a fijarse en mí.

—Me dolió, Norman —dijo con voz suave.

—¿Quién te lo hizo? —le pregunté.

—No fui yo —respondió.

—Fue el rodillo —insistió Rosanna—. Venga, vamos. Al tren.

—Tu madre te echa de menos, ¿lo sabías? —le dije mientras dos hombres con abrigo negro se abrían paso a empellones hacia la puerta del vagón—. ¿Por qué no vienes a saludar? Muy deprisa.

Birdie estaba abriendo la boca para hablar cuando Walter pareció explotar de rabia. Dio un puñetazo con fuerza contra el panel del tren, con la mirada desorbitada.

—¡Deje de hablar de su madre! —me gritó—. ¡No quiere saber nada de ellos!

Dio un paso al frente y me agarró del abrigo, pero fue lento y, antes de poder agarrarme con fuerza, levanté el brazo y le aparté las manos. Por un instante pareció sorprendido, pero entonces reapareció la rabia y comenzó a acercarse de nuevo a mí.

—Cálmate, Walter —le ordenó su hermana sujetándolo del brazo y tirando de él—. Súbete al tren.

Lo empujó hacia la puerta. Walter obedeció, como si el roce de su mano le hubiese calmado. Mientras subía al vagón, los pantalones, demasiado cortos, se le levantaron y dejaron ver sus calzones grises y sucios atados a los tobillos.

—No quiere verlos, señor Barnett —dijo la señorita Ockwell, ayudando también a Birdie a subir al tren—. Ya le ha dado la oportunidad. Si quisiera, lo habría dicho. Pídale al señor Arrowood que envíe los documentos y cualquier duda a nuestro abogado, el señor Outhwaite, Rushey Green, cuarenta y dos. Nos aseguraremos de que firme.

Se subió al vagón y cerró la pesada puerta de golpe. Los observé a través de la ventanilla mientras ocupaban sus asientos. El tren no tenía luces, pero vi a Birdie sentada entre ellos en el banco, con las manos entrelazadas en el regazo. Tenía la boca abierta y se miraba las rodillas. Parecía estar muy sola. Walter se sentó junto a la ventana, con el codo apoyado en el borde y los ojos ensombrecidos por el ala del sombrero.

El revisor hizo sonar el silbato dos veces. Con un fuerte pitido provocado por el vapor y el chirrido de las ruedas, el tren comenzó a moverse. En el último momento antes de perderlos de vista, Birdie volvió a mirarme. Ya no sonreía: en su lugar, tenía el ceño fruncido y los labios apretados. Era la mirada más triste que jamás había visto.

CAPÍTULO 5

Mientras caminábamos por Blackfriars Road, el jefe guardaba silencio. Golpeaba el bordillo con su bastón, murmurando para sus adentros la triste canción de la señora Barclay. Yo no decía nada, sabiendo que estaría sopesando nuestro próximo movimiento.

—Cuéntame otra vez qué ha sucedido en la estación —me dijo al fin, sacudiendo la cabeza como si quisiera desenmarañar los pensamientos—. Con exactitud. Cada detalle.

Mientras se lo relataba, me preguntó por sus caras y su postura, por cómo se miraban los unos a los otros, por cómo hablaban. Yo sabía que me lo preguntaría y, en el camino de vuelta para reunirme con él, había repasado todos los detalles en mi cabeza, describiéndomelos a mí mismo por miedo a olvidarlos. El jefe veía a la gente con más claridad que yo, con más claridad que la mayoría de las personas. Por eso era buen detective. Siempre estaba intentando superarse, leyendo libros sobre la psicología de la mente y comprando panfletos y periódicos para seguir los grandes casos que acontecían.

Últimamente había estado leyendo un libro del señor Carpenter sobre las elucubraciones inconscientes, como le gustaba explicarnos, pero su favorito en los últimos dos años era un libro sobre emociones escrito por el señor Darwin. Había estudiado todas las fotografías que aparecían, aprendiendo las distintas maneras en que las emociones aparecían reflejadas en el cuerpo.

—Está claro que la controlan —dijo cuando hube terminado—. Pero lo más importante es por qué no ha respondido a tus preguntas cuando ha tenido la oportunidad. Quizá no quería discrepar de ninguno de vosotros. Eso encajaría con lo que nos dijeron los Barclay sobre su actitud sumisa. —Pasó la punta del bastón por la barandilla situada junto a la acera—. O tal vez no sepa qué pensar. Es probable que no esté acostumbrada a tomar decisiones por sí sola.

—No sé si entendía lo que le estaba preguntando.

—Sus padres dijeron que lo entiende todo. Es hablar lo que no se le da bien.

Se detuvo cuando llegamos a un puesto de sopa de guisantes y empezó a rugirle el estómago. Entonces negó con la cabeza y siguió caminando.

—Y Walter ha dicho: «No puede decirte lo que tienes que hacer», ¿no es así? Interesante. Podría haber dicho: «Ignóralo, Birdie». Podría haberte dicho que la dejaras en paz. Pero ha elegido decirlo de esa manera. Sugiere que le preocupa quién tiene el poder de decir lo que hay que hacer. Los Barclay dicen que es algo lento. ¿A ti te lo ha parecido?

—Es difícil de decir, señor. Su voz es plana y parece algo torpe. Parecía que su hermana era la que mandaba.

—A mí me dio esa misma impresión cuando estuvimos en la granja. Me pregunto si le preocupará que la gente le diga a él lo que tiene que hacer. Y también ha dicho: «No le perteneces». Me pregunto si es así como entenderá el matrimonio.

Bajamos a la calzada para evitar a una anciana encorvada que cargaba dos pesados sacos sobre los hombros. Llevaba un trozo de alfombra atado sobre la cabeza; su abrigo mugriento se arrastraba por la calle grasienta. Tras ella deambulaba un tipo chupeteando los huesos de una pata de cerdo.

—¡Espabila! —gruñó la mujer.

El hombre corrió tras ella y, a la luz de las farolas de gas, se pudo ver la mugre de su traje negro.

—Me preocupa el temperamento de Walter, Barnett. ¿De verdad iba a atacarte?

—Eso me ha parecido.

—Tampoco me gusta eso de la cicatriz. ¿Birdie ha confirmado que fuera el rodillo?

—Ha dicho: «Yo no fui». No sé si se refería a recogerse el pelo o a que no había sido culpa suya.

Un muchacho apareció en la calle frente a nosotros con una bandeja de magdalenas colgada del cuello. Tenía la gorra rasgada y le quedaba demasiado grande; su camisa estaba manchada.

—¡Ricas magdalenas! —gritaba a las hordas de gente cansada que pasaba con sus carros y sus bolsas.

—Hola, muchacho —le dijo el jefe con una gran sonrisa.

—¡Señor Arrowood! —exclamó el chico.

Era Neddy, el chico al que empleábamos a veces cuando había que vigilar a alguien o entregar algún mensaje. Tenía unos once años, quizá doce o diez, y siempre estaba dispuesto a ganar un poco de dinero: su madre bebía demasiado para proporcionarle comida de forma regular, de modo que le tocaba a él alimentar a sus dos hermanas pequeñas. Neddy vivía en Coin Street, igual que el jefe, pero no le habíamos visto mucho aquel invierno. Se había producido un incendio provocado en el edificio del jefe seis meses atrás, y su hermana Ettie y él se habían trasladado a casa de su viejo amigo Lewis, donde esperaban a que los albañiles terminaran de reparar sus habitaciones.

—Me alegro de verte, querido —le dijo el jefe dándole un apretón cariñoso en los hombros—. ¿Cómo está tu familia?

—Siempre hambrienta, señor. Cuanto más consigo más quieren, eso parece. La pequeña se puso mala del pecho en Navidad. Tuvo que venir el médico.

—¿Ya se encuentra mejor?

—Sigue llorando mucho, señor.

El jefe observó a través de las gafas la cara del chico. Estábamos entre la luz de dos farolas.

—¿Cuándo fue la última vez que te lavaste?

—Esta mañana —respondió Neddy arrugando la nariz.

—¡Ja! —se rio el jefe—. Toma, danos un par de magdalenas, diablillo.

Aceptó las magdalenas de Neddy y le entregó una moneda. Después rebuscó en su chaleco y sacó un chelín—. Llévate esto por si tienes que volver a avisar al médico.

—Gracias, señor.

—Es posible que dentro de poco tengamos trabajo para ti, chico —le dijo mientras me entregaba a mí una de las magdalenas.

—Está como una piedra —comenté—. ¿De cuándo son?

—De hace nada, señor Barnett —respondió Neddy con una sonrisa. Le faltaba uno de los dientes delanteros desde el caso de los fenianos; le caía el pelo ante los ojos.

El jefe se rio. Le encantaba aquel muchacho.

—La mía aún está caliente —dijo antes de dar un mordisco—. Te ha tocado la mala, Barnett. En fin, ya te diremos algo del trabajo, Neddy.

—Cuando quiera, señor Arrowood. Dígamelo.

Lo vimos salir corriendo tras una pareja de clientes.

—¿De modo que Birdie parecía desanimada en el tren? —preguntó mientras engullía el último trozo de magdalena caliente.

—Eso me pareció. Y además me dio la impresión de que quería demostrármelo. Pero no podría asegurarlo. Estaba oscuro y solo levantó la mirada un instante.

—Todos podemos reconocer la pena —me dijo—. El señor Darwin dice que es universal: la parte interior de las cejas levantada, el ceño fruncido, las comisuras de los labios hacia abajo. Los hindúes, los malayos, los antiguos griegos; todos iguales. Si no pudiéramos reconocer la tristeza en los demás, no podríamos empatizar. ¿y cómo sería la sociedad sin empatía, Barnett?

—Como Londres a veces, señor.

Llegamos a St. George's Circus, donde yo debía desviarme por otra calle para irme a mi casa en el Borough.

—¿Y qué me dices de la señora Barclay? —me preguntó, deteniéndose junto a los escalones de la iglesia. Destapó su pipa e introdujo el tabaco con el pulgar—. Qué contención, ¿verdad? Sin duda el mayor insulto para una madre es decirle que le ha hecho mal a su hija.

—El jefe empezaba a emocionarse, se le notaba en el arco de las cejas—. Y luego ha pasado esa nota.

—¿Quién ha pasado una nota?

—Pues la señora Barclay. ¿No te has dado cuenta?

Se rio al ver mi sorpresa.

—Ha sido cuando se han chocado: entre tanta confusión se la ha puesto a la señorita Ockwell en la mano. ¿No te has dado cuenta?

—Ya he dicho que no.

—Me ha parecido más oportuno no preguntarle nada. Si estaba ocultándoselo al señor Barclay, es probable que lo hubiese negado. —Encendió la pipa y entornó los ojos bajo la luz del encendedor—. Reúnete conmigo en la estación de London Bridge mañana a las doce y media, amigo mío. Vamos a volver a Catford. Vamos a ayudar a la pobre Birdie con su problema, sea el que sea.

Le vi marchar hacia Elephant and Castle, sacudiendo sus enormes posaderas como un caballo de carga. Sonreí para mis adentros. Por fin se había despertado su interés.

CAPÍTULO 6

Arrowood estaba de buen humor al día siguiente cuando me reuní con él en la estación. Me di cuenta de que se proponía algo, pero no quiso decir de qué se trataba; se limitó a tocarse la nariz con un dedo mientras guiñaba un ojo. Me pregunté si habría estado con una mujer. Eso esperaba. Estaba seguro de que Isabel no iba a volver, y el hecho de que se quedara esperándola durante tanto tiempo solo le provocaba frustración. Nunca la culpaba por haberlo abandonado; él sabía que la había ahuyentado, pero ahora la esperanza de su regreso le mantenía activo y al mismo tiempo le volvía loco. Estaba convencido de que el abogado con el que se había ido a vivir a Cambridge estaba presionándola. El abogado era más joven que él, más responsable, más cómodo. El abogado le fastidiaba tanto como el propio Sherlock Holmes, devorándolo por dentro, provocándole acidez en el esófago y calambres en la tripa. Según él, el tipo era un estafador, un ladrón, un perro rastrero, y solo pensar en él le provocaba al jefe ataques de gota, le hacía rascarse el trasero con rabia cuando sudaba, le causaba tremendos dolores de cabeza tras una noche en el Hog.

No había taxis en Catford Bridge y el muchacho del *pub* había salido, de modo que tuvimos que ir a pie hasta la granja. No nos cruzamos con nadie en el camino y tuvimos que parar con frecuencia para que el jefe recuperase el aliento y maldijera sus zapatos. Los perros comenzaron a ladrar antes de que llegáramos a la verja, pero tomamos el camino por el que nos había llevado el muchacho, por detrás del granero, y entramos a la parcela por el otro extremo. Aun así corrieron hacia nosotros, ladrando y gruñendo, furiosos y sin control. El jefe se estremeció cuando las cuerdas los frenaron en seco, me puso la mano en el brazo y se cuidó de mantenerse a mi espalda mientras avanzábamos hacia la casa.

Abrió la puerta un hombre al que no habíamos visto antes. Tenía la mandíbula cuadrada y muy marcada, con la cara llena de arrugas y castigada por el clima, y una cabeza calva bajo la gorra marrón. Un brazo le colgaba flácido al costado y tenía la mano metida en el bolsillo. Debía de ser Godwin, el otro hermano.

—Buenas tardes —dijo mirándonos alternativamente al jefe y a mí. Hablaba como un borracho, moviendo solo un lado de la cara. Los perros seguían ladrando a nuestras espaldas.

—Soy el señor Arrowood y este es el señor Barnett. Tenemos un asunto que tratar con Birdie Ockwell.

—Ya sé quiénes son, señor Arrowood, pero Birdie no quiere verlos. —Aunque arrastraba las palabras, hablaba correctamente, al igual que su hermano y su hermana—. Creo que ya se lo dijo mi hermana.

Se oyó un estruendo procedente del interior de la

casa y después, ahogado por los ladridos de los perros, el grito de una mujer.

—¡Perros! —gritó el hombre. Los animales se detuvieron un momento y luego volvieron a empezar. El hombre agarró una piedra de un montón que había junto a la puerta y se la lanzó. Los perros retrocedieron gimoteando.

—Hemos venido desde Londres —dijo el jefe—. Es muy importante que hablemos con ella.

—Deben acudir al señor Outhwaite.

—No podemos hacer eso, señor —dijo el jefe con su mejor sonrisa—. No nos queda más remedio que regresar hasta que podamos verla.

—No querrán ser una molestia, amigo.

El jefe lo pensó unos instantes y entonces dijo:

—Voy a ser sincero con usted, señor Ockwell. No somos abogados. Nos envían los padres de Birdie. Les preocupa que no haya respondido a sus cartas. Querían que hablásemos con ella, que nos asegurásemos de que está satisfecha. Solo necesitamos cinco minutos con ella y no volveremos más.

—Entonces ¿no hay herencia? —preguntó Godwin levantando una mano para limpiarse un poco de baba del lado dormido de la boca.

—Me temo que no. Solo dije que teníamos un asunto que tratar, nada más. La señorita Ockwell dio por hecho que éramos abogados. Me temo que no la corregí.

—Eso nos ha costado tres viajes en tren.

El jefe sacó de su cartera un chelín y una moneda de seis peniques.

—Siento la molestia, señor.

Godwin aceptó las monedas.

—Ahora lárguense y no vuelvan o probarán mi escopeta.

—Solo cinco minutos, señor Ockwell. Por favor.

—Díganles a sus padres que está muy contenta —dijo Godwin antes de cerrar de un portazo.

El jefe soltó un taco. Miró hacia las ventanas y después contempló la finca, se fijó en los edificios ruinosos y en la basura de granja esparcida por todas partes. En una esquina de la casa vio una barra de hierro oxidada. Corrió a por ella y, tras asegurarse de que estaba fuera del alcance de los perros, empezó a golpear con ella un cántaro de leche que había junto a la puerta.

—¡Birdie! —gritaba con cada golpe—. ¡Birdie! ¡Birdie!

Los perros se volvieron locos y empezaron a tirar de las cuerdas.

—¡Vamos, Barnett!

Agarré una piedra y empecé a golpear una vieja bañera metálica llena de agua y a gritar el nombre de Birdie junto con el jefe.

Llevábamos así un minuto o dos cuando de pronto el jefe se detuvo.

—Ahí arriba —susurró apartándose de la casa para poder ver mejor.

En una ventana situada sobre la sala había aparecido un rostro fantasmal. Era la misma ventana por la que había salido volando la pluma la primera vez que estuvimos allí.

—¿Eres tú, Birdie? —preguntó el jefe con amabilidad.

La cara se acercó al cristal.

Era ella. El cristal estaba sucio, pero era ella. Nos dirigió una sonrisa rápida y después miró hacia atrás.

Vimos su cabeza, su melena cubierta por un pañuelo oscuro, sus hombros. Su boca abierta. Levantó la mano vendada como para saludar, pero la mantuvo como si quisiera que la viéramos.

—¡Abre la ventana! —le gritó el jefe.

Birdie agachó la cabeza por debajo del marco de la ventana y volvió a levantarla, manipulando algo que tenía en el regazo. Después pegó al cristal la página abierta de una revista y nos mostró una foto.

—¿Qué es, Barnett? —me preguntó el jefe.

—Creo que es el Royal Pavilion. En Brighton.

—¡Abre la ventana, Birdie! —gritó una vez más—. ¡Habla con nosotros!

Mientras hablaba se abrió la puerta de la entrada. Era Godwin otra vez.

—Ya se lo advertí, Arrowood —dijo con suavidad. En la mano hábil llevaba una escopeta.

Apuntó el arma hacia nosotros, con la culata apoyada en su barriga. Estaba jadeando, con la cara roja: había algo inestable en su mirada que me indicaba que había perdido el control.

Retrocedí tirando de Arrowood.

Se oyó un estruendo y todo se llenó de humo a nuestro alrededor. Se me metió en la garganta y me hizo toser; me pitaban los oídos. Mientras intentaba recuperarme, Godwin dio la vuelta a la escopeta y me golpeó con la culata.

Me dio en el lateral de la cabeza, lo que hizo que me tambaleara hacia los perros enfurecidos. Me detuve a tiempo y di un brinco hacia atrás mientras Godwin volvía a atacarme con la escopeta. Esta vez falló.

—El próximo tiro en el hombro, Arrowood —murmuró con los ojos encendidos. Le puso el cañón al jefe en el pecho. Tenía el dedo en el gatillo; le temblaban los hombros—. ¡Déjenos en paz! —gritó.

El jefe estaba pálido.

—Ca-cálmese, señor —tartamudeó mientras tiraba de mi brazo—. Ya nos va-vamos.

Retrocedimos aceleradamente por un lateral de la casa, por detrás del granero. Ockwell nos observaba siguiendo nuestros movimientos con la escopeta. Cuando doblamos la esquina y ya no podía vernos, salimos corriendo.

Solo aminoramos la marcha cuando llegamos al camino. El jefe iba sin aliento, le temblaban las piernas. Volvió a mirar hacia los edificios de la granja y después se subió a una cerca para ver los campos que discurrían junto a la carretera. A nuestras espaldas, en los cobertizos, los cerdos empezaron a chillar. Seguimos caminando colina abajo.

—¿Y ahora qué? —pregunté cuando llegamos abajo y empezamos a subir por el otro lado.

Me agarró del brazo mientras ascendíamos por la pendiente. Le costaba respirar.

—Creo que le haremos una visita al clérigo. Ellos suelen saber la vida de todos. Quizá pueda hablar con Birdie.

Acabábamos de llegar a la cima cuando oímos un caballo y un carro detrás de nosotros. Era Godwin, fustigando a su caballo, subiendo la colina hacia nosotros.

—Dios —dije yo.

El caballo iba al galope, agitando la cabeza, con los ojos muy abiertos. El camino estaba flanqueado por arbustos a ambos lados: no había manera de escapar, ningún sitio donde esconderse.

—¿Trae la escopeta? —preguntó el jefe colocándose detrás de mí.

—No lo veo. No la lleva en las manos.

En pocos segundos el caballo y el carro llegaron a la cima y enfilaron hacia nosotros. Nos pegamos contra las espinas húmedas de los matorrales del camino, tratando de quitarnos de en medio. Godwin sujetaba las riendas con fuerza, llevaba una bufanda alrededor de la boca y la gorra calada sobre los ojos. Miraba al frente como si no estuviéramos allí, con una mueca en la cara y la mandíbula proyectada hacia delante, como un tranvía de Brixton. El carro pasó a escasos centímetros de nuestros pies.

Y siguió su camino a toda velocidad en dirección al pueblo antes de desaparecer.

CAPÍTULO 7

Casi había oscurecido cuando llegamos al pueblo. Al pasar por delante del *pub*, vimos a un tipo apoyado contra una mujer en la oscuridad del callejón. Caía la noche y no los distinguimos con demasiada claridad, pero le oímos murmurarle algo al oído y ella soltó una carcajada medio borracha. El jefe se detuvo para verlo mejor. Se oyó un roce cuando el hombre le levantó la falda por encima de las rodillas y después empezó a embestirla. La mujer soltó un grito, sujetándose el gorro con una mano y colocando la otra sobre el hombro de él. El hombre masculló algo; su gorra cayó al suelo. El brazo dormido le caía junto al costado.

Aparté de allí al jefe.

—Vaya, vaya —comentó cuando nos alejamos por la carretera—. Golpearte con la escopeta debe de haberle excitado. Me atrevería a decir que no era su esposa a la que estaba cortejando.

Seguimos caminando hasta el borde de la plaza; la hierba tenía un tono plateado por la escarcha a la exigua luz. Un sepulturero estaba trabajando a solas en el otro extremo del cementerio, golpeando con un pico la tierra helada. El hombre nos miró cuando pasamos por el camino en dirección a la casa parroquial, se tocó el sombrero y se concedió unos segundos de descanso.

El clérigo abrió la puerta con una gran sonrisa.

—Qué bien que hayan venido —dijo cuando el jefe nos presentó. Su voz sonaba bastante ronca—. Soy Sprice-Hogg, clérigo de St. Laurence's. Creí verlos en la estación el otro día.

Nos invitó a pasar a la sala, donde tenía encendido el fuego.

—Bueno, antes de que hablemos, déjenme servirles un poco de té —dijo—. Y también cordero. Estaba a punto de cenar.

—Por favor, no se moleste —dijo el jefe.

—No es ninguna molestia —respondió el clérigo sonriente—. «No olvides ser hospitalario con los desconocidos, pues así algunos han recibido la visita de ángeles sin saberlo». De los Hebreos.

—¡Ah! —exclamó el jefe—. Era una de las citas favoritas de mi padre, reverendo.

Nos dejó calentándonos las manos. La estancia era amplia y sombría, y no había suficientes muebles para llenarla. A un lado, un pequeño escritorio, un sofá y una silla de respaldo alto. Al otro, una vieja mesa de comedor. En la repisa de la chimenea una imagen de Jesucristo llamaba a la puerta de una casita inglesa pobre.

El clérigo regresó con una bandeja portando la comida. Lo seguía la doncella con una tetera y tazas. Era una joven corpulenta, muy ancha de hombros y de tobillos finos, con cierta curvatura en la espalda que no mejoraría con la edad.

La carne estaba grasienta y un poco pasada, pero me sentía débil por el frío y me vino bien. Mientras comíamos, el clérigo habló de la restauración de su iglesia, la financiación del órgano, la historia de su campana. Su rostro tenía una mirada generosa y sobre la nariz llevaba unas gafitas redondas. Su pelo blanco y espeso parecía dorado a la luz de la lámpara de gas, y tenía el borde del bigote humedecido por la taza de té.

—Estaba muy sabroso —comentó el jefe limpiándose la boca con la manga. Dio un sorbo al té y soltó un eructo—. ¿Está casado, reverendo?

—Oh, no, no —respondió el clérigo con una carcajada, acercó un decantador de oporto del escritorio y sirvió tres copas—. La parroquia me mantiene ocupado.

—Parece un lugar próspero —aventuró el jefe.

—Nos hemos convertido en las afueras de Londres. Los recién llegados están construyendo casas enormes, pero tenemos una comunidad antigua y algunas zonas con bastante pobreza. Me temo que los salarios agrícolas son muy bajos últimamente. Los granjeros siempre se quejan de que no encuentran trabajadores.

—Quizá deberían pagar más, reverendo —dije yo.

—Muchas granjas están endeudadas, señor Barnett —respondió el clérigo. Se terminó deprisa su oporto y nos sirvió otra copa—. Bueno, díganme, ¿qué les trae por Catford?

—Somos investigadores privados —explicó el jefe.

—¡Santo cielo! ¿Están investigando un caso aquí?

El jefe le contó las preocupaciones de los Barclay y las dificultades que estábamos teniendo para intentar hablar con Birdie.

—Hoy la hemos visto en la ventana de arriba

—dijo mientras sacaba su libreta y su lápiz—. Acercó al cristal una foto del Pavilion de Brighton. ¿Tiene idea de lo que puede significar eso, reverendo?

El clérigo negó con la cabeza.

—No tengo ni idea. Pero los Ockwell son una buena familia. No me los imagino capaces de impedirle ver a sus padres.

—Les dijo usted a los Barclay que Walter tenía un historial de violencia —comenté.

—Sí. Una triste historia. Había ido al mercado en Lewisham para vender unos cerdos y acabó perdiendo el dinero. No tiene mucho sentido común en el mejor de los casos, pero aquel día había bebido demasiado *brandy* y se enfureció. Atacó a uno de los lugareños con un palo. El hombre perdió un ojo. Dicen que se comportó como un loco: algunos hombres tuvieron que retenerlo hasta que llegó la policía. Los agentes encontraron el dinero en el carro de Walter. Pasó dos meses en prisión por eso. Salió en los periódicos.

—¿De qué murió su primera esposa?

—Iba subiendo por una colina detrás de un carro cargado. El eje se rompió y se le cayó todo encima, se le rompió la columna. Murió pocos días después. Me temo que es una historia bastante común en las granjas. Hasta un niño sabe que eso es algo que no se debe hacer nunca.

—¿Walter iba con ella cuando ocurrió?

—Sí, pero nadie sugirió que fuera el responsable, salvo por no sujetar el carro, por supuesto. —Nos sirvió más oporto.

—¿Cree que es un peligro, reverendo?

—Normalmente no —respondió el hombre poniéndose en pie para traer su pipa del escritorio—. Pero tiene mucho temperamento cuando cree que alguien se está burlando de él o si ha bebido. Es un hombre fuerte. Los Ockwell estaban atravesando dificultades económicas y perder el dinero de los cerdos habría sido duro para ellos. La granja ha estado en decadencia desde que murió el viejo señor Ockwell. Pasaron de la agricultura a los cerdos solo por las importaciones de grano. Nadie esperaba que la carne fuese lo siguiente. El libre comercio y todo eso, señor Arrowood. Un desastre. Godwin pidió un préstamo para comprar la patente de un motor de vapor portátil hace unos años. Pensaba que podría alquilarla, pero ese maldito trasto resultó ser una inutilidad. Fue entonces cuando sufrió la apoplejía. ¿Se han fijado en cómo habla?

El jefe asintió mientras garabateaba en su libreta.

—Francamente, no sé cómo se mantienen. Tienen suerte de haber podido mantener a sus trabajadores.

—¿Quién de por aquí los conoce mejor? —preguntó el jefe.

—La familia siempre ha sido muy discreta. Fueron enviados a un internado cuando eran pequeños, así que no conocieron a los niños de la zona.

—¿Y Birdie? ¿Cree que es feliz?

—Es muy callada. Es difícil sacarle una palabra en la iglesia.

—¿Asiste con regularidad?

—Durante los primeros meses no acudía. Después vino con regularidad durante unas pocas semanas, pero parece que ha vuelto a dejarlo. Rosanna siempre viene. Es muy pía, siempre lo ha sido, y ha sufrido sus propias decepciones, por supuesto. Su prometido murió un mes antes de la boda. Eso fue cuando su padre aún vivía. Después estaba decidida a ir a la universidad para estudiar medicina cuando Godwin los endeudó más aún.

—Negó con la cabeza—. Lo ha soportado todo con mucha entereza.

Se hizo el silencio mientras el jefe lo escribía todo. Por fin levantó la mirada.

—¿Y la esposa de Godwin?

—Ah. La hermosa Polly Gotsaul. Solía venir todas las semanas, pero hace más de un año que no viene por aquí. Un trastorno nervioso de alguna clase, según he oído. Hace que le resulte difícil salir de casa. —Suspiró—. Me gustaba contemplar su rostro angelical desde el púlpito.

—¿Alguno de ellos viene al pueblo a comprar? —pregunté.

—Rosanna se encarga de la compra.

La doncella abrió la puerta con una bandeja en las manos. La corriente del recibidor entró con fuerza, levantó un sobre de la repisa de la chimenea y lo lanzó directo al fuego.

—¡Sarah! —gritó el clérigo poniéndose en pie de un salto para correr hacia la chimenea. Rápido como un ratón, agarró las pinzas, sacó la carta y apagó las llamas de un soplido—. ¡Has vuelto a hacerlo, muchacha descuidada! ¿Cuántas veces te tengo que decir que no dejes mis cartas ahí?

—Lo siento, señor —respondió la muchacha con la cabeza inclinada. La bandeja le temblaba en las manos enrojecidas, haciendo sonar los cuchillos.

—Bueno, adelante —murmuró el hombre.

La chica nos pasó a cada uno un plato con tarta de fruta. El clérigo sirvió más oporto mientras ella le servía una taza de leche de una jarra.

—¿Conoces a Birdie Ockwell, Sarah? —le preguntó el jefe con la boca llena.

—No, señor —respondió—. La he visto en le iglesia, pero solo eso. Mi hermana trabaja allí, en la lechería, señor.

—¿Y qué dice de Birdie?

—No lo sé, señor. Está enferma, tiene difteria. Hace un par de semanas por lo menos que no pasa por allí.

—¿Y crees que podríamos hablar con ella, Sarah?

—No está bien, señor. En realidad no está con nosotros. —Se mordió el labio—. El médico dice que no durará mucho.

—Oh —dijo el jefe—. Lo siento mucho.

A Sarah se le llenaron los ojos de lágrimas. Se cubrió la cara con las manos y se dio la vuelta.

—¡Cuidado con la puerta! —le gritó el clérigo mientras salía. Apuró otra copa de oporto y dio un largo trago a la leche. Se aclaró después la garganta—. Le he dicho lo de la corriente cientos de veces. Las hay que no aprenden nunca.

Nos quedamos sentados en silencio durante unos segundos, contemplando el fuego.

—Así que investigadores privados —dijo al fin, recuperando su jovialidad—. ¡Qué emocionante! ¿Han leído que Holmes ha rescatado al joven lord Saltire? ¡Qué gran genio! Supongo que estudiarán sus métodos, ¿verdad?

El jefe dio otro trago antes de responder.

—Holmes es un investigador deductivo —dijo al cabo—. Se basa en pistas y documentos: huellas, marcas en las paredes, mesas que se mueven, cosas así. Resolvió el caso de Saltire examinando las huellas de un neumático de bicicleta. —Se detuvo como si estuviera acordándose de algo. Entornó los ojos y bajó la voz—.

Dígame, reverendo, ¿está familiarizado con el caso del tratado naval?

—Sí, algo sorprendente. De no ser por Holmes, ahora mismo estaríamos en guerra.

—Sin duda es esa una opinión muy extendida, señor, pero hay un detalle interesante en esa historia. Se suele pasar por alto. Holmes admite que ha ayudado a la policía en cincuenta y tres casos y solo se atribuyó el mérito en cuatro ocasiones. Eso significa que Watson no ha escrito los otros cuarenta y nueve. Me parecen muchos casos para mantener ocultos habida cuenta de lo mucho que disfruta con la publicidad, ¿no le parece? No puedo evitar preguntarme por todos esos casos. ¿Podría ser que en esas ocasiones le fallaran sus métodos?

—¿Fallarle? ¿Cómo?

—Holmes trabaja con pistas físicas y con su famosa lógica, pero en mi trabajo he aprendido que muchos casos carecen de pistas. En lugar de eso tienen personas, y las personas no son lógicas. Las emociones no son lógicas. Para resolver esos casos has de meterte dentro de la persona. Tienes que entender su dolor, su confusión, su deseo de reconocimiento. Tienes que intentar entender su manera de ver el mundo, y le apuesto lo que quiera a que esa manera siempre difiere. No tengo nada en contra de Holmes, reverendo, simplemente él cree que las emociones son opuestas al razonamiento. Yo trabajo de un modo diferente. Soy un detective emocional. Intento resolver mis casos entendiendo a la gente.

—¡Bravo, señor Arrowood! —exclamó el clérigo terminándose lo que quedaba del oporto—. Por mi trabajo como juez de paz, también poseo ciertos conocimientos de la mente criminal. La experiencia me ha demostrado que no hablamos lo suficiente sobre el infierno a las clases criminales. Sobre el infortunio indecible, inimaginable, interminable. Si lo hiciéramos, tal vez hubiera menos delitos en este mundo, ¿no le parece?

Arrowood lo miró por encima de sus gafas, con los labios entreabiertos y húmedos por el oporto. Parecía haberse quedado en blanco.

—Ay, ya estoy otra vez con mi obsesión de siempre —dijo el clérigo—. Por favor, hábleme de su trabajo.

Durante la siguiente media hora, el jefe le contó historias de nuestros casos, mientras el clérigo nos daba oporto y bebía también, seguido siempre de una mano al pecho, un gorjeo y un trago de leche. Parecía encantado con los relatos, soltaba gritos de sorpresa, se quedaba sin aliento. Hacía una pregunta tras otra. El jefe estaba más contento de lo que le había visto en mucho tiempo.

—Es usted un hombre fascinante, señor Arrowood —dijo el clérigo mientras nos acompañaba hacia la puerta, donde había dos bates de críquet apoyados en un rincón—. He pasado una velada maravillosa.

—William —dijo el jefe—. Llámeme William.

—¡Dios bendito! Yo también soy William. ¡Llámame Bill!

Se miraron con tanto afecto que pareció que iban a ponerse a bailar una mazurca.

—¿Puedo pedirte un favor, Bill? —le preguntó el jefe—. ¿Querrías hablar con Birdie sobre este asunto? Quizá puedas pasarte por la granja.

—Claro que lo haré, William, aunque estoy convencido de que los Barclay se equivocan. La señorita Rosanna nunca permitiría que Walter le impidiera a Birdie ver a sus padres. Bueno, avisa la próxima vez que estés en Catford. Espera, te voy a prestar un libro que escribí sobre las campanas de Kent y Surrey. —Extrajo un volumen azul de una pequeña pila situada junto a la puerta—. ¿Lo has leído?

—No, Bill —respondió el jefe mientras examinaba la portada—. Se me habrá pasado.

—Me gustaría saber tu opinión. Ven a tomar el té la próxima vez que estés por aquí. El día que sea. Ha sido un placer. Prométemelo. Me ofenderé si no lo haces.

—Qué velada tan excelente —comentó el jefe mientras caminábamos junto a las nuevas líneas de tranvía en dirección a la estación—. Creo que será un aliado. Y nos vendría bien uno en este lugar.

La luna aparecía clara en el cielo helado, los árboles y los edificios dibujados de plata y gris. No había nadie por allí, salvo tres hombres más adelante, cubriendo con una lona un carro que había frente a una de las obras. Cuando nos vieron, ataron con rapidez las cuerdas, susurrando entre ellos mientras trabajaban. Había algo en su modo de moverse que resultaba sospechoso; lo había visto demasiadas veces ya.

—Podrían traernos problemas, señor —susurré echando mano a la porra que llevaba en el bolsillo.

—Sigue caminando —murmuró él acelerando el paso.

Los hombres se quedaron junto al carro, viéndonos acercarnos. Aunque tenían las gorras bien caladas sobre la cara, reconocí a los dos albañiles corpulentos por las barbas enmarañadas. Eran Skulky y Edgar. El otro, más bajo y grueso, llevaba una bufanda bajo el sombrero y sobre las orejas. Tenía los brazos a la espalda; la silueta de un garrote asomaba por los faldones de su abrigo.

—Buenas noches, caballeros —dije.

No respondieron. Cuando pasamos por delante, el más bajo sacó el garrote de su espalda. Me volví deprisa, con la porra en la mano.

—Déjalo, Weavil —gruñó Edgar.

El tipo bajito retrocedió tras el carro.

Seguimos caminando con premura, sintiendo sus miradas en la espalda.

—¿Cree que querían robarnos? —le pregunté al jefe cuando estuvimos seguros de que no nos habían seguido.

—Espero que fuera eso —respondió mirando hacia atrás.

Nos apresuramos hacia la estación, aunque el jefe iba dando tumbos por el oporto. En las manos enguantadas llevaba aferrado el libro del clérigo sobre las campanas de Kent y Surrey.

CAPÍTULO 8

El jefe estaba en la cama cuando llegué a casa de Lewis en Elephant and Castle a la mañana siguiente. Su hermana Ettie fue a levantarlo mientras yo esperaba en la sala. No había lámparas encendidas y el fuego estaba apagado. Las cajas con los libros y la vajilla del jefe estaban apiladas aquí y allá entre los muebles manchados y ajados; contra la pared había amontonado un puñado de espadas viejas de la tienda de Lewis.

Cuando bajó el jefe, apenas podía mantener los ojos abiertos. Un fuerte olor a pescado y a grog rancio inundó la estancia y, a juzgar por su cara, del color de la grasa de cerdo, y por el sudor que cubría su piel, supe que se había pasado por el Hog de camino a casa la noche anterior. Debería haber sabido que se pasaría por allí para envenenarse con ginebra barata tras haber empezado a beber con el clérigo. Ettie, que tenía el ceño fruncido, cruzó los brazos sobre su chaqueta de punto y se sentó. El jefe abrió la boca, sin duda para pedir té, pero, al ver los ojos encendidos de su hermana, volvió a cerrarla y me miró. Le temblaban las manos cuando alcanzó el láudano que había en la mesita auxiliar.

—Tenemos que ir a cobrar otro pago, señor —le dije.

Asintió y dio un trago. Eructó.

—William, por favor, contrólate —susurró Ettie.

El jefe volvió a asentir, dio otro trago y cerró los ojos. Me mordí el labio para evitar que se me notara la sonrisa que amenazaba con asomarme. Con frecuencia lo había visto así tras una noche en el Hog, donde la mayoría de las veces acababa en brazos de Betts, la mujer que satisfacía a los clientes en la trastienda. Betts le había ofrecido consuelo desde que Isabel se marchó. Aunque al día siguiente sufría por ello, yo sabía que era algo bueno para él. Era un hombre que a veces necesitaba hacerse un poco de daño para mantener el equilibrio.

—¿Vas a ir hoy a la misión, Ettie? —le pregunté, dándole tiempo al jefe para recomponerse.

Ettie asintió y se metió un dedo por debajo de la bufanda para rascarse el cuello. Pasaba la mitad de la semana trabajando para una misión que visitaba los barrios pobres y proporcionaba refugio a mujeres jóvenes cuyos hombres las habían obligado a hacer la calle. Tenían además en marcha una campaña en contra de los tres propietarios más infames de los barrios pobres, aquellos que ofrecían solo un par de letrinas para trescientas personas o más y permitían que las aguas residuales discurriesen por el medio de los corrales de vecinos. Eran Thomas Orme Smith, Samuel Chance y el doctor Bruce Kennard; Orme Smith era el dueño del peor corral de todos, una madriguera oscura e inmunda llamada Cutlers Court. La misión enviaba cartas a los periódicos y celebraba vigilias frente a sus casas, avergonzándolos delante de sus vecinos. Aquello provocaba enconados resentimientos y muchos en Londres odiaban esa misión y a las mujeres que se asociaban con ella.

—Tenemos a dos chicas nuevas —dijo inclinándose hacia delante. Cuando el jefe trató de alcanzar de nuevo el láudano, lo apartó de la mesa—. Anoche volvieron a romper las ventanas del refugio con ladrillos. Hay gente en esta ciudad que es intolerable, Norman. Como si esas mujeres no lo hubieran pasado ya suficientemente mal.

Vi la amargura en sus ojos y me sentí mal por ella. Era mi ciudad, desde mi primer aliento, pasando por todas las cosas buenas y malas que me habían sucedido en la vida. Londres formaba parte de mí y me avergonzaba que pudiera ser tan cruel con la gente.

Tomó aire y se obligó a sonreír.

—¿Sabes que te conozco desde hace más de seis meses y no conozco a tu esposa, Norman? Pensábamos que vendríais de visita en Navidad.

—Ha estado fuera —respondí, y noté que me cambiaba la voz.

—¿Dónde?

—En... —empecé a hablar, pero entonces me invadió un terrible cansancio y no pude continuar. Había vivido con el secreto durante tanto tiempo que sentía que la verdad se había congelado en mi interior.

Negué con la cabeza al darme cuenta de que al final no sería decisión mía. Ettie estaba mirándome como si pudiera ver mis pensamientos. Volvió a mirar las cenizas frías y grises de la chimenea. El viento golpeaba las ventanas.

—¿Conseguisteis ver a Birdie ayer? —preguntó pasado un rato.

Mientras le contaba lo sucedido, los temblores del jefe comenzaron a calmarse y recuperó el color en la cara. Bebió de una jarra de agua que tenía al lado. Se le inflaron las mejillas una y otra vez con un sinfín de eructos silenciosos.

—Parece que no sabéis nada más allá de lo que os contaron los Barclay —dijo Ettie cuando hube terminado.

—Desde luego que sí —gruñó el jefe—. Cada paso nos acerca más. Así funcionan estos casos.

—¿Y eso sirve para nuestros albañiles, William? —preguntó Ettie, molesta de pronto—. ¿Estamos más cerca de recuperar nuestras habitaciones cada día que no trabajan?

—Esta vez han prometido que volverán.

—No podemos seguir abusando de la confianza de Lewis. Por favor, William. No es justo.

—¡Estoy haciendo lo que puedo!

—Te están tomando por tonto. ¿Por qué no llevas a Norman a verlos?

—¡No, Ettie! —gritó el jefe.

—¿Hablarás con ellos, Norman?

—Si quieres —respondí con voz apagada.

Ettie percibió mi tono y le cambió la cara.

—No pretendía…

—Estaré encantado de hacerlo, Ettie.

Aparté la mirada. Cada vez que empezaba a sentirme cómodo, uno de ellos me recordaba cómo me veían realmente. Era su rufián. ¿Qué otra cosa podía ser con mis botas desgastadas y mi acento de los suburbios de Bermondsey? Aunque solo había vivido seis años en ese asqueroso barrio, parecía que jamás escaparía de allí.

—Norman, lo siento —me dijo con más seriedad

de la que jamás le había visto—. No debería habértelo pedido.

—No pasa nada —respondí—. De verdad.

Se quedó mirándome durante unos segundos, sin saber cómo arreglarlo, y después fue a preparar más té. El jefe apoyó la cabeza en el antimacasar y cerró los ojos, tratando de encontrarse mejor él también.

Ettie regresó al poco con la bandeja. Tomé una galleta; el jefe tomó cuatro.

—Está pidiéndonos ayuda —dijo con el semblante sombrío cuando hubo terminado—. Estoy convencido. Me he pasado la noche en vela, viéndola ahí arriba, esa foto, preguntándome qué significará.

—Pero ¿no llegó a decir nada? —preguntó Ettie.

—No, pero percibí su tristeza con claridad. Su miedo. Norman también sintió lo mismo cuando la vio en el tren. A veces lo único con lo que podemos trabajar son nuestros sentimientos.

—Nuestros sentimientos pueden llevarnos en la dirección equivocada, William, como bien sabes.

—¿Recordáis ese libro que estaba leyendo sobre el comportamiento grupal? —Miró hacia la pila de libros que tenía junto al sillón y sacó un volumen verde para mostrárnoslo—. Le Bron escribe que las emociones son contagiosas. No puedo decir que entienda plenamente cómo funciona, y no sé si él lo entiende del todo, pero no cabe duda de que las emociones pueden transmitirse de un corazón a otro si prestamos atención. La música es capaz de lograrlo, ¿no es así?

—Supongo —dijo Ettie lentamente.

Se oyó un grito en la calle, frente a la casa; un niño. El jefe se estremeció y se llevó las manos a la cabeza. Después la reprimenda de una mujer y luego los gruñidos de un hombre. Empezaron a pelearse mientras, sobre la repisa de la chimenea, hacían tictac los tres relojes de Lewis, todos con una hora diferente.

—¡Tenemos que llegar hasta ella, maldita sea! —exclamó de pronto dando un puñetazo sobre la mesita auxiliar—. ¡No podría ser más vulnerable! Y esa cicatriz que tiene en la cabeza podría ser el comienzo de un viaje terrible. Debemos pensar en algo, Norman.

—¿Por qué no voy yo a intentarlo? —preguntó Ettie—. Quizá reaccionen de un modo diferente ante una mujer.

—No, hermana.

—¿Por qué no? Los Ockwell no van a permitirte entrar, eso está claro. Los Barclay han intentado acudir a la policía y no los han ayudado. No tienes otra manera de llegar hasta ella.

—Este es nuestro trabajo, Ettie. Walter tiene un pasado violento. No quiero que vayas allí tú sola. Además, ¿por qué ibas a tener más suerte que nosotros?

—Las mujeres a veces pueden hacer cosas que los hombres no pueden —respondió hinchando el pecho con indignación—. ¿Qué otra opción tienes, William? Está pidiendo ayuda. Tú mismo lo has dicho.

El jefe se quedó mirando a su hermana desde el otro extremo de la habitación, reflexionando. Le rugió el estómago como una vaca solitaria. Al fin se volvió hacia mí.

—¿Te acuerdas de esos dos trabajadores que vimos el otro día en la granja? ¿A los que perseguía el perro? Vamos a ver si los encontramos. Quizá puedan decirnos algo. Pero primero ve a la tienda y compra un pudin de riñones, ¿quieres, Barnett? Y una docena de ostras.

CAPÍTULO 9

Dio la casualidad de que nos encontramos con un carro de carnicero que iba de camino a la granja de los Ockwell cuando salimos de la estación aquella tarde. Nos dejó en la hondonada antes de que el camino comenzase a ascender hacia la entrada de la granja, ocultos de la casa, y allí nos abrimos paso entre los arbustos. El campo a nuestra derecha estaba lleno de cerdos, con las cabezas agachadas, devorando los nabos que había dispersos por el terreno. El suelo estaba helado y duro.

Seguimos un camino que discurría entre un pequeño bosque y un prado, donde había un par de caballos con el cuerpo rodeado de sacos de carbón. Nos miraron con cara de hambre, pero no se acercaron. Aquello me pareció bien: nunca he creído que un caballo pudiera ser amigo del hombre, como dicen algunos. Un caballo londinense es un esclavo, eso es lo que siempre he pensado, y si los miras profundamente a los ojos, te das cuenta de que lo que de verdad les gustaría sería darte una buena coz en el trasero.

Ya veíamos los graneros en lo alto de la colina. Nos dirigimos hacia los campos del otro lado, dando un amplio rodeo en torno a la linde de la granja. No había nadie por allí. Una docena de vacas flacas; algunos repollos de invierno; otro campo de cerdos con tierra dura y cabañas bajas. El jefe iba cojeando, resoplando y resollando, fastidiado por tanto caminar. Pasados otros diez minutos, nos hallamos en un pequeño camino que atravesaba una arboleda, con un campo a un lado y un arroyo al otro. El agua era negra y se hallaba medio congelada, los árboles estaban desnudos, salvo por un puñado de grajos graznando. Al poco vimos el sendero más adelante.

—Malditos zapatos —se quejó el jefe entre resuellos. Se le habían quemado las botas en el incendio de su casa y, como era un poco tacaño en ciertos aspectos, había tomado prestados unos zapatos de Lewis que le estaban pequeños—. Esperaba que Ettie me regalara unos por Navidad. Pero me ha regalado otra Biblia.

Partí un par de trozos de caramelo que llevaba en el bolsillo y le entregué uno. Llevaba la bufanda enrollada alrededor de la barbilla y el bombín tan calado que solo se le veían los ojos hinchados y la nariz roja. Pasamos unos minutos comiendo los caramelos.

—Con monograma —dijo al fin—. Igual que la anterior.

—¿Petleigh sigue visitándola? —pregunté.

—Vino antes de Año Nuevo con un *plum cake*. Nunca he conocido a nadie que juegue tan mal a las cartas. Es incluso peor que tú.

Isaiah Petleigh era un inspector de la Policía de Southwark. Nos había ayudado con algunos casos a lo largo de los años y nos había causado problemas con otros. Hacía unos meses el inspector se había interesado por Ettie y había empezado a visitarla.

—¿Qué piensa ella de él?

—No lo sé, Barnett. Ettie es Ettie. Se lleva bien con él.

—¿Se han perdido, señores? —preguntó una voz.

Era una mujer anciana, estaba sentada en un árbol caído tras un gran montón de hiedra. Tenía las manos envueltas en trapos y capas de faldas viejas le cubrían las piernas. Llevaba un abrigo de lo más extraño, como una manta acolchada, roja, dorada y púrpura, atado a la cintura con una cuerda.

—No vemos a muchos caballeros caminando por aquí, eso es todo —murmuró con los ojos brillantes en su rostro cubierto de hollín. Más allá, en la arboleda, junto a un estrecho camino, había un carromato de madera con las puertas abiertas; unas macetas negras colgaban de ganchos en el tejado y una chimenea de lata asomaba por arriba. Un rocín de pelaje sucio estaba comiendo de un montón de paja—. ¿Es usted el nuevo administrador de fincas?

—No, señora. Soy el señor Arrowood. Este es el señor Barnett.

—Señora Gillie —dijo la vieja.

—¿Conoce a los dueños de esa granja de allí, señora Gillie? Los Ockwell.

—Llevo aquí toda la vida, señor. Conocí al señor y a la señora Ockwell hace mucho tiempo. Estaría revolviéndose en su tumba si viera este lugar ahora. Y ella tampoco debe de estar muy contenta, postrada en cama, sabiendo todo lo que está pasando. Era la granja más rica de por aquí. Y ahora es una ruina. Los campos no tienen un drenaje apropiado; las verjas se sujetan con cuerdas. Y los cerdos tampoco están muy contentos.

—¿Cómo sabe que los cerdos no están contentos? —preguntó el jefe.

—Se pasan mucho tiempo tumbados. Un cerdo contento gruñe de felicidad. Es un gruñido alegre. Un gruñido como... como el que hace usted, sin duda, cuando se ha hinchado a beber alcohol.

—Yo nunca gruño, señora.

La vieja gitana se rio, mostrándonos la boca más espantosa que jamás he visto. Solo le quedaba un diente, que le crecía desde abajo y se separaba a la mitad; allí ambas partes se retorcían, una por detrás de la otra, como dos ramas negras y quemadas.

—¿Suele ver mucho a la familia, señora? —le pregunté.

—No tengo nada que ver con ellos, no desde que murió el viejo señor. —Señaló con la cabeza hacia el pueblo y suspiró—. A mi señor Gillie le dieron una paliza en la carretera hace unos años. El señor y la señora Ockwell lo acogieron en su casa. El pobre hombre no duró ni una semana.

—Lo siento mucho —dijo el jefe.

—¿Qué asuntos tienen con ellos?

—Somos investigadores privados y estamos trabajando en un caso.

La anciana se quedó mirándonos durante unos segundos, moviendo la mandíbula como si estuviera masticando una corteza de cerdo. Un gato helado salió de detrás del carromato y se frotó el lomo contra sus piernas. Bajo las faldas llevaba unas viejas botas de soldado, cuarteadas, desgastadas y atadas con cordones de cuero.

—Alguien debería investigar a esos niños —dijo al fin—. Oí que tres de ellos se fueron con los ángeles, aunque solo uno fue enterrado.

—¿Qué niños, señora Gillie? —preguntó el jefe.

La mujer colocó un hervidor sobre el fuego y echó algunos palos para avivarlo. Cuando se incorporó, se llevó la mano a la espalda y puso cara de dolor. Era más alta de lo que cabría esperar por su pequeña cabeza; por lo menos un metro ochenta.

—¿Quieren comprar flores de madera, señores? —preguntó.

—No —respondió el jefe—. ¿De qué niños estaba hablando?

Se arrastró hacia el carromato, que tenía una caja roja pegada a un lado. La flor que sacó de dentro estaba pintada de azul, amarillo y naranja. La sostuvo con cuidado, como si fuese a romperse con la más mínima presión.

—Es bonita, ¿verdad? Supongo que quedará bien en su casa. Solo un chelín, es un precio muy barato.

—¿Un chelín? —repitió el jefe—. No vale más de un penique.

—El precio es un chelín.

El jefe masculló algo y sacó una moneda de su cartera. La mujer le entregó la flor.

—Tenga cuidado con eso, milord. Es muy delicada.

—¿Cómo murieron los niños, señora Gillie? —pregunté.

Sacó otra flor de madera de la caja roja.

—¿Le gusta esta, señor Barnett? Un penique para usted.

—¡Un penique! —gritó el jefe—. ¡Pero si yo he pagado un chelín!

La anciana chasqueó la lengua y negó con la cabeza. Entonces se rio.

Solo respondió a la pregunta cuando hube pagado el dinero y aceptado la flor.

—No sabría decir cómo murieron, señor, pero le diré otra cosa: solo uno de ellos fue bautizado y solo uno está enterrado en el cementerio.

—¿De quién eran esos niños? —preguntó el jefe.

—Ya he dicho suficiente. Lo último que necesita una vieja gitana son problemas con un terrateniente, sobre todo estando aquí sola.

—¿Dónde se enteró de eso? —preguntó el jefe.

—Podría decirse que me lo contó un hada.

Se acercó a su vieja yegua y le dio un beso en el hocico. Comenzó a toser con fuerza y tuvo que agarrarse al cuello del animal para mantener el equilibrio. Su rostro delgado y tiznado se puso rojo; le caían lágrimas de los ojos mientras tosía y esputaba. El jefe la agarró por los hombros y, cuando terminó de toser, la estrechó contra su pecho. Cuando su respiración se normalizó, se apartó de él con un empujón.

—El agua ya ha hervido. —Escupió en el suelo y después lo aplastó contra el barro con la bota—. Pónganse cómodos mientras preparo el té.

La vimos verter el agua caliente en una vieja lata.

—No están casados, ¿verdad, señores? —preguntó mientras le ofrecía al jefe una taza de madera. Estaba tallada de manera tosca, tenía el exterior chamuscado y manchado de negro, y el asa rota.

—Yo sí —respondió el jefe y estornudó en su pañuelo.

—¿De verdad? Me daba la sensación de que no.

—¿La sensación? —preguntó el jefe con una sonrisa algo insegura—. ¿Qué sensación?

—Una sensación desesperada, por así decirlo. —Me entregó a mí una fina jarra de cristal, después sacó algunas galletas rotas del bolsillo y nos dio un trozo a cada uno—. Usted también, señor Barnett.

—Bueno, estamos desesperados, señora Gillie —admitió el jefe—. Estamos investigando un caso relativo a Birdie, la esposa de Walter Ockwell. Estamos seguros de que tiene problemas, pero no logramos entrar a verla. La policía se niega a ayudar.

—El sargento Root no hará nada en contra de esa familia. Sucedió lo mismo cuando le dieron una paliza a mi marido en la carretera.

—¿Cree que eso tuvo algo que ver con los Ockwell? —pregunté.

—Esta carretera no se usa mucho. Va hasta la granja y luego sigue un poco más, pero los lugareños no tienen motivos para venir por aquí. Solo los Ockwell. Casi siempre está vacía. Sucedió el día de la Feria de Primavera. Los jóvenes beben mucho en la Feria de Primavera. Siempre es así. Después se marchan a casa.

—¿Está diciendo que fueron los chicos de los Ockwell? —preguntó el jefe.

—Solo puedo decir que el señor y la señora Ockwell acogieron al señor Gillie y cuidaron de él cuando sucedió, hasta que se fue con los ángeles. Incluso le pagaron el médico. No sabría decirles por qué lo hicieron. Tal vez fuera por buena caridad cristiana, o tal vez por otro motivo.

—Pero ¿usted sospecha?

—Lo único que sé es que no interrogaron a nadie. El sargento Root no quiso investigar. Dijo que fue una riña entre gitanos. —Negó con la cabeza—. Mi marido no reñía con nadie. No lo hizo en toda su vida.

—Eso es terrible, señora Gillie —dijo el jefe—. Pero ¿por qué se ha quedado aquí con todo lo que ha ocurrido? ¿No tiene miedo?

Levantó la mirada hacia la maraña de ramas desnudas.

—Me gusta estar cerca de él. Aún no se ha marchado.

Nos quedamos sentados durante un rato bebiendo té y escuchando a los cuervos moverse por los árboles. Su gato se sentó junto al fuego y empezó a lamerse las patas.

—¿Puede decirnos algo más sobre esos niños muertos, señora Gillie? —le preguntó el jefe con amabilidad.

—Ni hablar, señor. Soy muy vieja y estoy sola todo el invierno, y con mi Tilly coja. Ya le he ayudado suficiente. Pero le aseguro que esa granja es un lugar funesto y triste. A veces oigo chillar a esos cerdos con tanta fuerza que me dan ganas de arrancarme las orejas.

Se metió un trozo de galleta en la boca y lo ablandó con un trago; puso cara de dolor cuando el té caliente alcanzó su diente negro y retorcido.

—Nunca había visto un abrigo así, señora Gillie —dijo el jefe pasado un minuto.

—Es el mejor abrigo que he tenido nunca. Lo compré en Newmarket cuando llegó el otoño y lo he llevado puesto desde entonces. Me enterrarán con él, si los sepultureros no me lo roban. —Bajó entonces la voz—. Escuche, querido. He dejado una nota en el carromato por si estoy sola cuando me vaya, y eso podría suceder cualquier día de estos, siendo yo tan vieja. Sobre la yegua, el carromato y esas cosas. Un testamento. Willoughby, el de la granja, lo sabe, pero usted parece un hombre honesto, señor Arrowood, así que, si la palmo mientras siga usted por aquí, señor, acuérdese. En el tarro negro. Le estaría agradecida. Pienso seguir respirando cuando llegue la primavera y mis hijos vengan a por mí, pero, a mi edad, hay que pensar en todo.

El jefe asintió.

—Por supuesto, señora Gillie, aunque estoy seguro de que no será necesario. Dígame, ¿ha oído algo sobre Birdie, señora? ¿Sobre cómo la tratan?

La vieja negó con la cabeza.

—¿Con quién podríamos hablar?

—Podrían probar con Willoughby, imagino —respondió—. Willoughby Krott, uno de sus trabajadores. Quizá él se lo pueda decir. Lleva un bombín sin ala.

—¿Cuántos trabajadores tienen ahí arriba?

—Solo Willoughby y Digger, pero él no habla. Y también estaba Tracey, que trabajaba ahí hasta hace unos meses.

—¿Dónde podemos encontrar a ese tal Tracey? —preguntó él.

—No lo encontrarán. Se fue. Espero que esté en un lugar mejor, nada más. Los Ockwell los explotan demasiado. Hasta que mueren.

—¿Willoughby vive en la granja?

—En el granero. Los dos vienen a verme. Les doy un poco de sopa cuando puedo. Siempre tienen hambre esos muchachos.

—¿Puede pedirle que se reúna con nosotros?

Miró al jefe con severidad, después agarró a su gato y lo acarició.

—Por favor, señora Gillie. Debemos descubrir si Birdie está a salvo y no tenemos a nadie más con quien hablar. Godwin amenazó con dispararnos si volvía a vernos por la granja.

La mujer cerró los ojos y se terminó el té.

—Vengan mañana a mediodía —dijo al fin—. Haré lo posible. Pero prométame que no le preguntará a Willoughby de dónde vino antes de estar en la granja. No le gusta y no quiero que se enfade.

—¿A qué se debe? —pregunté yo.

—Su gente lo encerró en el manicomio de Caterham. Se pone furioso solo con pensar en ello. —Se llevó la mano al pecho y se le humedecieron los ojos—. Trátenlo bien. Tengo un lugar especial para él aquí dentro.

El jefe asintió y se levantó de su taburete.

—Gracias, señora Gillie.

—¿E investigarán la muerte de esos tres niños? Prométamelo, querido.

—Lo prometo —respondió el jefe con solemnidad.

Cuando ya nos alejábamos por el camino, la mujer dijo:

—En realidad no está casado, ¿verdad, señor Arrowood?

—Sí lo estoy.

—¿Y dónde está ella? Me parece que no está con usted.

El jefe se volvió hacia ella y bajó la voz.

—Está pasando un tiempo con unos amigos. Adiós, señora.

—Será mejor que sigamos, señor —le dije tirándole del brazo, por miedo a lo que vendría después.

—¿Y dónde está entonces su esposa, señor Barnett? —preguntó la señora Gillie.

Esa vieja gitana debía de ser bruja, pues me quedé parado con los pies pegados al suelo. Tan grande como soy, sentí que una lágrima caliente me brotaba del ojo. Negué con la cabeza, sabiendo que había llegado el momento.

—Está muerta —dije con un nudo en la garganta.

—Oh, lo siento, querido.

El jefe se quedó parado en el camino, mirándome con la boca abierta.

Me volví para alejarme.

—Norman —me dijo agarrándome del brazo.

Asentí, me zafé de él y seguí andando. Volvió a agarrarme para detenerme.

—¿Cuándo sucedió?

—En verano.

—¿En verano? ¿El caso Cream?

—Antes de eso. Fue a Derby a ver a su hermana. Solo iba de visita, a ver a los niños. Tenía regalos para ellos.

Se me cerró la garganta. Tosí y noté un pitido en los oídos. Me frotó la espalda. Una ráfaga de aire helado recorrió la arboleda.

—Quería mucho a esos niños, ¿verdad? —dijo al fin.

Asentí, contemplando las hojas grises y húmedas del suelo.

—Le dio fiebre y eso fue todo. Se la llevó en dos días.

—Oh, Norman.

—Yo ni siquiera sabía que estaba enferma.

Oí que respiraba entrecortadamente.

—Y eso fue todo. —Tomé aire para calmar los temblores de mi cuerpo. Cuando volví a hablar, tenía la voz rota—. No volví a verla. Ni siquiera pude despedirme.

—Deberías habérmelo dicho —me dijo pasado un tiempo.

—No…, no podía.

No podía. No quería su consuelo. No quería que Ettie o él me lo pusieran más fácil. Quería sufrir. Necesitaba sufrir. Negué con la cabeza y por fin, de pie entre los árboles fríos, me salió también el resto: nuestra habitación, las siluetas colgadas en la pared, las mantas como planchas de hielo, y todas sus cosas a mi alrededor, húmedas y revueltas. Le hablé de su olor, de su presencia, que a veces estaba seguro de que me observaba mientras yo temblaba entre el polvo y las corrientes, y después ya no estaba seguro, y luego otra vez sí, y que una mañana me desperté y descubrí que uno de mis calcetines había sido zurcido mientras dormía. Le conté que no me atrevía a hablar con nadie salvo con su hermano Sidney, que no podía decirlo en voz alta ni siquiera a mí mismo porque, cuando lo hacía, era como si perdiera otro pedazo de ella. Me salió todo a trompicones, atropelladamente, después de todos aquellos meses enterrado en mi interior, como una presa a punto de desbordarse. Y, cuando terminé, me quedé callado y vacío. Entonces, en el crepúsculo gélido, los cuervos comenzaron a graznar en los árboles a nuestro alrededor, y el ruido fue haciéndose cada vez más y más fuerte, se me clavaba, me arañaba, me mordía. Me di la vuelta y salí corriendo de aquella arboleda, noté la mano del jefe en la espalda y mis pensamientos quedaron ahogados entre los chillidos maníacos de los cuervos.

—Lo siento mucho, Norman —me dijo mientras ascendíamos la colina en dirección al pueblo—. Pensábamos que te había dejado. Pobre mío, querido amigo. Sabía que algo había cambiado en ti. Pero nunca se me ocurrió que fuera eso.

El frío se me había metido en la sangre. Iba cayendo la oscuridad.

CAPÍTULO 10

Cuando llegamos a la altura de los hospicios, un joven policía de unos dieciocho años se nos acercó. Llevaba un casco abollado y un abrigo que le sentaba mal, largo de mangas y deshilachado, como si lo hubiera heredado de un policía mayor que lo hubiera llevado puesto toda su vida.

—Disculpen, señores —nos dijo con inseguridad en la voz—. El sargento Root dice que deben acompañarme a comisaría para hablar.

Sin esperar una respuesta, se dio la vuelta y se dirigió hacia la carretera, sin duda con la esperanza de que lo seguiríamos sin tener que volver a hablar. Yo me alegré: necesitaba algo que nos sacara del silencio del trayecto de vuelta al pueblo.

Era una habitación vacía, sin barrer, sin pintar, fría como el hielo. El techo tenía manchas de moho; la humedad ascendía de los tablones del suelo. El sargento Root estaba sentado detrás de un escritorio leyendo el periódico. Tenía una cara alargada y caída, con el cuello oculto tras la papada. Su bigote era poblado y en sus ojos se apreciaba el reflejo de la melancolía.

—Los investigadores, sargento —dijo el joven.

—De acuerdo —susurró Root.

El jefe le tendió la mano.

—Soy el señor Arrowood, sargento. Este es mi ayudante, el señor Barnett.

El policía asintió y sus ojos perdieron la poca luz que les quedaba. Miró al jefe de arriba abajo, se fijó en sus zapatos medio rajados a la altura de los dedos, en su abrigo de astracán azul desgatado en torno a los botones, en la nariz roja como un clavel. Se volvió hacia el muchacho.

—Voy a enseñarte una lección, muchacho. A estos hombres les pagan por vigilar a la gente. Por espiar a través de las ventanas. Por esconderse detrás de los árboles. Les causan muchos problemas a las familias decentes, eso es lo que hacen.

—Sí, señor.

El jefe se dispuso a protestar, pero Root levantó la mano.

—He recibido quejas sobre usted, Arrowood, por meter las narices en los asuntos privados de los Ockwell. Sé lo que ha estado diciendo de ellos el señor Barclay, pero no es cierto. Son una buena familia. Llevan generaciones dirigiendo esa granja. No es ningún delito que una mujer casada no desee ver a sus padres. Nunca lo ha sido y nunca lo será. No quiero que anden molestando a los habitantes en mi zona. ¿Entendido?

—Pero esa mujer está en apuros, sargento —aseguró el jefe—. Los Ockwell se niegan a permitirnos hablar con ella. Ayer Walter nos persiguió con una escopeta. Atacó al señor Barnett.

—Según he oído, ustedes se negaron a abandonar su propiedad.

—Birdie estaba en la ventana de arriba —explicó el jefe—. Estaba intentando hacernos gestos.

—¿Ah, sí? ¿Y qué decía?

—No habló. Sin duda tenía miedo de que la oyeran. Sujetaba una fotografía del Pavilion de Brighton pegada al cristal.

El sargento miró al policía joven, que agachó la cabeza y disimuló su sonrisa de suficiencia.

—Estoy convencido de que la tienen prisionera, sargento —dijo el jefe—. Estaba pidiendo ayuda.

—Pidiendo ayuda, ¿eh? Escuche, Arrowood, según mi experiencia, una dama nunca enseña una foto del Pavilion de Brighton cuando necesita ayuda. Según mi experiencia. Imagino que sabe que es una enferma mental.

—Tiene una cicatriz en la cabeza donde le han arrancado el pelo. —El jefe estaba alzando la voz. Me daba cuenta de que se estaba alterando, de modo que lo agarré del brazo para recordarle que guardara las formas—. Sabe que Walter es un hombre violento. Al menos debe asegurarse de que esté a salvo. Es su deber.

—¡No me diga lo que debo hacer! —le ladró el policía, que de pronto había perdido la paciencia—. ¡Largo de aquí! Y si vuelvo a oír que están molestando a la gente, los detendré por alteración del orden público.

—Hemos sabido que han muerto tres niños en la granja —dijo el jefe zafándose de mi mano—. ¿Lo sabía?

—¿Tres niños muertos? ¿De qué está hablando?

—La señora Gillie dijo que habían muerto tres niños en la granja en los últimos años, aunque solo uno de ellos fue enterrado.

—La señora Gillie —repitió el sargento negando

con la cabeza, cuya unión con el cuello no se apreciaba—. Escúcheme, Arrowood. Esa mujer es una vieja loca. Se pasa la vida en el bosque haciendo Dios sabe qué, hechizos y cosas así. En mitad de la noche, ella sola. No hay nadie que no haya sufrido a costa de esa vieja bruja. Solo está dando problemas, como siempre. Hágame caso, si hubieran muerto niños, yo lo sabría.

—¡Pero debe investigar! —exigió el jefe.

—Asegúrate de que se vayan, agente Young —dijo el sargento, desapareció por una puerta y cerró de golpe.

Más tarde, esa misma noche, visitamos a los Barclay para decirles lo que había sucedido en la granja.

—Creemos que estaba intentando comunicarse con nosotros —dijo el jefe—. ¿La foto les dice algo?

Los Barclay se miraron el uno al otro.

—Una vez la llevamos a Brighton —respondió el señor Barclay—. Sí, así es. Seguramente estaba diciendo que quiere volver a casa con nosotros.

—Tenía muchas revistas —dijo su esposa—. Suele llevar las cosas a las que guarda cariño. También plumas. Siempre andaba recogiéndolas de la calle.

El jefe puso su cara de pensar y se quedó mirando la chimenea apagada.

—Plumas —murmuró—. Así que tenía razón. El otro día también estaba intentando llamar nuestra atención.

—¿Qué harán ahora? —preguntó el señor Barclay.

El jefe suspiró.

—Mañana esperamos poder hablar con alguno de los trabajadores, ver qué saben. Pero, dado que la familia no nos permite verla y Birdie nunca sale de casa sola, necesitamos la ayuda de la policía. Root no quiere ceder, de modo que necesitamos a alguien superior. ¿Conocen a alguien destacado que pudiera ejercer su influencia?

—Me temo que no tenemos muchos contactos, señor Arrowood.

—¿Y qué me dice del hermano de Kipling?

—Se mudó antes de que llegáramos. Nunca llegamos a conocerlo.

—Su jefe, entonces. Es un hombre adinerado, imagino. Debe de conocer a alguien.

—Podría intentarlo —respondió el señor Barclay con un escalofrío—. Aunque por lo general no es un hombre muy servicial.

Cuando le pedí otro pago, el señor Barclay nos lo concedió sin objeciones. Les prometimos volver a informarles pasados dos días.

Cuando llegamos a la arboleda a la mañana siguiente, no había rastro de la señora Gillie. La puerta del carromato estaba abierta, la vieja yegua nos observaba desde el lugar donde estaba atada. Se hallaba envuelta con montones de sacos y aun así temblaba, resoplaba y se removía sobre una y otra pata. Junto al fuego había un cubo volcado que contenía las tazas de las que habíamos bebido el día anterior.

El jefe llamó a la anciana, alzando la voz entre los árboles desnudos. Volvió a llamarla. Sacó el reloj de su chaleco.

—Las doce menos cuarto —dijo—. Quizá esté aliviándose.

—¿Cree que es clarividente? —pregunté—. Por lo que dijo de nuestras esposas.

—No lo sé. Pero está sola; ha perdido a su marido. Debió de reconocer lo mismo en nosotros.

Me acerqué a ver cómo estaba el fuego.

—Frío. Hoy todavía no lo ha encendido.

El jefe subió los escalones de madera del carromato y se asomó por la puerta.

—¿Señora Gillie? ¿Está aquí?

Entró. Segundos después se volvió hacia mí.

—Echa un vistazo entre los árboles, Barnett. Puede que haya sufrido una caída.

No era una arboleda grande. Unos cien metros hasta el sendero y unos doscientos de ancho desde el campo de los Ockwell hasta los vecinos. Deambulé por allí, gritando su nombre. Los árboles estaban desnudos y el suelo crujía por las hojas congeladas: no había muchos lugares donde pudiera estar escondida. Me agaché por debajo de un rododendro, donde encontré la letrina de la señora Gillie. Me asomé detrás de un par de árboles caídos cubiertos de hiedra y husmeé alrededor de un zarzal situado junto al campo vecino. La señora Gillie no estaba por ningún lado.

—Mira esto —dijo el jefe cuando regresé. Lo seguí hasta el carromato. Dentro estaba oscuro. Las persianas de la ventana estaban cerradas; la puerta, protegida por un toldo, dejaba entrar muy poca luz. Retiró la manta de la cama y la levantó. Debajo estaba el abrigo a rayas de la mujer.

El jefe se quejó al arrodillarse. Palpó debajo de la cama y sacó las botas de soldado.

—Ha salido sin su abrigo y sin las botas —dijo negando con la cabeza—. El día más frío del año.

Encendí la vela de sebo que había sobre la mesa y examinamos la pequeña habitación de madera. El jefe se movía con brusquedad, como le sucede cuando está preocupado. Se retorcía las manos y se aclaraba la garganta; cambiaba el peso de un pie al otro.

Volvimos a salir y la llamamos de nuevo. Los cuervos graznaron en los árboles.

—¡Barnett, mira!

Estaba señalando con el bastón la caja roja donde la mujer guardaba sus flores de madera. Estaba volcada sobre las hojas que había bajo el carromato, con la tapa abierta. Dos flores, rotas en pedazos y cubiertas de barro, yacían en el suelo.

—Le ha ocurrido algo —dijo.

Justo entonces oímos a alguien caminando entre las hojas al otro lado del arroyo.

—Gracias a Dios —exclamó dándome una palmadita en el brazo—. Ha vuelto.

Pero no fue la señora Gillie la que apareció entre los árboles. Eran los dos hombres que habíamos visto antes en la granja. Iban vestidos de forma miserable, con unos pantalones viejos y manchados de grasa, con tantos remiendos y parches que casi no se veía de qué color eran. Lo que fuera que llevaran en los pies estaba envuelto en trapos manchados de barro. El más alto llevaba un viejo sombrero de fieltro sin forma; el bajito, el mongólico, llevaba el mismo bombín marrón y maltrecho con el ala rota que le habíamos visto antes. Su sonrisa era amplia y cálida.

—Buenos días, señores —dijo con la voz nasal y ahogada.

—Buenos días —respondimos el jefe y yo casi al unísono.

El tipo fue directo a la yegua y le acarició el cuello.

—Hola, Tilly. ¿Qué tal tu pata? —preguntó con la

dulzura de un niño. La yegua resopló y echó la cabeza hacia atrás—. ¿Tienes hambre, chica? ¿Es eso?

El más alto se quedó mirando mientras el mongólico palpaba por debajo del eje del carromato y sacaba un morral. Se lo colgó a la yegua de la cabeza y después apoyó su mejilla en el costado del animal mientras este comía.

—Así está mejor, Till —murmuró pasándole la mano por la tripa—. Eso es lo que querías.

—Me llamo Arrowood —le dijo el jefe al alto—. Este es Barnett.

El hombre no respondió. Tenía el rostro castigado por el clima y cubierto de finas venas azules, la cabeza afeitada como si tuviera liendres. Observé en sus ojos una rabia que ya había visto antes en bebedores que buscan pelea, agravada por una nariz afilada y unos ojos rasgados. Su barba enmarañada era más barro seco que pelo.

—Digger no habla —dijo el mongólico acercándose a nosotros—. Yo soy Willoughby, señor.

—Es un placer conocerte, Willoughby —dijo el jefe—. Y a ti, Digger. ¿Está aquí la señora Gillie?

—Volverá pronto, creo. —Willoughby pasó su gruesa lengua entre los raigones negros que eran sus dientes. Después, por alguna razón que no entendí, añadió—: Soy feliz.

—Me alegra oírlo, amigo mío. Y trabajáis los dos en la granja de los Ockwell, ¿verdad?

—Somos los mejores trabajadores. Tenemos tres caballos. El Conde Lavender es el caballo percherón grande y blanco. ¿Usted tiene caballo, señor?

—Me temo que no.

—La señora Gillie es mi amiga. ¿Ha dejado sopa?

—preguntó llevándose la mano a la tripa—. Noto pinchazo aquí.

—No, Willoughby. El fuego está apagado.

Digger emitió un sonido rabioso con la garganta.

—¿No hay sopa? —preguntó Willoughby agachándose para examinar la cazuela.

—Me parece que no, hijo —dijo el jefe.

Willoughby miró por encima del hombro, a través del arroyo, hacia el campo por el que habían venido.

—Hay que darse prisa. Tenemos que volver a trabajar.

—¿Conoces a la señora Birdie, Willoughby?

—Es amiga mía. Me cae bien la señora Birdie.

—A nosotros también, Willoughby. ¿Cómo crees que está?

—Feliz, señor.

—Entiendo. —El jefe metió la mano en el bolsillo de mi abrigo, sacó el bloque de caramelo y partió dos trozos. Se los dio a los hombres.

—¡Gracias, señor! —dijo Willoughby. Le brillaban los ojos de emoción y tenía la boca abierta como si estuviera riéndose. Pero, en vez de comérselo, ambos se guardaron los caramelos en el bolsillo.

—¿Crees que la señora Birdie tiene problemas? —preguntó el jefe con voz pausada.

—Está feliz. Es una mujer guapa. Y papá también.

—¿Sabes por qué no quiere ver a sus padres? Están preocupados.

Willoughby negó con la cabeza.

—No quiere ver a sus padres, no.

—Pero ¿por qué? ¿Sabes por qué?

—No nos permiten entrar en la casa. A Digger y a mí. Lo dice la señorita Rosanna.

—¿No se os permite entrar en la casa?

—No nos lo permiten. Manchamos todo de barro. Barro y porquería. ¿Usted no tiene caballo, señor?

—No, Willoughby.

—Nosotros tenemos tres caballos. Yo cuido de ellos, sí. ¿Es mi amigo, señor Arrowood?

—Sí, querido. Escucha, ¿puedes traer a la señora Birdie a vernos? Es muy importante que hablemos con ella. Te daríamos un chelín si lo hicieras.

—No está permitido —respondió Willoughby negando con la cabeza—. Solo sale para hacer la colada.

—Entonces ¿cómo sabes que es feliz?

—Es feliz, señor —insistió Willoughby. Esta vez se mostró un poco más callado, menos sonriente. Me miró—. ¿Es mi amigo, señor Barnett?

—Por supuesto que sí, amigo —le dije.

—¿Tú la conoces, Digger? —preguntó el jefe.

Digger levantó la mirada y la rabia regresó a su rostro afilado.

—No habla —repitió Willoughby.

—¿Y entiende?

—Entiende. No habla, nada más, señor.

—Bueno, me alegro de conoceros a los dos. Me alegro mucho. —El jefe agarró a Willoughby del brazo y lo apretó. Cuando trató de agarrar a Digger, este se apartó.

—Dime, Willoughby, ¿a qué te dedicas en la granja? ¿Qué trabajo haces?

—Sí, trabajo. Trabajamos los dos.

—Pero ¿qué trabajo? ¿Qué es lo que haces?

—Cuido a los caballos, doy de comer a los cerdos, limpio el estiércol. Son cerdos *berkshire*, señor. También hay algunos *large white*. Y siembro, aunque no hay gran cosa. Nabos, patatas. Y extiendo el estiércol. Les ayuda a crecer, señor. —Ahí tuvo que detenerse a tomar aliento. Parecía que no podía hablar mucho sin empezar a jadear—. Los mejores trabajadores. Digger y yo. Y Tracey Childs. Ya se fue. Los tres mejores trabajadores. Tres hermanos. Nos cuidamos entre nosotros.

—¿Te gusta trabajar para los Ockwell? —preguntó el jefe.

—Soy feliz —dijo Willoughby—. Pronto volveré con mi hermano. Voy a vivir allí. Papá lo hace.

—¿Tu padre? Qué bien.

—No. Papá, él lo hace.

—¿No es tu padre?

—El señor Godwin es mi padre. Ahora somos familia.

—¿El señor Godwin es tu padre? —preguntó el jefe con la cabeza ladeada por la confusión.

—Murió, mi padre. Ahora el señor Godwin es mi padre. Le llamo papá.

—Ah, entiendo. Te refieres a que le llamas papá.

—Le llamo así.

—¿Y creciste aquí en el pueblo, Willoughby?

—En Kennington, con John. Y padre. Y madre.

—¿Y Digger? ¿De dónde es?

—Él no habla.

—¿Te gusta trabajar aquí, Digger? —preguntó el jefe—. Puedes decir que sí o que no con la cabeza.

Digger le sostuvo la mirada al jefe durante unos segundos. Respiraba entrecortadamente, como si estuviera nervioso. Apartó la mirada.

—Somos los mejores trabajadores —repitió Willoughby de nuevo con una amplia sonrisa—. Papá lo dice. Los mejores que ha tenido. Ahora somos familia. Y el señor Walter, y la señorita Rosanna. Nos quieren. Como una familia. ¿Conoce a mi hermano, señor Arrowood? John. ¿Lo conoce?

—Me temo que nunca he visto a tu hermano.

—Voy a vivir con él. Lo dice papá. Papá conoce a John.

El otro asintió. Sacó la lengua de la boca y se la pasó por los labios cuarteados.

—Willoughby, quiero que lo pienses bien. ¿Hay algún motivo por el que Birdie no es feliz? ¿Cualquier motivo?

—Feliz —repitió, pero no parecía tan seguro.

—¿Le hacen daño?

—Daño.

—¿Se lo hacen?

Willoughby guardó silencio. Miró a los cuervos abriendo y cerrando la boca.

—Soy feliz —dijo al fin.

El jefe me miró y frunció el ceño.

—Dime, ¿tienen niños ahí arriba?

Willoughby dijo que no con la cabeza y volvió a mirar el campo.

—Tengo que irme, señor. Tenemos que volver al trabajo.

Digger ya se había dado la vuelta y estaba cruzando el arroyo. Willoughby lo siguió.

—¿Sabes dónde está la señora Gillie, Willoughby?

—La vi anoche. En el campo de los alerces.

—Bueno, adiós, muchachos —dijo el jefe—. Volveremos a visitaros.

—Eso espero —respondió Willoughby—. Soñaré con eso.

—Qué chico tan agradable —comentó el jefe cuando desaparecieron entre los árboles.

—Creo que es un hombre, señor —respondí—. Veinticinco años como mínimo.

—Bueno, me cae bien. —Suspiró, se dio una palmadita en la tripa y miró a su alrededor. Fue entonces cuando divisé a los cuervos, tres de ellos, junto a un arbusto al otro lado del arroyo. Estaban picoteando algo oculto entre las hojas. Tuve un mal presentimiento. Al acercarme, los pájaros se apartaron dando saltos y me observaron con esos ojos negros y muertos. Uno de ellos tenía un trozo de carne colgando del pico. Cuando pasé por encima del árbol caído, vi lo que estaban picoteando: era el gato de la señora Gillie, con las entrañas arrancadas y esparcidas por allí.

—Mire, William —dije señalando.

Le habían aplastado el cráneo a golpes.

CAPÍTULO 11

Cuando llegamos, tras el mostrador de la comisaría de policía se encontraba el mismo agente joven. Se fue a la parte de atrás a buscar al sargento Root, que escuchó la historia del jefe con el ceño fruncido y golpeteando el escritorio con sus dedos sucios.

—Se ha unido a otro campamento —dijo cuando el jefe terminó su relato, con los párpados medio cerrados como si se aburriese—. No se quedan mucho tiempo en un mismo lugar.

—Se ha dejado su yegua, su abrigo y sus botas —respondió el jefe—. La puerta del carromato estaba abierta, sargento.

—Son así de despreocupados. Agradezco que nos lo haga saber, señor.

Root regresó a la otra habitación.

—¡Sargento! —exclamó el jefe—. Al menos debe ir a echar un vistazo. Es una mujer anciana, ¡por amor de Dios!

—Los gitanos desaparecen, eso es lo que hacen. Y suelen hacerlo tras arramplar con la cubertería de una casa. Supongo que sabe que han estado robando de los solares en obras.

—Le digo que ha ocurrido algo —insistió el jefe—. Las flores que vende están tiradas por el suelo. ¿Y cómo explica lo del gato? Ningún animal podría haber hecho algo así.

—Matar a un gato no es un delito, Arrowood, igual que no querer ver a tus padres.

El agente joven asintió al oír eso. El cuello le salía alargado y pálido de la deshilachada chaqueta del uniforme. Root sacó su reloj.

—La una y media, Thomas —le dijo al muchacho—. Me marcho a comer. Defiende el fuerte.

Descolgó un abrigo negro y grueso del perchero y se lo puso.

—Por favor, sargento —imploró el jefe. Aunque parecía estar pidiendo un favor, su voz sonaba dura—. Eche un vistazo. Es lo único que pedimos.

El policía se abrochó el abrigo, después sacó los guantes del bolsillo. Descolgó su casco de otro gancho y se lo puso en la cabeza. Al fin respondió:

—Señor Arrowood. Le agradezco que me haya traído esta información, pero es la ciudadanía honesta la que paga nuestros salarios, no la gente como ellos. Si la vieja se ha metido en problemas, habrán sido provocados por los suyos. No quieren ser como el resto de nosotros. No quieren estar con nosotros. —Abrió la puerta y salió—. Ella y los suyos han estado por aquí cuando les ha parecido bien desde que tengo uso de razón. Tienen su propia justicia. No les gusta que la policía husmee en sus asuntos.

—¡Podría estar en peligro! —exclamó el jefe agarrándolo del brazo.

—¡Suélteme! —respondió el policía con la cara y el cuello rojos. Retiró los dedos del jefe de su brazo, salió a la calle helada y cerró de un portazo.

—¡Maldita sea! —masculló el jefe. Miró entonces al muchacho—. Supongo que tú no querrías venir a echar un vistazo, ¿verdad, hijo?

—No sabría qué buscar, señor —respondió el chico—. Empecé a trabajar la semana pasada. En realidad no he salido de aquí.

Tomamos un sándwich en el *pub* y después fuimos a ver a Sprice-Hogg. El clérigo se disponía a salir de casa. Le faltaban dos botones a su abrigo; el pelo blanco y rizado le asomaba por debajo del sombrero de ala ancha.

—La otra noche lo pasamos muy bien, ¿verdad, caballeros? —preguntó con una enorme sonrisa.

—En efecto, Bill —respondió el jefe.

—Ayer fui a visitar a Birdie. La verdad es que no quiere saber nada de sus padres. Parece que querían librarse de esa pobre chica.

—¿Y eso te lo ha dicho ella?

—Me lo dijo Rosanna, pero Birdie estaba allí. Quería que Rosanna y Walter estuvieran con ella. Le falta seguridad en sí misma a la hora de hablar.

—¿Birdie te dijo que quería que estuvieran con ella, Bill?

—Bueno, fue Walter quien fue a buscarla. Creo que se lo pidió a él.

El jefe frunció el ceño por un instante.

—Pero no sabemos si de verdad quería que estuvieran presentes.

—Ah, entiendo. Piensas como un detective. Me temo que no, pero no me imagino que quisieran impedir que se reuniera conmigo a solas. Los conozco desde hace años. No harían algo así.

—Gracias, Bill —dijo el jefe con un suspiro—. Escucha, queríamos pillar a Godwin fuera de la granja. ¿Sabes si va al *pub* con mucha frecuencia?

—Irá esta noche, estoy seguro. A ese hombre le gusta demasiado beber.

Sprice-Hogg tenía una cita, pero nos sugirió que esperásemos en la casa parroquial hasta la noche, y a los pocos minutos estábamos sentados en su sala calentándonos los pies junto a las ascuas. Sarah nos trajo té junto con los periódicos y pasamos unas pocas horas cómodamente.

—¡Idiotas! —declaró el jefe, despertándome de mi cabezada.

—Señor —dije con la mente nublada por el sueño. Estaba leyendo el *Illustrated Police News*.

—Una página entera dedicada al maldito caso de Swaffham Prior. Han encontrado a otro idiota a quien culpar. Santo Dios, el periódico prácticamente lo ha juzgado y condenado. Y había más discursos en el Parlamento que defendían a los chicos.

Pasó la página con rabia.

—Otro artículo sobre antropología criminal —murmuró. Se quedó estudiándolo unos instantes—. ¿Crees en la estrategia de Lombroso? ¿Que se puede identificar a un delincuente por su cara?

—Quizá. No lo sé.

—Tienen aquí algunas fotos. —Observó el periódico y después me miró a través de sus gafas. Luego volvió a examinar el periódico—. Vaya, mírate —dijo al fin—. Oh, mi querido Barnett. Creo que eres uno de estos tipos. Frente prominente; lóbulos alargados; ojos separados. Vaya, vaya. Parece que eres un degenerado, amigo mío.

—Yo no tengo la frente prominente.

—Sobresale, Barnett. No te enfades conmigo por decirlo.

—Y mis ojos no están más separados que los suyos.

Se concentró en encenderse la pipa, pero me di cuenta de que estaba intentando no sonreír. Cuando la hubo encendido, dijo:

—Yo no he dicho que esté de acuerdo con Lombroso. Simplemente encajas con una de sus tipologías.

No dije nada. La verdad es que a veces sospechaba que era un degenerado. El jefe no sabía algunas de las cosas que había hecho cuando vivía con mi madre en uno de los peores corrales de vecinos de Bermondsey. Allí tenías que ser un degenerado para sobrevivir, y había hecho algunas cosas de las que no estaba orgulloso, cosas que él nunca había tenido que hacer por su origen. Empezó cuando tenía once años, la misma semana en que nos mudamos a esa asquerosa habitación con el suelo húmedo en el edificio más ruinoso del vecindario. Solo conseguimos la habitación porque yo empecé a trabajar en la fábrica de vinagre, pero aquel primer sábado tres muchachos mayores me asaltaron de camino a casa y me quitaron el dinero. Lo mismo sucedió al sábado siguiente, y al otro, y enseguida mi madre y yo ya teníamos un retraso de cuatro semanas con el alquiler y nos quedamos sin crédito en la tienda. Así fue como salí una noche, ya tarde, cuando mi madre dormía, a buscarlos. No sabía lo que haría hasta que encontré al más joven desmayado por la ginebra junto a la letrina. Entonces lo supe: volví a entrar a por una lata de parafina medio vacía y una caja de cerillas. Le prendí fuego y le vi arder hasta que se despertó, gritando y retorciéndose. Ese fue el principio de todo, de todas las cosas que he intentado olvidar.

—¿Qué vas a hacer, Norman? —me preguntó el jefe, sacándome de mis pensamientos—. Ahora que la señora Barnett..., bueno, ahora que estás solo.

—Seguir adelante, William. ¿Qué otra cosa puedo hacer?

—Me refiero a si vas a quedarte en esa habitación. ¿No te sientes solo?

—De momento me quedaré —dije, y noté que mi voz perdía fuerza—. Pero ya veremos. Ahora mismo no lo sé.

Me observó durante largo rato, después seguimos leyendo nuestros periódicos. Mis ojos veían las palabras, pero mi cabeza estaba tan llena de recuerdos que no lograba centrarme en su significado. Al poco, el periódico del jefe cayó al suelo. Se había quedado dormido, con la barbilla contra el pecho, y roncaba como un cerdo de Berkshire. Le quité la pipa de la boca, la dejé sobre la repisa de la chimenea y salí de la casa.

Las tumbas de los Ockwell estaban en un rincón detrás de la iglesia. No tardé en encontrar la lápida del bebé. La pequeña piedra era reciente, con un sencillo crucifijo sobre el nombre: *Abigail Ockwell, 12 de noviembre - 13 de noviembre, 1893. Adorada hija*. No había más tumbas recientes, ningún otro pequeño Ockwell a su lado. Su abuelo estaba enterrado allí, en 1891, su lápida era más grande que la de la niña, me llegaba casi hasta la cintura, y en ella figuraba un espacio para su esposa, que aún se aferraba a la vida desde su lecho de enferma. En la base de la lápida, un cuarto niño: Henry Ockwell, fallecido a la edad de cuatro años, en 1863. En torno a esas dos tumbas la hierba había sido cortada, pero más atrás estaba crecida. Allí estaban los antepasados, los bisabuelos y tatarabuelos, los tíos abuelos, con fechas que se remontaban a principios del siglo XVII.

Eran más o menos las tres y media cuando llegué al campamento de la señora Gillie. Los árboles alrededor estaban muy quietos, incluso los cuervos, negros y brillantes, guardaban silencio. Ahí estaba la vieja Tilly, tapada con sacos, mirándome como si hubiera acudido a rescatarla. Y los restos del fuego, el hervidor. Del gato apenas quedaba nada salvo huesos y el pelaje ensangrentado. Abrí la puerta del carromato y entré: su abrigo y sus botas seguían donde los habíamos dejado. La caja roja que antes estaba tirada fuera ahora estaba dentro, y las flores habían desaparecido. Alguien había estado allí y se las había llevado.

Volví a recorrer la arboleda, miré debajo del rododendro y del acebo, rebusqué entre los montones de hojas secas, salté la verja para entrar en los campos y examiné las zanjas, los arbustos y los caminos.

No estaba allí.

A la fría luz del crepúsculo, conduje a la yegua hasta el arroyo y allí rompí el hielo para que bebiera un poco. Después volví a atarla y le llené el morral. Me miró como si buscara una explicación.

—Ni idea, bonita —le dije. Resopló y me acarició el hombro con el hocico.

Cuando regresé a la casa parroquial, había caído la noche. Sprice-Hogg estaba de vuelta y el jefe y él estaban sentados en la sala bebiendo oporto, con un cuenco de huevos cocidos en el sofá entre ambos y los pies extendidos hacia el fuego.

—Han retirado las pruebas —dijo el jefe cuando le conté lo de la caja roja. Se levantó, se sacudió los trozos de cáscara de huevo de la entrepierna y comenzó a dar vueltas de un lado a otro sobre las tablas pintadas del suelo—. Pero ¿dónde está, maldita sea? Podría estar herida en alguna parte. Y es culpa nuestra.

—¿Culpa vuestra? —preguntó Sprice-Hogg.

—En el pasado, personas que nos han ayudado dándonos información han acabado heridas —explicó el jefe. Parpadeó nervioso—. Tuvo una premonición. ¿Por qué si no iba a hablar de su propia muerte tal y como lo hizo? Debía de preocuparle que se lo contáramos a alguien y eso hicimos. Le contamos a Root lo que nos había dicho.

—No sabemos si ha tenido algo que ver con el hecho de que hablara con nosotros, señor —le dije—. Podrían haber sido ladrones, o alguien que fuera buscando a sus hijos.

—¡Fue justo después de que nos hablara de su marido y de sus hijos! —gritó el jefe—. Hay alguien que no quiere que investiguemos. ¿Por qué si no iban a borrar las pruebas de una pelea? Dime, Bill, ¿sabes algo de tres niños que murieron en la granja en los últimos años? Lo mencionó la señora Gillie. Solo enterraron a uno.

El clérigo negó con la cabeza.

—La pobre niñita de Polly murió hace unos tres años, que Dios la tenga en su gloria, pero desde hace años no ha habido más niños ahí. William, de verdad, yo no me tomaría muy en serio lo que dice la señora Gillie. Es muy aficionada a la ginebra.

—¿Cree de verdad que ha sido Root quien ha ido contándolo? —le pregunté.

—No le habría hecho falta más que mencionarlo en el *pub* —respondió—. O eso, o nos estaban vigilando.

—Iré a su carromato por la mañana —dijo Sprice-Hogg—. Estoy seguro de que para entonces habrá vuelto. Si no, intentaré persuadir al sargento Root para que organice una partida de búsqueda.

—Gracias, Bill, eso sería de mucha ayuda. Una pregunta más: ¿alguna vez ves a los trabajadores de la granja?

El clérigo negó con la cabeza.

—Nunca han venido a la iglesia, y no creo haberlos visto tampoco en el pueblo. Son muy reservados.

Sarah abrió la puerta y comenzó a poner la mesa para servir la sopa.

—¿Cómo está tu hermana, Sarah? —preguntó el jefe.

—No le queda mucho, señor —respondió la mujer en voz tan baja que resultó difícil oírla. Aquello debió de distraerla, pues al levantar la sopera de la bandeja tropezó. Sprice-Hogg soltó un grito cuando cayó de lado sobre la mesa, con la tapa levantada, y la sopa se desparramó sobre las servilletas y la cubertería.

—¡Vaca inútil! —exclamó levantando un brazo como si fuera a pegarle. Sarah se estremeció y se cubrió la cara, pero el clérigo detuvo la mano y la bajó lentamente hasta la mesa.

—Lo siento, señor —dijo la muchacha una y otra vez, tratando de secarla con el delantal. Empezó a llorar.

—Eres una muchacha particularmente estúpida —murmuró el clérigo observándola desde su silla—.

No creas que me he olvidado de la mancha azul de la semana pasada.

—No ha sido culpa suya, Bill —dijo el jefe arrodillándose para limpiar el suelo con una servilleta—. Se le ha enganchado la falda en un clavo.

El clérigo la miró con odio; la muchacha mantuvo la vista en el suelo, gimoteando mientras retiraba la sopa de la mesa. Al fin se dio la vuelta y salió apresuradamente de la habitación.

—Tomen asiento, caballeros —dijo Sprice-Hogg, aún visiblemente alterado—. Al menos queda suficiente para repartir medio cuenco a cada uno.

Después de cenar, el clérigo trajo el decantador de oporto. Tras dos copas más, el jefe negó con la cabeza.

—Esta noche hemos de trabajar, amigo.

El clérigo se puso serio.

—Hazme el favor, William, te lo ruego. Es un barril excelente. Y estoy ansioso por saber qué te ha parecido mi libro.

—Aún no he tenido ocasión de leerlo, aunque lo estoy deseando. Pero ahora debemos irnos y ver si encontramos a Godwin. Confío en que se muestre más abierto con unas copas de más.

—Solo una más. Por nuestra amistad.

—No podemos.

—Claro —convino el clérigo volviendo a poner el tapón al decantador. Contempló el líquido de color rubí, que reflejaba la llama de la lámpara, y suspiró—. La otra noche nos lo pasamos bien, ¿verdad?

CAPÍTULO 12

El *pub* quedó en silencio cuando entramos por la puerta. Estaba abarrotado: tres ancianos que parecía que siempre estuvieran allí, el tipo con la abuela arrugada, Skulky, Edgar y doce o trece más, todos ellos con la cara roja por el calor del fuego. Bajo una de las mesas dormía un bebé en una caja de madera, con una botella de calmante Dalby's en la mano; una niña de cuatro o cinco años fumaba la pipa de su madre junto al fuego. Incluso Root se hallaba de pie en la barra con los ojos medio cerrados.

Godwin estaba sentado en el rincón junto a la dama con la que había estado restregándose antes. Era el único en aquel horno que llevaba la chaqueta puesta y se le veía sufrir: tenía la frente empapada y el cuello lleno de rojeces. Nos miró con el ceño fruncido cuando ocupamos un par de asientos vacíos junto a la puerta.

—¡Pensé que habías dicho que habías espantado a esos dos, Godwin! —gritó el carbonero, un galés corpulento con un ojo de cristal que brillaba en contraste con la suciedad de su rostro.

—¿Qué hiciste, darles un puñetazo? —preguntó uno de los viejos del otro lado de la estancia. Todos se carcajearon.

Godwin apartó la mirada y dio un largo trago a su jarra. Le susurró algo a la mujer, que asintió y le dio una palmada en la pierna.

Pedí algo de beber. La dueña estaba medio borracha: se movía como si tuviera dos piernas de madera y de vez en cuando soltaba un eructo entre el alboroto de los bebedores. El perro viejo se me acercó tambaleándose muy despacio, con las patas temblorosas y el ojo lleno de porquería. Lo aparté hacia la niña pequeña, que intentó agarrarlo del pelo.

Nos quedamos allí sentados, en mitad del barullo, viéndolos beber y gritar a todos, gastándose el jornal, bien encendidos por el fuego abrasador y el calor de la conversación.

—Dios mío, este es un *pub* de borrachos —comentó al fin el jefe. Me di cuenta de que le incomodaba la presencia de Skulky y Edgar, convencido como estaba de que habían pretendido robarnos la otra noche. Estaban junto a la mesa de los bolos, con sus camisas de cuadros y sus chalecos. Llevaban la barba más enmarañada que ningún otro y aquello parecía concederles cierto estatus superior al resto de los hombres. Junto a ellos había un tipo bajito que vestía una chaqueta de muletón y un maltrecho bombín: supuse que sería Weavil. Estaban observándonos mientras susurraban.

Root pasó tambaleándose, con el casco torcido, y salió por la puerta dando tumbos.

Mientras tomaba mi cerveza negra, me golpeó en la cabeza la cáscara de un berberecho, que después cayó al suelo; se oyeron risas al otro extremo del local, donde había tres carniceros con un par de mujeres con delantal.

El jefe se acercó a la barra y pidió bebidas para Godwin y su amante. Pagó y regresó a sentarse conmigo mientras la tabernera salía de detrás de la barra y dejaba una jarra y un vaso sobre la mesa de Godwin. Nos señaló con la mano y balbuceó algo.

—¡Puedo pagar mi propia bebida, Arrowood! —gritó Godwin desde el otro extremo y derramó la cerveza en un cubo de cenizas que había en el suelo. Su dama no quería que le quitara la ginebra, pero le arrebató el vaso e hizo lo mismo. Era evidente que ya se había tomado unas cuantas.

Algunos de los clientes se volvieron para mirar.

—Siento haberle ofendido, señor Ockwell —dijo el jefe—. No he venido a dar problemas.

—Son ustedes una molestia —gruñó Godwin—. Enviaron al clérigo a investigarnos. Nos acusaron a la policía. Han estado haciendo preguntas por aquí. No han encontrado nada en nuestra contra y aquí están otra vez molestándome. ¿Por qué no se terminan su copa y se marchan? Nadie los quiere aquí.

—Quería disculparme, eso es todo, señor —respondió el jefe—. Deje que les invite a comer a su amiga y a usted, ¿qué le parece?

—¡Váyanse! —exclamó Godwin dando un puñetazo sobre la mesa. Todos los presentes, incluso el bebé, estaban mirándolo—. Vamos. ¡Largo!

No nos movimos. Se quedó mirándonos con rabia unos instantes, después se inclinó hacia la mujer y empezaron a hablar de nuevo. Mientras lo hacían, observaba a los demás clientes. Se quitó la gorra y se pasó la mano por la cabeza calva. Volvió a ponérsela.

Al poco rato, los ancianos siguieron con su partida de dominó. La abuela y su nieto se giraron hacia el fuego y se quedaron contemplando las llamas con la cabeza agachada. El carbonero les dijo algo a los carniceros. Se rieron. Se alzaron las voces, los hombres trataban de hablar unos por encima de los otros para que se les oyera. Las dos mujeres con delantal, con los brazos entrelazados, observaban la escena con amplia sonrisa. Nosotros contemplamos la situación durante un rato más, mientras el jefe se mordía el labio, pensando. Por fin se inclinó hacia mí.

—Míralo —me susurró—. Cómo esconde el brazo vago en la chaqueta. Están los dos sentados ahí solos mientras todos los demás disfrutan de la compañía de los otros. ¿Ves que no para de mirarlos?

Volvió a mirar a Godwin y se quedó pensando. La mujer tenía la mano apoyada en la rodilla del granjero mientras hablaba. Godwin asentía y bebía sin parar, con cara de amargura.

—¿No te parece que está solo, Barnett?

—Así es, señor.

Se inclinó más hacia mí y susurró:

—Quiero que intentes hacerle el amor a su amiguita. Ve y dile cosas bonitas. Provócalo.

—¿En qué va a ayudar eso?

Otra cáscara de berberecho voló por el aire y rebotó en la jarra del jefe. Él lo ignoró.

—Se siente humillado. Lo hemos despreciado delante de toda esta gente al no marcharnos cuando nos lo ha dicho. La única manera de que hable con nosotros es ofrecerle la posibilidad de recuperar su orgullo. Compórtate como si estuvieras intimidado por él y luego vuelve aquí. Que te domine; haz que se note.

—Podría empeorar las cosas, señor.

—Tú hazlo, Barnett.

Me bebí la pinta de un trago. Mientras lo hacía, Godwin se levantó y se acercó a la barra con su jarra. Me fui directo a su mesa y me senté en el banco junto a la dama. Ella me miró, sus movimientos eran perezosos. Estaba bien cocida, como todos los demás.

—Hola, cielo —le dije.

Asintió y dio un trago a su ginebra. El pañuelo verde que llevaba alrededor del cuello se le había caído, dejando al descubierto su piel áspera y ennegrecida. Olía a piña.

—¿Te apetece un poco de aire fresco? —le dije colocando la mano sobre la suya—. Lejos de esta gente.

—Márchese, ¿quiere? —me dijo con una risita. Tenía los labios pintados de naranja y colorete rojo en las mejillas.

—¿Cómo te llamas?

—Lisa —respondió en voz baja para que Godwin no la oyera.

—¿Alguna vez has estado en la ciudad, Lisa?

—Una dama no está segura allí, amigo. No hasta que no atrapen al viejo Jack.

Le pasé el brazo por los hombros y le susurré al oído:

—Conmigo estarás a salvo, Lisa. Te lo juro.

—¿Ah, sí? No creo que a mi amigo le gustará eso.

Me incliné hacia ella y le di un beso en la mejilla.

—¡Oiga! —exclamó apartándome el brazo antes de retirarse. Levanté la mirada y vi a Godwin de pie junto a la mesa, con una pinta en una mano y la otra escondida bajo la chaqueta.

—Largo de aquí —murmuró.

—Solo estamos hablando, amigo.

—¿Sí? Pues que te jodan, amigo. ¡He dicho largo de aquí! ¡Ahora!

—Está bien. —Me puse en pie con las manos levantadas y tratando de parecer asustado—. Calma. No ha pasado nada.

—¡Fuera! —me gruñó, más envalentonado cuanto más asustado fingía estar yo.

Cuando intentaba pasar junto a él, le di un codazo en el brazo y parte de la cerveza se le derramó sobre la mano.

—Cuidado —gruñó Edgar, levantándose de su taburete.

Godwin dejó la jarra, se metió la mano sana dentro del abrigo y sacó una porra con la punta de plomo.

—Espera, amigo —dije mientras retrocedía—. No es necesario...

Me golpeó con fuerza en la mano antes de que pudiera terminar de hablar. Blasfemé, cada vez más furioso, y estaba a punto de asestarle un puñetazo cuando me atizó de nuevo, esta vez en la rodilla. Caí al suelo entre cenizas y cerveza derramada y sentí el dolor que me recorría todo el cuerpo. Justo al darme con la cabeza contra el suelo, apoyó la bota sobre mi tripa. Los vítores de la concurrencia ahogaron el gemido que salió de mi boca. Me entró una arcada; no podía respirar.

—¡Ay! —gritó la tabernera—. Ya es suficiente, Godwin Ockwell. Siéntate.

—¡Dale otra! —exclamó Skulky.

Los viejos que jugaban al dominó se carcajearon.

Yo estaba tratando de recuperar el aire, medio ahogado, ovillado sobre el suelo pestilente, con las manos en la tripa mientras el pueblo de Catford se reía de mí.

Godwin tenía sus botas mugrientas a menos de treinta centímetros de mi cara y temí que fuese a darme una patada en los dientes. Me giré para apartarme, tratando de levantarme, con ganas de retorcerle el cuello.

—¡Qué diablos estabas haciendo, Barnett! —gritó el jefe mientras se acercaba a nosotros. Traté de ponerme en pie, pero mi rodilla no aguantaba. Mientras permanecía allí tirado a cuatro patas como un perro, el jefe aprovechó para darme un fuerte golpe en la espalda con el bastón—. ¡Así aprenderás, maldito idiota!

Se volvió hacia Ockwell y lo agarró del brazo.

—Lo siento muchísimo, señor Ockwell. Y, señora, debo disculparme por el bestia de mi ayudante. Le descontaré el sueldo de un día debido a esto, pueden estar seguros. Pero le ha enseñado una buena lección, señor. Desde luego que sí.

—Es verdad, Godwin —dijo Skulky alzando su jarra—. Le has dado bien, amigo.

Tuve que contener mi rabia. Todos los presentes empezaron a darle la enhorabuena. Godwin sonrió y alzó su jarra para brindar. Cuando el jefe le devolvió su gorra del suelo, se agachó y le dio a Lisa un gran beso en los labios pintados. Ella se rio cuando se apartó. Después volvió a incorporarse, alto y triunfal, gozando de la aprobación de aquel pueblo que tanto disfrutaba al ver a un desconocido morder el polvo.

Hizo incluso una pequeña reverencia.

CAPÍTULO 13

Me tambaleé furioso hasta mi asiento. Tenía la vista nublada, la rodilla me palpitaba como si se me hubiera abierto. Me senté con los brazos apoyados en las piernas, tratando de recuperar la respiración y contener las náuseas. Otra cáscara de berberecho me dio en la cabeza y cayó junto a mis pies. Otra ronda de carcajadas procedentes de la chimenea.

—A modo de disculpa, señor, venido directamente de Pall Mall —dijo el jefe ofreciéndole un puro a Godwin. Sacó una cerilla y lo encendió—. Mi ayudante está asquerosamente borracho. Es usted un hombre honorable, se nota. No le gusta que abusen de una dama y a mí tampoco. Por favor, deje que le invite a una copa por las molestias.

—Supongo que eso no me hará ningún daño —dijo Godwin, sonrojado aún por el triunfo—. Yo tomaré un *brandy*, para Lisa una ginebra.

—Señora tabernera —dijo el jefe volviéndose hacia la barra—. *Brandy* y ginebra para el señor Ockwell y la dama. Y un *brandy* para mí.

Sin esperar a que le invitaran, el jefe acercó un taburete. Escuché mientras elogiaba a Godwin por su capacidad para la pelea y a la dama por su elegancia. Admiró la porra y examinó el peso de su punta de plomo. Bebieron. El aire se llenó con el aroma de sus puros.

La niña pequeña se me acercó y se plantó ante mí, una criatura dulce y mugrienta de no más de un metro de altura con un vestido hecho con una manta. Me puso la mano en la rodilla.

—¿Qué diablos estaba haciendo, señor? —me preguntó.

Me aparté, gruñendo por el dolor.

Puso la mano en mi otra pierna.

—Le ha dado una paliza, señor, ¿no es así? Mi madre dice que no se le da bien pelear.

Se tambaleaba de un lado a otro, sin apartar la mano de mi rodilla. Saqué un penique.

—Te daré esto si me dejas en paz, bonita.

Agarró la moneda y se fue a enseñársela a su madre.

Cuando me sentí preparado, salí cojeando para ir al retrete. No era más que un muro bajo de ladrillo frente a un agujero del que salía un fuerte olor acre. Acababa de empezar cuando oí que se abría la puerta y unos pasos se acercaban con rapidez. Eran Skulky y Edgar, tambaleándose, apestosos, y antes de que me diera tiempo a guardármela en los pantalones, me agarraron por los brazos y me los retorcieron a la espalda. Forcejeé, pero de nada me sirvió: me tenían bien sujeto, y con cada tirón notaba una punzada de dolor en el hombro.

Me obligaron a arrodillarme en el suelo mojado, con la frente pegada a las polainas sucias de Skulky.

—Que os jodan —murmuré.

—Ya no eres tan valiente, ¿verdad, amigo? —dijo Skulky retorciéndome el brazo con fuerza. Solté un grito ahogado—. ¿Te crees que puedes venir de Londres dándonos órdenes? ¿Te crees que solo porque eres grande puedes mangonearnos?

—Malditos paletos.

Edgar me dio una patada con la bota en el costado, tan fuerte que me levanté unos centímetros del suelo, y justo al caer Skulky me agarró del pelo y me golpeó la cabeza contra la pared. Luego, sin decir palabra, me soltaron y volvieron a entrar en el *pub*.

Me puse en pie, con el cuerpo destrozado y tembloroso. Me pasé un tiempo apoyado en la pared mohosa, tratando de recuperarme. Poco a poco los temblores se me calmaron, pero ahora tenía más dolores de los que quería imaginar. Volví a entrar en el *pub* y pedí un vaso grande de *brandy* caliente.

—¿Se encuentra bien, señor? —preguntó la tabernera mientras sacaba algo de una jarra de madera.

—He estado mejor.

—Tiene un poco de sangre. Tome, beba un poco de esto. Le calmará el dolor.

Era un vial de clorhidrina. Di un buen trago, después un par más y se lo devolví. Edgar y Skulky estaban jugando a los bolos, riéndose y bebiendo. Me dieron ganas de sacar al jefe de aquel *pub* antes de que pudiera suceder nada más, pero sabía que no me haría caso: estaba en mitad de algo. Intentaba ganarse la confianza de Godwin.

Me volví hacia la mesa y le tendí la mano al tipo.

—Sin rencores, amigo —dije—. Me ha enseñado una lección.

Godwin me miró la mano el tiempo suficiente para fastidiarme más y después me la estrechó. Pensé en agarrarle el brazo vago y retorcérselo.

—Más bebida, Barnett —dijo el jefe dándome un chelín—. ¡Y ostras!

Cuando regresé con las bebidas, estaba diciendo:

—Su familia y usted no se merecen todos estos problemas, ahora me doy cuenta, señor, de modo que he decidido comunicarles a los Barclay que no puedo continuar con su caso. Espero que transmita mis disculpas a la familia.

Godwin dejó caer los hombros; se dibujó una media sonrisa en su ancha barbilla. Se limpió las manos en los pantalones de pana.

—Me alegra oír eso, señor Arrowood. Es usted un hombre honesto.

Alguien empezó a tocar un acordeón junto al fuego. Las mujeres comenzaron a cantar. El jefe se metió una ostra en la boca y apartó el cuenco.

—Sabía que lo entendería, señor —dijo alzando la voz por encima de la canción—. En este trabajo mío, siempre se corre el riesgo de disgustar a buenas personas como su familia. Nunca se sabe si un caso es auténtico hasta que uno investiga, ese es el problema. Es un aspecto de mi trabajo al que nunca me acostumbraré. No siempre he sido investigador privado, ¿lo sabía? Antes era comerciante, pero…, bueno, tuve un poco de mala suerte y aquí estoy. Sí, un poco… de mala…

El jefe fijó la mirada en Godwin, con una extraña sonrisa en la cara. Se estremeció. Suspiró. Godwin lo observaba, a la espera de que terminara la frase. Pero no la terminó.

—¿Qué sucedió? —le preguntó al fin.

—No tiene importancia —respondió el jefe—. Me arriesgué con una empresa, pero me engañó un hombre en quien confiaba. No me arrepiento. Los negocios siempre entrañan riesgos. La vida entraña riesgos.

Godwin asintió. Agarró una ostra con su mano fuerte, dejando la débil sobre su rodilla, escondida bajo la mesa.

—No me avergüenza admitirlo —continuó el jefe con semblante serio—. Este país está construido sobre las espaldas de miles de hombres y mujeres dispuestos a fracasar en la búsqueda de algo mejor. Dispuestos a sufrir las críticas, incluso la desesperación de su familia. Esa es mi filosofía, señor, y puede colgarme si quiere. Sin aquellos que corren riesgos, ¿dónde estaríamos? En el oscurantismo, ahí es donde estaríamos.

—Godwin sí que corre riesgos —comentó Lisa. Le brillaban los ojos por la ginebra y la barbilla por el jugo de las ostras.

—¿Es cierto, señor? —preguntó el jefe—. Me daba esa impresión.

—Y he sufrido por ello tal y como usted dice —añadió Godwin—. Tenía una patente para una máquina de granja, y era buena.

—¡Lo sabía! ¡Otro aventurero!

—Es un aventurero, desde luego —dijo Lisa con un eructo.

—Habría ganado mucho dinero, de no ser por una máquina del norte que apareció en el último momento —continuó Godwin—. De no ser por eso, nadaríamos en la abundancia.

—Siento oír eso —murmuró el jefe negando con la cabeza—. No se puede controlar a la Providencia, esa es la verdad, amigo mío.

La medicina estaba haciéndome efecto: se me había asentado el estómago y el dolor de la rodilla iba disminuyendo. Se me estaba empezando a hinchar la mano izquierda, pero cada vez lo notaba menos. No me sentía nada mal. Miré a mi alrededor: Skulky y Weavil estaban sentados el uno junto al otro, mirándome, con los bigotes húmedos de cerveza y una mirada de odio acumulado en los ojos. Parecía que esa noche iba a recibir más de ellos, pero en ese momento no me importaba en absoluto.

—Apuesto a que tiene otro plan —dijo el jefe.

—Frutas del bosque —respondió Godwin.

—¡Frutas del bosque! —exclamó el jefe entusiasmado.

—Fresas, frambuesas. —Godwin levantó el brazo vago para hacer un gesto que lo abarcara todo, se le mezclaban más las palabras a cada trago que daba—. Así es como se avanza. Hay que reconvertirlo todo. Invernaderos para los tomates. Una planta de embotellado. Eso nos volverá a conceder beneficios.

Lisa se levantó de un salto y se abrió paso frente a la barra hacia el retrete de fuera.

—Y estoy seguro de que será un éxito —declaró el jefe. Se inclinó hacia delante—. ¿Su esposa se encuentra bien? Parecía tambalearse un poco.

—No es mi esposa —respondió Godwin guiñándonos un ojo.

—¡Oh, cielos! —se rio el jefe dándole una palmadita en la mano—. Dios, qué hombre tan afortunado es usted, señor Ockwell. Debo decirlo, sí, un hombre muy afortunado. Es una belleza.

—Me hace bien. —Godwin se tragó la última ostra y se terminó su copa. El jefe me dio un codazo; me levanté y pedí más de beber. Terminó la canción. El acordeonista empezó a tocar *My Dear Old Dutch*. Los clientes aplaudieron.

—¿Su esposa lo acepta? —preguntó el jefe.

—¿Mi esposa? —repitió Godwin con desdén. Hizo una pausa para limpiarse la baba de la comisura adormecida del labio—. Esa mujer no es buena para mí. Es una molestia para cualquier hombre, llorando siempre por la mínima cosa.

—¿Sensible? —preguntó el jefe—. Vaya, vaya.

—Al principio no era así, lo reconozco. Desde que murió la pequeña, no deja que me acerque.

—Lo siento —dijo el jefe con su tono más amable—. ¿Perdieron una hija?

—Tenía solo un día. No podía respirar bien desde que nació.

—Ay, eso es horrible, amigo mío.

—Sí. —Godwin dejó caer la cabeza, con los ojos brillantes por el *brandy* y por la pena. Se rascó de pronto la axila. Se sonó la nariz, se llevó la jarra de cerveza a los labios y se bebió la mitad de un trago. Después dio un buen trago al vaso de *brandy*.

Me golpeó en la oreja una cáscara de berberecho, después otra. La canción sonaba cada vez más alta.

—Fue el médico quien me aconsejó que me echara una amante —prosiguió Godwin en voz baja—. Por mi salud. Cuando la semilla se pudre dentro, es entonces cuando empiezan los problemas.

—¿Eso fue lo que le pasó en el brazo? —preguntó el jefe—. ¿La semilla podrida?

—Apoplejía. —Se agarró la mano vaga y la dejó sobre su tripa—. Me dio una noche, sin previo aviso. Perdí la fuerza en la pierna, así, sin más. También se me fue la voz; por eso hablo como si hubiera tomado unas copas.

—A mi tío le pasó lo mismo —dijo el jefe—. Llevaba una faja eléctrica.

—Nada ayuda. He probado de todo.

La puerta se abrió y entró Lisa, agarrándose a la pared mientras caminaba,

—¿Estás mal, Lisa? —preguntó Godwin.

—Estoy perfecta —respondió ella mientras se sentaba en el banco. Tenía la vista nublada, como si hubiera estado llorando, y un poco de vómito en el pelo. Dio otro trago a su ginebra—. Dios, mira todos los botones que te faltan en el chaleco —dijo pasando un dedo por la vestimenta de Godwin.

—La Providencia no le ha favorecido, señor Ockwell —declaró el jefe.

—Tiene razón, señor Arrowood. Y ahora resulta que nuestra lechera ha enfermado de escarlatina y no parece que vaya a recuperarse. Pruebe a buscar a una chica que quiera trabajar a cambio del salario de una granja estando tan cerca de Londres.

—¿Puedo hacerle una última pregunta sobre el caso, amigo mío? —preguntó el jefe—. Solo para ayudarme a entender. ¿Por qué Birdie no quiere hablar con sus padres?

—Esos dos son unos arribistas —respondió Godwin. Mientras hablaba, agarró la cáscara de una ostra y empezó a raspar con ella la mugre del borde de la mesa—. Intentan ser más respetables de lo que son. Birdie era una vergüenza para ellos. Estaban desesperados por quitársela de encima y ella lo sabía. Por eso no quiere saber nada de ellos.

—Pero ¿por qué iban a contratarnos?

—Supongo que hay algo que no le han contado. No se fíe de ellos, señor Arrowood. Nos engañaron con respecto a ella. Pensábamos que solo era una chica callada, pero es más lenta que Walter. Pensábamos que podría hacerse cargo de él. —Negó con la cabeza—. Hemos llegado a querer a nuestra dulce Birdie desde que llegó, incluso con sus debilidades, pero no podría hacerse cargo ni de una cuchara.

—Escuche, amigo, ¿podría pedirle un favor? No somos hombres de dinero y los Barclay no nos pagarán hasta que hayamos hablado con Birdie. Solo necesitamos cinco minutos con ella. Por favor, señor. Solo para oírlo de su boca.

—Se lo permitiría si pudiera, pero hemos dado nuestra palabra de que la protegeríamos de sus padres y ella cree que han venido ustedes a llevársela. Nos ve como un santuario. Me cae usted bien, Arrowood, pero no puedo faltar a mi palabra.

Lisa lo agarró del brazo.

—Tengo que irme —murmuró, se levantó y tropezó mientras salía de detrás de la mesa.

—¿Te encuentras mal? —preguntó Godwin.

Ella asintió con los ojos cerrados.

—Tengo que irme. Ayúdame, cariño.

Godwin se terminó la copa y se levantó negando con la cabeza. Recogió el abrigo de la mujer y también su pañuelo. Se puso los guantes, tambaleándose con el gesto.

—En fin, buenas noches, caballeros. Me alegra haber aclarado esto.

Y sin más ayudó a Lisa a salir del *pub*.

Cuando nos levantamos para marcharnos, una extraña calma se apoderó del establecimiento. Al percibir los problemas, apuré al jefe para que se pusiera el abrigo y después me lo puse yo. Cuando volví a levantar la mirada, Edgar estaba acercándose y le pasó el brazo por los hombros a Arrowood. Llevaba la gorra muy echada hacia atrás sobre su cabeza húmeda y brillante; tenía la mirada dura.

—Le gusta hurgar en los asuntos de los demás, ¿verdad, amigo? —gruñó. Estaba sonrojado y las gotas de sudor brillaban en su barba enmarañada.

—No, amigo —respondió el jefe, tratando de apartarse—. Hemos hecho las paces con el señor Ockwell. Todo está aclarado.

Edgar lo sujetó con fuerza.

Uno de los carniceros gritó: «¡Fuera!», después el carbonero, después otro cliente, y pronto todos empezaron a gritar y a aporrear las mesas y los bancos con los puños. «¡Fuera! ¡Fuera! ¡Fuera!».

—¿Se cree que puede venir de Londres y estudiarnos como si fuéramos animales salvajes? —gritó Edgar por encima de los demás.

—¡Siéntate y déjalo en paz, Edgar Winter! —exclamó la tabernera.

El jefe trató de zafarse, pero Skulky se situó detrás de él. Weavil se acercó por su otro lado. Estaba haciendo todo lo posible por mantener la calma, pero yo me daba cuenta de su miedo. Los gritos sonaban cada vez más fuertes, inundando el *pub* como un gas malicioso.

—¡Fuera! ¡Fuera! ¡Fuera!

Edgar le dio un empujón. El jefe cayó sobre Skulky, que le dio otro empujón en dirección a su hermano.

—Como si fuéramos animales salvajes —murmuró Edgar volviendo a empujarlo hacia Skulky.

Agarré al jefe de la chaqueta y tiré con fuerza de él

hacia la puerta. Antes de que los demás pudieran reaccionar, habíamos salido a la calle.

Fuera estaba muy oscuro, mucho más oscuro que en la ciudad, y fuimos dando traspiés por los raíles del tranvía, mirando hacia atrás en todo momento para ver si nos seguían. Solo cuando llegamos a los hospicios aminoramos la marcha. Un zorro salió corriendo de un arbusto y el jefe dio un respingo y me agarró del brazo. Estaba muy asustado.

Tomamos el último tren de vuelta a casa y, mientras avanzábamos hacia Londres en la noche fría y oscura, pensé en la vieja Tilly, entre los árboles. Esperaba que no estuviese sola. Que no estuviese sola como lo estaría yo cuando llegara a casa esa noche, en esa habitación mucho más fría y oscura que cuando la señora B estaba viva. Parecía que tenía más en común con esa vieja yegua que con cualquier otra persona de aquel odioso vecindario.

Miré al jefe, sumido en sus pensamientos, y sentí una rabia inesperada. Sin pensarlo le arrebaté el bastón y le clavé la punta en el estómago. Soltó un grito ahogado y trató de apartárselo con la mano, pero apreté con más fuerza, clavándolo al asiento como un escarabajo a una tarjeta, hundiendo la punta del bastón en los pliegues de ropa y de barriga, hinchada de tanta cerveza, tantas ostras y tantos púdines.

—¡Barnett! —gritó con los ojos vidriosos—. ¡Para!

—No vuelva a pegarme —le dije.

Lo mantuve así un minuto, mirándolo a la cara mientras trataba de liberarse. Después retiré el bastón y lo partí contra mi rodilla.

CAPÍTULO 14

Había una niebla espesa cuando llegamos a Saville Place a la mañana siguiente. Con su ropa de los domingos, la gente iba y venía como si fueran fantasmas, absorbida por aquella nube marrón y helada. El jefe iba sujeto a mi brazo mientras avanzábamos hacia la casa de los Barclay, por miedo a resbalar sobre los adoquines helados. Yo tampoco caminaba con mucha seguridad; se me había hinchado la rodilla durante la noche y no se doblaba como debería. Me dolía la cabeza, tenía un enorme hematoma por debajo de las costillas provocado por la patada de Skulky y, por si no fuera suficiente, apenas podía utilizar la mano.

Según nos acercábamos a la casa, oímos los acordes del piano y después la voz de la señora Barclay mientras cantaba. Era *My Dear Old Dutch*, la misma melodía alegre que habíamos oído en el *pub* la noche anterior, pero la cantaba de un modo triste, tan triste como una canción de pescadores perdidos en el mar. Ignoré el tirón que me dio el jefe en la manga y llamé a la puerta.

—Tiene una voz preciosa, señora, si me lo permite —le dijo mientras nos guiaba hacia la sala.

—Cantar lo es todo para mí. —Levantó los dedos para tocarse los tres lunares que tenía debajo del ojo; sonrió con modestia—. Mi corazón. Mi mundo.

—A mí también me gusta cantar —confesó el jefe—. Recibo clases.

Lo miré sorprendido.

—Entonces tendremos que cantar juntos algún día, señor Arrowood —le dijo ella con la mirada encendida.

—Me encantaría, señora Barclay. Mucho.

El fuego estaba apagado y no hacía más calor dentro que fuera: la señora Barclay llevaba varias capas de mantones negros de lana por debajo del delantal.

—Me temo que mi marido está ayudando hoy en la iglesia —nos dijo. La sala resultaba más diáfana sin él allí: hasta los muebles parecían disponer de un poco más de espacio aquel día—. Pero su jefe dice que no puede ayudarnos. Pensé que el señor Tasker sentiría que era su deber, pero no. Veintidós años de servicio no sirven para nada.

—Entonces ya se nos ocurrirá otra cosa. Verá, señora Barclay, anoche pudimos hablar con Godwin.

—¿Y qué dijo?

El jefe tomó aliento y negó con la cabeza para advertirle de que no iba a gustarle.

—Dijo que estaban ustedes deseando librarse de Birdie, que les ocultaron la naturaleza de su enfermedad y que para ustedes era una vergüenza.

—Eso es mentira, señor. —Habló con suavidad, con una elegancia que nada tenía que ver con la de su marido—. Admito que a veces fue difícil criarla, pero siempre fue una bendición para nosotros y estoy destrozada por haberla perdido. Birdie deseaba casarse más que ninguna otra cosa. Conocía sus deficiencias, pero pensaba que ser esposa significaría que era una mujer normal. Se enamoró de un panadero antes de Walter, y antes del coadjutor de la iglesia. Nosotros no les ocultamos nada. Ya la conocían. Sabían cómo era. De todas formas, el propio Walter también es un poco lento.

—Pero eso no tiene sentido, señora.

—¿Qué es lo que no tiene sentido?

—¿Qué razón podrían tener para mantener a Birdie alejada de ustedes?

—¡No lo sé! —exclamó. En ese momento se le transformó la cara. Frunció el ceño, se le oscurecieron los ojos y noté una inquietud inexplicable—. No han hecho ningún progreso, ¿verdad? Si fuera Sherlock Holmes, ya la tendríamos en casa.

—Sherlock Holmes no aceptaría su caso —respondió el jefe—. Si hubieran perdido un caballo de carreras laureado, entonces tal vez. Si hubieran perdido un tratado naval, estoy convencido de ello. Pero no un caso como el suyo, y menos aún por veinte chelines al día. Supongo que habrá leído sobre el caso de Saltire. Bueno, ¿sabe que abandonó otros dos casos cuando le surgió ese? Y ¿por qué? Le diré por qué. Porque había una recompensa de seis mil libras por recuperar a ese pequeño aristócrata.

—¡Eso es injusto! Sherlock Holmes siempre está dispuesto a ayudar a una mujer en apuros.

—¿Cómo dice?

—Que siempre está dispuesto a ayudar a mujeres en apuros.

—Me está tomando el pelo, señora Barclay.

—Siempre está ayudando a las mujeres, señor, y no acepta dinero a cambio. Hay muy pocos detectives a los que pueda recurrir una mujer y que se tomen su caso en serio, pero Holmes es uno de ellos. ¿Recuerda el caso de Milverton? ¿Y la señorita Morstan?

—Me temo que las mujeres no son siempre de fiar, señora Barclay —dijo el jefe negando con la cabeza.

—¿Disculpe?

—Las mujeres no siempre son de fiar, seguro que está usted de acuerdo.

—¿Está tratando de insultarme?

—No con mis palabras, señora. El propio Sherlock Holmes, en el caso que acaba de mencionar. —El jefe se recostó en el pequeño sofá y abrió las manos—. Por supuesto, cualquiera podría decir algo inapropiado. Quizá tuvo un pequeño ataque. O a lo mejor solo intentaba provocar. Sería mejor examinar sus actos, pues. En *Un caso de identidad*, por ejemplo, ¿lo conoce?

—Lo leí hace unos años.

—La señorita Sutherland acude a Holmes para que la ayude a encontrar a su prometido, un tal señor Hosmer Angel, no sé si lo recuerda. Angel le hizo prometer que lo esperaría si algo sucediera, y justo antes de la boda desapareció y no volvió más.

—Sí. Holmes descubre que era el padrastro de la mujer disfrazado.

—El señor Windibank, sí. Quería asegurarse de que no se casara, porque entonces se iría de casa y él perdería la herencia que le correspondía.

—Pero eso demuestra mi argumento —dijo ella—. Sherlock Holmes resolvió el caso muy deprisa.

—¡Precisamente! —exclamó el jefe con un asentimiento de cabeza. Sacó su pañuelo rojo y se sonó la nariz con fuerza.

—Sí, precisamente —convino ella, colocando las manos con modestia sobre su regazo.

—¡Precisamente!

—Sí —insistió ella, con cierta confusión visible en su rostro español.

—¡Precisamente fue al contrario! —declaró el jefe. Respiraba entrecortadamente; tenía espuma blanca en las comisuras de la boca; la miraba con rabia y los ojos desencajados—. Se olvida del final, señora Barclay. ¡Descubre la verdad y aun así decide no contársela a la señorita Sutherland! Permite que siga pasando sus días en casa de sus padres, esperando a un prometido que no existe. ¡Qué cruel! ¡Qué abominable! Y ¿por qué? —Agitó en el aire el puño cerrado, en el que sujetaba el pañuelo sucio, con la cara amoratada como una morcilla—. ¿Por qué la traiciona de esa forma? Porque dice que la señorita Sutherland nunca le creerá. ¿Y por qué cree eso? Porque es una mujer, señora Barclay. Porque, y cito textualmente, «tan peligroso es quitarle su cachorro a un tigre como arrebatarle a una mujer una ilusión».

Concluyó inclinándose hacia ella y agitando el pañuelo sobre su rodilla. La señora Barclay frunció el ceño, confusa. El jefe se acomodó de nuevo en el sofá.

—Tiene usted muy buena memoria para sus casos —le dijo, apartándose para no sufrir otro ataque del pañuelo—. Pero yo no.

—Lamento mis formas, señora. Me enfurece recordar cómo trató a esa pobre joven. —Se quitó las gafas, se las limpió y después se guardó el maldito pañuelo en el bolsillo—. Debo preguntarle una cosa más. En la cafetería, le pasó usted una nota a la señorita Ockwell.

Hizo una pausa tras decir aquello.

—Sí —respondió ella al cabo—. Mi marido tiene por costumbre empeorar las cosas. Preparé una nota por si acaso las cosas salían mal. En ella le pedía si querría reunirse conmigo, a solas. Las mujeres a veces consiguen cosas que los hombres no pueden lograr.

El jefe masculló algo.

—Habla como mi hermana, señora Barclay. Dígame, ¿cómo sabía que la señorita Ockwell estaría allí?

—Ella dirige la familia.

El jefe se levantó y se puso el sombrero. Recogió su bastón. La señora Barclay también se puso en pie.

—¿Por qué nos mintieron al decir el tiempo que llevaban viviendo aquí? —preguntó él mientras se abotonaba el abrigo.

La señora Barclay frunció el ceño.

—Fue idea de mi marido —admitió—. Le ascendieron hace unos meses, por eso hemos podido permitirnos tener nuestra propia casa. Pensaba que, si se lo contábamos, nos aumentaría los honorarios.

El jefe parpadeó.

—¿Cree que somos estafadores, señora Barclay?

—Yo no, señor. Mi marido sospecha de todo el mundo.

El jefe suspiró y noté el brillo de decepción en sus ojos.

—¿Dónde vivían antes? —le preguntó.

La mujer miró hacia la puerta y después recorrió con la mirada la repisa de la chimenea, como si no supiera si debía contárnoslo o no.

—Paces Walk —dijo al fin.

El jefe asintió y señaló la pared.

—¿Qué ha sido del bonito cuadro del barco? Esperaba poder volver a verlo.

—El señor Barclay lo ha trasladado al piso de arriba. Siempre anda cambiándolo todo.

Nos condujo hasta la puerta de la entrada y se detuvo con la mano en el picaporte.

—Seguirán intentándolo, ¿verdad? —preguntó. Me miró por primera vez desde que habíamos llegado y advertí en su noble rostro español un orgullo y un sufrimiento que me hizo querer ayudarla aún más.

—Así es, señora —respondí.

Por fin, cuando salimos a la calle, nos dedicó una sonrisa y cerró la puerta. Mientras caminábamos de nuevo sobre los adoquines helados de Saville Place, me sentí extrañamente triste al pensar en ella sola en esa casa fría, entre la espesa niebla londinense.

CAPÍTULO 15

Las heridas me molestaban, de modo que fui a buscar una farmacia mientras el jefe regresaba a casa. Tras una dosis de Black Drop, atravesé Bethlem a pie hasta Elephant and Castle. Según me aproximaba a casa de Lewis, una chica de unos quince o dieciséis años salió de la casa. Vestía un abrigo viejo y gastado, limpio y bien remendado. Llevaba el pelo recogido bajo el sombrero y tenía la cara llena de marcas de viruela. Me miró al cruzarse conmigo en la acera, tenía los ojos rojos por el llanto.

Ettie y el jefe estaban en la sala.

—La que se acaba de marchar era Ida Gillie —me dijo el jefe—. La nieta de la señora Gillie.

—Va a Catford un domingo al mes a visitar a su abuela —añadió Ettie desde su silla—. Está de servicio en Newmarket. Fue esta mañana, pero la señora Gillie no estaba. Ida dice que nunca antes había faltado a una visita.

—Encontró el abrigo y las botas en el carromato. La señora Gillie no tiene otro par.

Me miró en silencio, respirando con dificultad. Ambos sabíamos ya con certeza que algo le había ocurrido a la anciana. Ya en dos ocasiones habían muerto buenas personas por ayudarnos. Juramos que no permitiríamos que volviese a pasar.

—Intentó hablar con Root, pero obtuvo la misma respuesta que nosotros —dijo el jefe—. Sprice-Hogg le dijo que estábamos investigándolo, de manera que ha venido a pedirnos ayuda.

—¿Y los hijos de la señora Gillie? —pregunté.

—Están todos muertos. Ida es su única familia.

—Pero dijo que sus chicos irían en primavera.

El jefe asintió.

—Solo está la pequeña Ida. Le he prometido que la ayudaríamos.

—Por supuesto.

Se dejó caer en su silla junto al fuego, con gran pesar en su rostro hinchado y arrugado. Abrió la boca para hablar, pero después negó con la cabeza y volvió a cerrarla.

—Iré esta tarde —dije.

Nos quedamos sentados en silencio durante varios minutos. Me daba cuenta de que el jefe estaba sufriendo, le reconcomía la culpa. Sabía que había cometido un error al contarle al policía que habíamos estado hablando con ella. Lo supe en cuanto pasó, pero Root le había enervado. Aunque uno de sus puntos fuertes era entender las emociones de los demás, no tenía mucho control sobre las suyas propias cuando se trataba de la policía, y menos aún cuando empezaban a gritarle. Se suponía que ese era uno de mis cometidos.

Al fin se levantó y se fue rumbo a la letrina.

—¿Has descubierto algo sobre los tres niños? —me preguntó Ettie. Me senté en un extremo del sofá y ella en el otro.

—El clérigo dijo que solo había uno.

—Hay una mujer en Cutlers Court de no más de veintitrés años. Ha tenido seis hijos y todos y cada uno de ellos murieron antes de cumplir el primer año. Pero ella sigue.

Me miró fijamente y sentí que aquel relato le removía algo de su propia vida, algo que tal vez yo nunca sabría. Sentí el impulso de estrecharle la mano para consolarla. Creo que lo vio en mi cara, pues bajó la mirada hasta su regazo. Tardó unos segundos en volver a hablar.

—¿Qué te ha ocurrido en la mano, Norman? —me preguntó.

—No es nada. Godwin decidió aplastármela anoche.

—Déjame ver.

Se arrodilló junto al fuego, me agarró la mano y la examinó a la luz de la lámpara de aceite. Aunque tenía los dedos fríos, aquel me pareció el primer gesto cariñoso que experimentaba en mucho tiempo.

—Mueve los dedos.

Hice lo que me pedía.

—Puede que tengas fracturado el hueso. ¿Te duele?

—Solo es un hematoma.

—Voy a vendártelo.

Trajo un trapo de la cocina y empezó a vendarme la mano. Sabía lo que estaba haciendo: trabajaba como enfermera antes de irse a vivir con el jefe seis meses atrás. Contemplé su coronilla mientras me vendaba, el moño de pelo castaño y la piel clara de debajo. Un delicioso olor a jabón de lavanda ascendía desde su cabeza. Empezó a tararear. Después, como si estuviera en un sueño, dejó de vendarme y, con la punta afilada de la uña, empezó a quitarme el barro que se me había acumulado bajo la uña del dedo pulgar. La observé mientras lo hacía, un poco avergonzado por dejarme limpiar de esa forma. La señora B nunca había hecho algo así, nunca me había limpiado, y no supe qué pensar. Me pregunté si sería algo que hacían las enfermeras en el extranjero. Pasó al siguiente dedo, clavándome la uña para intentar sacar la porquería; nuestras uñas se tocaban con cada trozo que sacaba. No me gustaba en absoluto la sensación, pero tampoco quería que se detuviera. Entonces pareció darse cuenta de lo que estaba haciendo y se estremeció ligeramente. Apretó el vendaje, se incorporó y se sentó en el sofá, un poco más alejada del brazo donde normalmente se sentaba, un poco más cerca de mí. Advirtió mi suciedad bajo sus uñas ahora y, cuando comenzó a sacársela y a tirarla sobre la alfombra, le conté lo que había estado ocurriendo. El jefe regresó a la sala mientras hablaba, con un periódico bajo el brazo.

—Solo le prometí a Godwin que dejaría el caso porque esperaba conseguir cinco minutos con Birdie —dijo mientras se dejaba caer en su sillón y se rascaba con vehemencia la cabeza—. Utilicé todos los trucos que se me ocurrieron. Nos ganamos su confianza, pero no conseguimos concertar una reunión, maldita sea. ¿Cómo va a reaccionar cuando descubra que seguimos con el caso?

—¿Sería posible que los Ockwell estén diciendo la verdad? —sugirió Ettie.

—Birdie no es feliz. Eso lo sabemos. Las dos veces que fuimos a la casa trató de llamar nuestra atención, primero con una pluma y después con aquella foto. Pero no sé qué pretendía decir con eso.

—La señora Barclay intentó hacer las paces con Rosanna —dijo Ettie—. Eso debe de significar algo.

—Habla de buenas intenciones. Tiene una voz muy bonita. Vamos a cantar juntos.

—Tú no cantas, William.

—Me gusta cantar, ya lo sabes. Estoy recibiendo clases.

—¿Qué? —Su hermana se rio—. ¡No es verdad!

—Ayer mismo recibí una.

—¡Que Dios nos asista! —Me miró y vi el brillo travieso en sus ojos grises. Traté de disimular mi sonrisa.

—Mi profesor dice que tengo potencial —comentó el jefe—. Dice que mi voz de tenor es como la explosión de una ola contra el casco de un barco.

—¿Una ola contra el casco de un barco? Eso no puede ser bueno.

Empezó a desabrocharse los zapatos.

—Tú no sabes nada de canto, Ettie.

—Seguro que tienes razón —respondió ella. Se quedó mirando el fuego con cara de satisfacción. Estaba tan cerca de mí en el sofá que sentía el calor de su cuerpo. Uno de los relojes dio la hora—. ¿Hay noticias de los albañiles?

—Oh, Ettie, por favor, no empieces. Los veré el lunes.

Supe que quería decir algo más, pero se contuvo.

—¡Ay! —gritó el jefe al liberar los pies de los zapatos de Lewis—. Estos malditos trastos van fatal para la gota. Sprice-Hogg me dio unas pastillas de Blair para que las probara, ¿te lo había dicho? Pero no parecen hacer ningún efecto.

—¿Qué vas a hacer ahora que le has dicho a Godwin que no vas a seguir investigando? —quiso saber Ettie.

—Estoy intentando decidirlo. Pero ahora tenemos dos casos, y puede que el de la señora Gillie sea el más serio.

—Deja que intente yo hablar con Birdie. A mí no me conocen.

—No, Ettie. No es trabajo para una mujer.

—¡Bueno, está claro que tampoco para un hombre! —exclamó con la espalda recta—. Estuve en la guerra en Afganistán, por si se te ha olvidado. ¿Y acaso no hay mujeres investigadoras en la policía?

—La familia sospecha. Saben que los están vigilando.

—Al menos podría intentarlo, William. ¿Qué mal podría hacer?

El jefe se levantó y empezó a caminar de un lado a otro frente al fuego. Sacó su pañuelo y se frotó las gafas. Encendió la pipa. Se acercó a la ventana. Ettie lo seguía con la mirada mientras se movía de un lado a otro, murmurando para sus adentros. Mientras reflexionaba, Lewis regresó a casa y asomó la cabeza por la puerta. Tenía la cara pálida y con espinillas y llevaba el abrigo negro abotonado hasta las rodillas. Nos dio los buenos días y desapareció escaleras arriba para echarse su siesta de media tarde.

El jefe siguió un rato caminando y fumando.

—Los Ockwell están buscando una nueva lechera —dijo al fin—. Su empleada está enferma. Pero podría ser peligroso, Ettie. Si de verdad tienen prisionera a Birdie, quiero decir. No sé. Podrías presentarte en la granja en busca de trabajo, imagino. Decirles que no tienes nada. Cuéntales alguna historia triste.

—¡Podría hacer eso! —exclamó Ettie dando palmas—. Eso me permitiría entrar.

Estaba emocionada, nunca le había visto una sonrisa semejante.

—Pero no con esa voz, Ettie —le dije—. ¿Puedes hablar de manera un poco más vulgar?

—¿Puedes hablar de manera un poco más vulgar? —repitió intentando poner acento Cockney.

El jefe y yo nos reímos. Parecía más el graznido de un pato de Battersea Park que una persona. Ettie se puso roja, pero enseguida empezó a reírse también.

—¿No me sale bien? —preguntó al fin.

—Es horrible —le dije—. Mira, escúchame a mí decirlo.

Lo repetí con mi acento de Bermondsey. Ella volvió a intentarlo, pero le salió peor. Lo intentamos una y otra vez, pero ni una de ellas se acercó.

—Eres demasiado refinada —le dije—. Nunca lo conseguirás.

—No te creerán —dijo el jefe.

—Si pudiera hablar como tú, Norman. Tú tienes dos voces. ¿Cómo lo haces?

—Aprendí a cambiarla cuando trabajaba en los tribunales. Sin embargo me llevó unos cuantos años, y no digo que no se me note aún el Bermondsey que hay en mí.

—¿Y si es muda? —sugirió el jefe con el codo apoyado en la repisa de la chimenea—.Como ese muchacho, ¿Digger? Parece que se apaña bien sin hablar.

—¡Sí! —exclamó Ettie—. Seré muda.

—Es posible que prefieran a una trabajadora muda —dijo el jefe—. Es más fácil, creo yo. A veces desearía que Norman fuese mudo.

—¡William! —le reprendió Ettie.

Él se rio.

—Puedes llevarte a Neddy —continuó—. Eso

mejorará la historia. Eres pobre, con un niño, os morís de hambre y no tenéis a dónde ir. Sabrán que pueden pagarte poco. Él puede hablar por ti.

—Pero ¿no será peligroso para el chico?

El jefe lo pensó unos segundos.

—Mantente alejada de Walter. Trabaja ahí durante un día o dos, eso es todo lo que necesitarás. Lo suficiente para ver si Birdie es feliz, cómo la trata Walter. Busca cualquier indicio de violencia. Mejor incluso si acogen a Neddy por unos cuantos peniques. Podrás encontrar un lugar donde alojarte en el pueblo.

—Esta misma tarde iré a comprar ropa vieja —dijo Ettie con emoción—. Iré a Petticoat Lane.

—Asegúrate de que sea ropa sucia —le dije.

—Y no andes fisgando por la casa —dijo el jefe—. Cíñete a tu tarea y mantén bajo control esa lengua tuya. Asegúrate de no hablar con Birdie a no ser que estés segura de que necesita ayuda.

—No lo haré.

—¿Y la misión? ¿No te esperan allí?

—Nuestra misión es rescatar a mujeres jóvenes. La misión está por todas partes.

—Debes tener cuidado, Ettie. No se trata de un juego. No te acerques a Walter. Tiene la mecha muy corta y una naturaleza violenta. Podría ser una coincidencia que la señora Gillie desapareciera tras darnos información, pero me temo que no lo es.

—Si percibo un mínimo de peligro, me iré —prometió ella.

—¿Estás segura de esto, Ettie? —le pregunté.

—De lo contrario no sé cómo vais a conseguir llegar al fondo de todo esto. Si de verdad la tienen prisionera allí, el Señor querría que lo hiciera.

Creo que nunca la había visto tan emocionada. Tenía el cuello muy erguido por encima del encaje de la blusa; las mejillas sonrosadas; los ojos encendidos. Me miró con gran seguridad en sí misma mientras se recogía en el moño los mechones sueltos. Últimamente le había visto algún cabello gris y me parecía que le sentaba bien. Era una mujer elegante, sin duda.

Me abroché el abrigo para marcharme.

—Será mejor que me vaya a investigar el campamento.

Ettie habló deprisa, como si le doliera:

—William me ha contado lo de tu esposa, Norman.

—Ah —dije yo.

—Lo siento mucho. —Me agarró la mano buena y me la estrechó. Me aferré a ella, mirando al suelo, porque algo en mi interior me impedía soltarme—. Ojalá la hubiera conocido.

El fuego silbaba. Los tres relojes de la chimenea seguían con su tictac.

—Siento no habértelo contado —le dije cuando me hube recompuesto.

—No te disculpes, Norman. Sabía que había ocurrido algo el pasado verano. Pero imaginé que no querrías que te preguntara.

Aquellas palabras, y la sensación de que había logrado ver en mi interior, hicieron que se me llenaran los ojos de lágrimas una vez más. Negué con la cabeza y traté de contenerlas. Qué estúpido. Llevaba así meses y aun así la estúpida tristeza surgía de la nada. Al fin le solté la mano. Me acercó a ella, noté el roce de su blusa contra mi abrigo, y me dio un abrazo rápido y fuerte. Me sorbí la nariz y me volví hacia la puerta.

—Te esperaré aquí —dijo el jefe—. ¿Tienes reunión esta noche, Ettie?

—Viene Isaiah. ¿No te acordabas? Debes estar aquí.

—¡Otra vez, no! —se quejó—. Si estuvo aquí en Navidad.

—Bueno, pues viene otra vez —respondió ella cortante.

Me dirigí hacia el pasillo y salí de la casa.

CAPÍTULO 16

Estaba lloviendo para cuando llegué a la arboleda. Las hojas oscuras del suelo estaban mojadas y la ceniza del fuego se había convertido en una pasta. Todo lo demás estaba tal y como lo habíamos dejado el día anterior. Di de comer a Tilly la avena que quedaba y eché un vistazo en el carromato. Hacía frío y estaba a oscuras: un goteo constante caía desde el techo sobre la gruesa alfombra. Encontré el testamento de la señora Gillie en el tarro negro y lo leí por si acaso allí hubiese un mensaje para nosotros. No lo había: le había dejado su yegua a Willoughby y el resto de sus posesiones a Ida. Busqué de nuevo entre los árboles, acordándome de su cara arrugada, de cómo se burlaba del jefe, de aquel horrible diente negro.

Desaté a la yegua y fuimos caminando lentamente hasta el pueblo, con nuestro aliento visible en el aire húmedo, dejamos atrás los hospicios, el *pub* y los solares en construcción. La até a la verja de la casa parroquial y fui a visitar a Sprice-Hogg. Me dijo que no había logrado persuadir a Root para que investigara, pero accedió a buscarle a la vieja Tilly un hogar hasta que supiéramos qué había sido de la señora Gillie. La dejé en el jardín bajo la lluvia, sola y con frío, con una mirada de tristeza en su rostro alargado.

Cuando le conté al jefe que Root seguía sin querer investigar, este negó con la cabeza.

—Tienen que inspeccionar la zona como es debido y comprobar si alguien la ha visto. Es demasiado para nosotros. Petleigh vendrá luego. Veré si él puede intentar persuadirlos.

Nos quedamos un rato en silencio. Él miraba el fuego con el ceño fruncido por la preocupación.

—¿Te quedarás a cenar? —me preguntó al fin en voz baja y neutra—. Ya sabes que a nuestro inspector favorito le caes bien.

—Tengo algo que hacer.

—Al menos tómate una taza de té —dijo Lewis desde su sillón preferido junto al fuego—. Tenemos una nueva limpiadora. Te traerá una.

—¿Mary Ann está otra vez enferma? —pregunté.

—¿Quién sabe? —murmuró.

Mary Ann había tenido un comportamiento irregular desde que Lewis le pidiera matrimonio antes de Navidad; el jefe le había convencido de que era una buena idea. Ettie trató de disuadirlo y a mí no me sorprendió mucho que le rechazara. Lewis perdió un brazo cuando era joven y trataba de compensarlo descuidando el resto de su cuerpo. Ni siquiera había un espejo en su casa. El pelo revuelto le caía por encima del cuello de la camisa, su ropa no se lavaba todo lo que debería y, aunque le encantaba comer más que nada en el mundo, siempre tenía la mano manchada de aceite y grasa. Mary

Ann, que tampoco era nada del otro mundo, podría haber pasado por alto todo aquello, pero Lewis era judío, y ella era una intolerante.

Fui a la cocina y encontré a una mujer de rodillas en el suelo añadiendo carbón al fogón. Era más pobre que Mary Ann; tenía unas botas viejas y negras atadas con cuerda, una falda demasiado corta para las enaguas amarillentas y un par de chaquetas gruesas y deshilachadas sujetas con un trozo de cordel viejo. Pese al olor del carbón, ella emanaba un ligero olor acre. El pequeño Neddy estaba sentado en un taburete junto a la puerta trasera, jugando con el fuelle.

—Hola, señor Barnett —dijo el muchacho. Tenía un trozo de pastel de fruta en la mano.

—Hola, amigo. He oído que vas a hacer un pequeño trabajo para nosotros.

—Sí, señor. —Se puso muy serio. A Neddy le encantaba trabajar para el jefe; nunca conoció a su padre y Arrowood era lo más parecido a un tío que tenía el muchacho—. Tengo que fingir que la señorita Arrowood es mi madre.

La mujer se incorporó y se volvió hacia mí.

—¡Ettie! —exclamé sorprendido.

Me sonrió.

—¿Te gusto, Norman?

—Apestas un poco, pero por lo demás me gustas mucho.

—Me ha vestido mi pequeña dama de compañía.

—No soy una dama de compañía —se quejó Neddy, con la boca llena de pastel. Agarró las últimas migas del chaleco verde que llevaba por encima de la mugrienta camisa.

Ettie llevaba el flequillo cortado de forma irregular

y el pelo recogido en lo alto de la cabeza con viejos peines de madera que no lograban sujetárselo todo. Tenía el cuello sucio y las manos negras. Me las mostró.

—Me las ha frotado en barro y cenizas. ¿Qué te parece? ¿Podremos engañarlos?

—Desde luego —le aseguré—. Pero tendrás que mantener la boca cerrada. Tienes los dientes demasiado bonitos.

—No imaginas lo que venden en esos carros. He visto a un anciano comprar un abrigo sucio. Y había un carro lleno de pololos viejos y asquerosos. Parecía que no los habían lavado nunca.

Sonreí mientras me lo contaba. Me lo imaginaba bien. Casi toda la ropa que había tenido hasta que empecé a trabajar en los tribunales había sido comprada en aquellos carros.

—Le hemos encontrado a Neddy ese chaleco.

El muchacho se bajó del taburete y desfiló de un lado a otro de la habitación, con los pulgares enganchados en los agujeros de los brazos, balanceando el trasero como un ricachón. Ettie y yo nos quedamos mirándolo mientras hervía el agua, riéndonos.

Llevé la bandeja a la sala y serví el té.

—¿Cuánto va a pagarme, señor Arrowood? —preguntó Neddy.

—¿Qué te parecen cinco chelines, muchacho?

—Me parece muy bien, señor —dijo el chico mientras rebuscaba en el cesto de espadas que había en el rincón. Volvió a rascarse la cabeza.

—¿Tienes liendres, muchacho? —le pregunté.

—No.

—Siempre has tenido liendres, querido —dijo el jefe—. Saliste de tu madre con liendres.

—¡No es verdad! —protestó el chico—. Tengo el pelo áspero, nada más.

—Seis chelines sería mejor —sugirió Ettie.

—Hemos acordado cinco —respondió el jefe.

—Dale seis, tacaño.

—Hemos dicho cinco. Por favor, cállate, hermana.

—Seis suena mejor —intervino Lewis.

El jefe lo miró con encono.

—Oh, está bien —masculló al fin—. Aunque habíamos acordado cinco.

—Gracias, señor —dijo el chico con un brillo de entusiasmo en sus ojos marrones.

—Cuando Ettie regrese sana y salva, tenemos que volver a hablar con Willoughby, Norman.

—¿Por qué? —pregunté—. No pudo decirnos nada sobre Birdie.

—Éramos desconocidos. Podría decirnos algo más una segunda vez si logramos entenderlo mejor. Esta tarde he ido a visitar a Jobbs. —Sacó su libreta y la abrió bajo la luz de la lámpara. Jobbs, un viejo amigo de su época en el periódico, ostentaba ahora un puesto en la Royal Society. Cada vez que el jefe deseaba averiguar algo sobre la mente o sobre cualquier otro asunto científico, Jobbs le permitía el acceso para usar la biblioteca—. Encontramos un informe sobre mongolismo escrito por Langdon Down, el antiguo director del Sanatorio Earlswood. Dice que la enfermedad es una degeneración racial de la familia mongol. Nacidos de padres caucásicos, pero con los rasgos étnicos de los mongoles. —Ojeó sus notas—. Cara aplanada y ancha. Ojos oblicuos. Labios gruesos y grandes. Lengua larga y gruesa, áspera. Nariz pequeña. Piel con una tonalidad amarillenta. —Levantó la mirada para asegurarse de que estábamos escuchándole—. En torno al diez por ciento de los idiotas congénitos son mongólicos.

—Hace tiempo los mongoles tenían un imperio —comentó Ettie—. No pueden ser idiotas.

—Enumera otros tipos de idiotas: negros blancos, algunos del tipo malayo, indios americanos.

—¿Estás diciendo que de padres ingleses puede nacer un indio americano?

—Lo dice Down, no yo, Ettie.

—Es ridículo.

—No confío en esos científicos de la raza —dijo Lewis rascándose con vigor el muñón—. Algunos de ellos dicen que mi gente es inferior.

—¿Cómo puede una persona degenerar hacia otra raza? —pregunté.

—La tuberculosis en los padres es una de las causas —respondió el jefe.

—Pero ¿cómo? —preguntó Ettie—. ¿Quiere decir que tenemos otras razas dentro de nosotros?

—¡No lo sé, Ettie! —exclamó el jefe con la cara roja—. Pregúntale a Langdon Down. Solo te digo lo que ha escrito él. De todas formas, lo importante aquí es entender a Willoughby. —Pasó la página de su libreta—. Down nos ofrece algunas características psicológicas del tipo mongoloide: se le da bien imitar; humorista con sentido del absurdo; más capaz cuando hace calor que cuando hace frío. Eso es por la mala circulación, afecta a sus capacidades mentales.

—A mí también —dijo Lewis.

—Y a mí —agregó Neddy, que había estado escuchando con mucha atención.

—¿No hubo hace unos años un escándalo protagonizado por Down? —preguntó Lewis.

—Así es —confirmó el jefe—. Jobbs cubrió la noticia cuando empezó a trabajar en el periódico. El tipo fue obligado a dimitir en Earlswood. Parece ser que estaba alojando a algunos de los pacientes privados de la lista de espera del psiquiátrico en las casas de los empleados. Cobrando una importante tarifa.

—Se puede ganar dinero con la demencia —comentó Lewis—. Sale a todas horas en los periódicos.

Ettie agarró el calcetín que estaba zurciendo.

—No lo hagas tan grueso esta vez, Ettie —le dijo el jefe—. El último me provocó una ampolla.

—Entonces hazlo tú —le respondió ella lanzándole el calcetín.

El jefe lo recogió del suelo y, sin decir palabra, lo colocó sobre la mesa junto a ella. Después se acercó a una de las cajas que contenían sus posesiones y extrajo un libro.

—Me hizo preguntarme si Digger también será idiota. Escuchad esto que dice Maudsley. —Encontró lo que buscaba a la mitad del libro—. Idiotas de nivel grado alto. «Les complacen los juguetes y las baratijas». El caramelo, Barnett. Lo aceptó, ¿verdad? «Manifiestan un amor animal hacia quienes les dan de comer. Ocasionalmente, parálisis y atrofia del crecimiento en un lado del cuerpo». Bueno, es posible. Es difícil de saber. «Suelen ir asociados a ataques epilépticos». Podría ser, podría ser. «Dedos cortos y fofos». ¿Tenía los dedos fofos, Norman?

—No lo vi.

Frunció el ceño y chasqueó la lengua, mirándome por encima de las gafas.

—Trata de ser más observador, por favor, Norman. No paro de decirte lo importante que es.

—No lo vi debido a los guantes marrones de lona que llevaba puestos, señor.

Ettie y Lewis se rieron.

El jefe me ignoró y siguió leyendo:

—«Orejas mal formadas». —Asintió—. Sí, sus orejas eran ridículas. «Cabeza deforme». Difícil. Llevaba aquel sombrero. «Piel hinchada con una sequedad anormal». Bueno, sí que parecía reseco. «Longitud desigual de brazos y piernas». Apostaría a que tiene un lado más corto que el otro por esa manera tan rara de caminar. —Cerró el libro y levantó la mirada—. Ambos son idiotas.

—¿De verdad? —preguntó Lewis—. ¿Hasta qué punto debe coincidir con esa lista?

Ninguno conocíamos la respuesta a esa pregunta, de modo que servimos más té. Neddy sacó una baraja de cartas y le dejamos ganar unas manos. Ettie estaba muy llena de vida aquel día. No paraba de dar vueltas por la habitación observando su reflejo en la ventana. Se reía. Aunque el jefe intentó recordarle que podría correr peligro, ella no le hizo caso y le repetía una y otra vez que no le pasaría nada. Neddy y ella practicaron el mutismo de ella y las frases que diría él, mientras que Lewis, el jefe y yo los observábamos. Hacían bien de madre e hijo y, durante un rato, solo una hora o dos, pareció que los cinco formábamos una familia.

CAPÍTULO 17

Arrowood ya estaba en la cafetería de Willows cuando llegué a la mañana siguiente. Se hallaba sentado junto a la ventana leyendo *The Star*, con un cuenco de gachas a medio comer ante él. Como tenía por costumbre, había acaparado el *Punch* y el *Pall Mall Gazette* de Rena y se los había guardado debajo de la pierna por si acaso alguien intentaba leerlos. Los únicos clientes que había allí eran una familia; una madre, tres niños y un par de abuelos. Los niños se peleaban; los mayores los ignoraban mientras devoraban su pan con mermelada y se tomaban el té como si no pudieran pensar en otra cosa. Me desabroché el abrigo y me senté.

—¿Estás bien, Norman? —preguntó la señora Willows mientras nos traía dos tazas de café—. He oído que te has lesionado la rodilla.

—Me pondré bien, Rena. ¿Qué tal va todo?

—Como siempre. El señor Arrowood me ha contado lo de la señora B. Lo siento mucho. Si necesitas algo, dímelo. —Me apretó el hombro con su mano grande y rojiza. El pelo gris se le había estado cayendo a lo largo del último año y ahora llevaba un pañuelo en la cabeza. Suspiró—. Sé lo que sientes, por cuando murió mi marido. Sé lo que sientes.

Intenté dirigirle una sonrisa y ella trató de hacer lo mismo.

Se abrió la puerta y entraron dos taxistas.

La señora Willows se dirigió a la barra.

—Ettie y el chico se han marchado esta mañana —me dijo el jefe—. No tenía sentido retrasarlo. Le he dicho que se marchara a la mínima señal de problemas. Neddy puede venir a buscar ayuda si las cosas se complican demasiado. Ah, y Petleigh ha accedido a presionar a Root para investigar la desaparición de la señora Gillie.

Dio un sorbo a su café y se quedó mirando por la ventana. Me di cuenta de que estaba inquieto, más inquieto que cuando había ideado el plan el día anterior. Pensé en lo emocionada que estaba Ettie con la idea, en lo mucho que disfrutaba viéndose vestida como una mujer pobre. Pero entonces me acordé de aquellos perros, de lo aislada que estaba la granja en lo alto de la colina, de Walter con su delantal de carnicero manchado de sangre.

—Tiene que dejarnos un mensaje todas las tardes en el cementerio, bajo el limpiabotas del pórtico. Y si la contratan a ella pero a Neddy no, el muchacho tendrá que venir a visitarme todos los días para darme noticias.

—¿Y si no la contratan?

—Entonces ya lo pensaremos, Barnett.

Soplé el café y di un sorbo. El jefe dio un gran trago a su taza y le cayó un poco sobre la pechera de la chaqueta.

—¿Ettie disfrutó con la visita de Petleigh? —le pregunté.

—Parece ver algo en él, imagino. Insistió en quedarse después a jugar a las cartas. Fue una visita muy larga. Lewis se retiró a la cama antes de que se marchara.

—He ido a ver a su albañil. Dennis Bryan.

—¡¿Que has hecho qué?! —exclamó. Los dos taxistas dejaron de charlar y nos miraron—. ¡Maldita sea, eso no es asunto tuyo, Barnett!

—Me lo pidió Ettie.

—¡Me da igual! —Se levantó de la mesa—. ¿Cómo te atreves a interferir?

—Me ha dicho que no le ha pagado. Que se lo ha pedido cuatro veces.

—¡No te contrato para que me investigues a mí, maldita sea!

—Me ha dicho que sus habitaciones estarán listas en dos días en cuanto le pague los veinticinco chelines que le debe.

—¡Cierra la boca! —gruñó. Se apartó de la mesa, me lanzó el periódico y salió hecho una furia de la cafetería.

Le concedí un par de horas para calmarse y después fui a verlo a casa de Lewis.

—Ettie no ha regresado —me dijo nada más abrir la puerta. Ya no quedaba rastro de su anterior enfado y me pregunté si habría recurrido de nuevo al láudano. Lo seguí hasta la sala, donde se sentó en el sillón de orejas junto al fuego que había hecho suyo desde que se mudara allí seis meses atrás. En el sofá dormía un gato anaranjado al que no había visto antes—. Significa que lo ha conseguido. Necesito que vayas esta noche pasada la medianoche a recoger la nota. Disfrázate. Si Godwin se entera de que has vuelto, resultará más peligroso para ella.

Me senté en el sofá. El gato me miró como si no supiera cuál era mi lugar y después se bajó de un salto. Atravesó la alfombra y volvió a saltar para sentarse en el regazo del jefe.

—Hola, pequeño —le dijo acariciándole la cabeza.
—¿De dónde ha salido?
—Me siguió a casa. El pobre animal tenía hambre.
—Le dije que no volviera a lanzarme cosas.
—Lo siento, Norman, pero solo ha sido un periódico.
—Me da igual lo que fuera. Un día de estos voy a perder la paciencia y no me gustaría que eso pasara, señor.
—No volveré a hacerlo, te lo prometo. Pero no deberías haber interferido. No te pago paga ayudar a Ettie.

Aquello me molestó. Ambos sabíamos que lo que había entre nosotros iba más allá de lo que me pagaba por hacer, aunque él lo ignoraba según le convenía. No hacía falta que me recordara que veníamos de mundos diferentes, y me fastidiaba que a veces no pareciera capaz de superar las cosas que había heredado de su padre, de su educación, del lugar que ocupaba su familia en la iglesia. Yo sabía que, cuando era pequeño, había tenido ama de llaves, igual que él sabía que, hasta los diez años de edad, yo había sido el hijo de un ama de llaves.

—¿Por qué no le ha pagado? —le pregunté.
Siguió acariciando al gato. Estaba sentado sobre

sus muslos, después se tumbó y apoyó la cabeza en sus partes íntimas.

—He recibido otra nota de Isabel, Norman. Ya sabes que quiere el divorcio para poder casarse con ese desgraciado en Cambridge. Bueno, pues ahora parece que quiere que venda mis habitaciones de Coin Street. Están a su nombre: las heredó pocos años después de casarnos. Con la maldita ley de la propiedad de las mujeres casadas, no tengo ningún derecho. ¡Te digo que detrás de todo esto está ese maldito abogado! Ese hombre es un estafador, no hay otra manera de describirlo. Solo busca el dinero. Isabel jamás querría echarme de mi casa si no fuera por él.

—Siento mucho oír eso, William.

—En cuanto terminen las obras de la casa, me veré obligado a ponerla a la venta. No puedo hacerlo.

—Retrasarlo no va a servir de nada, no si ella está decidida.

—No, pero he oído que el abogado está enfermo. Podría ser cáncer.

Se quedó mirándome sin expresión en los ojos. Los tres relojes de Lewis sonaban como locos sobre la repisa de la chimenea.

—Creo que podría morir.

—¿Qué?

Se rascó la nariz.

—Si se muere, tal vez ella regrese. Por eso estoy intentando aguantar. No se lo digas a Ettie. No debe saber que no he pagado al albañil.

—¿Lo sabe Lewis?

Asintió.

—¿Crees que soy cruel, Norman?

Hablaba en voz baja. Parecía un niño.

—No, William. Pero no puede tenerlos esperando así.

—Créeme, me siento incómodo por llevar tanto tiempo alojado aquí con mi hermana. Lewis no ha dicho nada, pero está acostumbrado a estar solo. Ettie es muy sensible a sus emociones.

El gato se bajó de un salto y empezó a lamerse frente al fuego.

—Pagaré al albañil —dijo con un suspiro—. Tal vez Isabel no venga persiguiéndome. Quizá esté preocupada por la enfermedad de ese hombre asqueroso.

Empezó a llenar su pipa y le rugió el estómago.

—No podemos volver a la granja mientras Ettie esté allí —comentó—. Quiero que los Ockwell crean que hemos abandonado el caso, al menos hasta que haya vuelto a casa sana y salva. Mientras tanto, debemos aumentar la presión sobre Root para que investigue. Lo de Petleigh es un comienzo, pero Root nos hará más caso si encontramos a alguien con un puesto superior. Creo que iremos a Tasker e Hijos, veremos si podemos ser más persuasivos con el señor Tasker de lo que lo fue Barclay. Es una empresa de éxito. No me creo que Tasker no conozca a gente con contactos. Y además podremos hablar con quien fuera que presentó a Birdie a su marido.

CAPÍTULO 18

El autobús a Ludgate Circus estaba abarrotado, pero no me importaba demasiado ir apretujado con las demás personas en un día malo. Empezó a llover de nuevo cuando pasábamos por Blackfriars Bridge; el Támesis parecía frío y picado como el paso del Noroeste.

Tasker e Hijos se ubicaba en la segunda planta de un viejo edificio de madera. La puerta se abría a una gran estancia donde había hombres con abrigos negros de Moses and Nicholls sentados en taburetes altos, con la espalda encorvada y el cuello de la camisa rígido. Después de las calles abarrotadas de Ludgate Circus, la oficina poseía la tranquilidad de una enfermería: solo se oían las plumas escribiendo en los libros de contabilidad. Un pequeño fuego humeaba en el otro extremo de la sala, donde había unos pocos hombres con escritorios más grandes. Al vernos, uno de ellos se acercó.

—¿Puedo ayudarles? —preguntó mirándonos por encima de sus gafas. Era calvo y lucía unas patillas pobladas y grises. Le apestaba el aliento.

—Estamos buscando al señor Barclay —dijo el jefe.

Las plumas dejaron de moverse y los empleados levantaron la cabeza.

—¿El señor Barclay? —repitió el hombre con la cabeza ladeada—. ¿Dunbar Barclay?

—Sí, es bastante importante.

—No está con nosotros. Dejó su puesto hace unos dos meses.

—¿Encontró otro trabajo?

El hombre se nos acercó más y bajó la voz.

—Fue despedido por el señor Tasker padre.

—¿Despedido? —susurró el jefe—. ¿Puedo preguntar por qué?

—Me temo que no puedo decírselo, señor.

—Por supuesto —respondió—. No sabe por qué se lo preguntamos. Seré sincero con usted: somos investigadores privados y estamos investigando a una chica que creemos podría estar prisionera.

—¿Sospechan del señor Barclay? —preguntó el hombre con la sombra de una sonrisa en los labios y brillo en sus ojos húmedos.

—Cualquier información sobre él nos sería de gran ayuda, señor. Cualquiera.

El hombre miró a su alrededor y, tras un gesto suyo, uno por uno los empleados devolvieron la atención a sus libros de cuentas y empezaron a escribir de nuevo. Nos llevó a un lado de la habitación.

—Por favor, no comenten esto con nadie, caballeros —nos dijo en un susurro—. Desapareció un dinero. Todo apuntaba al señor Barclay. Fue despedido de inmediato.

—¿Fue acusado?

El hombre negó con la cabeza.

—No queríamos escándalos. Hay muchas otras empresas ansiosas por quedarse con nuestro negocio.

—¿Sabe dónde trabaja ahora?

—No le dimos carta de recomendación. Era un huevo podrido. No sé si encontró otro puesto. —El hombre inclinó la cabeza hacia nosotros y se frotó las manos—. ¿Dicen que el señor Barclay ha secuestrado a una chica? —susurró.

—No exactamente. No me ha dicho su nombre, señor. Yo soy Arrowood. Este es el señor Barnett, mi ayudante.

—Señor Pope —respondió el hombre bajando la voz—. Subdirector. ¿Y podría bajar la voz? Esta oficina funciona mejor en silencio.

—Dígame, señor Pope, ¿tenía algún amigo aquí?

El hombre negó con la cabeza.

—El señor Barclay no caía bien. Tenía unos modales muy desafortunados. Mucho temperamento. Poco tacto. En esta profesión hay que ser cuidadoso, señor.

—Desde luego. Una última cosa, señor. Hay un hombre que trabaja aquí que presentó a la hija del señor Barclay a su marido. ¿Sabe por casualidad de quién se trata?

—Me temo que no —respondió Pope irguiéndose—. Ahora, si me disculpan, debo regresar a mi mesa. Tengo muchísimo trabajo.

—¿Podría preguntar a sus empleados, por favor, señor? Es bastante urgente. Como le he dicho, sospechamos de un delito relativo a una chica.

—¿Un delito sexual? —susurró el subdirector con un brillo de emoción en la mirada acuosa. Agitó los dedos frente a la nariz y aspiró—. ¿Es eso?

—¿Podría preguntárselo, señor Pope? Sería de gran ayuda.

Pope miró al jefe con desagrado.

—No quiero molestar a mis empleados. Tienen demasiado trabajo. —Le puso la mano encima al jefe y trató de empujarlo hacia la puerta—. Le pido que se marche, señor.

El jefe se zafó del brazo de Pope y se dirigió a la estancia:

—¡Atención! Estoy buscando al hombre que presentó a la hija del señor Barclay a su marido. Creo que trabaja aquí.

—¡Ignoradlo! —ordenó Pope. Sus empleados ya ni siquiera fingían trabajar. Algunos de los más jóvenes susurraban entre sí y se reían. Los mayores se frotaban las manos y se ceñían las chaquetas—. Señor Brooks, señor Wood, por favor, vengan y ayúdenme a echar a estos hombres.

Los dos hombres se levantaron de sus mesas, ambos altos, ambos con un bigote alargado.

—¡Por favor, que se identifique! —gritó el jefe recorriendo la sala con la mirada—. ¡Una joven podría estar en peligro! ¡Obtendrá una recompensa si colabora!

Se abrió de golpe una puerta situada al otro extremo de la oficina y apareció un hombre. Llevaba un traje marrón y una corbata verde esmeralda; tenía el pelo gris y brillante. Todos se volvieron.

—¿A qué viene todo este ruido? —preguntó el hombre.

—No se preocupe, señor Tasker —murmuró Pope—. Estos hombres ya se iban.

—¡El ruido, señor Pope! ¡Un ruido infernal! ¿Cuántas veces tengo que decirle que no se puede trabajar en una empresa de seguros si hay ruido?

—Señor Tasker —dijo el jefe avanzando hacia él—. Estamos tratando de…

—¡Sé lo que está haciendo, señor! ¿Acaso cree que no he oído sus gritos? ¿Cómo se atreve a gritar en una empresa de seguros? ¡Una empresa de seguros! —Tasker se dio la vuelta y se dirigió a las filas de empleados—. ¡Volved al trabajo! —exclamó.

En un instante todos agacharon la cabeza, agarraron la pluma y siguieron escribiendo. Tasker se giró de nuevo hacia nosotros.

—Yo soy el hombre al que buscan. Vengan a mi despacho. —Miró a Pope y susurró—: Ya hablaré luego con usted.

Seguimos a Tasker hasta su despacho. Era una estancia amplia que daba al bullicioso cruce de abajo. Un fuego de carbón bien activo calentaba la habitación. En un extremo había un escritorio del tamaño de un carro, con la superficie cubierta de cuero verde. Mientras esperábamos allí plantados, agarró el cubo y añadió más carbón al fuego, después lo removió con el atizador. Dejó la herramienta en su soporte y recolocó el cepillo de la ceniza y el fuelle. Después se acercó a una vitrina con puertas de cristal, quitó el tapón a un decantador de cristal y, tras cerrar los ojos, inhaló el aroma del *brandy* que había dentro. Miré al jefe, a la espera de que empezara a hacer preguntas, pero estaba observando a Tasker con atención. Por fin el hombre abrió los ojos y sirvió tres copas. Tras entregárnoslas, se sentó detrás de su mesa y señaló dos sillones de respaldo alto. Solo entonces empezó a hablar.

—Me disculpo por el señor Pope —dijo—. Tiene los modales de un peón de obra.

Me miró, se fijó en mis botas viejas, en la chaqueta plagada de remiendos, en mi rostro maltratado.

—No es más que una expresión, amigo —agregó con una sonrisa rápida—. No pretendía ofenderle. En fin, díganme para qué han venido.

Era un hombre de unos sesenta años, arreglado y seguro de sí mismo. Llevaba dos anillos de oro en los dedos, gordos y sonrosados. La cadena del reloj de oro le colgaba del chaleco estampado. Tenía el pelo bonito y bien cuidado. El *brandy* era el más suave que había probado jamás, y la copa del cristal más pesado.

—Somos investigadores privados —explicó el jefe. Dio un sorbo y puso los ojos en blanco en un súbito momento de éxtasis—. ¿Fue usted quien presentó a la hija del señor Barclay y a Walter Ockwell, señor?

—¿Hay algún problema?

—Los Barclay temen que pueda estar siendo maltratada.

—Deben de estar equivocados —repuso Tasker. Olisqueó su copa y después dio un trago—. Los Ockwell son una buena familia.

—¿Los ha visto desde la boda?

—Me temo que no —respondió, abrió una caja de puros y la acercó. Tras seleccionar nosotros uno y él otro, encendió una cerilla y se la acercó al jefe. Mientras encendía el mío, se fijó en la venda que cubría mi mano, ahora deshilachada y sucia. Solo entonces se encendió su puro.

—¿Puede decirnos algo sobre el carácter de Walter, señor? —preguntó el jefe.

—Trabaja duro. Es quizá algo lento, pero un tipo honesto. ¿Qué le han contado los Barclay?

—Han sido rechazados cuando han intentado visitarlos. Birdie no contesta a sus cartas y no ha ido a verlos desde la boda. Dicen que eso es impropio de ella.

Tasker dio un sorbo al *brandy* y una calada al puro antes de responder.

—Verán —dijo al fin, recostándose en su asiento—, tuvimos que despedir al señor Barclay. Me temo que es un hombre deshonesto. No sé lo que se propone, pero yo de ustedes tendría cuidado y desconfiaría de lo que dice.

—Robó dinero de la empresa, ¿verdad? —preguntó el jefe. Se terminó la copa y la dejó con cuidado en la mesita auxiliar.

—Pequeñas cantidades en los últimos dos meses. No acudimos a la policía. No queremos dañar nuestra reputación, ya saben.

—¿Por qué cree que el señor Barclay nos estaría engañando, señor?

Tasker se quedó mirando por la ventana mientras reflexionaba sobre la pregunta. Yo extendí los pies hacia el fuego y, al ver el agujero que tenía en la bota, volví a esconderlos debajo del sillón. El *brandy*, el fuego y el puro me estaban relajando. Podría haberme quedado en esa habitación hasta la primavera.

—Quizá quiera vengarse de mí por despedirlo —dijo al fin—. Atacándome de la única forma que puede.

—Supongo que hay quienes siempre culparán a otros de lo que han provocado ellos mismos —dijo el jefe inclinándose hacia delante con el ceño fruncido. Miró a Tasker con severidad—. Si es que no está diciendo la verdad, señor Tasker.

Tasker le sostuvo la mirada unos segundos, dando caladas al puro como si estuviera apagándose. Le salían bocanadas de humo de los labios.

—Bueno, eso debe decidirlo usted —dijo al fin—. Pero no creo que Walter sea el culpable.

Mientras hablaba, se abrió la puerta y entró un hombre.

—¡Augie! —exclamó—. He estado en casa de mamá. Pensé que podríamos ir a almorzar. ¿Has comido?

Llevaba un abrigo verde y un traje a juego, un sombrero de copa y una bufanda amarilla al cuello. Tenía un rostro bastante triangular, puntiagudo en la barbilla y muy ancho en la frente, donde una línea perfectamente recta de pelo rizado y denso le cruzaba el cráneo. Tenía unas mejillas y una barbilla suaves como las de una mujer, los rasgos apretados, los ojos rasgados y orientados hacia arriba.

—¡Qué suerte! —respondió Tasker—. Estaba a punto de salir a comprar algo.

Se volvió hacia nosotros.

—Este es mi hermano, el teniente coronel Henry Tasker. Es el dueño de una de las granjas que colindan con los terrenos de los Ockwell. De hecho fue él quien los presentó. Conoce a la familia mucho mejor que yo.

—¿A qué viene esto, Augie? —preguntó Henry Tasker.

—Son investigadores privados. El señor Arrowood y el señor Barnett. Los Barclay les han pedido que averigüen por qué Birdie no quiere verlos.

—Bueno, eso se lo puedo decir yo —respondió el hermano. Aunque tenía los rasgos apretados, su voz sonaba abierta y cercana—. Ha decidido romper con ellos. Por una especie de disputa familiar.

—Creen que Walter Ockwell se lo está impidiendo —dijo el jefe—. ¿Cree que podría ser cierto?

Henry Tasker se rio.

—Él no, señor Arrowood. No tiene agallas para algo

así. De todas formas, su hermana no lo permitiría. Es una mujer muy estirada.

—Mi hermano es juez de paz —dijo el asegurador—. Percibe esa clase de cosas.

—¿En Catford? —preguntó el jefe.

—Y en Lewisham —respondió Henry Tasker—. Creo que lo sabría si fuera cierto, caballeros. Pero no lo es.

—Aun así, ¿podría pedirle al sargento Root que intente hablar con ella a solas, solo para estar seguros, señor? Eso tranquilizaría a sus padres.

—Eso no es necesario —dijo el magistrado—. Le aseguro que no sucede nada. Y la policía local está ocupada en este momento con varias investigaciones difíciles. Hay una banda de ladrones rondando las obras.

—Ya le he dicho que no se puede fiar del señor Barclay —dijo el primer Tasker mientras se abrochaba el abrigo—. Ahora, si hemos terminado, mi hermano y yo debemos irnos al asador.

—Solo una cosa más —dijo el jefe. Describió brevemente la desaparición de la señora Gillie y la negativa de Root a investigar.

—La policía está muy ocupada, señor Arrowood —repitió el magistrado—. Y además es gitana. Podría estar en cualquier parte.

—Mi hermano hará algunas preguntas, señor Arrowood —dijo Tasker primero mientras se ponía el sombrero—. Déjeselo a él. Ahora, si nos disculpan...

A los pocos minutos estábamos de nuevo en la calle, aún con nuestros excelentes puros y el delicioso sabor del *brandy* en la boca.

Logramos sentarnos en el autobús de vuelta a casa, pero el jefe ocupaba tanto espacio con su abultado trasero que tuve que sentarme de lado, con la pierna mala en el pasillo. Intenté empujarlo un poco, pero era como si se hubiera quedado pegado al asiento.

—Vaya, vaya, vaya, Barnett —dijo mientras cruzábamos el río—. Parece que los Barclay tienen problemas de dinero. Ya me parecía. ¿Te diste cuenta de que el armario había desaparecido la segunda vez que estuvimos en su casa? Y también ese cuadro del barco que tanto me gustaba.

—A veces habla igual que Sherlock Holmes, señor —le dije.

El autobús se había detenido en el puente. El jefe frotó con la mano la condensación de la ventana para poder ver las luces de los barcos.

—Y a veces tú hablas como un zopenco, Norman —respondió.

CAPÍTULO 19

Mi cuñado Sidney tenía unos cuantos taxis en Bermondsey. Era la clase de hombre que siempre necesitaba un poco de aventura para mantenerse vivo, de modo que esa misma noche fue él quien me llevó a Catford en uno de sus taxis. No paró de llover en todo el camino. Cuando llegamos, era más de medianoche. El *pub* estaba cerrado y las calles desiertas y llenas de barro. Nos detuvimos junto al cementerio y me bajé, ataviado con una capa larga y negra y un sombrero de clérigo de ala ancha que nos había prestado el reverendo Hebdon. Encontré la nota de Ettie junto al pórtico y regresé al taxi en menos de un minuto. Encendí mi vela para leerla.

Todo bien. Me alojo en el 63 de Doggett Road. Comparto habitación con una familia. Nos han contratado a los dos.
Empezamos mañana.

No había nada más.
—¿Todo bien? —preguntó Sidney desde delante.

Iba envuelto en una enorme capa impermeable y un gorro de chubasquero.

—Están bien. Vamos a Doggett Road, está antes de llegar a la estación. Para ver dónde se alojan.

Sidney dio la vuelta al taxi y avanzamos por un lado de la plaza. Había un caballo grande y negro mirándonos junto a las obras donde estaban construyendo el banco, con un carro atado a él. Me hundí en el asiento por miedo a que alguien me viera, me calé el sombrero hasta los ojos y me subí la bufanda hasta la nariz. Cuando pasábamos por delante, salió un hombre del edificio a medio construir empujando una carretilla llena de ladrillos. Cuando nos vio se dio la vuelta, tapándose la cara con el brazo para esconderse. No sirvió de nada: lo reconocí gracias al pelo enmarañado que le asomaba por debajo de la gorra y la barba descuidada. Lo reconocí como se reconoce a un hombre que te ha dado una paliza. Era Skulky, y no se proponía nada bueno.

Pasamos de largo. El 63 de Doggett Road era una casa adosada y ruinosa en una calle con bastantes baches, con la mitad de las ventanas tapiadas y las paredes manchadas de hollín. No había luces encendidas dentro, y tampoco en ninguna otra casa de la calle. Nos detuvimos a echar un vistazo, después nos dimos la vuelta para emprender el largo camino a casa.

A la mañana siguiente le llevé la nota al jefe. La leyó y murmuró algo, luego me pidió que le describiera el comportamiento de Skulky con todo detalle.

—De modo que no quería que lo reconocieran —dijo mientras se calentaba junto al fuego—. ¿Había algo en el carro?

—Solo una lona recogida.

—Y estaba saliendo. —El gato anaranjado pasó por delante y se frotó el lomo contra los tobillos del jefe—. Parece que nuestro amigo el albañil estaba robando. Me pregunto si eso es lo que hacían la otra noche.

—Eso explicaría que no quieran que investiguemos —sugerí.

Se agachó para levantar al gato y lo apretó contra su pecho, pensando mientras lo acariciaba.

—Petleigh ha ido a ver a Root para que investigue la desaparición de la señora Gillie, pero el tipo no quiere ceder. Y el inspector jefe no permitirá investigar a Petleigh a no ser que emitan una petición desde Catford. Ese imbécil no hará nada a no ser que alguien le dé permiso.

—¿Ha perdido la paciencia con él, señor?

—Bueno, ¡es un tonto testarudo! ¿Por qué es tan difícil lograr que hagan su maldito trabajo? ¿Por qué a nadie le importa la señora Gillie salvo a nosotros? ¿Porque es gitana?

—Porque es pobre.

—Porque es pobre. Porque es vieja. Porque es gitana. Es todo lo mismo, Barnett. Petleigh al menos ha hecho una cosa: nos ha asegurado una cita a las cuatro de hoy con el miembro del Parlamento para Catford, *sir* Edward Penn. Ya lo conoces, siempre hace discursos sobre la delincuencia y la justicia. No sé si Henry Tasker hará algo respecto a la señora Gillie. Solo intentaban librarse de nosotros para poder irse a tomar su vino de la comida. Pero, si se implica *sir* Edward, el superintendente de Root le ordenará que investigue.

—Pero ¿y si fue Root quien le contó a alguien que la señora Gillie había estado hablando con nosotros? ¿Y si Root ya sabe quién está detrás de esto?

—Mira, Barnett, nosotros solos no llegamos a ninguna parte para descubrir qué le ha ocurrido a la señora Gillie. Tenemos que hacer que suceda algo.

—Ese algo podría sucedernos a nosotros.

—Lo sé. Pero le prometí a Ida Gillie que lo averiguaría. Si lo que le haya ocurrido a esa anciana es culpa nuestra, se lo debemos.

Tomamos el autobús a Westminster. Por una vez no estaba demasiado abarrotado y logramos un banco cada uno. El jefe iba sumido en sus pensamientos. Cuando pasábamos por Bethlem, al fin habló.

—¿Te sorprendió que el hombre que presentó a Birdie fuese el dueño de la empresa, Barnett? —me preguntó.

—Creía que el señor Barclay dijo que fue uno de los empleados.

—Dijo que fue un socio de su empresa. También yo di por hecho que sería un empleado. ¿Por qué eso nos confundió?

Me encogí de hombros, sabiendo que él mismo respondería.

—Porque el señor Barclay es la clase de hombre al que le gusta impresionar a los demás. ¿Recuerdas nuestra primera reunión con ellos? Mencionó que su esposa cantaba con Irene Adler y que el hermano de Kipling vivía a la vuelta de la esquina. Si hubiera sido un caballero tan respetable como el señor Tasker, lo habría dicho. No, no quería que lo supiéramos.

—¿No quería que hablásemos con Tasker?

—Exacto, Barnett. Pero ¿por qué?

—Porque no quería que supiéramos que había sido despedido.

Negó con la cabeza.

—Cualquiera de allí nos lo podría haber dicho. Debe de ser otra cosa.

Volvió a quedarse callado. El autobús avanzaba muy despacio, pasó por Christ Church y después bajo los puentes de la vía del tren de Waterloo. El aire de fuera era marrón y estático: parecía que estaba descendiendo de nuevo la niebla.

El revisor zarandeó a un pobre que dormía en la parte delantera con la cabeza apoyada contra la ventanilla.

—El billete —le dijo.

El hombre no se movió y el revisor lo zarandeó con más fuerza.

—¡El billete!

—Sí, señor —dijo el tipo incorporándose. Tenía la cara cubierta de pelo rizado y fosco; un forúnculo grande y negro le crecía encima del labio. Llevaba un abrigo de soldado, rasgado y sucio—. Ayúdeme, por favor. Debo llegar a Hammersmith. Mi único hermano está en su lecho de muerte y yo no tengo ni un penique, señor. Por favor, ayúdeme, por amor de Dios. Tengo que llegar antes de que la palme.

—Puedes ir andando —respondió el revisor agarrándolo por debajo de los brazos para levantarlo.

—Tenga un poco de piedad —le rogó el tipo. Entonces nos dimos cuenta de que tenía una pierna de madera—. No puedo caminar tanto. Llevo dos días sin comer. No me queda fuerza en los huesos, señor.

Me levanté y les bloqueé el paso.

—No dará problemas, amigo —le aseguré—. Ni siquiera se dará cuenta de que está aquí.

—Nadie viaja sin billete —dijo el revisor.

El jefe sacó una moneda.

—Aquí tiene su billete.

—Gracias, señor —dijo el pobre hombre volviendo a dejarse caer en el banco. A los pocos segundos cerró de nuevo los ojos y apoyó la cabeza contra la ventana.

—Es extraño que Tasker no mencionara el pasado delictivo de Walter —murmuró el jefe mientras volvía a sentarse—. Su hermano es magistrado. Sin duda lo sabría. ¿Y qué me dices de la escena de su despacho? ¿Cuánto tiempo nos dejó allí de pie mientras él remoloneaba? Un *brandy* muy bueno, por cierto, Norman. El mejor.

Me miró como si esperase que agradeciese esa información. Lo miré con frialdad.

Abrió la boca y se sonrojó al darse cuenta de lo que había sucedido.

—Sí —añadió con rapidez—. Demasiado tiempo para permanecer callado ante unos desconocidos. ¿Sabes lo que creo, Barnett? Creo que estaba inventándose una historia que contarnos.

—Podría ser que no nos considerase personas muy importantes, señor.

Me miró durante unos segundos con la boca abierta. Entonces sonrió y me dio una palmadita en la rodilla.

—Tienes razón. Pero ¿por qué iba a arrojar dudas sobre la historia del señor Barclay? ¿Por qué no decir simplemente que no lo sabía? Es evidente que no conoce bien a los Ockwell. ¿Por qué iba a protegerlos?

Volvió a sumirse en sus pensamientos.

Cuando llegamos a Westminster, el pobre abrió los ojos y se levantó del asiento. El jefe lo agarró del brazo y le ayudó a bajar del autobús.

—Gracias, señor —dijo el hombre dándole una

palmadita en el brazo—. Es usted un buen hombre. Nunca olvidaré esto.

El jefe sacó un cuarto de penique y se lo puso en la mano.

—Para el próximo tramo del viaje. Espero que llegues a tiempo.

—Que Dios le bendiga, señor —dijo el hombre y se alejó cojeando entre la niebla.

Petleigh estaba esperándonos frente al Parlamento. Tenía la punta de la nariz sonrosada por el frío y las manos metidas en los bolsillos. Llevaba una bufanda roja y gris por dentro del cuello de su larga chaqueta negra. Era igual que la que me había regalado el jefe por Navidad.

—Feliz Año Nuevo, Norman —me dijo tendiéndome una mano enguantada. Reparó en mi bufanda y frunció el ceño un instante.

—¿Qué tal su Navidad, inspector? —le pregunté mientras le estrechaba la mano.

—Bien, gracias. Muy tranquila.

—Bueno, Isaiah —dijo el jefe—. Recuerde que se trata de la señora Gillie. No mencione a los Ockwell. En caso de que *sir* Edward crea que se trata de una simple disputa marital, no querrá implicarse. Vamos a entrar para librarnos del frío, ¿de acuerdo?

El portero nos hizo pasar al vestíbulo central. Era un espacio imponente y circular, con delgadas estatuas grises de reyes y reinas que nos miraban desde las repisas de las paredes. Nunca antes había visto un techo así de alto, ni siquiera en una iglesia. Había allí unas treinta o cuarenta personas, casi todas ellas bien vestidas y serias

—hombres de ciudad, comerciantes, terratenientes, esa clase de personas—. Había otros que no eran tan todopoderosos, sentados solos en los bancos situados a un lado. A juzgar por sus posturas despatarradas y su mirada perdida, debían de llevar ya algún tiempo allí.

—Ahora son las cuatro —anunció Petleigh—. Llegará en cualquier momento.

Encontramos un banco bajo una de las reinas y esperamos.

—Lo pasé bien ayer jugando a las cartas, William —comentó el inspector transcurridos unos minutos. Se retorció el bigote encerado y cruzó las piernas. Llevaba las botas lustrosas, aunque con algunas salpicaduras de barro de la calle—. Confío en que Ettie también lo pasara bien.

—A mi hermana le encanta jugar a las cartas. Le apasiona ganar.

—Bueno, a mí desde luego me dio una paliza. Y a usted, William.

—A mí no me dio una paliza.

Petleigh sonrió con suficiencia.

—¿Por qué sonríe así? No me venció.

Y así estuvimos hablando hasta que dieron las cuatro y media.

—¿Está seguro de que era a las cuatro? —preguntó el jefe.

Petleigh sacó una nota del bolsillo y se la entregó al jefe.

—Mírelo usted mismo.

El jefe la leyó y se la devolvió.

—Tengo hambre.

—Estoy seguro de que saldrá enseguida —insistió Petleigh.

El jefe se metió la mano en el bolsillo.

—¡Mi reloj! —exclamó, palpándose los demás bolsillos. Se levantó y examinó el banco y el suelo debajo de este—. ¡Me ha desaparecido el reloj! ¿Lo tienes tú, Barnett?

—¿Por qué iba a tenerlo yo?

—¡Era el reloj de mi abuelo! ¡Lo he perdido!

—Quizá se lo haya dejado en casa —sugerí.

—Miré la hora mientras esperábamos el autobús, ¿recuerdas?

—Se le habrá caído.

—Llevaba una cadena, que también ha desaparecido. Ha sido ese maldito vagabundo, Barnett. ¡Maldita sea! ¡Después de haberle ayudado!

Se sentó en el banco negando con la cabeza mientras murmuraba y miraba furioso a su alrededor.

—¿Tú no lo has visto? —me preguntó.

—No me culpe a mí por eso, señor —le dije con suavidad.

—El reloj de mi abuelo, por amor de Dios. ¿Y dónde diantres está ese maldito parlamentario?

Nos quedamos sentados en silencio, viendo a la gente esperar en aquel enorme vestíbulo, mientras el jefe suspiraba y blasfemaba. Cada paso en el suelo de baldosas rebotaba en el aire frío. De vez en cuando algún parlamentario o par salía para recibir a alguien. Había ceños fruncidos, gestos de cabeza, apretones de manos, y entonces el político, el lord o el *baronet* regresaba al interior del edificio. Dieron las cinco menos cuarto. El jefe estaba cada vez más nervioso.

—Esto es indignante —dijo mientras golpeaba contra el suelo el bastón que le había prestado Lewis.

—Son hombres muy ocupados —le recordó Petleigh—. No les pagan por esto.

—Tienen el deber de representarnos, de lo contrario no deberían estar aquí.

—Baje la voz, William.

—¿Tanto le costaría enviar al menos un mensaje? ¡Podríamos estar aquí toda la noche!

A las cinco y media, Petleigh le entregó a uno de los empleados una nota para *sir* Edward, diciendo que se trataba de un asunto policial urgente. El tipo regresó a las seis.

—*Sir* Edward dice que no puede recibirles hoy —anunció. Su voz sonaba plana; el pelo empezaba a clarearle. Apenas nos miró—. Pueden intentarlo en su sesión de atención de reclamaciones, el sábado por la tarde. The Horse and Groom, en Lewisham.

—¡Pero si teníamos una cita! —exclamó el jefe.

—Lo siento, señor. Es lo que ha dicho. Que tengan buen día.

El empleado se dio la vuelta y desapareció.

—Tendrá que ir el sábado, William —dijo Petleigh.

—¡No podemos esperar hasta el sábado! ¡Ettie está allí!

—¿Dónde está Ettie?

—En la granja. Está trabajando en la lechería.

Petleigh lo miró con los ojos muy abiertos.

—¿En la granja Ockwell?

—Insistió ella. Está intentando hablar con Birdie.

—¡Maldito idiota, William! —exclamó el policía agitando las manos—. ¿Cómo ha podido permitirlo, por amor de Dios? ¡Es una mujer!

Arrowood lo miró sorprendido.

—¿Es una mujer? —repitió—. ¿A qué se refiere?

—Ya sabe a qué me refiero. Ha enviado a una mujer a una situación complicada y posiblemente peligrosa. Si está en lo cierto con respecto a la señora Gillie o a Birdie Ockwell, entonces se trata de un asunto policial.

—Que la policía se niega a investigar, Petleigh. Escuche, nadie envía a mi hermana a ninguna parte. Si desea ser su amigo, eso es lo primero que debe entender. Y, por cierto, Ettie es tan capaz como cualquier agente de la Policía metropolitana, se lo puedo asegurar.

—Voy a ir a buscarla —dijo Petleigh cuando salimos del Parlamento—. ¿Cómo se llega a la granja?

—Nunca se lo perdonará si interfiere —le dijo el jefe—. Créame, Petleigh. Para ella es importante enfrentarse a las injusticias. Su misión rescata a muchachas. Cree que el Señor la protege. De todas formas, se irá dentro de un día o dos.

—Esto no me gusta, William —dijo Petleigh—. Espero que no tenga que arrepentirse.

—Tendremos que pillar a *sir* Edward cuando salga. ¿Esperará con nosotros, Petleigh? No sabemos qué aspecto tiene.

El inspector levantó la mirada hacia la cara del Big Ben y negó con la cabeza.

—Debo volver a la comisaría. Vengan a verme mañana. Necesito saber que está a salvo.

—«Necesito saber que está a salvo» —repitió el jefe cuando Petleigh se hubo marchado—. Habla como si estuvieran casados.

—Creo que es la primera vez que le oigo elogiarla, William.

—No era un elogio, Norman. Era una advertencia.

—A mí me ha parecido un elogio.

—Bueno, pues no se lo digas. Entonces se pondrá insoportable.

Me reí.

—Hoy he sido agresivo, Norman. Estoy inquieto. No paro de pensar en ellos en esa maldita granja de cerdos.

—Intentará ser civilizado con *sir* Edward, ¿verdad, señor?

—Desde luego que sí.

La plaza del Parlamento estaba abarrotada de autobuses y carros que congestionaban la calle en todas direcciones. Había algunos taxis de caballos alineados en la oscuridad frente a la abadía de Westminster, mientras los taxistas hablaban arremolinados en la acera. Nos acercamos y preguntamos si alguno de ellos reconocería a *sir* Edward. No hubo suerte. Un par de chicas salieron por Abingdon Street, pero ellas tampoco lo conocían. Pasados unos minutos, apareció el empleado que había llevado la nota, con un bombín en la cabeza y un abrigo grueso de lana abrochado hasta las rodillas. El jefe le pidió que nos describiera a *sir* Edward para que pudiéramos reconocerlo.

El hombre nos dijo que lo siguiéramos. Nos condujo hasta New Palace Yard.

—Esa de ahí es la entrada de los miembros —nos dijo—. Si no está cenando, saldrá en unos cinco minutos. Su carruaje es el que tiene los festones amarillos y azules.

Los hombres no tardaron en salir por las puertas en dirección a la calle; al verlos, el cochero de Penn se bajó de su asiento y encendió las lámparas del carruaje.

Dos hombres con sombrero de copa se estrecharon la mano en la puerta. Uno de ellos se volvió hacia el landó. Cuando se acercaba, el jefe se puso delante de él.

—Disculpe, *sir* Edward —le dijo con una ligera

inclinación de cabeza—. Teníamos una cita hoy a las cuatro con usted y el inspector Petleigh. Mi nombre es William Arrowood, detective privado. Estamos esperando desde entonces.

Yo me mantuve junto a la barandilla, fuera del alcance de las luces de las farolas.

Sir Edward miró al jefe con frialdad. Llevaba traje de noche, pajarita y un frac. Tenía poco pelo, blanco y engrasado. Sus ojos eran pequeños y lucía dos manchas rojas de piel reseca junto a la nariz. Su poblado bigote gris se agitaba cuando respiraba.

—Ah, sí —dijo al fin—. Un asunto policial. ¿Dónde está el inspector?

—Tuvo que regresar a la comisaría, señor. Deje que me explique.

—Tengo un poco de prisa, señor —respondió el parlamentario echándose a un lado para sortearlo—. Venga a mi sesión del sábado.

El jefe le cortó el paso.

—Seré rápido, *sir* Edward. Una vieja gitana ha desaparecido de su campamento en Catford. Estaba sola. Sabemos que le ha ocurrido algo dado que su abrigo sigue allí, su yegua ha estado tres días sin recibir atenciones y su carromato estaba abierto. Hay indicios de un forcejeo violento. Estoy seguro de que ha sido asesinada o secuestrada.

—Si es en Catford, entonces el hombre al que busca es el sargento Root. Vaya a verle.

—Se niega a ayudarnos, señor. He venido a ver si usted podría emplear su influencia. Hay un criminal suelto, impune, y podría volver a actuar. Usted siempre se interesa por asuntos de delincuencia, señor. Lucha por la justicia y el pueblo le respeta por ello. Yo antes escribía para *Lloyd's Weekly* y usted tenía buena reputación entre mis compañeros. Estábamos seguros de que querría ayudarnos.

Sir Edward se irguió.

—Bueno, tiene razón, buen hombre —dijo mirando al jefe con superioridad—. Como parlamentario, mis principales preocupaciones son la ley y el orden. Deje que haga algunas averiguaciones. Dele sus detalles a mi cochero.

—Gracias, *sir* Edward. Sabía que nos ayudaría. Ha sido un honor conocerle, señor. —El jefe se echó a un lado con una reverencia y, al hacerlo, una pequeña ventosidad aromatizó el aire nocturno.

Como muestra de su educación, *sir* Edward dibujó en su rostro un breve gesto de repugnancia antes de montarse en su carruaje.

El jefe estaba de mejor humor cuando tomamos el autobús de vuelta sobre el río.

—Al fin vamos a alguna parte —dijo—. Lo noto, Norman. Las cosas avanzan.

Nos detuvimos a comprar pescado frito de camino y llegamos a casa pasadas las ocho. Al abrir la puerta de la entrada, oímos la voz de Lewis en la sala. El jefe se volvió hacia mí con la cara radiante.

—¡Ettie ha vuelto! —exclamó—. ¡Gracias a Dios!

Sin quitarnos los abrigos corrimos por el pasillo.

—¡William! —dijo Lewis cuando entramos en la sala, con evidente alivio en la voz—. Por fin has vuelto.

Allí, con el codo apoyado en la repisa de la chimenea, se hallaba el reverendo Sprice-Hogg.

CAPÍTULO 20

El jefe se detuvo en seco y me agarró del brazo.

—¿Qué le ha ocurrido, Bill? —preguntó con la cara pálida por el miedo.

—¿A quién? —preguntó el clérigo. Había recuperado su ronquera y costaba entenderle. Tenía la cara roja y los ojos vidriosos tras las gafas sucias. En la mesa, junto a él, había una taza de leche. Con una mano se acariciaba el pelo blanco y rizado, arqueando el cuello como un gato. Con la otra sostenía una copa del *brandy* de Lewis.

—A mi hermana. ¿Dónde está?

El clérigo frunció el ceño, confuso.

—¡Mi hermana! —repitió el jefe—. ¡Dímelo, Bill!

—Lo siento, William. No sé dónde está tu hermana.

—El reverendo lleva aquí desde las siete esperándote —dijo Lewis con una mirada de amargura y la cara con ronchas rojas. Como siempre, sudaba por estar demasiado cerca del fuego.

—Simplemente pasaba por aquí y se me ocurrió hacerte una visita. —Sprice-Hogg sonrió con los labios húmedos por la bebida—. El señor Schwarz me ha hecho sentirme como en casa. —Se terminó la copa y la sacudió en dirección a Lewis, pero este lo ignoró—. Es una casa encantadora, con las espadas y las pistolas por todas partes. La única arma que se me permite tener a mí es un bate de críquet, pero hay quien diría que soy bastante letal con eso. —Se rio para sus adentros—. Sí, pasaba por aquí y me preguntaba si habría alguna novedad.

—Nada interesante —respondió el jefe sirviendo un *brandy* para él y para mí. Acabó con el sufrimiento de Sprice-Hogg y le rellenó la copa a él también. Lewis negó con la cabeza.

Sprice-Hogg dio un largo trago y lo acompañó con un sorbo de leche.

—Sí —declaró como si acabara de recordar algo importante. Miró a Lewis—. ¿Se ha fijado en lo poco que atiende Jesús a su madre en la Biblia?

—La Biblia no es libro de mi devoción —se apresuró a responder Lewis.

—Ah, desde luego. Pero tal vez le interese saber que se muestra severo con ella. Contrasta mucho con la amabilidad que muestra hacia los demás. ¿Y por qué? Porque prevé la naturaleza idólatra de la Iglesia católica hacia María. Es una advertencia a los creyentes.

Ninguno de nosotros respondió. Se puso serio.

—Eso me recuerda una cosa. —Dejó su copa y se sacó un papel del bolsillo—. La señorita Rosanna dijo que deberías ver esto. Se lo dio la señora Barclay.

El jefe aceptó la nota.

—*Querida señorita Ockwell* —leyó en voz alta—. *Deseamos que se anule el matrimonio. Estoy segura de que el señor Tasker podrá encontrarle otra esposa a Walter, pero echamos mucho de menos a Birdie y no podemos vivir sin ella. Les pagaremos treinta libras si acceden. Por favor, responda pronto. Se me rompe el corazón al pensar en ella. Atentamente, Martha Barclay.* —Terminó de leer y me miró—. Eso no fue lo que nos dijo. Escucha, Bill, una cosa que se me olvidó preguntarte antes. ¿Qué les dijiste exactamente a los Barclay sobre la condena de Walter?

Sprice-Hogg lo pensó unos segundos.

—Fue cuando vinieron a organizar la misa. Tomamos el té.

—¿Lo sabían antes de la boda?

—Por supuesto.

El jefe se volvió hacia mí.

—¿No dijeron que lo habían descubierto después de la boda?

Yo asentí.

—Dijeron que habían sido engañados.

El jefe estaba mirándome mientras daba vueltas a aquella información.

—¿A qué narices están jugando, Barnett? Casi todo lo que nos cuentan es una mentira. Lo único que parece ser cierto es que Birdie necesita ayuda.

—Debo advertirte de que existe cierto rencor hacia ti por la zona —dijo el clérigo—. Los Ockwell son una familia muy respetada y la gente en mi parroquia valora su intimidad. No les gusta la idea de que unos forasteros anden husmeando en la vida de su familia. Al fin y al cabo, ¿quién de nosotros no tiene secretos de los que se avergüenza? —Se volvió entonces hacia mí—. Se comenta que tú amenazaste a uno de nuestros hombres en el Plough and Harrow, Norman. Un obrero llamado Edgar Winter.

Me reí.

—Su hermano y él me asaltaron en la letrina, reverendo. Me dieron una paliza.

—Bueno, no es eso lo que se cuenta. Por favor, tened cuidado. Hay ciertos elementos conflictivos por el *pub*. Utilizad la casa parroquial como refugio: allí siempre seréis bien recibidos. —Dio un trago al *brandy* y un sorbo a la leche. Se llevó la mano al pecho y eructó.

—Gracias, Bill —dijo el jefe—. ¿Se sabe algo de la señora Gillie?

—Me temo que no. —Se puso serio por un momento y después una amplia sonrisa recorrió su cara arrugada—. Me alegro mucho de veras, queridos amigos. Echaba de menos vuestras visitas. ¿Cuándo volveréis a bajar? ¿Mañana? Tomaremos el té.

—No estoy seguro. —El jefe se terminó el *brandy* y bostezó—. Pero me temo que esta noche no puedo seguir haciéndote compañía. Ha sido un día agotador y debo retirarme.

—¿Tan temprano? —preguntó el clérigo sacando su reloj.

—Me duele la cabeza.

Sprice-Hogg miró a Lewis y le ofreció una sonrisa. Se acomodó en su sillón.

—Yo también debería haberme acostado hace ya rato —dijo Lewis poniéndose en pie.

—¡Oh, cielos! —exclamó el clérigo mirando los tres relojes de la repisa.

Lewis fue a retirarle la copa, pero Sprice-Hogg la levantó de la mesa y se la bebió a toda prisa. Después se tomó el resto de la leche.

* * *

Cuando se hubo marchado, Lewis nos rellenó las copas.

—¿Así que ese es tu nuevo amigo? —preguntó. Jamás le había visto tan incómodo.

—Yo no lo llamaría así —respondió el jefe.

—Estaba medio borracho cuando llegó. Se tomó tres copas antes de que regresarais.

—Lo siento, Lewis —dijo el jefe—. No tenía ni idea de que vendría. No le has contado lo de Ettie, ¿verdad?

—Por supuesto que no.

Lewis se sentó en su sillón junto al fuego; tenía el pelo pegado a la frente por el sudor. Hacía semanas que no se limpiaba las botas y apenas se distinguía el color de tanto barro seco como tenían. El chaleco le brillaba de puro mugriento.

—Insistió en preguntarme cómo me las apañaba con un solo brazo. Cómo me corto la carne, cómo me preparo el té. Incluso cómo hago de vientre. También estaba interesado en toda mi historia familiar.

—Ha estado ayudándonos en el pueblo —protestó el jefe.

—No veo cómo. Es un borracho.

No pude evitar sonreír; nunca había visto a Lewis así de celoso. El jefe y él eran amigos desde la infancia, pero se comportaba como si estuvieran casados.

—Es un hombre complicado —admitió el jefe—. Pero es el único en ese lugar infernal que no va contra nosotros.

—No irás a alentarlo, ¿verdad?

—No voy a desalentarlo.

—Jamás confiaría en un hombre que trata al servicio como trató a Sarah —dije yo.

—Es un dipsomaníaco, Norman. La irritabilidad es parte de la enfermedad.

—A nosotros no nos trata así. Te adora.

—La única razón por la que nos tiene tanto aprecio es que le permitimos beber. Un clérigo no puede disfrutar del oporto con tanto entusiasmo con sus parroquianos, de modo que la mayor parte de las veces debe hacerlo solo. Pero beber a solas es algo vergonzoso; le enfrenta cara a cara con lo que realmente es. Beber en sociedad le permite evitar esa parte. Por eso siempre insiste tanto en que lo visitemos, porque somos forasteros, sin contacto con su parroquia. Le permitimos beber y no le importa lo que pensemos.

El jefe sacó los pies hinchados de los zapatos de Lewis con un quejido. Los extendió frente al fuego.

—He visto a los albañiles —dijo mirando a Lewis.

—¿Ah, sí? —respondió él mientras escogía de la mesa el *Stand Magazine* del jefe y fingía leer.

—Podemos volver a nuestras habitaciones el jueves.

Lewis murmuró algo.

El jefe pareció herido. Dio un trago al *brandy* y cogió de la mesa *The Star*.

—Echa un vistazo a la página cuatro —le sugirió Lewis.

El jefe pasó las páginas y frunció el ceño.

—Dios mío —murmuró—. No, no, no.

Me pasó el periódico. El titular se hallaba en mitad de la página:

UN ESPÍA EN CATFORD
Se ha sabido que los residentes de Catford llevan varias semanas sometidos a la vigilancia de un investigador privado, William Arrowood, de Lambeth.

Según los testigos, el hombre y su ayudante han estado comportándose de un modo de lo más inaceptable, husmeando en los asuntos privados de una familia local muy respetada, haciendo preguntas a todos sus conocidos y tratando en repetidas ocasiones de acceder a la casa. La señora Kitty Wells, una viuda anciana, asegura haber recibido un gran susto una noche al encontrarlos mirando por su ventana. Algunos testigos los han visto siguiendo a hombres hasta su trabajo e intentando escuchar conversaciones en la taberna, The Plough and Harrow. El sargento Root, de la Policía de Catford y Lewisham, nos informa de que estos hombres han estado insistiéndole para que acose a la familia pese a que no se ha denunciado ningún delito. Se ha generado cierta animadversión contra estos entrometidos que parecen decididos a provocar la ira de la comunidad.

El jefe chupaba de su pipa con vehemencia.

—Esto es cosa de Root —dijo—. Uno pensaría que la policía agradecería nuestra ayuda, con todo lo que se quejan de que no tienen suficientes hombres. En fin, esperemos que informen de ello cuando salvemos a Birdie. Y que se disculpen.

—Yo no contaría con ello —le dije—. No nos mencionaron en el caso de los fenianos.

—Sin embargo sí mencionaron a Holmes. Aunque nosotros hicimos casi todo el trabajo y además casi nos matan.

Lewis rellenó nuestras copas. Dejó la botella y se rascó el muñón, mostrando el lateral del chaleco, la costura rasgada casi hasta abajo.

—He tenido una idea, Norman —me dijo mientras se dejaba caer en su sillón. Se retiró el pelo de los ojos con la mano—. Como tú y yo estamos en la misma situación, viviendo solos y todo eso, tal vez podrías… Bueno, me he acostumbrado a tener compañía, ya sabes… Quiero decir que, cuando William y Ettie hayan regresado a Coin Street, tú podrías…

—¿Podría qué? —le pregunté.

—Te está preguntando si quieres alojarte con él —dijo el jefe.

Lewis estaba mirándome. No se me ocurrió qué decir. Odiaba aquella habitación en la que vivía, con mi silueta y la de la señora Barnett colgadas en la pared. Esa habitación fría y esa cama fría que había perdido su calor tiempo atrás. La utilizaba solo para dormir cuando ya no podía mantenerme despierto, y me marchaba nada más lavarme la cara por la mañana. Pero era lo único que me quedaba de ella. El agua helada del lavamanos, la toalla sucia, las sábanas grises, la silla en la que solía sentarse. Si abandonaba esa habitación, me preocupaba dejarla a ella para siempre.

—Piénsalo, amigo mío —dijo Lewis al ver la confusión en mi rostro—. La oferta está ahí.

Más tarde, aquella misma noche, Sidney me llevó a Catford a recoger la nota de Ettie. La leí en el taxi durante el camino de vuelta.

Me paso el día en la lechería con P. B trabaja en la lavandería, en la casa. Muchas horas. Agotada. No tengo oportunidad de conversar. He conocido a los trabajadores; les gusta el caramelo. P habla poco, no tiene sentido, siempre lleva figuritas de paja, es posible que esté loca. N está bien, pero tiene hambre.

No me metí en la cama hasta pasada la una, de modo que era tarde a la mañana siguiente cuando me presenté en casa de Lewis. El jefe agarró la nota en cuanto abrió la puerta y regresó a la sala sin hablar. Mientras la leía, fui a preparar el té. Estaba fumando su pipa cuando regresé con la bandeja.

—El clérigo también dijo que Polly tiene un trastorno nervioso, ¿no es así? —Sacó dos garibaldis de la caja y se los metió en la boca, fumando mientras masticaba—. ¿No te resulta extraño que haya tantas personas con enfermedades mentales en esa granja? Birdie sufre amencia. Willoughby es mongólico. Digger no habla y tiene también todos los síntomas de la amencia. Y ahora parece que Polly podría estar demente.

—No se olvide de Walter.

—¿Te parece que es habitual en una granja?

—Sería normal en un suburbio de Londres, eso seguro. O en un asilo para pobres.

—Creo que muchos de ellos acaban en granjas —comentó—. He leído que la naturaleza sienta bien a una mente trastornada. No obstante me parece extraño que todos en esa granja salvo los Ockwell tengan alguna debilidad mental. Me gustaría saber por qué hay tantos allí.

El gato anaranjado se subió a su regazo. El jefe dio otro trago al té y acarició al animal mientras pensaba en algo.

—Willoughby dijo que tenía un hermano llamado John, ¿no es así? —dijo al fin—. Creo que le haremos una visita para ver lo que sabe sobre ese lugar.

—Dijo que su hermano era amigo de Godwin. ¿No se correrá la voz de que seguimos trabajando en el caso?

—Es pobre, de modo que veo improbable que su hermano y Godwin estén tan unidos. Creo que el concepto que tiene Willoughby de la amistad es diferente al nuestro. Dijo que antes vivía en Kennington, y la señora Gillie dijo que después estuvo en el frenopático. El principal frenopático del sur de Londres está en Caterham, ¿verdad? Deben de tener allí la dirección del hermano John.

Se puso en pie y tiró al gato al suelo.

—Termínate el té, Barnett. Tenemos trabajo que hacer.

CAPÍTULO 21

Fuimos caminando desde la estación de Caterham Junction hasta el psiquiátrico. Hacía frío y viento, el cielo estaba encapotado; el jefe iba cojeando y quejándose otra vez de los pies. El clima tampoco beneficiaba a mis lesiones, de modo que me terminé la botella de Black Drop según avanzábamos. Al rato de haber dejado atrás el pueblo, encontramos el cartel —*Psiquiátrico de Caterham para lunáticos e imbéciles*—. Los edificios no se veían desde la carretera a causa de una hilera de abetos, pero, tras cruzar la verja, vimos a lo lejos una fuente y el bloque administrativo, tan grande como una casa solariega, con un chapitel que se alzaba desde el centro de la estructura. A cada lado, extendiéndose tras el edificio principal, había una hilera de pabellones con barrotes en las ventanas y paredes grises. Me pareció un lugar triste y lúgubre.

Desde la puerta del pabellón más cercano nos observaban tres mujeres con vestido marrón y bufandas de cuadros. Una de ellas gritó, con un timbre molesto como el de una gaviota, agitando una mano como si hubiéramos entrado en un lugar donde no deberíamos estar. Me di la vuelta y sentí que me recorría un escalofrío.

Subimos los anchos escalones de piedra del edificio principal y llamamos al timbre. Mientras esperábamos, un grupo formado por cuatro hombres con chaqueta y pantalón marrones salió de detrás de uno de los pabellones, guiado por un tipo corpulento con traje azul. Los hombres eran un grupo peculiar: uno era un enano triste con los ojos saltones y la cabeza tan grande que parecía que iba a caerse al suelo; otro, alto y delgado, con manos temblorosas y la cara cubierta de costras y cicatrices. Tras él iba un hombre guapo de porte orgulloso y militar. Lo seguía un anciano de pelo largo y blanco, con las manos atadas al cinturón. Caminaban por el sendero hasta que el costroso nos vio y se detuvo a mirar. El guapo se chocó con él y entonces también se volvió para mirarnos. El cuidador les gritó que se movieran y empezaron a andar de nuevo hasta desaparecer tras el edificio principal.

Se abrió entonces la puerta de la entrada. Apareció una mujer grande con vestido y chaqueta azules. Era bizca.

—Nos gustaría ver al superintendente con relación a un asunto legal, señora —dijo el jefe—. Soy el señor Arrowood y este es el señor Barnett.

La seguimos hasta un imponente vestíbulo de paredes de madera, con una amplia escalinata a un lado y una chimenea al otro. Sobre ella colgaba un enorme cuadro con una escena campestre. Allí nos pidió que esperásemos.

Mientras lo hacíamos, con las manos a la espalda, una mujer anciana de pelo gris salió de debajo de las escaleras. Llevaba el mismo vestido marrón y la bufanda de cuadros que las mujeres de fuera.

—¿Han visto a Dickie? —preguntó. Su voz era cálida y amable—. ¿Alguno de ustedes ha visto a Dickie?

—No, señora —respondí—. Lo siento.

Me estrechó la mano. La suya estaba helada. Le faltaban las uñas.

—¿Ha visto a Dickie? —preguntó de nuevo, pellizcándome la piel de debajo del pulgar.

—No, señora —repetí en voz más alta, pensando que tal vez fuese sorda.

Empezó a pellizcarme la piel de la mano, con mucha suavidad, como si fuera un pajarito dando picotazos. No sabía lo que estaba haciendo y me dieron ganas de apartar la mano, pero parecía gustarle.

—¿Ha visto a Dickie? —insistió, examinándome la mano mientras la pellizcaba.

—¡Myrtle! —exclamó la cuidadora al regresar por el pasillo—. Deja en paz al caballero.

La anciana me soltó la mano.

—¿Ha visto a Dickie? —le preguntó entonces al jefe.

—No, no lo he visto, Myrtle —respondió—. Pero si le veo le diré que le estaba buscando.

—No le hagan caso —dijo la cuidadora—. El doctor Crenshaw los recibirá ahora.

Mientras nos conducía por el pasillo, le susurró al jefe:

—Dickie es su hermano, señor. Murió hace diez años en el Transvaal. Parece ser que no se acuerda.

—Oh —respondió el jefe—. Qué triste.

El doctor Crenshaw era un hombre bajito, calvo y con barba. Estaba sentado tras un amplio escritorio y tenía el ceño fruncido, como si tuviera retortijones. Frente a él había un juego de pluma y tintero con una figurita dorada que representaba a un león rugiendo.

—¿En qué puedo ayudarles? —preguntó. Su voz era suave, como si se hallara enterrada en su garganta. No nos invitó a sentarnos.

Su despacho también tenía paredes forradas de madera; un cuadro de una mujer con vestido de seda colgaba sobre la chimenea. Las estanterías albergaban un cargamento de libros, con una sección entera dedicada a diarios médicos. Las ventanas, protegidas por hileras de finos barrotes de hierro, daban al jardín delantero y al camino de la entrada.

—Somos investigadores privados, señor —explicó el jefe con su voz más educada. El superintendente entornó los ojos de inmediato—. Soy el señor Arrowood y este es el señor Barnett. Estamos trabajando en un caso relacionado con la posible reclusión de una joven. Necesitamos cierta información sobre un paciente suyo.

—Desde luego —dijo Crenshaw. Se ajustó un monóculo en el ojo y nos miró—. ¿A quién nos acusan de tener recluido ahora?

—Oh, no, señor. Esto no tiene nada que ver con su institución.

—Desde luego que tiene que ver con mi institución. ¿Por qué si no habría venido, señor Arrowood? —Crenshaw hablaba con un tono rápido y enfadado—. Se cree que soy tonto, ¿verdad? Cada semana viene alguien que dice representar a uno de nuestros pacientes. Abogados, clérigos, médicos, hombres como usted, y casi siempre se trata de una herencia. Así que adelante, señor. Explíqueme su caso.

—Le aseguro que no se trata de una herencia, señor. Solo necesitamos información sobre un paciente suyo que se fue hace ya un tiempo y ahora trabaja en una granja cerca de Catford. Se llama Willoughby Krott. Un idiota del tipo mongoloide. Tenemos que hablar con su hermano y confiábamos en que pudiera proporcionarnos su dirección.

El superintendente se puso en pie y caminó hasta la puerta, haciendo sonar sus botas sobre el suelo abrillantado. Cuando abrió la puerta me di cuenta de lo grande que le quedaba el traje.

—Nuestros archivos son confidenciales.

—Señor Crenshaw —comenzó a decir el jefe—, creemos que se está cometiendo un delito en la granja donde trabaja el señor Krott. Es muy importante que hablemos con su hermano.

—¡Confidenciales! —repitió Crenshaw—. ¿No me ha oído?

—No lo entien...

—¡Fuera! —exclamó el hombre—. No sé qué es lo que pretenden, pero este es un buen lugar. Somos el único refugio para las personas desafortunadas de las que cuidamos. Somos los únicos que lo entienden.

—No, señor, no estamos investigando este psiquiátrico. Estamos investigando una granja.

—¡Una granja, claro! ¿Cree que soy tonto? Ha venido a recopilar información igual que el resto. Luego saldrá un artículo en el periódico, un abogado, un juicio. ¡Fuera! ¡Váyanse o llamaré a algunos de mis empleados más persuasivos!

—Por favor, escuche, doctor Cren...

—¡Señora Grant, acompáñeles a la salida! —exclamó el superintendente médico.

La mujer que nos había acompañado estaba esperando en el pasillo. Nos condujo de vuelta al vestíbulo, donde la vieja Myrtle se hallaba murmurando para sus adentros, pellizcándose la bufanda con los dedos.

El jefe se acercó y se sacó del bolsillo un osito de chocolate envuelto en papel navideño.

—Dickie me ha pedido que le entregue esto, señora —le dijo con suavidad.

Ella lo miró con curiosidad.

—¿Se lo ha pedido Dickie?

—Sí, así es.

Myrtle sonrió y aceptó el osito. Una lágrima le brotó del ojo. El jefe le hizo una pequeña reverencia y después regresó junto a nosotros.

—¿Recuerda a un interno llamado Willoughby Krott, señora? —le preguntó a la cuidadora.

—¿Willoughby? —repuso la señora Grant con una suave carcajada—. El adorable Willoughby. Cuánto lo echamos de menos. ¿Cómo está?

—Está viviendo en una granja.

—Qué bien. Le encantaban los caballos. Siempre estaba en los establos. ¿Es feliz?

—¿Por casualidad sabe usted dónde vive su familia, señora Grant? Estamos intentando darles un mensaje.

—Ni siquiera sé si siguen vivos —respondió la mujer con una negación de cabeza—. Pero, por favor, salúdenle de mi parte.

Abrió la puerta y dejó entrar una ráfaga de viento frío. Cuando salimos a los escalones de piedra, noté el dedo del jefe en mi bolsillo, en busca de una moneda. Sacó un cuarto de penique y se lo puso en la mano a la cuidadora.

—Le daré otro si encuentra la dirección del hermano de Willoughby —susurró—. ¿Cree que podría hacer eso?

La señora Grant se guardó la moneda en la chaqueta y sonrió.

—No —respondió antes de cerrar la puerta.

El jefe se pasó el resto del día quejándose de Crenshaw. Si había algo que no soportaba era que un hombre sentado tras un escritorio le impidiera hacer algo. No hacía más que reforzar su determinación y, cuanto más se irritaba, más importante le parecía hablar con el hermano de Willoughby. De manera que regresamos a Caterham en el último tren de aquella noche y llegamos a las puertas del psiquiátrico en torno a la medianoche. El bloque administrativo se hallaba a oscuras y la fuente apagada. Caminamos por la hierba helada que bordeaba el camino de grava de la entrada, cuidándonos de no hacer ningún ruido. Un par de luces brillaban en las ventanas superiores de todos los pabellones, pero solo se oía el viento entre los pinos. Parecía que todos dormían en el psiquiátrico, hasta que oímos un terrible chillido procedente de uno de los pabellones oscuros situados a la izquierda del edificio principal. Yo estaba acostumbrado a los gritos de la gente, los había oído con frecuencia en los lugares donde me crie, pero el ruido de aquella noche no se parecía a nada de lo que hubiera oído antes. Me detuve en seco, paralizado por aquellos gritos atormentados. Parecían proceder de otro mundo, un mundo sin palabras ni razón, y me helaron la sangre. Se produjeron entonces unos golpes rápidos, como si alguien estuviera aporreando algo con fuerza contra una pared, después más gritos, gritos normales del día a día, por encima de los chillidos. El jefe me agarró del brazo y tiró de mí hasta escondernos detrás de un arbusto que había junto al edificio principal.

—Espera un momento —me susurró—. Por si acaso sale alguien.

Mientras esperábamos en los arbustos, aguzando el oído, el jefe me pasó uno de sus ositos de chocolate, desenvolvió otro y se lo metió en la boca. Normalmente era él quien se asustaba con las cosas, pero parecía tranquilo y ajeno a aquellos horribles ruidos. Pasados unos instantes, oí de nuevo el roce del papel en su bolsillo.

—¿Sabes? —murmuró—. Siempre pensé que Ettie encajaría en un lugar como este. No como paciente, por supuesto, aunque siempre me he preguntado si estará en el límite de alguna clase de trastorno mental. Es tremendamente discutidora, como sin duda habrás advertido, y se pone muy ansiosa por cosas que en realidad no son importantes.

—¿Como el tema de los albañiles?

—No son solo los albañiles, Norman. No sabes cómo es cuando estamos a solas. Siempre está obsesionada con algo. Esta semana le ha dado por la harina del pan. Ha ido cada día a una tienda diferente en busca de la marca Allinson's. Y no para de decirme que me ponga a hacer calistenia. Pero no, me refiero a un trabajo. Esto encajaría con su necesidad de dar órdenes a la gente, y con sus capacidades como enfermera, por supuesto. Podría vivir en el edificio del servicio.

No podía ver mi sonrisa, agachados como estábamos entre los arbustos.

—Creo que se lo voy a sugerir —agregó.

A medida que pasaban los minutos, los ruidos fueron cesando, hasta que al fin todo quedó en silencio. A nuestro alrededor se alzaban los muros de ladrillo del edificio administrativo y a nuestros pies resplandecía la hierba helada. La paz reinaba una vez más en el psiquiátrico.

Saqué mi ganzúa y traté de abrir la puerta principal mientras el jefe vigilaba. Forzar cerraduras era una habilidad que había aprendido de mi tío Norbert cuando me formé con él como aprendiz de cerrajero. Murió antes de que pudiera aprender gran cosa, de modo que solo podía forzar las cerraduras más simples. Este parecía ser un bombín con tres pernos, demasiado difícil para mí, de modo que seguimos avanzando por la fachada del edificio en busca de alguna ventana suelta en los despachos. Estaban todas bien cerradas. Por el lateral también. Cuando nos acercábamos a la parte trasera del edificio principal, pasamos frente a un establo oscuro situado entre dos de los pabellones. Un caballo resopló y pateó el suelo. Esperamos unos segundos, atentos por si salía alguien. Un murciélago pasó volando sobre nuestras cabezas.

En la parte de atrás había un patio con enormes cubos de madera que apestaban a huesos y a cebolla podrida. La pequeña puerta de la cocina tenía una sencilla cerradura de resorte y logré abrirla en pocos minutos.

El jefe encendió su vela y entramos. La cocina, con suelo de piedra, estaba impoluta, los fogones permanecían aún calientes. No había nadie durmiendo allí, de modo que atravesamos la estancia y cruzamos una puerta que daba a un pasillo. Al final se divisaba el tenue brillo de la luz de la luna que entraba por una ventana.

Avanzamos muy despacio sobre las tablas del suelo. Cada puerta que pasábamos estaba cerrada. Nos parábamos a escuchar cada pocos pasos. Oíamos ratones detrás de las paredes, un goteo de agua en alguna parte, pero ningún sonido que indicara la presencia de personas.

Al final del pasillo se encontraba el enorme vestíbulo de entrada, con un olor a barniz tan fuerte que era casi mareante. Allí veíamos un poco mejor por la escasa luz de luna que entraba a través de las ventanas. Nos detuvimos de nuevo y aguzamos el oído. Todo estaba en silencio. Pasamos de puntillas frente a la escalera y nos metimos por el otro pasillo, donde me dispuse a intentar abrir la puerta del despacho de Crenshaw. Lo conseguí sin problemas y entramos.

—Bien —susurró el jefe cuando la puerta se cerró a nuestra espalda—. Tenemos que revisar los informes de los pacientes. Será uno de esos libros que hay en las estanterías.

La habitación apestaba a humo de puro. Encendí mi vela y nos pusimos a buscar. Pasados unos minutos oímos un ruido: pisadas apresuradas en algún lugar del edificio. No frente a la puerta, sino más lejos. Nos quedamos helados. Parecía alguien corriendo. La persona se detuvo.

Se cerró una puerta en el piso de arriba. Después, silencio.

—Sigamos —susurró el jefe.

Fui sacando libros de las estanterías: *Actas del Comité de Visitadores*; *Informes de superintendencia médica*; *Desgloses financieros*; *Pagos*; *Sueldos*; *Contratas*; *Préstamos*. Nada que ver con pacientes.

—Lo encontré —murmuró el jefe mientras extraía

un grueso tomo de color rojo—. *Registro de pacientes varones.* —Lo abrió sobre la mesa y buscó la sección K—. Aquí está. *Krott, Willoughby.* Vamos a ver. Ingresado en 1888; edad, dieciocho años; ocupación, *Archivador de libros*, facturable a *Sindicato de Lambeth.* No figura fecha de alta. —Pasó la página—. En este libro no aparece el pariente más cercano. Debe de haber otro registro.

Regresamos ambos a las estanterías y buscamos con nuestras velas hasta que encontré el *Registro de ingresos y altas.* Saqué el volumen correspondiente a 1888 y lo abrí sobre el escritorio. Estaba organizado por semanas. Fuimos pasando página tras página hasta que lo encontramos, ingresado el 29 de septiembre, y la dirección que buscábamos: *Hermano, Waterloo Square, 11, Camberwell.*

El jefe sacó su libreta y copió la dirección. Yo volví a dejar los libros en las estanterías.

—Se me ha ocurrido una cosa —susurró—. Vamos a echar un vistazo al *Registro de pacientes femeninas.*

Le acerqué el tomo y buscó la sección G.

—*Gotsaul, Polly* —leyó—. Ingresada en 1890 a los diecinueve años. Ocupación, *Planchadora.* Facturable a *Sindicato de Lambeth.* Tampoco figura el alta. Tráeme el *Registro de ingresos y altas* correspondiente a 1890. Apuntaremos también la dirección de sus parientes. Quizá ellos tengan los mismos problemas que los Barclay.

Encontramos su ingreso en marzo, y el pariente más cercano: *Hermana, Hemans Street, 64, Vauxhall.*

El jefe lo anotó todo en su libreta, después tamborileó con los dedos sobre la mesa mientras estudiaba la página de la derecha.

—Mira esta lista de altas. Casi todos figuran como fallecidos. —Fue pasando página tras página y suspiró—.

Hay muchos nombres. No parece que el tratamiento que ofrecen aquí sea muy bueno, ¿no crees? —Se quedó callado unos segundos y después susurró—: Mira esto, Barnett.

Acercó la vela a la página y señaló la entrada.

—Mira quién autorizó estos informes.

El nombre que figuraba en el libro era el de Henry Tasker.

CAPÍTULO 22

Ambos nos quedamos mirando el libro: el título que figuraba junto al nombre de Henry Tasker era *Presidente, Comité de Visitadores*. Estaba refrendado por el bueno del doctor Crenshaw.

El jefe se sentó y la vela titiló sobre la mesa. Dejó escapar el aliento.

—Ese es el hermano de Tasker e Hijos, ¿no es así? —preguntó—. El que conoce a los Ockwell. Tráeme el libro donde aparece Willoughby.

Mientras copiaba los detalles en su libreta, le acerqué el volumen. Encontró la página y acercó la vela al papel.

—Vaya, vaya. Henry Tasker autorizó este también. Granjero, juez de paz, presidente del Comité de Visitadores. Es un hombre ocupado. —Se levantó para dejar el libro en su sitio—. Salgamos de este lugar antes de que nos ingresen.

Fue entonces cuando volvimos a oír las pisadas, pero esta vez estaban en nuestra misma planta. Corrí hacia la mesa y apagué mi vela.

Las pisadas se acercaban.

Eché un rápido vistazo a mi alrededor, preguntándome dónde podríamos escondernos. No había ningún armario u otras puertas. Hasta las cortinas eran demasiado cortas para cubrirnos.

Las pisadas se oían ya en el pasillo, se acercaban al despacho. El jefe me agarró del brazo y me arrastró hacia detrás del escritorio, donde ambos nos arrodillamos. Apagó su vela también. Las pisadas estaban ya frente a la puerta.

Una llave se introdujo en la cerradura y giró.

Contuve la respiración, sentía el muslo caliente del jefe pegado al mío; estábamos agachados sobre la alfombra. El picaporte chirrió, pero la puerta permaneció cerrada. La llave volvió a girar. Esta vez se abrió.

Alguien entró y cerró la puerta a su espalda. Yo intentaba por todos los medios controlar la respiración, pero el corazón me latía desbocado en el pecho. Estaba todo tan oscuro que ni siquiera me veía las manos.

Oímos la risa de una mujer al otro lado del escritorio.

Después las pisadas de alguien más en el pasillo, acercándose hasta detenerse frente al despacho.

Otra vez el chirrido del picaporte, después una luz tenue. Me agaché más aún detrás de la mesa. El jefe se llevó la mano a la boca para amortiguar su respiración. Estaba doblado hacia delante en el suelo, con las piernas temblorosas por el esfuerzo y la tripa amenazando con reventarle el abrigo. A mí la rodilla me dolía mucho por tener el peso apoyado en ella: apreté los dientes y traté de dejar de temblar.

—Ay, chica mala —dijo la voz de un hombre, lastimera y juguetona, suavizada por el *brandy*. Era Crenshaw—. ¿Cómo has entrado aquí?

—No lo sé, señor. —La mujer soltó una risita nerviosa, comportándose como si fuera una niña pequeña. Estaban a pocos metros de nosotros.

—Te gusta guardar secretos, ¿verdad, tontita? ¿Me has robado la llave?

—No puedo evitarlo, señor —dijo la mujer como si le tuviera miedo.

—Pequeña imbécil.

—Solo tengo medio cerebro, señor —dijo ella con una risita.

Se oyó un roce entre ellos, un grito ahogado, respiraciones entrecortadas. En ese momento el estómago del jefe dejó escapar un leve rugido. Le pellizqué la pierna con fuerza. Él me miró con rabia, con la cara roja y los ojos muy brillantes por encima de la mano. Negó con la cabeza.

—No distingues lo que está bien de lo que está mal, ¿verdad, chica mala? —dijo Crenshaw.

—No, señor.

—Creo que es hora de tu tratamiento, ¿no te parece?

—¿Me va a hacer crecer el cerebro otra vez, señor?

—Te voy a recolocar los ojos, tontita.

Ella soltó un grito ahogado.

—Bájate las bragas. Tengo una medicina especial para ti.

Fue entonces cuando el estómago del jefe soltó un rugido tan fuerte que podría haber despertado a todo el pabellón.

—¿Qué diablos ha sido eso? —preguntó Crenshaw.

Segundos más tarde vimos su cara a la luz de la lámpara, mirando por encima de la mesa.

No era el hombre al que habíamos visto esa misma tarde. Tenía el faldón de la camisa por fuera de los pantalones, sus patillas canosas estaban revueltas a ambos lados de su cabeza y tenía los labios morados por el vino. Tras él se hallaba la señora Grant, con la chaqueta desabrochada y la melena cayéndole sobre el pecho.

Antes de que nos diera tiempo a hacer algo, Crenshaw se dio la vuelta y huyó, llevándose a la señora Grant con él. Justo cuando nos pusimos en pie cerró la puerta del despacho. Le oímos girar la llave en la cerradura.

—¡Maldición! —exclamó el jefe—. ¡Tenemos que salir de aquí antes de que traiga ayuda!

Corrí hasta la puerta y me arrodillé con la ganzúa en la mano. El jefe encendió su vela y me la acercó mientras intentaba forzar la cerradura.

—Deprisa, Barnett.

No sirvió de nada. La llave seguía en la cerradura por el otro lado y no se movía.

Nos lanzamos hacia las ventanas y descorrimos las gruesas cortinas. Estaban protegidas por una hilera de finos barrotes de hierro. El jefe me dio el bastón que le había prestado Lewis. Lo introduje por debajo de uno de los barrotes y tiré con fuerza. El bastón se partió.

—¡Maldita sea! —exclamó, jadeante otra vez.

Saqué un paraguas de detrás de la puerta y lo intenté con eso, pero simplemente se dobló contra los sólidos barrotes. Ya empezábamos a oír gritos frente al edificio, pasos que corrían por el camino de la entrada. Traté de doblar cada barrote con las manos, buscando alguno que estuviera suelto, o flojo, pero estaban todos bien sujetos. Oímos el estruendo de pasos por el pasillo, y de súbito la llave giró en la cerradura y cinco tipos corpulentos irrumpieron en el despacho, todos con uniforme azul. Dos de ellos se lanzaron sobre el jefe, uno a cada brazo. Los otros tres fueron a por mí; uno de ellos lanzaba puñetazos mientras los otros dos intentaban echarme al suelo. Me asestó un golpe en el cuello y otro en la mano lesionada cuando intenté bloquearlo. Conseguí soltarme de un brazo y le arreé uno a él, un buen derechazo en la boca, que hizo que le brotara sangre del labio y le mojara el bigote. Aquello solo sirvió para enfurecerlos, y a los pocos segundos me tenían en el suelo boca abajo, con los brazos retorcidos a la espalda. No había nada que pudiera hacer: eran expertos en controlar a un hombre. Mientras estaba en el suelo, el guardia al que había golpeado me atizó dos fuertes patadas en el costado con la bota de punta de acero. Sentí un dolor infernal.

Me levantaron del suelo. Crenshaw entró en el despacho ya arreglado. Se había metido la camisa por dentro del pantalón, llevaba la chaqueta abrochada y se había peinado.

—¿Qué estaban buscando? —preguntó con las manos en la espalda y el pecho hacia fuera.

—Lo que le pedimos antes —respondió el jefe con un guardia agarrado a cada brazo—. La dirección del hermano de Willoughby Krott.

Crenshaw negó con la cabeza, abrió la boca y frunció el ceño.

—¿Qué estaban buscando en realidad?

—Solo eso, señor, se lo juro. Ahora, por favor, ordene a sus hombres que nos suelten.

—Allanamiento —dijo Crenshaw—. Yo me inclino por el robo de informes personales con el fin de usarlos para el chantaje. El juez no lo verá con buenos ojos, se lo aseguro. De modo que díganme qué estaban buscando realmente. Puede que los deje en libertad si lo hacen.

—Pero si ya se lo he dicho, señor —insistió el jefe con firmeza—. Solo una dirección. Nada más. Nuestro caso no tiene nada que ver con este psiquiátrico.

Crenshaw suspiró y se volvió hacia la puerta.

—Aislamiento —dijo antes de desaparecer por el pasillo.

Nos sacaron del edificio y nos llevaron por un sendero hasta uno de los pabellones. Ya ni siquiera traté de resistirme: uno de ellos me tenía el brazo retorcido a la espalda, lo que a cada paso me provocaba una terrible sacudida de dolor. El que iba delante abrió la puerta con un pesado juego de llaves que llevaba prendido al cinturón. Dentro todo estaba a oscuras. Capté el olor a pis y lejía y noté que el suelo de madera aún estaba húmedo tras la limpieza. El tipo al que había aporreado encendió una lámpara de aceite y nos condujo por un pasillo largo y verde hasta la parte trasera del edificio.

—No pueden encerrarnos —protestó el jefe—. Nuestra gente vendrá a buscarnos. Saben que estamos aquí.

En silencio, nos hicieron bajar por unas escaleras hasta el sótano. Apestaba a moho y a una fosa séptica cercana que debía de haber estado goteando. El túnel era estrecho y el techo tan bajo que no podías caminar erguido. La única luz procedía de la lámpara del guardia, que iluminaba el suelo de piedra y las paredes blancas descascarilladas. Nos detuvimos frente a una puerta de madera tachonada con cerrojos de hierro. El hombre del llavero abrió la cerradura. Al notar que aflojaba la fuerza con la que me sujetaba del brazo, traté de zafarme, pero el que tenía al lado me dio un golpe en la tripa y me dejó sin aire. Nos hicieron pasar y cerraron de un portazo. Oímos la llave en la cerradura.

La estancia se hallaba en la más completa oscuridad, ni siquiera se filtraba un hilo de luz de luna por un ventanuco. El jefe estaba en el suelo junto a mí. Palpó con la mano hasta encontrar mi pierna.

—¿Estás bien, Norman? —me preguntó.

Yo seguía intentando recuperar la respiración, tenía ganas de vomitar y me dolía la tripa.

—Respira despacio —me dijo.

Las pisadas de los hombres en el pasillo se desvanecieron hasta que se hizo el silencio.

—Estoy bien —dije al fin.

—¿Tienes tus cerillas?

—Las dejé sobre la mesa.

—Ay, Dios. No veo nada.

Encontré la puerta con las manos y palpé alrededor como un ciego. No había pestillo ni ojo de cerradura. Las bisagras estaban hechas de hierro. La golpeé con el hombro y noté el dolor en todas las magulladuras de mi cuerpo; me senté en el suelo y empecé a darle patadas.

—No va a ceder —dije.

El suelo estaba hecho de una especie de tela engomada. Al igual que las paredes. Extendí los brazos en la oscuridad hasta agarrarle el brazo al jefe.

—Por aquí —dije.

A cuatro patas, lo guie hasta la pared, donde nos quedamos sentados con los hombros pegados, mirando a la oscuridad. Ambos jadeábamos y tosíamos.

—No me gusta nada ese Crenshaw —dijo al fin—. ¿De qué diablos estaba hablando con esa mujer? ¿Has oído lo que ha dicho?

—Podríamos pasarnos dos semanas en la cárcel si

convence a la policía de que estábamos robando secretos.

—Puede que ni siquiera los llame. No querrá que le digamos a nadie lo que estaba haciendo con la señora Grant. Ay, Dios, debería haberle dicho a Lewis adónde íbamos. Nadie sabe que estamos aquí.

—No puede retenernos. Es un delito.

—Yo no estaría tan seguro. La gente desaparece en estos lugares. Ocurre continuamente.

—Pero ¿qué hay de Ettie y de Neddy? ¿Y si necesitan ayuda?

—¡Cálmate, Barnett! ¡Estoy intentando pensar!

Le dejé pensar. Yo también estaba pensando, pensando en el lío en que nos habíamos metido. Pensando que podríamos pasarnos allí días enteros y nadie lo sabría.

Al jefe volvió a rugirle el estómago. Fue un rugido monstruoso, como el que haría un surtidor de agua en un pueblo durante un verano seco. Entonces el ruido cesó y una especie de gato chilló en las profundidades de su tripa.

—Dios mío —murmuró—. Esa sopa no estaba en buen estado, Barnett. Estaba amarga como el agraz. Estoy seguro de que esa carne no era cordero.

No respondí y su tripa se quedó callada.

—Tenemos que salir cuando vengan a por nosotros —dijo—. Estate preparado. Encontraremos la manera.

Aquello no me tranquilizó. Esos guardias sabían cómo tratar con hombres difíciles, era su trabajo y los habían elegido por eso. Había oído hablar de los tratamientos que empleaban en algunos de esos lugares. Había oído que la gente podía llegar a volverse loca en un psiquiátrico.

El jefe rebuscó en un bolsillo y me puso algo en la mano. Uno de sus ositos de chocolate. Lo desenvolví y me lo metí en la boca. Él también se comió uno.

—¿Eso es un bombón? —preguntó una voz en la oscuridad.

—¿Quién está ahí? —preguntó el jefe de inmediato, aferrándose a mi brazo—. ¿Dónde está?

Me quedé mirando a la oscuridad con la esperanza de vislumbrar algún indicio sobre la otra persona, pero no veía absolutamente nada. El jefe me agarró con más fuerza y yo me puse de rodillas por si acaso el tipo se nos abalanzaba.

No hubo respuesta.

—¿Quién está ahí? —volvió a preguntar el jefe.

Aguardé con los puños apretados, preparado para golpear si se nos acercaba.

—¿Quién está ahí, maldita sea? —insistió—. ¡Habla ahora o te enviaré a mi ayudante para que te enseñe modales!

—Montague Arthur Russell —masculló al fin la voz. Intentaba hablar con tono altivo, aunque no se le daba muy bien: sonaba rudo y no me gustaba nada.

—¿Dónde está? —preguntó el jefe con la voz temblorosa por el miedo. Me acerqué un poco más, con los puños por delante, por si acaso. El tipo estaba en esa celda por alguna razón: mejor dar por sentado que era una mala razón.

—En el rincón.

—¿Hay más personas?

—Solo nosotros —respondió la voz—. Lánceme uno de sus bombones.

El jefe hizo un movimiento. Se oyó un gruñido. Después le oímos desenvolverlo.

—¿Qué es, un conejito?

El bombón había hecho que su voz sonara un poco más amable, y noté que el jefe se relajaba junto a mí.

—Un osito —dijo—. ¿Dónde estamos, señor Russell?

—Sala de aislamiento, así se llama. Así estamos a salvo. Y los demás también.

—¿Hay alguna ventana? —pregunté yo.

—Hay un agujero de unos pocos centímetros en la pared, aquí arriba. Da a unos matorrales, así que no se verá nada ahora, de noche. Se verá algo en unas pocas horas. No hay manera de salir, si es lo que quiere saber.

—Pero debemos salir —le aseguró el jefe.

—Tendrán que esperar a que vengan. Hay un cubo en el rincón si lo necesitan.

—¿Por qué está usted aquí, señor?

—Me temo que causé problemas en el pabellón. Mordí al cuidador con los dientes, o eso dicen. No lo niego, señor. Podría decirse que estaba demasiado alterado. Y aquí estoy. Relajándome. Cuidando de mí. ¿Y ustedes? ¿En qué pabellón están?

—No somos pacientes, señor Russell —respondió el jefe—. Somos investigadores privados. Estábamos buscando información en el despacho del señor Crenshaw y nos han descubierto. Imagino que es usted un… un lunático.

—Eso dicen, eso dicen —respondió la voz en la oscuridad—. El capellán cree que podría llevar un demonio dentro. Yo no me lo creo. Yo creo en la ciencia: quizá sean mis humores. A veces no funcionan bien en mí y entonces vienen los problemas, casi siempre como reacción a un trato cruel por parte de uno de los cuidadores. No diré su nombre. Está en contra de mí.

Dice que le provoco. Hace todo lo posible por fastidiarme.

—Es normal enfadarse por un trato cruel —dijo el jefe.

—Sí que me enfada.

—¿Puedo hacerle una pregunta personal, señor Russell?

—Puede intentarlo.

—¿Cuál fue su diagnóstico?

—Ah, monomanía, sin más. Creía firmemente en una cosa. No les diré qué era, pero estaba muy mal, y aun así creía en ello. Ahora estoy bastante recuperado, llevo por lo menos un año pensando con claridad. En realidad deberían haberme soltado hace algún tiempo, no sé por qué no lo hacen.

—Lamento oírlo —dijo el jefe—. Qué injusto.

—Desde luego que lo es. He presentado una queja al Comité de Visitadores. Un lunático desprende un olor a beleño negro. Aquí les pasa a todos los que siguen sufriendo. Estoy seguro de que lo habrán olido.

—¡Ah! —exclamó el jefe—. No sabía lo que era.

—Así es como se sabe —explicó Montague Arthur Russell—. Lo ha dicho el mismísimo doctor Burrows. ¿A qué le huelo a usted, señor mío?

El jefe olfateó el aire enmohecido.

—Me huele normal —respondió—. Para ser un hombre.

—Pero ¿no huele a beleño negro?

—Me parece que no.

—¿Y qué me dice del otro caballero?

—Yo tampoco —le aseguré.

—Porque ya estoy curado. Hay un paciente que la semana pasada se tragó las horquillas del pelo. Una mujer.

Russell no parecía un hombre peligroso, de modo que volví a sentarme contra la pared. Había recibido otro golpe en la rodilla durante el forcejeo y me ardía el costado donde me habían dado la patada. No estaba cómodo en aquel suelo de goma.

—¿Quiere que nos pongamos en contacto con su familia cuando salgamos? —le preguntó el jefe—. Estoy seguro de que podrán ayudarle.

—¿Dice que son investigadores privados? ¿Como Sherlock Holmes?

—Eso es, señor Russell —respondí yo antes de que el jefe tuviera ocasión de empezar a quejarse del señor Holmes.

Oí un suave descorche a mi lado, como un vial al abrirse, y después el tintineo del líquido.

—¿Qué es eso, William? —pregunté.

—Una dosis de clorhidrina —respondió—. La gota me está fastidiando otra vez.

—Démelo —le dije—. El costado me está matando.

—Pero los cuidadores podrían regresar. Debes estar preparado.

—Solo quiero dar un trago para el dolor.

Me pasó el vial. Sentí el alivio casi de inmediato. El jefe me buscó la mano en la oscuridad y recuperó la medicina.

—Yo también tomaré un trago, si no le importa —dijo Montague Arthur Russell—. Aquí no te dan clorhidrina a no ser que le hayas roto el brazo a alguien.

El jefe suspiró.

—Acérquese entonces.

El tipo se arrastró hasta encontrar la mano del jefe. Le oí tragar.

El estómago del jefe emitió otro largo rugido que inundó la estancia.

—Caramba —dijo Montague Arthur Russell—. Sí que debía de estar mala esa sopa.

—Es posible que necesite el cubo —dijo el jefe con la voz entrecortada.

No puedo describir el horror de los siguientes cinco minutos, pero, cuando terminó, el jefe regresó a mi lado y se sentó con un pequeño lamento. Una peste mucho peor que la del beleño inundó el aire.

—No creo que fuese cordero lo que llevaba la sopa, Barnett. Creo que era perro.

Yo apenas podía pensar, mucho menos hablar.

No sé si se durmió o no, pero el resto de la noche la pasamos en silencio.

CAPÍTULO 23

Llegó la mañana y, con ella, un débil punto de luz a través del agujero situado al otro extremo de la celda. Estaba a la misma altura que un lecho de tierra y un denso matorral, a través del cual no se distinguía nada del terreno de más allá. Montague Arthur Russell yacía en el suelo envuelto en una manta gruesa, de modo que solo se le veía la cabeza. Era bastante calvo, tenía el rostro ajado, la nariz roja por el frío y una barba poblada y mal cortada. Tenía el cuello robusto como un toro y roncaba como si fuera el hombre más feliz de la tierra.

Me puse en pie y di unos cuantos saltos mientras me frotaba las manos. Hacía mucho frío allí y me dolía la rodilla como si estuviera ardiendo. Habría dormido no más de una hora en aquel suelo húmedo de goma; en sueños no había parado de ver a Birdie sonriéndome, a mi vecino que nunca hablaba, a la señora Gillie con la boca abierta, riéndose, con ese horrible diente húmedo y ennegrecido. Y la canción de la señora Barclay se repetía una y otra vez en mi cabeza.

Al poco rato el jefe abrió los ojos; le salía el aliento

en nubes de vaho. Le ayudé a levantarse y también él se frotó las manos, caminando de un lado a otro, desde la puerta hasta la pared.

—Pronto vendrán a buscarnos —dijo—. Estoy seguro. Debemos aprovechar la primera oportunidad para escapar. ¿Estás preparado, Norman?

—Estoy preparado.

Pero no vinieron. Empezamos a oír ruidos procedentes del pabellón de arriba: puertas que se cerraban, sillas arrastradas por el suelo, voces. Pero aun así no vino nadie. Pasaron las horas en aquella celda fría.

Russell se despertó bien entrada la mañana. Con la manta ceñida a su cuerpo, se puso en pie, estiró las piernas y arqueó la espalda. Era un monstruo de hombre, varios centímetros más alto que yo, con manos como sartenes.

—¿Cuándo traen el desayuno? —preguntó el jefe.

—Nos obligan a ayunar después de un incidente —dijo nuestro amigo.

—Oh, cielos. Tengo que tomarme una taza de té. Estoy muy deshidratado tras mi enfermedad de anoche. ¿Cuándo vendrán a buscarle, señor Russell?

—Por la tarde.

—¿Está seguro?

—Aquí siempre sucede lo mismo todos los días, señor. Como un reloj. Pero puede que a ustedes los recojan antes, dado que no son pacientes.

—¿Cuántos suelen venir a buscarle?

—Uno. Con el bastón habitual. Pero no le tenderán una emboscada, si es lo que está pensando. Les hará situarse en el otro extremo mientras abre la puerta. Siempre es igual. No la abrirá a no ser que estén ahí.

El jefe empezó a pensar. Mientras lo hacía, Montague Arthur Russell hizo sus necesidades en el cubo.

—Necesitamos su ayuda, señor —dijo el jefe—. Estamos investigando un caso importante, sobre una chica que está prisionera. Debemos salir de aquí lo antes posible. Esto es lo que se me ocurre: en cuanto oigamos que viene, usted se tumba ahí en el suelo y grita pidiendo ayuda. Yo fingiré que le estoy estrangulando. Cuando el cuidador abra la puerta para salvarle, Barnett le reducirá. Lo único que debe hacer usted es gritar. Ni siquiera sabrán que nos está ayudando.

Montague Arthur Russell ejecutó varias flexiones de rodillas mientras lo meditaba.

—Sí —dijo al fin—. Creo que me gustaría.

—¿Y si viene más de uno? —pregunté yo.

—Nos enfrentaremos juntos a ellos, Norman. No quiero que usted pelee, señor Russell. No deseo que le castiguen por esto.

—Yo tampoco, señor —respondió el hombre.

Pasaron las horas. Hablamos durante un rato, después Russell volvió a acurrucarse bajo su manta y empezó a roncar. Nos sentamos, nos pusimos de pie otra vez, caminamos y otra vez nos sentamos. La luz empezó a desvanecerse.

—¡Ni siquiera la comida! —exclamó el jefe. Se acercó a Russell y lo zarandeó hasta despertarlo—. ¿Está seguro de que vendrán a por usted, señor Russell?

Nuestro amigo se incorporó frotándose los ojos.

—Vendrán a darme el tratamiento. Eso nunca se les olvida.

—¿Su tratamiento?

—Una ducha fría.

—¡Santo Dios! ¿En un día gélido como este?

—Es doloroso, se lo aseguro. Prefiero el opio cuando estoy excitado, o el bromuro, pero eso no te lo dan después de un incidente, señor. Siempre agua fría.

—Nos pondremos en contacto con sus parientes cuando salgamos de aquí, señor. Ellos le ayudarán.

Russell negó con la cabeza.

—Fueron ellos los que me metieron aquí, señor. Nunca han venido a visitarme, ni una sola vez. Jamás han respondido tampoco a mis cartas. Me han abandonado, esa es la verdad. El doctor Crenshaw me mantiene aquí porque recibe una comisión del asilo de pobres por cada lunático que tiene. Nadie escucha a los pacientes, salvo a aquellos que tienen dinero. Pueden contratar a médicos y abogados. Pero la gente como yo está perdida, señor. Perdida.

—Siento oír eso, amigo mío.

—Y no soy el único aquí. Algunos de nosotros estamos curados y aun así nos mantiene aquí encerrados.

Oímos el tintineo de las llaves sobre nuestras cabezas y los pasos en la escalera.

—Aquí llega —dijo Russell. Se arrastró y se tumbó en el suelo—. Súbase encima, señor Arrowood.

El jefe se puso encima. Yo me pegué a la pared de detrás de la puerta. Nuestro amigo gritó y empezó a patalear y a revolverse mientras el jefe le ponía las manos alrededor del cuello. Los pasos se acercaron al otro lado de la puerta.

—¡Ayuda! —gritó nuestro amigo—. ¡Me quieren matar!

Se abrió la mirilla.

—¿Qué está pasando ahí? —gruñó una voz ronca.

—¡Me quieren matar! —gritó Russell sin parar de patalear y forcejear, mientras el jefe hacía todo lo posible por mantener las manos en su cuello.

—¡Basta ya! —ordenó el cuidador. Metió la llave en la cerradura, la giró y abrió la puerta.

Entró corriendo, levantó el pie y de una patada retiró al jefe de encima de Russell. Yo aproveché la oportunidad y le propiné un fuerte golpe en la nuca con ambas manos. Cayó al suelo, pero había otro detrás de él, con la porra levantada. No me dio tiempo a apartarme y solo pude levantar los brazos para suavizar el impacto. Pero, justo cuando la porra estaba a punto de golpearme, el cuidador se derrumbó en el suelo con un gruñido de rabia.

Miré hacia abajo y vi las manos de Russell agarradas a los tobillos del tipo y una amplia sonrisa en su rostro. Me guiñó un ojo. Antes de que me diera tiempo a pensar, otro enorme cuidador entró corriendo por la puerta. Le dio un golpe a Russell en el brazo con la porra, haciéndole gritar. Cuando volvió a levantar la porra, le di un puñetazo en la mandíbula que le hizo tambalearse por la celda. Me abalancé sobre él antes incluso de que cayera, agarrándolo del brazo y retorciéndoselo a la espalda, hasta que se dobló y gritó de dolor. El jefe se había levantado también. Le dio un pisotón al otro en las pelotas y saltó por encima de él hacia la puerta. Yo logré tirar al mío al suelo, me dejé caer con fuerza sobre él y mi rodilla aterrizó justo sobre su columna. Soltó un grito. Russell se había levantado y llevaba en la mano la porra del segundo cuidador.

—Venga, venga, Montague —dijo el primero poniéndose en pie y retrocediendo hacia la pared opuesta con los brazos extendidos—. Dame la porra. No lo empeores más.

El jefe me arrastraba con él hacia el túnel. Montague nos siguió, cerrando la puerta tras él. Un puñado de llaves colgaba del ojo de la cerradura: las hice girar deprisa y me las guardé en el bolsillo.

Empezaron entonces los golpes iracundos al otro lado de la puerta. Insultos. Amenazas. El jefe abrazó al enorme paciente, que echó la cabeza hacia atrás y soltó una carcajada.

—Vamos, señor —le dijo—. Tenemos que irnos.

Corrimos por el oscuro túnel, escaleras arriba, y recorrimos el siguiente pasillo hasta la puerta principal del pabellón. Según avanzábamos nos cruzamos con varios pacientes, pero ninguno intentó detenernos. Encontré la llave entre las demás. Una vuelta y logramos salir al aire frío, bajo el nubarrón más oscuro que había visto aquel invierno.

Por el camino que separaba el edificio de administración y los pabellones pasaba un landó de camino a los establos.

—Nuestro medio de transporte —dije.

El jefe y yo salimos corriendo tras él, pero Montague Arthur Russell no se movió. Me di la vuelta. El gigante cambiaba el peso de un pie al otro con el ceño fruncido.

—Vamos, amigo. Vamos a sacarle de aquí.

—Creo que me voy a quedar —respondió con un guiño.

—Le ayudaremos —le prometí—. Pero ahora tenemos que irnos. Vamos, amigo.

—Sea valiente, amigo mío —le dijo el jefe tendiéndole la mano.

—No —insistió Russell retorciéndose las enormes manos—. No estoy preparado. No tengo ningún sitio al que ir. Creo que…, que tal vez me vendría bien un poco más de tratamiento aquí.

—¿Le da miedo que le atrapen? —preguntó el jefe.

Russell negó con la cabeza y volvió a atravesar la puerta del pabellón. El jefe me miró. Todavía oíamos los gritos de los cuidadores procedentes del sótano; no tardarían en ser rescatados. Montague Arthur Russell nos guiñó el ojo otra vez y cerró la puerta. Oímos la llave en la cerradura.

El landó estaba ahora aparcado frente a los establos. Corrimos hacia allí cuando el cochero se bajó y entró en un cobertizo. Yo me senté a las riendas y el jefe ocupó el asiento de atrás.

—¡Vamos! —le grité al caballo agitando las riendas.

El animal empezó a caminar. Lo hice girar hasta orientarlo hacia el camino de la entrada y entonces lo arreé de nuevo.

—¡Eh! —gritó el cochero al salir del cobertizo.

—¡Arre! —exclamé agitando las riendas. El caballo siguió caminando.

El hombre se subió de un salto a los escalones del landó.

—¡Este es el coche del doctor Crenshaw! —gritó—. ¿Qué creen que están haciendo?

—Robarlo —respondí, le di una patada en el pecho y lo tiré del vehículo a la hierba que bordeaba el camino—. ¡Arre! —grité dándole un latigazo al caballo. Pero el animal seguía caminando. A los pocos segundos el cochero ya se había puesto en pie y se había agarrado con ambas manos al barandal.

—Bájese, amigo —le dije—, o le daré un puñetazo en la cara.

—No se llevarán a mi caballo a ninguna parte sin mí —respondió él. Era un hombre pequeño, no mayor que un yóquey. Pero tenía agallas—. No sabe cómo manejarlo.

Me volví al oír gritos. Cuatro o cinco hombres salieron corriendo del pabellón por el que habíamos salido nosotros. Uno de ellos nos señaló y empezaron a correr. Agarré al cochero de la chaqueta y lo subí al asiento conmigo.

—Haga que vaya más rápido. Ahora.

El hombre le dio al caballo un latigazo corto y este empezó a trotar, después se puso a medio galope. Los hombres corrían por el jardín. Rebasamos la fuente y alcanzamos la carretera. El caballo ganó velocidad y conseguimos huir. Miré hacia atrás y vi a los hombres en la carretera junto a la verja, viéndonos marchar.

—Llévenos donde queremos y no le haremos daño —le ordené al cochero.

Este asintió sin apartar la mirada de la carretera. Me agaché y vi al jefe sentado abajo.

—Estamos a salvo, señor —le dije.

—Gracias al señor Russell.

—¿A dónde vamos? —preguntó el cochero.

—A Catford —respondió el jefe.

—Oh, no —se quejó el hombre calándose el gorro hasta las orejas—. Acabamos de regresar de ahí.

—Ya pasó, ya pasó, camarada —le dije dándole una palmadita en la rodilla.

—Ni se le ocurra tocarme, amigo —me respondió.

CAPÍTULO 24

Nos detuvimos en una tienda de Croydon, donde el jefe compró unas salchichas de cerdo y un par de botellas de vino tónico. Seguimos luego nuestro camino. Tras dar unos largos tragos al vino tónico, me sentí más despierto. Le pasé la botella al cochero. Este dio unos tragos, después yo bebí un poco más, escuchando el ritmo del caballo, el ruido de las ruedas del coche al girar. Se me olvidó que echaba de menos mi cama. Deseaba seguir con el caso.

Atravesamos Thornton Heath y Crystal Palace, donde el cochero encendió las lámparas. Había oscurecido cuando llegamos a Catford. Un par de mujeres corrían a casa cargadas con pesadas cestas colgadas del brazo. Las luces del *pub* estaban encendidas. Las parcelas en obras estaban vacías.

Me bajé en la iglesia, encontré la nota del día anterior y se la entregué al jefe.

—Todavía no ha hablado con Birdie —nos dijo desde su asiento cuando reemprendimos la marcha—. Aún nos quedan unos recados más por hacer, cochero.

No obstante recibirá algo para su bolsillo, no se preocupe. Llévenos al 11 de Waterloo Square, en Camberwell.

—¿Está a salvo? —le pregunté.

—Eso parece. Dice que cree que Polly tiene melancolía. A Neddy están haciéndole trabajar mucho.

Me sentí aliviado. Había pasado una noche muy larga en esa celda, más larga aún preguntándome si Ettie estaría en peligro. Quité el corcho de la botella y bebí un poco más.

—Deme un poco de eso —dijo el cochero—. Me llamo Peter, por cierto.

Me pasó las riendas mientras bebía.

—Ese mejunje sí que te espabila, ¿verdad? —comentó cuando recuperó las riendas.

—Te mantiene despierto toda la noche.

—¿Cómo se llama?

—Vin Mariani. El mejor tónico que existe.

—Nunca antes había tomado algo así. Siento que podría conducir toda la noche. —Se volvió rápidamente hacia mí—. No es que quiera, amigo. Me he dejado llevar de repente.

Peter resultó ser un buen hombre, un exsoldado que luchó en África, y su cháchara ayudaba a pasar el rato. Nos habíamos terminado la botella para cuando llegamos a Camberwell.

Eran unos edificios de apartamentos situados junto a Lomond Grove, un lugar de gente con dinero. A ambos nos sorprendió que John Krott viviera allí, con lo pobre que era su hermano, pero la dirección era la correcta. Su nombre figuraba en el timbre.

La doncella fue a ver si nos recibiría, después nos condujo a los tres hasta un pequeño estudio. Allí, en un sillón de orejas junto al fuego, se hallaba un apuesto caballero con un batín rojo. Su melena, negra y bien peinada, lucía algunas canas a los lados. En una mesita auxiliar que tenía al lado había una copa de cristal y un decantador; sobre su regazo descansaba un libro. El jefe hizo las presentaciones.

—El cochero puede esperar fuera —dijo Krott secamente.

—Hace bastante frío, señor —respondió el jefe.

—Sobrevivirá.

Cuando Peter se disponía a marcharse, lo agarré del brazo.

—Usted se queda aquí, amigo —le dije.

Krott frunció el ceño. Antes de que pudiera hablar, el jefe dijo:

—Hemos de hacerle algunas preguntas sobre su hermano, señor Krott. Somos investigadores privados y estamos investigando el posible maltrato de una joven en la granja donde trabaja Willoughby. Usted conoce a Godwin Ockwell, ¿verdad?

—Nunca lo he visto —respondió Krott negando con la cabeza.

—Willoughby dijo que eran amigos. Nos dijo que iba a venir a vivir con usted y que Godwin iba a organizarlo todo.

Krott se carcajeó antes de dar un sorbo a la copa que había sobre la mesita que tenía al lado.

—Mi hermano es un idiota. No deberían hacerle caso: no va a venir a vivir aquí. Es feliz en la granja. La naturaleza es beneficiosa para los de su clase, ¿lo sabían? La naturaleza y el trabajo constante.

—¿Godwin es su padre? —preguntó el jefe—. Lo llama papá.

—No sea ridículo. Nuestro padre murió hace años.

Sobre la pequeña chimenea colgaba un cuadro con una escena campestre, hombres trabajando en los campos recogiendo heno, un carro, el sol. Un cuadro como ese te hacía sentir bien. No podría haber estado más alejado de aquella gélida granja de cerdos de Catford, con sus perros agresivos, su matadero y las montañas de estiércol pestilente.

—¿Qué sabe de la familia Ockwell, señor Krott, si no le importa la pregunta?

—Bueno, nada. Nunca los he visto.

—Pero ¿cómo consiguió que Willoughby trabajara allí?

—Yo no tuve nada que ver con eso. Cuando el psiquiátrico terminó su tratamiento, lo organizaron todo para que viviera en la granja.

—Ah —respondió el jefe—. Di por hecho que debió de estar usted implicado.

—No creo que comprenda usted la situación con los idiotas —dio Krott. Se encendió un puro largo y delgado con un encendedor dorado, encantado de estar allí sentado mientras nosotros permanecíamos de pie frente a él—. Esas cosas hay que dejárselas a los expertos. Siempre he confiado en sus decisiones.

—Conocimos a su hermano el otro día —comenté yo—. Parecía medio muerto de hambre. Iba vestido con harapos. Parece que él hace todo el trabajo en esa granja; él y su compañero.

Krott me miró sorprendido, como si no creyera que fuese capaz de hablar.

—Estoy seguro de que exagera.

—Quiere vivir con usted —agregué.

—Imposible. —Dirigió sus palabras hacia el jefe—. No está preparado para la ciudad. El ruido y las multitudes le confunden. Se metería en toda clase de líos.

—¿Cuándo fue la última vez que vio a Willoughby, señor Krott? —preguntó el jefe.

Krott sujetó el puro junto a su mejilla y suspiró.

—Se pone triste cuando voy a visitarlo.

—Pero es su hermano.

—Lleva el mismo apellido que yo, pero me temo que eso es todo. Es un mongólico. ¿Los conocen? Una regresión.

—¿Lo ha abandonado?

—Los psiquiatras de Caterham son expertos en el tratamiento de la imbecilidad.

—¿Y no le importa cómo le vaya en esa granja?

—Escuche, señor Arrowood. Es muy difícil. He tenido cierto éxito en la vida, gracias al Señor y a mis propios esfuerzos durante años. Poseo cuatro comercios de alimentación. Es evidente que no tiene a una persona como él en su familia. Tengo dos hijas, y ambas aspiran a casarse en los próximos años, además tienen posibilidades de encontrar un buen marido. Pero ¿qué hombre de bien las aceptará si ve a Willoughby? Pensarán que hay un defecto en el linaje, y le aseguro que no lo hay. Mis hijas son perfectamente brillantes. ¿Deberían sufrir las consecuencias por su culpa?

Krott miró al jefe con rabia y, al no obtener respuesta, continuó.

—Ya nos ha causado suficientes problemas. Antes vivíamos en Kennington. Tuvimos que abandonar nuestro hogar para instalarnos aquí, donde nadie nos conoce.

—¿No le importa saber que está sufriendo? —preguntó el jefe alzando la voz.

—Ellos no perciben con la misma intensidad que nosotros —respondió el comerciante, quitando importancia a la pregunta con un gesto de la mano—. Tienen los sentidos adormecidos. ¿Sabía que su cerebro apenas funciona con las temperaturas frías? El mejor lugar para él es el psiquiátrico o el sitio donde está ahora mismo: una granja donde pueden controlarlo. Imaginen si tuviera hijos.

El jefe se quedó mirándolo en silencio. Krott puso los ojos en blanco y se llevó el puro a los labios.

—¿Ha oído lo que dice Galton, señor Arrowood? —preguntó—. Imagino que no. El hecho es que, si queremos un futuro mejor para nuestros hijos y nietos, debemos centrar nuestros cuidados en los mejores miembros de nuestra raza. ¿De qué serviría poner en riesgo las posibilidades de mis hijas para encontrar un buen marido por el bien de un retraso mental? Sin duda estará usted de acuerdo con la mejoría de la humanidad.

—Nunca he logrado decidir qué opinión me merecen las ideas de Galton —respondió el jefe—. Pero, ahora que las veo personificadas en usted, me doy cuenta de lo odiosas que son.

Krott se puso en pie.

—Me gustaría que se fuera —ordenó—. Y llévese a su chusma con usted.

Le di un codazo a Peter.

—Eso va por nosotros, amigo —le dije.

—Maravilloso —dijo el tipo con ironía.

—¡Largo! —gruñó Krott.

Nos dimos la vuelta para marcharnos. El dueño de los cuatro comercios de alimentación nos acompañó hasta la puerta. La doncella se quedó apartada, en el pasillo, observando.

—Willoughby es un ejemplar de raza mejor que usted, señor —le dije mientras salíamos del apartamento.

—Ese es un comentario bastante ignorante —contestó Krott antes de cerrar de un portazo.

Vauxhall no quedaba lejos de Camberwell. El jefe estaba ansioso por hablar con la hermana de Polly para averiguar si a ella también le habían impedido verla. De ser así, sabríamos con certeza que los Barclay tenían razón. Cada uno de nosotros había perdido parte de la energía que teníamos antes, de modo que nos detuvimos en una tienda a comprar otra botella de Vin Mariani antes de llegar. Cuando ya nos encontrábamos un poco mejor, llamamos a la puerta del número 64. Era una hilera de casas adosadas bastante ruinosas, con velas encendidas en todas las ventanas manchadas de hollín y chimeneas que expulsaban gruesas columnas de humo. Una mujer rechoncha de rostro enrojecido abrió la puerta. Dijo que era la dueña desde hacía tres años, pero nunca había oído hablar de ningún Gotsaul. Las demás familias de la casa vinieron después de ella.

Peter nos ayudó a llamar a las demás casas de la calle, pero no encontramos a nadie que hubiera oído hablar de Polly o de su hermana. Enfrente había un pequeño *pub*. Dentro tenían el fuego encendido y había cinco o seis peones de obra de aspecto sombrío fumando en pipa con jarras de pinta en la mano. Nos saludaron con la cabeza cuando entramos y después siguieron hablando entre ellos. Sus pantalones y sus botas eran gruesos y andrajosos y estaban cubiertos de barro; tenían la cara quemada y surcada de venas por el frío. Todo el local olía a humo y a sudor.

El jefe nos pidió a cada uno una jarra de cerveza negra y preguntó al dueño si conocía a Polly Gotsaul. Este dijo que no con la cabeza.

—No vienen muchas damas por aquí, señor —le dijo, y señaló con la cabeza a una anciana diminuta sentada sola en un rincón—. Salvo la vieja señora Fleg. Prácticamente vive aquí.

Me acerqué a ella. Llevaba un sombrero de ala ancha que debía de estar de moda en una dama de la alta sociedad unos cuarenta años antes, con un velo negro cubriéndole el rostro. Su abrigo marrón estaba abotonado hasta el cuello; en el banco, junto a ella, yacía una pipa.

—Hola, señora —le dije—. ¿Conoce usted a Polly Gotsaul?

—La conozco —respondió. Su voz sonaba tan frágil que apenas logré oírla. Sus manos estaban apoyadas en la mesa junto a su jarra vacía; tenía los nudillos hinchados y los dedos retorcidos. Giró la cabeza hacia el jefe, que estaba sentado con Peter en el banco de al lado.

—Este es el señor Arrowood, señora —le dije—. Es mi jefe. Somos investigadores privados, estamos trabajando en un caso. Intentamos encontrar a sus parientes.

—Invíteme a una copa de ginebra, caballero.

Le pedí la ginebra y me senté frente a ella en un taburete grasiento. Cuando se levantó el velo para beber, vi que tenía los ojos lechosos. Era ciega.

Entró en el *pub* un vendedor de berberechos y le compré a la mujer un cuenco de gelatina de anguila. Se lo llevó a la barbilla y utilizó los dedos como cuchara para metérsela en la boca. Cuando hubo terminado, dejó el cuenco sobre la mesa y dio otro trago a la ginebra.

—Vivía al otro lado de la calle con su hermana, Molly. Eran gemelas. Nunca se separaban. Las conocía desde que eran bebés. Conocía a su madre. Y también al hermano de esta.

—¿Le queda algún pariente? —pregunté.

—Ya no queda ninguno de los viejos por aquí. El cólera nos golpeó con fuerza. Yo moriré pronto, y tanto mejor, debo decir. Estoy deseando tener un lecho frío bajo tierra, y no intente decirme que no es así.

—¿Conoce al hombre con quien se casó Polly? —preguntó el jefe.

—¿Se casó? Qué bien. Espero que la trate bien. Ya sufría bastantes penalidades cuando vivía aquí.

—¿Puede hablarnos de ella? —le pregunté.

—Los padres murieron cuando tenía catorce o quince años. Molly empezó a salir con un mal tipo que le obligó a hacer la calle. Se quedó embarazada enseguida. La pobre mía falleció al dar a luz. Creo que habría sobrevivido de haber sido solo uno, pero tener gemelos fue demasiado para ella. Los gemelos son habituales en la familia, ya ven.

La anciana levantó un trapo de su regazo y tosió contra él. Cuando se lo apartó de la cara, vi las flemas ensangrentadas colgando de los hilos del velo. Lo comprobó con sus dedos artríticos y se limpió entonces con el trapo manchado. Se terminó la ginebra.

—¿Otra? —preguntó.

Le pedí otra.

—Polly crio a esos bebés durante tres o cuatro años. Se ganaba la vida en la calle. Adoraba a esas criaturitas, las quería con todo su corazón. Eran una niña y un niño, pero el niño contrajo unas fiebres y se las contagió a su hermana. La niña murió muy rápido y el niño unos pocos días más tarde. Polly se quedó destrozada; perdió los nervios. No hablaba con nadie, no comía. La casera la echó. Yo dije que la acogería, estaría encantada de tener compañía a mi edad, pero ella no hablaba con nadie. Pobre chica. Siempre estaba callada, pero eso acabó con ella. Oí que después la metieron en un psiquiátrico. ¿Y dicen ustedes que ahora está casada? ¿Le va bien?

—Creo que sigue sufriendo, señora.

La anciana negó con la cabeza.

—Seguro que se está mejor en el otro lado. —Levantó su jarra—. Estoy deseando que llegue el momento. Solo espero que no haga demasiado calor.

Miré hacia el jefe. Tenía los mofletes caídos, la boca abierta y la mirada perdida. Hizo un gesto de lástima con la cabeza. Peter se removió en el banco.

Nos quedamos callados un rato, cada uno pensando en sus cosas.

Por fin el jefe se puso en pie.

—Gracias, señora Fleg. Ha sido de gran ayuda. Le deseo lo mejor.

Cuando extendió el brazo para estrecharle la mano, ella se estremeció, pero lo permitió. El jefe apretó aquellos dedos huesudos, le acarició la muñeca y después le puso un chelín en la palma.

—Que Dios le bendiga, señor —susurró la anciana cuando salíamos del *pub*.

CAPÍTULO 25

Nos quedamos junto al landó mientras nos terminábamos el Vin Mariani. No había luces en la calle.

—Gracias, Peter —dijo el jefe—. Puede dejarnos en casa y habremos terminado. Ha sido un placer conocerle.

—Lo he pasado muy bien, señor —respondió Peter.

Le ató un morral al caballo y le acarició el cuello mientras comía. Parecía un animal joven, todo él negro y lustroso. Un caballo bonito.

—Hora de volver a casa, amigo —le dijo—. Dos veces al día es demasiado para ti, ¿verdad, bonito?

—Dígame, ¿a quién fue a visitar su jefe esta mañana? —preguntó el jefe.

—Primero fuimos a la granja del señor Tasker, cerca de Catford, después vinimos aquí. El señor tenía que visitar a alguien en el Sindicato de Ayuda a los Pobres.

El jefe me miró.

—¿Sabe de quién se trata, Peter?

El cochero se terminó la botella y la guardó en el vehículo.

—No sabría decirle, señor. Sin embargo, los caballeros del Sindicato suelen ir a Caterham con frecuencia por un asunto o por otro. Son ellos los que nos envían a casi todos los lunáticos.

Desenganchó el morral y dejó que el caballo bebiera de un cubo.

—¿El doctor Crenshaw suele visitar la granja de Tasker?

—Que yo sepa, nunca lo había hecho antes. El señor Tasker es el presidente del Comité de Visitadores. Suelen venir a Caterham.

El jefe asintió acariciándose el bigote. Caminó hasta la farola, se giró y regresó, dándole vueltas a algo en la cabeza.

—Dígame —dijo al fin—, ¿había planeado el viaje esta mañana?

Peter negó con la cabeza.

—No sabía nada del asunto, señor Arrowood. La doncella vino a primera hora de la mañana y me despertó.

—¿Suele solicitar su vehículo en el último momento?

—Él no, señor, es un hombre muy organizado. Siempre sé desde el día anterior si me va a necesitar. La señora Crenshaw es otra historia. Con ella siempre es todo en el último momento.

—Una cosa más: ¿cómo le ha parecido que estaba el doctor Crenshaw esta mañana? Sus emociones.

—No tenía ninguna emoción, señor.

—La gente no puede no tener emociones, Peter. Piénselo bien. Cualquier cosa que le llamara la atención.

—Pues él no tenía ninguna. Normalmente iría

molesto por culpa de la carretera, señor, quejándose de los baches del camino. Pero iba callado.

Volvimos a subirnos al landó.

—Descansa un poco, Norman —me dijo el jefe cuando me bajé en Borough High Street.

—No irá a pasarse por el Hog, ¿verdad, William? —le pregunté—. Tiene que descansar igual que yo.

—Por supuesto que no —me respondió—. ¿Qué te crees que soy?

A la mañana siguiente había vuelto a descender la niebla y los ciudadanos tosían y se ahogaban de camino al trabajo, abrigados con bufandas, guantes y capas de abrigos y chaquetas. Paces Walk era una calle corta que terminaba en el muro de un internado. Era una zona más pobre que Saville Place, algunos de los edificios eran albergues. Llamé a todas las puertas de la calle, pero nadie recordaba a los Barclay. Ni siquiera el carbonero que había dado servicio a esa calle durante treinta años se acordaba de ellos.

Nadie abrió la puerta en casa de Lewis cuando llamé la primera vez. Grité a través de la rendija del correo y me asomé a la ventana, después volví a aporrear la puerta. Al final se abrió unos centímetros y allí estaba, en toda su gloria, con la cara llena de arrugas como un mapa de carreteras y los ojos inyectados en sangre; tenía los labios amoratados y cuarteados. Vestía la misma ropa que el día anterior, arrugada y embarrada; el cuello de su camisa estaba gris.

Volvió a entrar en la casa sin decir palabra y se dejó caer en el sofá de la sala. Gritó de dolor y después soltó un gemido lento y tembloroso.

Encendí el fuego y preparé el té. Eché agua caliente en un cuenco y se lo llevé.

—Láudano —murmuró entre quejidos.

Lo enderecé y percibí la peste que desprendía, apoyé su enorme tripa contra el brazo del sofá. Después le desaté los zapatos y tiré. Estaban atascados. Los retorcí y tiré, cada vez con más fuerza, mientras él respiraba sobre mi cabeza con ese aliento que apestaba a ginebra y a almejas. Poco a poco los zapatos fueron escapando de sus pies hinchados, hasta que por fin salieron. Le quité después los calcetines húmedos y vi los callos rojos y la piel muerta que se desprendía junto con la lana empapada, las uñas torcidas y amarillentas, rodeadas de una masilla negra.

—¡Ay! —gritó mientras le metía las monstruosas pezuñas en el agua caliente.

—Estese quieto.

Le di una dosis, después humedecí su hoja de papel marrón y se la puse sobre la frente grasienta. Cerró los ojos.

Agarré *The Strand Magazine*, me serví una taza de té y me senté junto al fuego a leer el artículo de Holmes. Pasados unos diez minutos, levanté la cabeza y vi que me estaba mirando.

—¿Ya se encuentra mejor, señor? —le pregunté.

Dijo que sí con la cabeza y le serví el té.

—Me dijo que no iba a pasarse por el Hog.

—Fue el maldito vino Mariani —me dijo—. No me sentó bien.

—Esta mañana he ido a Paces Walk. Según parece, los Barclay nunca han vivido allí.

—Eso me parecía.

—¿Eso le parecía? No me lo había dicho.

—Fue cuando le pregunté a ella dónde habían vivido antes; frunció el ceño ligeramente, una fracción de segundo, no más. Habría pasado inadvertido de no haber estado observándola con atención. Pero yo estaba observando y espero que tú también, Barnett: cuando una persona me ha engañado una vez, doy por hecho que volverá a hacerlo. ¿Viste hacia dónde desvió la mirada en ese momento?

Dije que no con la cabeza.

—Hacia la repisa de la chimenea. Había allí un sobre. Eché un vistazo cuando nos marchábamos: la dirección era Paces Walk. ¿Estás seguro de que no te lo dije?

Se inclinó sobre el cuenco humeante con la boca abierta, como si fuera a vomitar. Dejó escapar un sonoro eructo, después un quejido. Volvió a incorporarse y se frotó las sienes. Dio un sorbo al té. Después continuó con los ojos cerrados.

—Las cosas que la gente no quiere que sepamos siempre son la parte más importante de la historia. Creo que las demás mentiras tenían como objetivo darnos la impresión de que han sido perjudicados y de que tienen el dinero para pagarnos hasta que concluya el caso, aunque no demasiado, para que no les cobremos de más. Comprensible, imagino, si uno está inseguro de su lugar en el mundo y apenas tiene fe en los demás. Pero ¿por qué engañarnos sobre el lugar donde vivían anteriormente? Eso es algo que debemos entender.

Tomó un poco más de té.

—Y hay otra cosa más que me desconcierta. ¿Por qué iba Godwin a casarse con una mujer del psiquiátrico? Una mujer que antes era prostituta. Es improbable que la conociera de antes. ¿No escogería a alguien más fiable? Los granjeros son gente práctica. Para ellos lo más importante siempre es la tierra.

—Quizá le pagó dinero por sus servicios como prostituta. A lo mejor se encariñó con ella. No sería la primera vez.

—Puede ser, pero recuerda que ya tenía una amante, Lisa. Y qué curiosa coincidencia que tanto Walter como Godwin se casaran con mujeres con trastornos mentales. Es como si tuvieran un psiquiátrico privado en esa granja.

De pronto me miró y el papel marrón se le cayó de la cabeza.

—¿Es eso lo que están haciendo, Barnett?

—Eso no explica por qué se casaron con ellas. Podrían haberlas alojado sin más.

—Desde luego. —Se frotó las sienes y suspiró—. Aquella foto que Birdie pegó a la ventana me hizo sentir muy solo, Norman. Como si un gran océano se abriera en mi interior. ¿Tú lo sentiste?

—Yo sentí que necesitaba ayuda.

Se tomó otra dosis de láudano y cerró los ojos durante algún tiempo.

Por fin volvió a hablar:

—Aunque los Barclay nos hayan contratado, debemos recordar que nuestra misión aquí es descubrir qué ha sido de la señora Gillie y ayudar a Birdie. Se lo debemos a ellas. Hasta que no sean sinceros con nosotros, no podemos dar por hecho que los Barclay quieran lo mejor para Birdie.

Me envió a cobrar el dinero mientras él esperaba a la vuelta de la esquina. Abrió la puerta la señora Barclay. Llevaba la melena negra y brillante cubierta con un pañuelo blanco, lo que confería a su rostro un tono más oscuro que antes; tenía la nariz reseca y la piel enrojecida en torno a las fosas nasales. Me dijo que el señor Barclay estaba en el trabajo.

—Tenemos a otro agente dentro de la casa, señora —le dije, de pie en el umbral—. Una mujer. La han acogido como lechera. En estos momentos está hablando con Birdie.

—Me alegro —respondió ella, y me mostró la misma sonrisa relajada que me conmovió la primera vez—. Si se gana la confianza de Birdie, tal vez logre persuadirla para que vuelva a casa.

—Pero tenemos muchos gastos, señora Barclay —le dije—. Verá, debemos pagar a la dama y al chico que va con ella fingiendo ser su hijo. Es él quien nos trae los mensajes. Acordamos pagarles veinte chelines por tres días de trabajo, y debo cobrar el pago de otros tres días para nosotros. En total serían ochenta chelines. Más otros cinco de los billetes de tren.

—Entiendo —dijo ella con un suspiro—. Bueno, déjeme ver si lo tengo.

Me hizo pasar para esperar en la salita mientras ella subía las escaleras. Pasaron los minutos, y el sonoro tic-tac del reloj de Neptuno que había sobre la repisa empezó a ponerme nervioso. Me acerqué a la puerta y agucé el oído. Percibí voces en el piso de arriba.

Pocos minutos más tarde el jefe llamó a la puerta. Le dejé entrar.

—Está arriba encargándose del dinero —le dije—. Lleva ahí cinco minutos o más, discutiendo con él.

—Bien —respondió mientras se sentaba en el sofá. Las migas de su bigote me indicaban que había pasado por la pastelería.

Oímos pasos en las escaleras y entonces apareció la señora Barclay con un monedero en la mano. Saludó al jefe y le ofreció el dinero. Fingiendo no darse cuenta, él sacó el reloj y se quedó mirándolo.

—Démelo a mí —le dije.

Cuando me hube guardado los billetes doblados en el bolsillo, al fin levantó la mirada.

—¿Podría pedirle a su marido que baje? —le preguntó quitándose el bombín.

—Está en el trabajo, señor Arrowood.

—Está arriba, señora —insistió con amabilidad. Con la misma sonrisa dulce que ponía siempre después de comerse un pudin—. Acabo de verlo en la ventana.

La mujer salió de la habitación y volvió a subir las escaleras. Pasados unos minutos, bajaron juntos. El señor Barclay llevaba el chaleco abotonado sobre una larga camisola; en la cabeza lucía un gorro de dormir. Tenía los hombros caídos y la boca abierta, como si tuviera la gripe.

—No era necesario que se disfrazara, señor —dijo el jefe.

—Acababa de regresar a la cama —respondió Barclay tosiendo—. Estoy muy enfermo.

—Si usted lo dice, señor.

El señor Barclay permaneció en la puerta de la sala, con su esposa junto a él. Formaban una pareja peculiar: él ancho de hombros, de rostro sonrosado, con un bigote negro como el alquitrán y siempre moviéndose, mientras que ella era delgada, tranquila, de rasgos oscuros y rostro alargado.

—Gracias por su paciencia, señor —continuó el jefe—. Ha sido de lo más comprensivo. Pero necesito ayuda. Me estaba preguntando algo sobre Birdie...

—Hizo una pausa y empezó a golpear el segundo bastón que le había prestado Lewis contra la pata del sofá, a destiempo con el tictac del reloj de la repisa—. Me preguntaba si alguna vez han pensado en darle un tratamiento psiquiátrico. Verá, yo tenía un pariente con un trastorno mental. El psiquiátrico resultó muy efectivo para él. —Siguió hablando como si el golpeteo no existiera, aunque resultaba enloquecedor, como tener un atizador alojado dentro de la cabeza. La señora Barclay lo observaba con el ceño fruncido. Miró a su marido, que entornaba los ojos con cada golpe—. Muy efectivo. Debo decir que los expertos en medicina psicológica cuentan con toda mi admiración. Han hecho grandes avances para el entendimiento de la mente.

—Jamás nos lo hemos planteado —respondió el señor Barclay con el ceño fruncido. Se frotó la punta de la nariz mientras aquel golpeteo exasperante continuaba. Yo no paraba de mirar a su esposa: esta volvió a mirar a su marido y tragó saliva—. No, no. Es nuestra hija. Algunos de nuestros amigos de la iglesia nos lo aconsejaron, y también mi madre antes de morir. Ni siquiera nos permitía llevar a Birdie cuando íbamos a visitarla. Pero no, y debe saber que era difícil tenerla vigilada, entre mi trabajo y Martha fuera de casa enseñando canto. Muy difícil de controlar. En dos ocasiones se prendió fuego a la falda.

—En tres ocasiones —le corrigió la señora Barclay.

—Sí, en tres ocasiones. Podría haber sido fatal.

El jefe sonrió y ladeó su enorme cabeza como gesto de compasión. No dijo nada. Siguió dando golpecitos con el bastón. El señor Barclay sacó su reloj del bolsillo del chaleco y consultó la hora.

—Pero me temo que debo pedirles que se vayan,

caballeros. El médico llegará de un momento a otro. ¿Deseaban algo más? Además del dinero.

—Creo que eso es todo, señor Barclay —respondió el jefe poniéndose en pie.

—¿Para qué me ha hecho bajar? Ya sabe que estoy enfermo.

—Por si acaso tenía alguna pregunta que hacernos, señor. O algo que deseara contarnos.

—Queremos que esté terminado este fin de semana, señor Arrowood. —La voz del señor Barclay se aceleró—. Ha pasado ya demasiado tiempo. No recibirán ni un penique más hasta que Birdie no salga de esa granja.

—Nuestro trabajo es concertar una reunión —dijo el jefe—. Nada más.

—¡Pues eso ha cambiado! —exclamó el señor Barclay—. Nos han quitado nuestro dinero. Nos han dejado secos. ¡Quiero que salga de esa granja!

—No alces la voz, Dunbar —le reprendió la señora Barclay.

Noté que el jefe se ponía tenso. No le gustaba que le gritaran, y menos alguien que le había engañado. Se le sonrojaron las mejillas. Lo agarré del brazo y me dirigí hacia la puerta.

—¡A ustedes dos solo les importa el dinero! —gritó Barclay agitando las manos, lo que hizo que se le cayera el gorro de noche. Parecía que le estuviera dando un ataque—. No se pone ni el abrigo a no ser que le paguemos. ¡Santo Dios, ojalá hubiéramos acudido a alguien con mejor reputación! ¿Qué diablos han estado haciendo esta última semana?

—¡Dunbar, tranquilízate!

—Pero ¿qué sabemos realmente sobre estos dos, Martha? ¡Podrían ser unos estafadores!

—¡Cómo se atreve! —gritó el jefe—. Todo el mundo conoce nuestra reputación al sur de Londres. Si hemos tardado mucho es por su culpa. ¡Nos han engañado desde el principio! ¡Y tenemos a una agente en la granja recopilando información en estos momentos!

Abrí la puerta de la entrada y lo saqué a rastras. El señor y la señora Barclay se quedaron en el umbral.

—No habrá más dinero hasta que Birdie salga de allí —gruñó el señor Barclay—. ¿Me ha oído?

El jefe se dio la vuelta y habló con una calma inesperada.

—¿Por qué no nos dijo que había perdido su trabajo, señor?

—¿Qué? —farfulló el señor Barclay—. ¿Acaso me están investigando? ¿Para eso les pago?

—¿Tienen problemas de dinero, señor? —preguntó el jefe con una sonrisa angelical.

—¡Eso no es asunto suyo! —gritó el señor Barclay. Se había puesto muy rojo y tenía un tic en los ojos. Se rascaba el pelo blanco alrededor de la calva y tenía un lado de la cara agarrotado, como si le estuviera dando un ataque—. ¡Les pago para investigar a la familia Ockwell, no a nosotros! ¿Lo entiende?

—Sí, señor —repuso el jefe haciéndole una reverencia humilde.

La puerta se cerró de golpe en nuestras narices.

—¿Y ahora qué? —le pregunté cuando nos quedamos en la acera.

Lo pensó durante unos segundos, contemplando la casa con una sonrisa de curiosidad.

—Ahora investigaremos a los Barclay como es debido, Barnett —dijo al fin.

CAPÍTULO 26

Esperamos en la puerta del *pub* King Lud, en la esquina situada frente a Tasker e Hijos. Eran poco menos de las doce del mediodía. Al llegar, algunos de los empleados estaban saliendo para almorzar. Regresaron en menos de media hora y entonces salió otra tanda. Ludgate Circus estaba abarrotado, con autobuses sin techo llenos de gente en dirección a Oxford Circus y Liverpool Street, a Blackfriars Bridge y Kings Cross, compitiendo con los taxis, las calesas y los carros. Había una mujer sentada contra la pared del banco, con una cesta de huevos cocidos en el regazo. Hombres de traje, mujeres con chales y cestas, vendedores ambulantes con pasteles, magdalenas y patatas, todos cruzaban la calle en ambas direcciones y se esquivaban por las aceras. Los propietarios de dos puestos de café, situados uno frente al otro, competían por ver quién gritaba con más fuerza para anunciar sus mercancías, riéndose entre tanto. Y entonces salió nuestro hombre, Pope, con un alto sombrero negro de copa cubriéndole la calva, un abrigo largo y guantes gruesos. Estaba a punto de cruzar cuando nos vio. De inmediato puso un gesto de fastidio. Se dio la vuelta y caminó en dirección contraria por Fleet Street.

Corrí tras él y enseguida lo alcancé y le puse una mano en el hombro. Se volvió hacia mí.

—¿Qué quiere? —me preguntó. Le lloraban los ojos por el viento. Empezó a toser.

—Una pregunta rápida, señor Pope —le dije.

El jefe ya nos había alcanzado.

—Necesitamos un favor, señor —le dijo—. ¿Podría darnos la dirección del señor Barclay? El lugar donde vivía antes, no el actual.

—¿Cree que me acuerdo de las direcciones de todos esos empleados? —Pope tenía la mano enguantada junto a la cara y agitaba los dedos como le habíamos visto hacer antes.

—¿Le importaría buscarla en sus archivos, señor? Le estaríamos muy agradecidos.

—No puedo hacer eso. Buenos días.

Cuando se dio la vuelta, volví a ponerle la mano en el hombro, esta vez con más firmeza. Lo agarré del brazo.

—¡Ay! —exclamó, y le cayó un poco de saliva en el bigote canoso—. Me está haciendo daño. ¡Suélteme!

—Esto es importante, señor Pope —dijo el jefe—. Estamos intentando rescatar a una joven, como ya le dijimos.

—¡Llego tarde a comer! —murmuró—. ¿Y por qué debería ayudarles? ¡Ni siquiera me dicen qué es lo que ha hecho!

El jefe se inclinó hacia delante y bajó la voz.

—Se lo diremos si nos consigue la dirección.

Pope relajó los músculos.

—¿Sí? —preguntó. Noté que se retorcía—. ¿Me dirán qué es lo que ha hecho?

Le solté el brazo y le di una palmadita en el hombro.

—Todos los detalles —le aseguró Arrowood—. Todos sus actos deplorables hacia esa joven. Que la mantuvo prisionera. Que la utilizó. —Se estremeció con violencia y soltó un grito ahogado—. Lo de los nabos.

—¿Los nabos?

El jefe asintió con los labios apretados.

Pope miró hacia las ventanas de la oficina y una lengua afilada asomó por su boca. Tosió.

—¿Nabos? —repitió.

El jefe arqueó las cejas.

—¿Y esto les ayudará con el caso?

—Le estará haciendo un gran favor a Londres, señor. Se lo aseguro.

Nos miró alternativamente mientras pensaba. Respiró por la nariz y después asintió.

—Esperen aquí.

Regresó a los cinco minutos con un trozo de papel.

—Aquí tienen —dijo—. Ahora, cuéntenme. ¿Qué ha hecho?

—Oh, nada —respondió el jefe guardándose el papel en el bolsillo.

—El delito sexual —dijo Pope agitando los dedos junto a los labios—. ¿Qué le ha hecho a esa chica?

—No le ha hecho nada a ninguna chica, señor.

—Pero ¿y los nabos?

—Estaba pensando en lo mucho que me gustaron los nabos que cené anoche.

—¡Pero ha dicho que le había hecho algo a una chica!

—Me temo que eso era incierto, amigo mío. El señor Barclay no maltrataría ni a una uva.

Aquí el jefe levantó un dedo en el aire y después emitió un silbido mientras lo dejaba colgando. Sonrió entonces.

—¡Maldita sea! —exclamó Pope.

El jefe le hizo una pequeña reverencia al subdirector y sonrió de nuevo.

—Vamos, Barnett —me dijo—. Debemos encontrar esa casa.

El autobús nos llevó por Clapham Road hasta Stockwell. Elden Road se hallaba justo enfrente del hospital de la viruela, un lugar más pobre que Saville Terrace, pero no era un suburbio. Abrió la puerta del número 32 una mujer de rasgos apretados que llevaba la cabeza envuelta en una bufanda de lana roja. Llevaba un delantal gris sobre el vestido.

—Buenos días, señora —dijo el jefe—. Tenemos unos asuntos que tratar con el señor y la señora Barclay.

—Ya no viven aquí, señor. Se mudaron a Waterloo hace un mes o dos.

Era una mujer entrada en carnes y la ropa parecía a punto de estallarle por las costuras. Una niña de unos seis años apareció corriendo tras ella con un ovillo de lana en la mano.

—¿Es usted la casera? —preguntó el jefe.

—La que cobra el alquiler —respondió ella—. Cuido del edificio para el casero.

—Somos investigadores privados, señora. ¿Podríamos hacerle unas preguntas?

—¿De qué se trata?

—De su hija, Birdie.

Nos condujo a su alojamiento junto a la puerta de

la entrada. Una estufa negra compacta calentaba la pequeña cocina.

—Acabo de hervir agua, señores —dijo acariciándose la tripa—. ¿Les apetece un poco de té?

Nos sentamos en las dos únicas sillas que había mientras lo preparaba. La niña con el ovillo de lana se arrodilló en un cojín en el suelo y se quedó mirándonos. En una de las piernas llevaba una rodillera.

—Una niña muy amable, Birdie —dijo la mujer mientras servía el té y nos entregaba una taza a cada uno—. ¿Tiene problemas?

El té era una bendición en un día tan frío. Rodeé con las manos la taza marrón descascarillada para absorber su calor.

—Los Barclay temen que pueda tenerlos, señora —explicó el jefe—. ¿La conocía bien?

—Vivían en el piso de arriba. Tenían tres habitaciones solo para ellos. Birdie solía jugar en las escaleras cuando era pequeña. Yo le daba una taza de té cuando sus padres no estaban, y un trozo de tarta. Era una niña adorable. Un poco lenta, pero de buen corazón, la pobre Birdie. Solía cuidar de Maggie cuando era pequeña.

—¿Tú eres Maggie? —preguntó el jefe inclinándose hacia la niña del cojín.

—Sí, señor. —La niña señaló su aparato—. Tengo la pierna torcida. Por eso tengo que llevar esto.

—Bueno, a mí me parece que está bien, Maggie. Dime, ¿te acuerdas de Birdie?

—Era mi amiga. —La niña llevaba el pelo recogido en dos trenzas en la nuca. Sujetó una de ellas entre los dedos y empezó a retorcerla—. ¿Verdad que sí, mamá?

—La seguías a todas partes como un perrito faldero, ¿verdad, cielo?

—También le regalé una pluma. Era su favorita.
La mujer se rio.

—Así es, cielo. Una preciosa pluma negra de cuervo.

El jefe aceptó una galleta del plato que la mujer le ofreció.

—El marido de Birdie le ha impedido hablar con nosotros —explicó—. La vimos a través de una ventana y nos mostró una foto para que la viéramos, una foto del Pavilion de Brighton. ¿Tiene idea de lo que podría significar?

La mujer lo pensó durante un rato.

—Sí que solía llevar siempre revistas. Miraba las fotos una y otra vez. A veces me parecía que vivía en esas revistas más que aquí. Pero era buena trabajadora. Simplemente no era muy lista cuando hablabas con ella. Pero ahora está casada, ¿verdad?

—Sí. Con un granjero llamado Walter Ockwell.

—Bueno, eso no me lo dijeron. Pensé que estaba viviendo con unos parientes.

—Fueron a ver a los elefantes —dijo Maggie.

—¿Ah, sí? —le preguntó el jefe con los ojos muy abiertos—. Vaya, vaya, Maggie. ¿Y qué elefantes vieron?

—En Crystal Palace, señor.

—Seguro que a Birdie le gustó mucho, ¿verdad?

—Estaba llorando.

—Oh, vaya. ¿Tenía miedo?

—Quería ver a los elefantes. Pero no la llevaron.

—Eso fue hace dos veranos —comentó la mujer—. Siempre andaban haciendo viajecitos y te lo decían. Al Music Hall de Canterbury, al Palacio del Sur de Londres, esa clase de lugares. Se aseguraban de que lo supiéramos. También solían ir hasta Whiteley's, para echar un vistazo. Bon Marché. Derry and Toms. Martha solía contármelo todo: las sillas, las cositas de porcelana y demás. Sombrillas, chales. Quería comprarse un piano, estaba desesperada por tener uno. Y no paraban de ir a Lyon's a comer, los dos solos. Supongo que es por la española que lleva dentro. Nunca se llevaban con ellos a Birdie. Yo sufría por ella, pobrecita. Era una chica solitaria, sí. Y el señor Barclay nunca nos echaba una mano con nada. Ah, y además le hacían trabajar mucho: la obligaban a hacer todas las tareas de la casa, a llevar la colada a la lavandería, a zurcir la ropa, a sacudir las alfombras. Él siempre le gritaba. Lo oíamos a través del techo. Y siempre se iban de paseo a alguna parte.

—¿Birdie era feliz, señora? —pregunté.

—¿Qué tiene que ver la felicidad con esto?

—¿Quería a sus padres? —preguntó el jefe.

—Eso no se lo puedo decir, señor. Lo único que puedo decir es que yo quiero a mi pequeña Maggie y ella me quiere a mí. —Estiró los brazos hacia su hija y la levantó—. Así es, ¿verdad, cielo?

Maggie asintió y apoyó la cabeza en el cuello de su madre. Se metió en la boca la trenza que estaba retorciendo con los dedos y empezó a chuparla.

—Pero bueno, hace más o menos un año que no la vemos.

—Creo que la boda fue hace seis meses —dijo el jefe—. En julio.

—Ah. Pensé que se había marchado en enero o febrero —respondió la mujer con una expresión confusa. Negó entonces con la cabeza.

—Eso fue lo que nos dijeron —aclaró el jefe.

Maggie lo miró mientras rodeaba el cuello de su madre con sus delgados brazos. Se apreciaba una mirada de tranquilidad en su pequeño rostro.

—Pero bueno, ahora está casada —concluyó la cobradora del alquiler—. Eso es lo que siempre quiso.

—¿Conoció usted a Walter Ockwell?

—Que yo sepa, nunca vino por aquí.

—Entiendo. Bueno, ha sido de mucha ayuda, señora. Dígame, ¿sabe por qué abandonaron su alojamiento aquí?

—Debieron de obtener algún dinero, eso es lo que cree la señora Brent, la del ático. Se compraron una casa entera en Waterloo.

—¿La señora Barclays tenía alumnos adinerados?

—Sí que daba clases a algunas chicas de Clapham, pero no a muchas. Yo diría que solo trabajaba una hora o dos al día.

El jefe se puso en pie.

—Bueno, muchas gracias, señora. —Le agarró el dedo a Maggie y se lo apretó—. Y ha sido un placer conocerte, señorita.

El jefe tenía otra clase de canto aquella tarde, de modo que acordamos que yo iría con Sidney a recogerlo a las diez de la noche. Regresé a mi habitación en el Borough para descansar. No había ningún sonido en la casa aquella tarde, y subí las polvorientas escaleras con la sensación de que mis piernas eran de plomo. El frío hacía que me doliese la mano, y el golpe del cuello que había recibido en Caterham me fastidiaba cada vez que giraba la cabeza. No era solo eso: tenía todo el cuerpo rígido por las palizas que había recibido en este caso.

La habitación estaba en silencio. El baúl de la señora B descansaba junto a la pared, su taza se hallaba en la estantería. Me quité las botas y me metí bajo las mantas.

Me quedé un tiempo mirando al techo, con manchas marrones y amarillas del humo de la pipa de mi amada. Había telarañas en los rincones. Me estremecí. Oí que se arrastraba una silla por el suelo en el piso de al lado.

Recogí del suelo el chal, me lo acerqué a la nariz y aspiré el aroma a lavanda que cada día se volvía más débil. Parecía lo último que quedaba de ella, y entonces me di cuenta de que, cuando ya no hubiera aroma, no quedaría nada de ella en la habitación. La gente decía que tal vez sintiera una presencia, pero lo único que sentía era el frío de enero helándome la nariz y colándose en todas las articulaciones de mi cuerpo. Ahora, con más claridad que nunca, veía que mi chica me había proporcionado consuelo frente al viento frío y a las palizas y a los días que pasaba recorriendo las calles ingratas. Pero aquí ya no me quedaba consuelo alguno.

En ese mismo instante tomé una decisión: cuando el aroma de su chal desapareciera del todo, abandonaría esa habitación para siempre y aceptaría el ofrecimiento de Lewis de irme a vivir con él. Pero, nada más tomar la decisión, noté que la habitación volvía a susurrarme, rogándome que no la abandonara, y parecían los susurros de mi vieja señora B.

Me envolví el chal alrededor de la cabeza, para amortiguar la luz gris que entraba por la ventana y los susurros de la habitación, y me dormí; me desperté cuando las campanas de San Jorge Mártir daban las siete. La habitación estaba a oscuras. La familia del piso de arriba estaba discutiendo. El muchacho mayor gritó, dio un portazo y oí sus pisadas en la escalera. Su madre gritó tras él.

Me levanté de la cama, me puse la bufanda, el sombrero, los guantes y las botas embarradas. Por muy duro que fuera volver a una habitación donde solo había aire viciado y silencio, más duro aún resultaba marcharse ahora que no había nadie que me viera salir.

Toqué su abrigo, colgado detrás de la puerta, y me quedé allí parado unos segundos para ver si me susurraba.

CAPÍTULO 27

Comí un plato de repollo con patatas en la taberna y después me fui andando a Bermondsey para ver a Sidney. Tras un par de pintas, tomamos un coche de cuatro ruedas de los establos y fuimos a recoger al jefe. Cuando estuvimos de nuevo en camino, sacó una botella de vino Mariani de su abrigo y estuvimos pasándonosla. Empezó a cantar justo antes de llegar a Lewisham.

Llegamos a Catford en torno a las once. No había ni un alma en la calle, y las luces de los edificios que rodeaban Rushey Green estaban apagadas. Me bajé del coche en la iglesia y metí la mano bajo el banco del pórtico. No había nada allí salvo unas hojas de árbol mojadas. Me arrodillé sobre las duras baldosas y deslicé la mano de un lado a otro por el frío suelo. Nada.

Entonces oí una voz en el cementerio. Me incorporé deprisa y miré hacia la oscuridad. Unos pies corriendo. Entonces lo vi, volando por el camino de la iglesia. Era Neddy.

—Hola, muchacho —le dije, agachándome para darle un abrazo.

—Sube, pequeño —ordenó el jefe desde el coche—. Deprisa. Antes de que alguien te vea.

El chico se subió al coche y yo lo seguí.

—¿Qué estás haciendo aquí? —preguntó el jefe.

—La señorita Arrowood me ha pedido que viniera —respondió—. Me pidió que le diera esto.

Extendió la mano y dejó caer algo sobre el guante del jefe. Arrowood acercó su vela y lo observó.

Al principio parecía solo un trocito de palo sucio.

Le dio la vuelta, después me miró y vi en su rostro el horror iluminado por la llama.

La base estaba dividida en dos puntas asquerosas que se retorcían una sobre la otra, oscuras y ásperas, irregulares. El barro era barro, cierto, pero mezclado con raíces sanguinolentas y fibrosas. Me había perseguido en sueños desde aquel primer día que la vimos, y ahora aquí estaba de nuevo.

Era el diente negro de la señora Gillie.

—¿De dónde has sacado esto? —preguntó el jefe. Se quitó la bufanda y se la puso en el cuello al muchacho antes de calarle la gorra desgastada hasta las orejas.

—Lo encontró Willoughby, señor.

—¿Dónde?

—En el depósito de estiércol que hay en el granero. Estaba enseñándome dónde hacer mis necesidades. Lo desenterró con una pala.

—¿Sabes lo que es?

—No, señor. Pero Willoughby estaba muy disgustado al verlo. Me hizo metérmelo en el bolsillo. No paraba de decir «policía». La señorita Arrowood me dijo que se lo trajera a usted. Ah, y también esto.

Neddy le entregó una nota. El jefe la leyó y me la pasó.

Me hablasteis del diente de la señora Gillie. Si es esto, llevaos a Neddy a casa. Diré que está enfermo. Aún no he tenido oportunidad de hablar con B. Mañana haré la colada con ella. Espero averiguar algo entonces. Estaré en casa mañana por la noche si todo va bien.

Mientras la leía, de la cabeza de Neddy cayó un piojo y aterrizó sobre el papel.

—No he sido yo —dijo el muchacho sacudiéndolo muy deprisa.

El jefe le dio una palmadita en el hombro.

—Quédate en el coche, querido. Muéstrale a Sidney el camino hasta tu alojamiento. Cuando llegues allí, dile a la señorita Arrowood que recoja sus cosas y baje. Nosotros esperaremos al final de la calle.

Nos detuvimos en la esquina de Doggett Road y Neddy se bajó del coche. Regresó a los cinco minutos con Ettie. Ella saludó a Sidney, después me hizo a mí un gesto rápido con la cabeza y se subió al escalón.

—¿Dónde está tu maleta? —preguntó el jefe.

Ettie llevaba la cabeza y casi toda la cara cubiertas por un chal grueso y harapiento. Olía a trabajo duro.

—No voy a irme, William.

—¡Desde luego que vienes, maldita sea! Es demasiado peligroso.

—Me quedo un día más —insistió ella con firmeza—. Puede que esta sea la única oportunidad que tengamos de llegar al fondo de lo que está pasando.

—No es trabajo para una mujer.

—¡Cuidado con lo que dices! —le reprendió—. Viajé durante cuatro días por el desierto afgano para recuperar a dos enfermeras. Le he amputado la pierna a un hombre con una sierra. ¡No es trabajo para una mujer, ya! No dirías lo mismo de Caroline Cousture, así que no lo digas de mí.

—Volverás a casa con nosotros y mañana mismo alertaremos a la policía.

—Y entonces volverán a ignoraros. No, hermano. Me quedo.

—Norman, díselo tú —dijo volviéndose hacia mí.

Ettie me miró. A la luz de la vela, vi sus labios finos y apretados, sus ojos cansados y duros como una piedra.

—¿Y si sospechan de ti? —le pregunté.

—¿Por qué iban a hacerlo? Aún no han sospechado de mí. Parece que se me da bien la interpretación, y cuanto más me hacen trabajar mejor se me da.

No dije nada.

Se bajó del carruaje y apartó de un manotazo la mano del jefe.

—¡Ettie! Sé razonable.

—Volved mañana por la noche —nos dijo antes de alejarse y doblar la esquina.

El jefe golpeó con fuerza el bastón de Lewis contra el suelo, maldiciendo en voz baja. Descorchó la botella y dio un largo trago.

—¡Es imposible! —exclamó—. Neddy, dime, ¿qué tal está actuando la señorita Ettie? ¿Se creen que es tonta?

—Lo ha hecho muy bien, señor. No ha hablado ni una vez. Soy yo el que tiene que hablar.

—Me alegro. Ahora vuelve con ella. A la menor señal de problemas, quiero que salgáis de ahí. Venid a vernos directamente en tren. ¿Tienes el dinero que te di?

—Sí, señor.

—Si no sabemos nada de vosotros, reuníos con nosotros en la iglesia mañana por la noche —dijo el jefe—. A la misma hora. No hagas preguntas. Solo haz tu trabajo.

Neddy ya se había bajado del carruaje cuando respondió:

—Cuidaré de ella, señor.

—No necesita que cuiden de ella. Cuídate tú. Y recuerda, huid si surge cualquier problema en la granja. No andéis buscando pistas. ¿Me lo prometes?

—Sí, señor.

El jefe se metió la mano dentro del abrigo y sacó un paquete grasiento.

—Toma. Un poco de jamón.

Neddy extendió el brazo y lo alcanzó.

—Gracias, señor Arrowood. Casi no nos dan de comer, señor. Hoy solo un poco de sopa de repollo a mediodía y una patata fría por la noche. La señorita Arrowood está muy callada.

—Te compraré algo en la pastelería cuando regreses. Lo que tú quieras, muchacho. Asegúrate de que ella también coma algo de jamón.

El jefe descorchó el vino Mariani en el camino de vuelta a la ciudad. Yo negué con la cabeza cuando me lo pasó: tenía el frío metido en los huesos y me dolían las lesiones. Aquella noche necesitaba dormir en condiciones más que un trago de vino tónico.

—Será mejor que deje esa botella, señor —le dije—. Se pasará la noche despierto.

—No me pasará nada —respondió secamente y dio otro sonoro trago.

—Mañana se encontrará mal.

Se ciñó la manta a las rodillas, retirándomela a mí. La recuperé de un tirón.

—No seas egoísta, Barnett —me dijo.

Pocos minutos más tarde volvió a ponerse pensativo.

—Está muerta —susurró mirando fijamente el camino oscuro de fuera—. No cabe duda. Alguien en esa granja la ha matado. —Dio otro trago—. ¿Crees que podría haber sido Digger?

—Podría ser.

—Él sabía dónde estaba. Sabía que estaba contándonos secretos sobre la familia, y él se encarga de llenar ese depósito junto con Willoughby. Tiene cara de pocos amigos, ¿verdad? Se le nota rabioso, no hay duda. Quién sabe lo que se le pasará por la cabeza.

Se quedó callado. El carruaje cayó en un bache del camino y nos lanzó por los aires con un quejido. Se le cayó la botella de la mano. Soltó un taco y estuvo rebuscando a su alrededor para rescatarla.

—O tal vez la familia le ordenara que lo hiciera —continuó cuando la hubo encontrado—. Tal vez les dé miedo que averigüemos algo. Quizá Root les contara que la señora Gillie había estado hablando con nosotros. No confío en él: alguien recogió esas flores rotas después de que le pidiéramos que investigara.

—Si está compinchado con ellos, eso explicaría por qué tampoco quiere investigar el caso de Birdie.

—Así es. Pero no saquemos conclusiones precipitadas. Hay otra razón por la que tal vez no quiera ayudarnos: es un hombre de baja cuna, un hombre sin formación que ocupa un puesto con cierto grado de autoridad sobre personas mejores que él. Creo que es una posición incómoda: debe parecer un experto, y aun así no me cabe duda de que los de rango superior lo miran con desdén. ¿Cuántas veces hemos visto la inseguridad de la policía frente a personas mejores que ellos, Barnett? Nuestra presencia sugiere que se le ha pasado algo por alto. Si no está conchabado con la familia, desde luego se siente amenazado al ver que interferimos en su distrito. Y, por supuesto, podría ser simplemente un vago.

En otras circunstancias me habría gustado oírle hablar así, pero esa noche no sentía más que pesar por la señora Gillie y preocupación por dejar a Ettie en Catford ahora que sabíamos con certeza que en aquella granja había algo perverso. El jefe destapó su pipa, la llenó de tabaco y la encendió. Habíamos dejado atrás ya las casas y viajábamos por el campo de camino a Lewisham. Las nubes se habían disipado, se veían las estrellas y la luna brillaba con fuerza.

—¿Quieres que conduzca yo un rato, amigo? —le pregunté a Sidney a través de la trampilla.

—No, amigo —respondió—. Ahora los llevo muy bien.

Había pocas cosas que proporcionaran mayor placer a Sidney que cuando un caballo avanzaba con suavidad en mitad de la noche: siempre decía que, cuando corrían bien, sentía que la energía del caballo llenaba su cuerpo y purificaba su alma, y que no se parecía a ninguna otra cosa sobre la tierra.

—Mañana le llevaremos las pruebas a Petleigh —dijo el jefe. Cuanto más bebía más inquieto se mostraba—. E iremos a esa maldita sesión del parlamentario para intentar acelerar las cosas.

—Entonces será mejor que deje la botella, señor. Se pasará levantado toda la noche.

—¿Quieres dejar de sermonearme, por favor, Barnett? Hablas como mi hermana.

No me ofendí. Sabía que estaba tan preocupado como yo por dejarlos allí solos. Sabía que esa era la razón por la que chupaba de la botella como si fuera el pecho de su madre. Me encendí un cigarrillo y dejé que siguiera. A medida que nos aproximábamos a New Cross, comenzó a cantar:

Llevamos juntos ya cuarenta años, y no me parece poca cosa.

No hay una sola dama en el país por la que cambiaría a mi vieja esposa.

Oh, es una muchacha tan buena, y la la la la la.

Aunque se suponía que era una canción alegre, la cantaba con rabia, con los puños apretados sobre el regazo. No paraba de moverse en el banco.

Es tan...

Oh, ha sido tan buena esposa, mi gran amiga. Somos...

Se oyeron las botas de Sidney golpeando el techo, lo que puso fin al recital.

—Lo siento, señor Arrowood —gritó mi cuñado desde el asiento—. Son los caballos. Se están asustando.

—No será por mí —respondió el jefe.

—Le ruego perdón, señor, pero creo que podría ser por su canción.

—¿Quieren una canción diferente?

—Me refiero a su canto, señor.

—Mi profesora de canto dice que mi voz es como la seda —dijo el jefe.

—Son las voces sedosas las que no les gustan.

El jefe se quedó callado.

—Pasa lo mismo con todos los caballos —agregó Sidney pasado un rato.

—Ah —repuso el jefe, un poco dolido—. Está bien.

En lugar de cantar, empezó a tararear.

Pronto perdió el interés por eso y empezó a revolverse de nuevo en su asiento, quejándose del frío.

—Deberías aceptar el ofrecimiento de Lewis, Norman —me dijo de pronto—. Debes de sentirte muy solo en esa habitación ahora que la señora Barnett ya no está.

—Quizá.

—Ettie y yo estamos preocupados por ti. Parece como si hubieras perdido... el alma...

Estaba intentando decirme algo, pero me dio la impresión de que no sabía lo que era. Y yo tampoco quería oírlo.

Levanté una mano para detenerlo.

Apretó los labios, suspiró y me dedicó una de sus miradas afligidas. Guardamos silencio durante un rato. Después dijo:

—Creo que se va a morir.

—¿Lewis?

—El abogado de Isabel, por el cáncer de estómago. No muchos sobreviven, ¿verdad? —Ahora hablaba deprisa, jadeante. El vino tónico y el miedo nunca eran una buena combinación, y había tomado una buena dosis de ambos—. Entonces tendrá que decidir. Imagino que no le quedará mucho allí. Ni siquiera será viuda. Puede que no le quede más remedio que regresar a Londres.

—Querría estar segura de que ha cambiado, William —le dije.

—Claro que he cambiado. Ettie me ha reformado.

—Le vería con mejores ojos si estuviera de vuelta en sus habitaciones.

—Nos mudaremos esta semana. Estoy pensando en ponerme dientes nuevos, por cierto. Después de este caso. —Se inclinó hacia delante y me agarró del brazo—. El amor lo es todo, Norman. Ya lo sabes. La señora Barnett y tú, vosotros sí que erais un buen ejemplo. En lo bueno y en lo malo. Algo que Isabel no puede negar es mi amor. Si encuentro la manera de hacerle recordar lo mucho que un día me amó, entonces… bueno, es la naturaleza. La química infernal.

Siguió en esa línea durante algún tiempo, después se quedó callado, retorciéndose las manos y agitando las piernas mientras el carruaje daba tumbos por la carretera. Fue un alivio cuando lo dejamos en el Hog, y sabía que Sidney sentía lo mismo.

Me dejó a mí en Borough High Street. El viejo Sidney iba envuelto en dos gruesas mantas, con bufandas anudadas bajo el sombrero y alrededor de la cara, de modo que solo sus ojos se veían. En el jardín de San Jorge Mártir, todos los bancos estaban ocupados por cuerpos, grises bajo la luz brillante de la luna, con apariencia de montones de harapos listos para la fábrica de lana. Sidney me vio mirándolos.

—Eso no está bien, ¿verdad, Norman? Tienen que construir más asilos para pobres. —Expectoró un buen escupitajo y escupió sobre la carretera—. ¿Me necesitas mañana por la noche?

—Podemos tomar un taxi, Sid —le dije—. De verdad, ya has hecho suficiente.

—Creo que será mejor que vaya con vosotros. Tengo un mal presentimiento.

Nos miramos el uno al otro en la calle helada.

—Yo también, amigo —admití.

CAPÍTULO 28

A la mañana siguiente no obtuve respuesta en la casa, de manera que fui caminando hasta Bankside, donde se hallaba la tienda de armas de Lewis encajonada entre dos almacenes. Dentro estaba todo a oscuras y lleno de cosas amontonadas que había comprado a bajo precio a los ladrones y maleantes que acudían a hacer tratos con él. Había cajas de balas y pólvora por todas partes; barriles llenos de espadas, porras y bastones; fundas y cinturones de munición colgados en ristras de las vigas; rifles alineados dentro de vitrinas de cristal.

Lewis asomó la cabeza por detrás del mostrador.

—Norman —murmuró, parpadeando por el sueño. Tenía un lado de la cara rojo. Se aclaró los pulmones y escupió en una taza de peltre.

—¿Anoche William volvió a casa? —le pregunté.

Dijo que no con la cabeza.

—Debió de quedarse en el Hog. Toma, ¿has visto el periódico?

Se agachó tras el mostrador y sacó un ejemplar de

The Star con una mancha de café tan grande como una mano en la portada. Me observó mientras leía.

ESPÍAS EN EL PSIQUIÁTRICO

*El investigador privado William Arrowood de Lambeth y su fortachón han vuelto a las andadas. La semana pasada informamos de su intrusión en los asuntos privados de las familias de Catford. Ahora han aparecido en el psiquiátrico de Caterham. El superintendente médico, el doctor Crenshaw, los sorprendió allanando las instalaciones e inspeccionando los archivos del centro, en busca de información personal sobre los pacientes y sus familias. Se cree que el motivo es el chantaje. Más tarde consiguieron escapar robando una berlina y secuestrando al cochero. Del despacho del doctor Crenshaw desapareció un soporte de marfil para pipas. Arrowood no es Sherlock Holmes. No encontramos informes sobre un solo delito que haya resuelto. Esta criatura estuvo involucrada en el caso de las armas de los fenianos el año pasado, y se encontraba tan perdido que hubo que llamar a Holmes en el último momento para recuperar las armas. ¿Acaso asegura ser detective para encubrir sus robos y chantajes? Cada vez existen más pruebas. ¡*The Star *declara que ya es suficiente!*

—Me gustaría ver su cara cuando lea esto —dijo Lewis con una sonrisa—. ¿Cómo va el caso?

—Uno de los trabajadores encontró el diente de la señora Gillie en el montón de estiércol de la granja. Ahora estamos seguros de que ha sido asesinada.

—¿Sabéis quién ha sido?

—Alguien de la granja, eso es lo único que sabemos. Esta noche recuperaremos a Ettie y a Neddy. Es demasiado peligroso.

Lewis asintió.

—Entonces tal vez necesites esto. —Se acercó a un armario y le quitó el candado. De dentro sacó una pistola bastante maltrecha, después agarró una caja de balas de un montón que tenía sobre la mesa. Cargó la pistola y la dejó caer en el bolsillo de mi abrigo—. Ten cuidado, Norman —agregó—. Sálvalos.

Fui caminando hasta el Hog. Había allí dos gabarreros a los que ya había visto en algunas ocasiones, un poco borrachos ya a esas horas de la mañana. Un marinero con un cuchillo en el cinturón y un ojo de goma se hallaba en el mostrador con una caballa en la mano.

—Está fresquísima, cariño —le gruñó a la camarera, que estaba sentada en un taburete bajo detrás del mostrador. El hombre era italiano, o francés, o algo así—. La han traído hoy.

—Tu jefe no está aquí, Norman —me dijo la chica ignorándolo—. Se marchó anoche.

—¿Sabes dónde está?

—Pregúntale a Betts —respondió ella sacándose la pipa de la boca.

—Eh, amigo —dijo el marinero apuntándome con su pececito. Se agarró al mostrador para evitar perder el equilibrio—. Te gusta la niña, ¿verdad?

—No, amigo.

El marinero me agarró del brazo y zarandeó el

pescado delante de mis narices. Le apestaba el aliento a cerveza.

—Eh, amigo. Dame dos peniques.

Lo agarré del cuello y apreté. Se le puso la cara roja y se le desorbitaron los ojos.

—Que te jodan. ¿Me oyes?

Lo aparté de un empujón, después me metí detrás del mostrador y recorrí el oscuro pasillo hasta llegar a la estrecha puerta de Betts. Llamé varias veces hasta que al fin se abrió, dejando salir una ráfaga pestilente. Betts llevaba puesto el gorro de dormir, tenía la cara llena de arrugas y estaba pálida; vestía un grueso camisón bajo la chaqueta de lana. Tenía los ojos tan hinchados que apenas podía abrirlos.

—Siento despertarte, Betts. Anoche no volvió a casa.

—No se fue a casa, Norman —respondió ella con la voz ronca por las pipas y la ginebra.

—¿Te dijo dónde iba?

—De pronto dio marcha atrás en la cama como si fuera un caballo. Dijo que había tenido una idea. Creo que me dijo Caterham.

—Oh, Dios, no.

—Oh, Dios, sí.

Betts eructó y después se tapó la boca con la mano.

—Disculpe, señor —dijo con voz delicada.

—¿Cómo llegaría hasta allí?

—Se puso las botas y se marchó. No me dijo nada más.

—Gracias, Betts —dije mientras me volvía hacia el pasillo.

Sentí que me tiraba de la manga.

—Pero se olvidó de pagarme, Norman.

La miré en silencio.

Me sonrió, mostrándome media dentadura amarillenta.

—Mi hermana está enferma. Tengo que llevarles comida a sus churumbeles.

Busqué en mi chaleco su media corona habitual.

Corrí a la comisaría de policía. ¿En qué diablos estaría pensando? Después de lo que habíamos hecho, ese psiquiátrico era muy peligroso. Esos cuidadores se alegrarían mucho de volver a vernos, eso seguro. Y con Ettie y Neddy aún en la granja, esperando nuestra ayuda. A veces se comportaba como un tonto, un tonto rematado.

El agente Reid estaba sentado a la mesa, con su rostro juvenil cubierto de espinillas abiertas. Sobre el periódico que tenía delante había un poco de pan y grasa.

—El inspector Petleigh no está aquí —dijo con su voz atronadora.

—¿Cuánto tardará en volver?

Se encogió de hombros, se limpió la grasa del rubio bigote con la mano y después se la lamió.

—Esperaré —le dije.

—Veo que el señor Arrowood ha vuelto a las andadas —comentó mostrándome el periódico. Era *The Star*.

—Quedarán como unos estúpidos cuando descubran que estamos persiguiendo a un asesino.

Pasé más o menos una hora viendo a la gente ir y venir. Un sastre al que le habían cortado una remesa de pantalones; una casera a cuyas habitaciones habían prendido fuego; un taxista a cuyo caballo habían apuñalado. Todos ellos enfadados; ninguno pensaba realmente que la policía pudiera ayudarles. Así funcionaban las cosas. Demasiados delitos y policías insuficientes. Justo cuando empezaba a quedarme dormido, entró Petleigh, pulcro e inmaculado como de costumbre, con la misma bufanda roja y gris. Cuando me vio, puso los ojos en blanco.

—Sube conmigo, Norman —me dijo—. Aunque no sé si quiero oír lo que tienes que decir.

Cuando llegamos a su pequeño y frío despacho, le conté lo del diente de la señora Gillie. Se sentó detrás de su mesa, con las manos aún envueltas en sus guantes de cuero y colocadas en posición de rezo frente a la cara. Se quedó mirándome mientras hablaba.

—Pero no es más que un diente —dijo cuando hube concluido—. Podría ser de cualquiera.

—Nunca ha visto un diente como ese, inspector. Estaba partido en dos en la encía y luego retorcido sobre sí mismo, y además era negro como el tizón. Era un horror. El trabajador también supo que era suyo. Era el único que le quedaba en la boca, justo delante. Como el diente de un demonio.

—Muéstramelo.

—Lo tiene William.

—¿Y dónde está?

Me lo notó en la cara antes de que tuviera ocasión de responderle.

—Oh, no. ¿Qué ha ocurrido?

—Creo que está prisionero en el psiquiátrico de Caterham.

—¿Qué diablos está haciendo ahí?

Le conté lo de nuestra visita, que nos habían descubierto registrando los libros y cómo habíamos logrado escapar.

—¡Por amor de Dios! —exclamó dando un puñetazo sobre la mesa—. A veces pienso que sois los mayores tontos de Londres. Podría arrestarte, ¿sabes?

—Está pasando algo en esa granja, inspector. Algo malo. Solo intentamos averiguar de qué se trata. Escuche, ¿podría acompañarme hasta allí y hacer que lo liberen?

—No tengo tiempo de ir hasta Caterham. —Arrugó entonces la nariz y bajó la voz—. Pero puedes decirles que exijo su liberación. Utiliza mi nombre.

Buscó en su bolsillo su cajita de rapé. Entraba una corriente fría por la pequeña ventana, que tenía las grietas tapadas con papel de periódico.

—Y supongo que también quieres que hable con el sargento Root sobre el diente —me dijo Petleigh—. Maldita sea, esa ni siquiera es mi zona.

Esnifó un poco y después sacó un pañuelo planchado a la perfección en forma de cuadrado. Se limpió la nariz.

—Gracias, inspector. Pero ¿podría esperar hasta que Ettie y Neddy estén fuera de peligro? Vamos a recogerlos esta noche.

—¿No confías en Root?

—La familia siempre acaba por enterarse de las cosas que le contamos.

Asintió y se puso en pie. Se notaba que aquello no le gustaba.

—Estás distrayendo mi atención de los delitos que tenemos aquí en Southwark, Norman.

—Un delito es un delito, ¿no es así, inspector?

—A mi inspector jefe solo le interesan los delitos de aquí.

—Pero ¿nos ayudará?

Me miró acariciándose el bigote con el dedo enguantado. Abrió sus estrechas fosas nasales.

—Sí —dijo al fin—. Pero será mejor que William me lo agradezca.

CAPÍTULO 29

Eran poco más de las dos cuando empujé las enormes puertas de madera y entré en el vestíbulo. La señora Grant estaba sentada tras un escritorio en el otro extremo, con las manos entrelazadas frente a ella.

—El doctor Crenshaw no está —me dijo levantándose de la silla.

La ignoré y abrí la puerta que conducía al pasillo lateral.

—¡Salga de ahí! —me gritó corriendo detrás de mí, con los tacones resonando en el suelo abrillantado—. ¡No está aquí!

Avancé por el pasillo y entré en su despacho. Crenshaw estaba sentado detrás de su mesa, con un puro en la mano. Sentada frente a él había una pareja adinerada.

—He intentado detenerlo, señor —dijo la señora Grant entrando detrás de mí.

La pareja se miró, preguntándose sin duda si sería yo un lunático. Observé que eran personas de alta cuna, bien arregladas.

—Libérelo, Crenshaw —le dije—. Ahora.

—Estoy en una reunión —respondió el superintendente médico tras recuperarse de su sorpresa. Me despachó con la mano—. Ahora, salga de aquí antes de que llame a los cuidadores.

—Acabo de ver al inspector Petleigh, de la policía de Southwark. Exige que lo liberen.

Crenshaw se volvió hacia la pareja y les dedicó la clase de sonrisa que decía: «El pobre hombre es un idiota». Aun así me dio la impresión entonces de que todo en aquella estancia le hacía parecer pequeño: su enorme escritorio, la silla de cuero cuyo respaldo le llegaba por encima de la cabeza, el león dorado sobre la mesa que rugía de un modo que él nunca podría imitar con su vocecilla.

—Si me disculpan un minuto, señor y señora Lovell —dijo con una ligera inclinación de cabeza y una mueca de suficiencia—. Creo que ha habido un malentendido.

Se volvió hacia mí.

—Si se refiere a su señor, no está aquí, y puede decirle lo mismo al inspector. Ahora, ¿se va a marchar sin dar problemas?

—Sáquelo y me marcharé, doctor.

—Señora Grant, traiga a los cuidadores.

—No querrá hacer eso, señora Grant —le dije muy deprisa a la mujer—. A no ser que desee que el mundo sepa cuál es el tratamiento especial del doctor Crenshaw para recolocarle los ojos a una dama.

—Le digo que no está aquí —insistió Crenshaw apagando el puro en el cenicero—. Ahora váyase. Si insiste, no hará más que empeorar las cosas.

—El señor Arrowood trabajó para *Lloyd's Weekly* antes de hacerse detective —le dije—. Tiene muchos amigos que estarían muy interesados en una historia sobre el psiquiátrico de Caterham. Y más aún en la historia de un superior con los pantalones por los tobillos.

Crenshaw se volvió de nuevo hacia la pareja.

—Me temo que esa es la naturaleza de la enfermedad —les dijo con una risita débil—. La línea entra la verdad y la fantasía, ya saben. Si me disculpan, voy a salir a tratar con este hombre.

Pasó frente a mí para salir al pasillo. Lo seguí hasta el enorme vestíbulo vacío, con la señora Grant corriendo detrás de mí.

—Vaya a ver si encuentra al señor Arrowood escondido en alguna parte y tráigalo aquí, señora Grant —susurró el doctor—. Dese prisa, para que podamos librarnos de este sucio bobalicón.

La mujer salió corriendo por la puerta de la entrada.

El doctor se acercó y me miró. Su mirada era dura, aunque su voz nunca lograba deshacerse de su suavidad.

—Si vuelvo a pillarlos a alguno de los dos por aquí, nunca volverán a verlos. Se lo garantizo.

—Desde luego que sí, doctor.

—Y, si nos causan problemas a esta institución o a mí, haré que los busquen y los corten en pedazos. Conozco a hombres dispuestos a hacerlo, créame.

—Oh, ya lo sé —repuse, sacudiendo un poco de hollín de su coronilla calva.

Apartó la cabeza con brusquedad.

—Aquí acaban sus pesquisas en este sanatorio, ¿me ha entendido?

Lo agarré entonces de las solapas del traje y lo acerqué a mí de un tirón, después le levanté los pies del suelo. Forcejeó y se retorció, pero no le sirvió de nada. Acerqué los labios a su oreja e inhalé su Eau de Cologne.

—Le entiendo perfectamente, señorito —le susurré—. Pero el caso no está cerrado hasta que lo diga el señor Arrowood.

Y entonces lo dejé caer.

Salí y esperé junto a la fuente. Pocos minutos más tarde el jefe dobló la esquina desde los pabellones, con un corpulento cuidador sujetándole de cada brazo, seguidos de la señora Grant. Iba cojeando, tenía los faldones del abrigo manchados de barro y un ojo tan magullado e hinchado que se le había cerrado. Llevaba los pantalones rasgados a la altura de la rodilla.

—Gracias a Dios que has venido, Barnett —me dijo.

Los hombres lo lanzaron contra el suelo.

Lo ayudé a levantarse y lo acompañé por el camino de la entrada sin decir palabra. Cojeaba y se lamentaba a cada paso.

—He perdido los guantes —murmuró—. Y el sombrero.

No dije nada.

—Y el bastón de Lewis. Vuelve a buscarlos, Norman, ¿quieres?

—Es usted tonto, William.

Se quedó callado. Llegamos hasta la verja y salimos a la carretera.

—Esa no es manera de hablarle a tu jefe, Norman.

Corrí por la carretera hacia la estación, con él detrás, resollando y quejándose. No volvimos a hablar hasta estar a bordo del tren, que iba lleno de gente que acudía a la ciudad a realizar las compras del sábado. El jefe tenía un aspecto deplorable: el hematoma del ojo parecía el trapo de un artista: morado y azul, rojo y dorado, hinchado como un bollo. Tenía los mofletes caídos, la nariz hinchada y roja como un forúnculo. Llevaba tierra en el pelo, que estaba lleno de grasa, y hollín en la frente. El barro de su abrigo de astracán hacía juego con el que cubría sus pantalones amarillos y rasgados.

Me senté enfrente, mirándolo con rabia mientras los hombres leían el periódico y las mujeres charlaban. Una institutriz con tres mocosos inquietos iba sentada en mitad del banco.

—Lo siento, Barnett —me dijo el jefe cuando nos acercábamos a Purley Junction—. Debería habértelo dicho, pero anoche me parecía muy fácil. No puedo explicarlo. Fue algo que se me metió dentro.

—El vino Mariani fue lo que se le metió dentro. ¿No se le ocurrió pensar en Ettie y en Neddy? Siguen en esa granja. ¡Corren peligro!

Miró hacia el suelo del vagón con el ojo que tenía abierto. Apretó los labios.

—Fue una tontería —admitió.

—¿Y si no hubiera podido encontrarle? ¿Y si surge algún problema esta noche?

—No sigas, Norman. He cometido un error. Pero estoy cansado, tengo hambre y frío. Ya he sufrido bastante.

Me crucé de brazos, giré la cara hacia la ventanilla y vi pasar los árboles helados, brillantes bajo la luz del sol. Transcurrieron varios minutos.

—He descubierto algo interesante en los archivos de Crenshaw —me dijo, inclinándose hacia delante y bajando la voz.

—¿Cómo ha entrado en su despacho?

—Con una piedra contra el cristal.

—Y le oyeron, ¿verdad? —pregunté negando con la cabeza.

—Pero antes de eso me dio tiempo a encontrar lo que buscaba, Norman. Escucha. Sabía que había algo extraño entre los Ockwell y el psiquiátrico. —Había empezado a susurrar y me miraba con su ojo izquierdo—. Digger también estuvo ahí, y ese otro trabajador del que nos habló la señora Gillie. Tracey Childs. Eché un vistazo rápido a su informe antes de que me descubrieran. También tiene amencia. Tenía condenas por pequeños robos, por fugarse de la escuela. Estuvo en el asilo para pobres antes de ingresar en el psiquiátrico. No tiene parientes, y tenía solo trece años cuando ingresó.

—Así que son todos de Caterham. Eso no significa nada. Trabajar en una granja es mejor que quedarse en un psiquiátrico, diría yo.

—¿Lo es? —me preguntó—. ¿Y qué me dices de Polly? ¿Un psiquiátrico también les busca matrimonio a sus pacientes?

—A mí Crenshaw me gusta tan poco como a usted, pero me parece que ese lugar solo hace lo que debe hacer: tratarlos y devolverlos al mundo.

El jefe asintió despacio.

—Entonces dime una cosa. ¿Por qué ninguno de ellos figura como dado de alta?

—No lo sé. Será un error. No son más que libros de registro.

—Bueno, pero hay cientos de pacientes más que sí figuran como dados de alta. El más reciente la semana pasada. Y esos libros son importantes, Barnett. La Comisión de Demencia los utiliza cuando realiza sus inspecciones. A los sanatorios psiquiátricos se les exige guardar esa información: ¿cómo si no se puede comprobar quién está y quién no está ahí?

—Creo que está intentando buscar algo donde no lo hay, señor.

Se recostó y me miró durante unos segundos.

—Ya veremos —dijo al fin—. También he descubierto algo más.

Lo vi mientras enarcaba una ceja y sacaba su pipa con una sonrisa.

—Birdie Ockwell fue ingresada el pasado mes de febrero.

CAPÍTULO 30

Se encendió la pipa, prendiendo una terrible llamarada en la cazoleta, y después succionó una y otra vez de la boquilla. Echó el humo por la boca y este le cubrió el rostro magullado. Un tipo que vestía un traje a cuadrados lo interpretó como una señal y se encendió la suya, y luego otro sacó un puro. Al poco el aire estaba blanco y los niños habían empezado a toser.

—Igual que los demás —prosiguió—. Figura su ingreso, pero no su alta.

—¿Qué le hizo regresar?

—Los Ockwell nos impiden ver a Birdie, eso está claro, pero siempre he tenido la impresión de que son sinceros al asegurar que sus padres la maltrataban. Simplemente no he visto indicios de engaño cuando lo dicen. De modo que quería profundizar más en los Barclay. Por eso hablé maravillas del tratamiento psiquiátrico y les conté lo de mi pariente. Era un truco para desenmascarar su verdadero comportamiento hacia Birdie. Les hice saber que, si hubieran tomado en consideración la posibilidad de ingresarla, eso habría contado con mi aprobación. Pero ¿recuerdas lo que dijo el señor Barclay?

Dije que no con la cabeza.

—Lo negó, y después dio cuatro razones por las que habría sido una buena idea: su propia madre rechazaba a Birdie, sus amigos de la iglesia se lo sugirieron, ambos trabajaban fuera de casa y no podían vigilarla, y...

—Y Birdie se prendió fuego al vestido.

—Tres veces. Fue casi como si, aunque una parte de su mente lo negaba, otra parte tratase de justificarlo. Entonces miró su reloj y nos dijo que tenía una cita. De esa forma, nos impidió hacer más preguntas. Y bien, podría haber sido cierto que tuviera una cita, pero lo que me hizo sospechar fue ese reloj de Neptuno situado sobre la repisa de la chimenea a menos de treinta centímetros de su cara, y sin embargo, en vez de consultarlo, sacó el suyo del bolsillo. ¿Recuerdas que yo estaba golpeando la pata del sofá con el bastón cuando lo hizo? Ya te he dicho en otras ocasiones que es muy fácil delatarse a uno mismo cuando miente si existen otras distracciones. La mente solo puede prestar atención a un número limitado de cosas.

Yo asentí con la cabeza. Era un truco que le había visto emplear con anterioridad, a veces con buenos resultados, otras no.

—En fin, cuando se delató con el reloj, di por hecho que sí se había planteado la posibilidad de ingresarla. Al fin y al cabo, eso fue lo que le pregunté. Pero anoche me acordé de la mujer que cobraba el alquiler. Me vino de pronto. Ella pensaba que Birdie se había marchado hacía un año, cuando de hecho se casó tan solo cuatro o cinco meses antes. Imagino que una persona encargada de recaudar el alquiler sabría a ciencia cierta quién vive en el edificio. Cuando le dije que fue en julio, miró hacia arriba como hace la gente cuando intenta recordar. Estaba confusa. Entonces frunció el ceño, dando a entender que ella recordaba otra cosa. No quería contradecirme, eso sería maleducado, pero su cara la delató. Entonces ¿dónde estuvo Birdie durante esos meses? Fue entonces cuando me di cuenta: tal vez nuestro buen señor Barclay no solo se había planteado la posibilidad de ingresarla. Tal vez lo había hecho de verdad. Tal vez había encerrado a su propia hija.

—¿No le parece bien? Dijo que el tratamiento de su pariente fue efectivo.

—Fue efectivo. Lo mató.

Lo observé mientras fumaba, a la espera de que se explicara. No lo hizo; dejó caer la cabeza. El párpado del ojo sano estaba medio cerrado, su piel, moteada de tierra y hollín, parecía apagada, sin vida. Parecía que llevara días sin dormir.

—¿Quién era? —le pregunté al fin.

—Es una larga historia, Norman. Te la contaré en otro momento. —Tomó aire y trató de despejarse—. Ahora mismo tenemos que pensar en el caso. Eso explica por qué los Barclay nos mintieron sobre su anterior lugar de residencia. No querían que creyéramos que la habían ingresado, porque entonces nos preguntaríamos por qué quieren ahora recuperarla. Dudaríamos de todo lo que nos han contado. Entonces ¿qué más tenemos? Parece que el psiquiátrico tiene un acuerdo con la granja. Sin duda el aire del campo es beneficioso para un lunático. Todo muy loable. Pero hay una cosa que no entiendo: ¿por qué acudió Crenshaw a consultar a Tasker cuando nos encerró?

—Nos había descubierto colándonos en su despacho. Tasker es el presidente de la junta.

—Sí, pero, si estamos de acuerdo en que no acudió a la policía porque temía que reveláramos el secreto de su aventura con la señora Grant, ¿por qué entonces fue a ver a Tasker? Imagino que no querría tener que explicarle eso al Comité de Visitadores, ¿no es así? Tasker es la última persona a la que querría contárselo.

—Tal vez estén más unidos de lo que creemos. O a lo mejor se inventó una historia sobre nosotros.

El jefe asintió.

—Sí, tienes razón, por supuesto. Pero estoy seguro de que hay algo malo en ese psiquiátrico.

—Se está distrayendo, William. Esto no tiene nada que ver con el caso. Hay un asesino en esa granja y tenemos que asegurarnos de que Ettie y Neddy están a salvo. Eso es lo más importante ahora mismo.

—Los rescataremos esta noche, Norman. Ten por seguro que los traeremos de vuelta a casa. Pero primero debemos asegurarnos de que la policía investiga ese depósito de estiércol. Debemos ir a Lewisham antes de que concluya la sesión de consultas del parlamentario.

Fue entonces cuando me acordé del periódico *The Star* que me había mostrado Lewis esa mañana. Me lo saqué del abrigo y se lo entregué.

—Página tres —le dije—. No le va a gustar.

Lo leyó en silencio, moviendo el ojo por la página. Le palpitaban las sienes; tenía los labios tan apretados que se le pusieron blancos.

Entonces, con un grito de rabia, bajó la ventanilla del vagón y lanzó el periódico fuera del tren. Se deshizo en mil pedazos y desapareció bajo la luz gris de la tarde.

—¡Que me encontraba perdido, dicen! —gritó—.

¡Resolvimos ese maldito caso, Barnett! ¡Holmes no hizo casi nada! Santo Dios, me gustaría saber quién está detrás de esos artículos.

Una ráfaga de aire frío recorrió el vagón.

—¡Cierra la ventana, idiota! —exigió un fornido viajero vestido de color marrón. Su esposa, situada en medio de la corriente, se agarró el sombrero mientras el pelo se le revolvía con el viento.

—¡Dese prisa y súbala! —ordenó un revisor desde la otra ventanilla.

El jefe farfulló, pero no logró subirla.

—¡A qué espera! —gruñó una anciana con los ojos cerrados contra el viento helado—. Nos vamos a morir de frío.

Lo intenté yo, pero, por mucho que tiraba, no conseguí subirla ni un centímetro. Lo intentó el revisor, después el hombre de marrón. El cristal no se movía.

El jefe contempló a su alrededor las caras de enfado, las narices moqueantes y los ojos llorosos.

—Está atascada —murmuró con las manos en los bolsillos. Negó con la cabeza—. Lo siento mucho. Y en un día tan frío.

El hombre del traje marrón también negó con la cabeza, mirando al techo del vagón. Los otros, subiéndose los cuellos y ciñéndose los abrigos, miraron a Arrowood con rabia mientras el viento gélido inundaba el vagón. Todas y cada una de ellas parecían la persona más triste del mundo.

El jefe fue directamente a la oficina de correos de London Bridge y envió una carta a Sherlock Holmes. Solicitaba de la manera más educada que Holmes escribiera a *The Star* para corregirles, confirmando que nosotros habíamos ayudado a resolver los robos de las armas fenianas, y añadir cualquier otro apoyo que considerase oportuno.

—Esperemos que haga lo correcto esta vez —dijo mientras abandonábamos la oficina—. Bien, ¿dónde está el tren a Lewisham?

Se quedó dormido nada más subir al tren y fue roncando todo el camino. Llegamos al Horse and Groom poco antes de las cuatro y nos sentamos a esperar nuestro turno en el bar, cada uno con una jarra de cerveza joven y un trozo de pan con mantequilla. El jefe guardaba silencio, medio alelado aún después del sueño. Casi a las cinco, el empleado nos condujo al piso de arriba, al comedor privado donde *sir* Edward se reunía con sus votantes una vez al mes. El parlamentario estaba sentado al otro extremo de la mesa, de espaldas al fuego de carbón encendido en la chimenea. Junto a su codo reposaba una tetera y, frente a él, un libro de contabilidad abierto.

—Por favor, siéntense —dijo el empleado, señalando dos sillas situadas al otro extremo de la mesa—. El señor Arrowood y el señor Barnett, *sir* Edward —anunció.

Solo entonces el parlamentario levantó la mirada.

—¿Estos son los últimos, MacNaught? —preguntó.

—Sí, señor.

—Prepara mi carruaje.

El empleado salió por la puerta.

—Expongan su solicitud, caballeros —dijo *sir* Edward, mirándonos al fin. Cerró su libro y apartó la taza de té—. Tengo cinco minutos para ustedes.

—Fuimos a verle al Parlamento el martes —explicó el jefe—. Por el asunto de la señora Gillie, la mujer desaparecida. Nos pidió que viniéramos aquí hoy.

—Ah, sí. —El parlamentario abrió un pequeño tarro de bálsamo y comenzó a aplicárselo en las manchas rojas de piel que rodeaban su nariz—. No son votantes, ¿verdad?

—No, señor. Pero la mujer desapareció en Catford. Dijo que lo investigaría.

—Y lo he hecho. El sargento Root me asegura que no se ha cometido ningún delito, señor Arrowood. Pero le da las gracias por su interés.

Sir Edward se levantó de su silla y recogió su abrigo del perchero.

—Root no quiere investigar porque la mujer es gitana —se apresuró a decir el jefe—. Su yegua sigue allí, y también su abrigo de invierno y sus botas, y hay indicios de un forcejeo, indicios que fueron borrados al día siguiente. Alguien solo haría eso para esconder un delito, *sir* Edward. Le aplastaron la cabeza a su gato con algún tipo de herramienta.

—Eso no significa que se haya cometido un crimen, señor Arrowood. Los gitanos son errantes, ya lo sabe. No podemos organizar una búsqueda cada vez que desaparece uno.

—Hay más —dijo el jefe—. Creemos saber dónde está enterrado el cuerpo y hemos recibido pruebas concluyentes de que está muerta.

—¿Y bien? ¿Cuáles son esas pruebas?

—No podemos decírselo hoy, *sir* Edward. Es demasiado peligroso para el confidente. Pero se lo traeremos mañana.

El parlamentario se alisó la melena blanca sobre el

cuero cabelludo y se puso el sombrero. Se abotonó el abrigo y miró entonces a Arrowood con frialdad.

—Tiene pruebas que no quiere mostrarme —dijo—. Vamos, señor Arrowood, ¿cree que con eso me convencerá? El sargento Root me asegura que no hay pruebas de ningún delito. Y deje que le diga algo más: mis votantes en Catford ya están hartos de que ande usted husmeando en sus asuntos. ¡Gente decente vigilada, investigada, perseguida! Verá, sé quién es usted. Tiene lo mismo de detective que yo de curtidor, señor. Es usted un estafador. ¿Sabía que ha sido descubierto por *The Star*? ¡No ha resuelto un caso en toda su vida!

—¡He resuelto muchos casos! ¡He trabajado con Sherlock Holmes!

—Dudo que Sherlock Holmes necesite ayuda de alguien como usted.

—Oh, Dios mío —dijo el jefe, escupiendo su decepción como si fuera veneno—. Otro adorador de Holmes no, por favor.

—Holmes es un héroe nacional, canalla insolente. Salvó al país de la guerra cuando recuperó aquel tratado naval. Y acaba de rescatar al heredero de una de las familias más importantes de Inglaterra.

—¿El caso de Holdernesse? —preguntó el jefe, agitando una mano para restarle importancia—. Un golpe de suerte, *sir* Edward. Un golpe de suerte.

—¡Suerte! No sea absurdo. Ese hombre es un genio.

—¿Un genio? —preguntó el jefe con desdén—. ¿No ha leído lo de los neumáticos de bicicleta?

—¿Qué?

—¡Los neumáticos de bicicleta!

Sir Edward se volvió hacia la puerta.

—Nuestra entrevista ha terminado, Arrowood.

—¡Espere! —exigió el jefe, colocándose apresuradamente entre el parlamentario y la puerta. Tenía el ojo muy abierto y los labios húmedos—. Todo el asunto se basó en las huellas de bicicleta. Holmes, milagrosamente, reconoce las huellas de cuarenta y dos neumáticos de bicicleta distintos, o eso dice él. Pero esa no es la cuestión. —Le salieron las palabras atropelladas y levantó un dedo en el aire—. En el periódico decía que interpretó la dirección de la bicicleta porque la rueda trasera es la que deja la huella más profunda, y la huella del neumático más pesado con frecuencia se cruza con la más ligera. Eso fue lo que les dijo. Pero no se dio cuenta de que eso solo sería así si el ciclista fuese sentado en el asiento, no haciendo presión sobre el manillar. Al circular deprisa, un ciclista puede ir de pie sobre los pedales o hacer presión sobre el manillar, lo que tendría como resultado el patrón contrario. Hasta un ciego se daría cuenta. Y sin duda los ciclistas irían a toda velocidad por aquel páramo.

—¡Holmes encontró al muchacho, idiota! —exclamó el parlamentario.

—¡Pese a haber interpretado las pistas de forma incorrecta! ¡Fue suerte, *sir* Edward! ¡Un simple golpe de suerte!

Penn vio su oportunidad, adelantó al jefe y corrió escaleras abajo. Arrowood fue tras él. Cuando Penn entró en el abarrotado *pub*, el jefe lo agarró del brazo y tiró de él.

—¡Un asesino anda suelto! —exclamó.

—¡Quíteme las manos de encima! —exigió Penn.

—¡Usted será el culpable si vuelve a atacar, señor!

El empleado se levantó del banco situado junto a la puerta y corrió hacia ellos.

—Deje que le ayude, señor —dijo interponiéndose entre *sir* Edward y el jefe—. Por favor, suéltelo, señor Arrowood. No está permitido tirar del parlamentario.

—¡Ahí tiene! —gritó el jefe, mostrándole al político el diente negro de la señora Gillie—. ¡Esa es la prueba! Su diente. Lo encontraron en el depósito de estiércol de la granja Ockwell. Deben registrar la zona entera y, si no me ayuda, me aseguraré de que la historia salga publicada en *Lloyd's Weekly*. Antes trabajaba allí. Aclararé que usted se negó a hacer nada.

Penn tragó saliva. Se acercó el monóculo al ojo y examinó el diente.

—¿Cómo sabe que este diente es suyo?

—Lo han identificado tres personas. Sé que duda de mí, pero no dude de ellas. Cualquiera en Catford le dirá que este diente es suyo. Era su único diente. Justo en medio de la boca. No hay dos personas que pudieran tener un diente como ese.

—¿Cómo lo ha encontrado?

—Lo encontró alguien del pueblo. Creemos que está en peligro, de modo que no podemos darle aún el nombre. Por favor, *sir* Edward. Hay un asesino por ahí suelto. Debe ser llevado ante la justicia.

Penn se quedó mirando a su empleado.

—Solo ordenaré a Root que lleve a cabo una búsqueda del cuerpo si le da el nombre —dijo al fin.

El jefe asintió.

—Estaremos ahí mañana a las nueve de la mañana. Pero debe investigar ese depósito de estiércol en cuanto hablemos con él, por si acaso se corre la voz y se alteran las pruebas. Y tiene que traer un equipo de Londres para ayudarle. Root no tiene capacidad para enfrentarse a un asesino. Pregunte por el inspector Petleigh, de la Policía de Southwark.

—No me diga lo que tengo que hacer, señor Arrowood.

Penn se puso los guantes y se apretó la bufanda. Levantó su bastón de ébano, apartó con él a Arrowood de su camino y se alejó hacia su vehículo.

CAPÍTULO 31

Llegamos a Catford alrededor de la medianoche. La temperatura era bajo cero, la luz de la luna iba y venía, medio escondida tras las nubes que pasaban de camino al sur. En los edificios de alrededor de la plaza no había luz en ninguna de las ventanas, el *pub* estaba a oscuras y la comisaría de policía cerrada. El surtidor se alzaba como un centinela de hielo entre la hierba, endurecida por la escarcha. Cuando Sidney detuvo el coche de caballos frente a la iglesia, Neddy vino corriendo por el camino. Lo ayudamos a subir.

Al principio no habló, le castañeteaban los dientes por el frío. Retiré la manta de nuestras rodillas y lo envolví con ella. El jefe comenzó a frotarle la espalda.

—Estás helado, muchacho.

—No sabía cuándo vendrían, señor. —Hablaba entre espasmos, como si no lograra recuperar la respiración. El jefe encendió la vela: el chico tenía la nariz roja y los labios casi azules—. Llevo ahí un rato.

—¿Dónde está mi hermana, hijo?

—Sigue en la granja, señor. No la dejaban regresar. Hoy han recibido un gran cargamento de colada de una de las casas. La señorita Ockwell dijo que no terminaría hasta tarde y que tendrían que levantarse mañana antes del amanecer. —Hablaba deprisa y las palabras le salían entre resuellos. El jefe le frotaba la espalda mientras hablaba—. Traté de quedarme con ella, señor Arrowood, pero me echó por la puerta. No podía hablar, porque estaban todos allí, la señorita Ockwell y los dos hombres, señor. Estaban enfadados.

—¿Enfadados por qué?

—El señor Godwin dijo que el sargento Root iba a hacerles una visita. Dijo que se lo había dicho usted, que es un mentiroso y que sigue interfiriendo. Intenté escuchar, pero no pude oír nada más. Algo relacionado con Birdie, pero no sé qué.

—¿Crees que sospechan de Ettie?

—No lo sé, señor.

—¿Mencionaron el granero o el depósito de estiércol? ¿Han empezado a excavar ahí?

—No que yo sepa. Solo que el sargento iba a ir a visitarlos.

El jefe me miró en la oscuridad del carruaje.

—Esperemos que Root solo les haya dicho lo de la visita. Tendría que ser tonto para advertirles sobre la búsqueda, pero, dado que es tonto, no lo descartaría. Lo último que necesitamos es que al asesino le entre el pánico mientras Ettie sigue allí. Ya ha matado una vez. Volverá a hacerlo si cree que está en peligro.

—A la granja, Sidney —le dije a mi cuñado—. Todo lo rápido que puedas, amigo.

—¡Espera! —exclamó el jefe—. Déjame pensar.

—Debemos ir ahora, mientras la familia esté en la cama —le dije—. Es demasiado peligroso. ¿Y si ya la han descubierto hablando con Birdie?

—No vayas tan deprisa, Barnett.

—Quien sea el responsable ya ha matado una vez y volverá a hacerlo.

—No sabes si fue uno de los Ockwell. Podría haber sido Digger.

—Root le ha contado a la familia lo del diente —dije yo, dándome cuenta entonces de lo que podía haber ocurrido—. ¡Por eso la han retenido allí! Deben de sospechar de ella.

—¡Barnett, cálmate! —me dijo el jefe, algo alterado—. No sabes lo que les ha contado. Neddy, ¿dónde crees que estará Ettie?

—Imagino que estará en la lavandería. No nos dejan entrar en la casa.

—¿Hay alguna manera de llegar hasta allí sin despertar a los perros?

—No lo creo, señor.

El jefe suspiró. Mientras le dejábamos pensar un plan, uno de los caballos resopló y agitó las patas. La campana de la iglesia dio el cuarto de hora. Notaba que me crecía por dentro un miedo terrible, que empeoraba a cada segundo que pasaba. Agitaba la pierna nervioso y sentía el corazón acelerado. ¿Y si el asesino sabía que alguien nos había hecho llegar el diente? ¿Y si sospechaban de Ettie por haber sido la última en llegar?

El jefe atrajo al muchacho hacia sí.

—¡Tenemos que recuperarla ahora! —exclamé sacando del bolsillo la pistola de Lewis—. Al diablo esos malditos perros. Entraremos por la fuerza.

—¡Calma! —me gritó.

—¡Está en peligro!

—¡Ya sé que está en peligro! —exclamó, levantó un brazo y me golpeó—. ¿Qué es lo que te pasa, Barnett?

Necesitamos un plan. Mantén la boca cerrada mientras pienso.

—La rescataremos, Norman —dijo Sidney desde arriba—. Estate tranquilo.

La luna se ocultó detrás de una nube y el carruaje quedó a oscuras. Yo me hallaba consumido por el pánico pensando en Ettie allí sola, pero sabía que debía controlarme. Ya no pensaba con claridad. Por fin el jefe volvió a hablar.

—Esperad aquí —nos dijo, abrió la puerta y se bajó.

Le vimos caminar hasta la verja de la casa parroquial, la abrió con un chirrido y se alejó a paso ligero por el sendero. Aporreó la puerta y dio un paso atrás. Se encendieron las luces. Volvió a aporrear la puerta. El brillo atenuado de una vela surgió en una de las ventanas superiores y distinguimos la cara del clérigo tras el cristal empañado. La ventana se abrió y asomó la cabeza, ataviado con un gorro de dormir. Intercambiaron algunas palabras y después la cabeza desapareció. La ventana se cerró y quedó a oscuras. Poco después se abrió la puerta y el jefe entró.

Regresó al carruaje a los pocos minutos y me entregó un paquete grasiento.

—Huesos para los perros, Barnett. Sidney, llévanos a Blackshaw's Alley. Pasado el *pub*, a la izquierda.

—No —le dije—. Tenemos que ir directos a la granja.

—Escucha —me dijo el jefe tratando de calmarme—. ¿Recuerdas que ese albañil, Edgar, estaba jugando con esos perros cuando fuimos la segunda vez? Él es nuestra única oportunidad de entrar ahí sin que causen un alboroto. Temo que tengamos que persuadirlo, pero no vuelvas a sacar esa pistola; no queremos dispararle.

Sidney se detuvo a la entrada del callejón y me pasó la porra desde su asiento. El jefe me condujo por el camino hasta una casa situada en una hilera de edificios apretados y ruinosos. No había farolas y el suelo estaba lleno de agujeros y surcos; la tierra estaba helada. No se oía ningún ruido procedente del interior. Llamé con fuerza a la puerta. Esperamos unos instantes. Volví a llamar y no me detuve hasta que oímos la voz de una mujer al otro lado.

—¡Ay! —se lamentó—. ¡Calma, ya va!

La puerta se abrió. Llevaba en la mano una vela de sebo. Estaba pálida y tenía los ojos medio cerrados.

Pasé frente a ella y el jefe me siguió.

—¿Dónde está Edgar Winter?

—En la habitación del sótano —respondió la mujer—. Pero bajen la voz.

El jefe encendió otra vez su vela y bajamos las escaleras. Al final había una puerta. La abrí.

—¿Quién es? —se oyó la voz de Edgar en la oscuridad. Le oímos moverse y levantarse de la cama.

—¿Papá? —murmuró la voz de un niño.

Otro empezó a gimotear.

El jefe entró con su vela y allí estaba Edgar, avanzando hacia nosotros con una vela levantada frente a la cara.

—Largo de aquí —murmuró.

Llevaba su ropa de día, salvo por las botas. En la cama detrás de él había tres niños pequeños con los ojos muy abiertos por el miedo. A nuestros pies había otro colchón con otros tres niños, enterrados bajo una montaña de abrigos. Una niña pequeña empezó a llorar. Otra un poco mayor que tenía al lado la abrazó con fuerza.

—No vamos a hacerle daño a nadie, amigo —le dije a Edgar, golpeándome la mano abierta con la porra—. Solo necesitamos su ayuda durante una hora.

—¡Poneos detrás de mí! —les gritó a los niños. Los que estaban en el suelo se levantaron y se arrastraron hacia la cama. Un bebé empezó a chillar. La niña mayor se levantó de la cama y se acercó a una caja que había al fondo de la habitación. Levantó un fardo de harapos y comenzó a acunarlo. Solo entonces me fijé en la mujer que estaba tendida en un fino colchón en el rincón más oscuro y apartado de la estancia. Estaba incorporada con sacos y mantas, y solo se le veía la cara cenicienta y esquelética. Tenía los ojos cerrados y por su boca dejaba escapar el aliento estertóreo de los moribundos.

—Su familia estará a salvo si hace lo que le pedimos, señor Winter —dijo el jefe.

—¡Largo de mi maldita habitación! —bramó Edgar, dio un salto hacia delante y trató de atacarme con su vela. Yo levanté la porra para bloquear el golpe, pero resbaló por el mango y me dio en los nudillos. Me dolió mucho, pero antes de que pudiera lanzarme otro golpe, le golpeé con fuerza en la tripa.

Se dobló de dolor y la vela cayó al suelo. Me lancé sobre él. Me apresuré a deslizar la porra por su barba desgreñada y bajo la barbilla y, mientras trataba de recuperar el aliento tras el golpe, le eché la cabeza hacia atrás hasta que acabó mirando al techo.

Estaba intentando tomar aire, respiraba entrecortadamente, le lloraban los ojos y las lágrimas resbalaban por el lateral de su cabeza calva.

—Escuche bien, amigo —dijo el jefe—. Va a venir con nosotros y a asegurarse de que los perros de la granja Ockwell no ladren cuando rescatemos a alguien que está allí. Si se niega, o si los perros se despiertan, le diremos al sargento Root que son usted y su hermano quienes han estado robando materiales de construcción de las obras de por aquí. Tenemos tres testigos y no me cabe duda de que podremos confirmarlo con una pequeña visita a su depósito, esté donde esté. ¿Está de acuerdo?

Edgar tenía la cara roja y su cuerpo temblaba mientras intentaba tomar aire.

Asintió con la cabeza.

Yo aparté la porra de su garganta y se desplomó en el suelo. Tres de los niños habían empezado a llorar. El bebé chillaba. Lo puse en pie.

—Póngase las botas.

—Vamos, niños, no hace falta que lloréis —les dijo el jefe con suavidad—. Os devolveremos a vuestro padre dentro de una hora. Lo prometo.

Se adentró más aún en la habitación, moviendo su vela para ver mejor las caritas que asomaban en la cama, el bebé envuelto en harapos, la niña que lo tenía en brazos.

—¿Es tu madre la que está ahí, pequeña? —le preguntó.

Ella dijo que sí con la cabeza.

—Lo siento mucho.

Edgar ya se había puesto las botas. Recogió de la cama su pesado abrigo, sin bolsillos, con el forro colgando en jirones, y después alcanzó la gorra grasienta y el pañuelo del cuello.

—¿Cuida usted solo de todos estos niños, Edgar? —preguntó el jefe.

—Que le jodan —respondió—. Acabemos con esto de una vez.

CAPÍTULO 32

Diez minutos más tarde llegamos a las verjas exteriores de la granja. Edgar se adelantó primero. Pasados cinco minutos, nos bajamos nosotros. La noche estaba despejada y fresca, los cerdos estaban en sus chozas. Una suave brisa soplaba entre las copas de los árboles. Cuando llegamos a la granja, vimos a Edgar agachado junto a uno de los graneros, murmurándoles algo a los perros mientras masticaban los huesos.

El dogo nos miró mientras cruzábamos la parcela y levantó las orejas, pero Edgar lo calmó y el animal siguió con su hueso. Las ventanas de la granja estaban todas a oscuras. Nos acercamos al granero donde Willoughby había escapado de los perros la primera vez que estuvimos allí, y avanzamos pegados a la pared hasta la lechería situada al final. Desde la esquina había unos veinte metros de campo abierto hasta llegar al lateral de la casa. La puerta de la lavandería estaba en la parte de atrás.

Volvimos a mirar hacia las ventanas y después corrimos hasta la esquina de la casa. Desde ahí seguimos la pared, nos agachamos al pasar frente a un ventanal, seguimos avanzando y volvimos a pasar por debajo de otra ventana.

La parte trasera de la casa daba a un redil. El jefe empezaba a jadear, de modo que tuvimos que pararnos un momento a descansar hasta que recuperó el aliento. Un zorro que correteaba por la parte trasera de los graneros se detuvo para mirarnos.

Unos pocos metros más adelante encontramos la puerta de la lavandería. Me puse a trabajar de inmediato, retorciendo la ganzúa, tratando de forzar la cerradura, pero estaba equipada con unos escudetes a los que no estaba acostumbrado. No podía abrirla.

—¿Qué sucede? —susurró el jefe cuando saqué la ganzúa del ojo de la cerradura.

Señalé la ventana que había junto a la puerta y él asintió con la cabeza.

Me envolví la mano con la bufanda y estaba a punto de romper el cristal cuando se abrió una rendija en una de las ventanas de arriba.

Nos quedamos helados. La parte trasera de la casa carecía de matorrales o hiedra trepadora: no había donde esconderse.

Nos pegamos al ladrillo y escuchamos con atención.

—Deprisa, Barnett —me susurró al no oír ningún otro sonido.

Atravesé la ventana con la mano lo más rápido que pude. Se oyó el ruido del cristal al caer al suelo al otro lado, después encontré el pestillo. Estaba cerrado con llave, atornillado a la madera. Saqué mi pequeña palanca, la pasé por el agujero e introduje el extremo bajo el pestillo. Un par de tirones rápidos y se abrió, astillando la madera. Abrí la ventana y me impulsé para colarme dentro.

Allí olía a lana mojada y a amoniaco, y los carbones desprendían un ligero calor. Lo primero que hice fue palpar la puerta en busca de una llave. No la hallé: la única manera de volver a salir era por la ventana. Me quedé allí parado, dejando que se me acostumbraran los ojos a la oscuridad. Agucé el oído. Si estaban despiertos en el piso de arriba, sin duda habrían oído romperse la ventana. Tenía que actuar con rapidez.

Oía el sonido de una respiración profunda procedente de algún lugar de la habitación. En la penumbra, mis ojos distinguieron las siluetas de las enormes cacerolas, un par de rodillos, una prensa de ropa. Había cestas de sábanas y pilas de ropa. En el techo había barras de las que colgaba la ropa mojada.

Intentando no hacer ruido, pasé junto a las cacerolas hasta quedar frente a la puerta que daba a la casa. Seguí avanzando y bordeé la última cacerola. Había algunos carbones encendidos en la rejilla de un pequeño fuego que arrojaban una tenue luz anaranjada sobre el suelo. Y allí había tendida una persona, envuelta de la cabeza a los pies con una manta. Emitía un leve ronquido.

Examiné con rapidez el resto de la estancia, pero no había nadie más allí. Me arrodillé, levanté una esquina de la manta y me fijé en la cara pálida que había dentro.

Era Ettie, que dejaba escapar un suave silbido con cada respiración.

—Ettie —susurré tocándole el hombro.

No se movió.

La agarré por los dos hombros y la incorporé. Abrió

los ojos y luego los cerró. Dejó caer la cabeza sobre los hombros.

—Despierta, Ettie —le dije, un poco más fuerte esta vez. La zarandeé ligeramente.

—¿Qué? —murmuró, abriendo al fin los ojos.

La puse en pie.

—¿Andrew? —dijo entre dientes—. ¿Andrew?

—Norman —respondí, le rodeé la cintura con los brazos y la arrastré hacia la puerta de atrás—. Tenemos que salir. La policía va a registrar este lugar por la mañana.

—Norman. —Su voz sonaba débil. Volvió a desplomarse. La incorporé. Se estremeció cuando le toqué la mano, envuelta como estaba en un trapo.

Vi la cara del jefe en la ventana.

—Voy a levantarla —le susurré—. Agárrele las piernas. Creo que está drogada.

—Puedo yo —murmuró Ettie.

La impulsé hacia arriba y, tras varios intentos, logré que pasara las piernas por la ventana. El jefe la agarró por las botas y tiró.

—Ay —murmuró Ettie cuando se le enganchó el trasero en el pestillo.

Apoyé el hombro en sus nalgas y empujé hasta que pasó por encima del alfeizar. Desde ahí cayó rápidamente y aterrizó al otro lado encima del jefe.

—¡Ay! —se quejó este al golpearse contra el suelo.

Mientras me incorporaba yo para salir, oí el crujido de una puerta en alguna parte de la casa. Luego pasos sobre las tablas del suelo.

—Viene alguien —dije mientras salía de un salto.

El jefe ya se había puesto en pie y le había colocado el brazo a Ettie por encima de su hombro para sujetarla.

—Puedo caminar —dijo ella. Iba cojeando, pero parecía haber recuperado la fuerza.

La agarré del otro brazo y corrimos hacia la lechería, aunque yo miraba hacia atrás, hacia la casa, cada pocos pasos. Apareció una luz tras una de las ventanas delanteras. El destello de la llama de una vela se reflejó en el cristal.

Nos pegamos a la hiedra que crecía pegada a la pared de la lechería. Ese lado estaba a oscuras, protegido de la luz de la luna. Acerqué la mano a la boca de Ettie. Tenía los labios fríos y el aliento caliente.

—Shh —susurré.

Ella me miró. Ya parecía haber recuperado la consciencia y asintió con la cabeza.

Apareció una figura en la ventana de arriba, con una vela detrás. El cristal de la ventana se levantó.

Nos agachamos junto a la hiedra, sin apenas respirar. Ni siquiera nos atrevíamos a volver la cabeza.

La figura se quedó allí parada durante algún tiempo. Después la ventana se cerró y la persona desapareció. La casa volvió a quedar a oscuras.

—Por aquí —susurró Ettie, guiándonos por detrás de la lechería hasta dejar atrás la casa. Corrimos en paralelo al edificio hasta el cobertizo del ganado, sin apartarnos nunca de la pared. Al final hallamos una pequeña puerta de madera—. Por aquí.

—Tenemos que volver al coche —murmuró el jefe—. Nos han oído.

—Por aquí —repitió Ettie, y desapareció por la puerta.

No nos quedó más remedio que seguirla. Allí dentro estaba todo a oscuras y apestaba a estiércol y a caballos. Apenas distinguía frente a mí la figura de Ettie, que avanzaba a tientas pegada a la pared.

—Tenemos que marcharnos, Ettie —le dijo el jefe—. Nos han oído. Saldrán en cualquier momento.

—No voy a marcharme sin los muchachos.

—¿Los muchachos? ¡No podemos llevárnoslos!

—Nos los llevamos —susurró ella.

Justo entonces oímos el crujido de la puerta principal de la granja al abrirse. Los perros comenzaron a ladrar; después los oímos correr por la parcela.

—¡Perros! —gritó Godwin.

Un caballo se me estaba acercando en la oscuridad. Extendí la mano y encontré la puerta baja de madera que nos separaba.

Oímos entonces dos pares de pies moviéndose por la granja, acercándose.

—¿Qué narices les pasa ahora? —Era la voz de Godwin.

—Habrá sido un zorro —respondió Walter.

Se me estaban acostumbrando los ojos a la oscuridad. Estábamos en una pequeña sección del granero separada por una pared. Había tres caballos en una pequeña cuadra a nuestro lado, tan juntos que se tocaban sus costados. En la otra pared, equipo de caballeriza. En el rincón había un montón de paja y, al lado, una media puerta que conducía a la zona principal del granero.

El jefe estaba observando la parcela de la granja a través de una grieta en la pared.

—Vienen hacia aquí —susurró.

—Detrás de los caballos —dije yo.

Agarré del brazo a Ettie y tiré de ella hacia la cuadra. El jefe nos siguió y nos colocamos pegados a los animales, que se agitaron y resoplaron.

Estábamos muy apretados. En realidad solo había

espacio para un caballo, no tres. Me agaché por debajo de sus cabezas, arrastrando a Ettie hasta el otro lado de la pared, donde nos apretujamos contra un rincón. Tenía un enorme caballo negro a pocos centímetros de mi nariz. Movió la pata. Echaba humo por la nariz.

El jefe no pudo pasar más allá del primer caballo, así que se arrastró por debajo de él y se quedó sentado contra el muro bajo, justo por debajo de la panza del animal. Sus pulmones emitían un leve silbido cada vez que respiraba.

Los pasos se hicieron más fuertes a medida que los hermanos se aproximaban, acompañados del golpeteo de las pisadas de los perros. La luz se filtró a través de los agujeros y rendijas del cobertizo cuando pasaron con el farol por delante. Ya estaban en la puerta. Se oyeron sus botas sobre la tierra helada al detenerse unos pocos metros más adelante. Después el pestillo al levantarse. La puerta del granero arañó el suelo al abrirse.

Ahora oíamos a los hermanos moviéndose al otro lado de la pared que separaba el cobertizo del granero. La luz tenue del farol se colaba por la media puerta. El caballo negro que estaba junto a mí resopló de nuevo; agitó la crin; giró la cabeza para mirarnos. Era un animal grande y triste, con las patas cubiertas de barro y porquería.

De pronto se oyó un golpe seco procedente de la estancia de al lado.

Una voz gritó de dolor.

—¿Qué estabais haciendo vosotros dos? —preguntó Godwin.

—Estamos durmiendo, papá —respondió una voz. Era Willoughby.

—Algo ha despertado a los perros.

—Estábamos durmiendo.

—Digger, pedazo de mierda —dijo Godwin—. Has estado otra vez husmeando por ahí.

—Digger estaba aquí también. Estaba durmiendo.

—¿Como tú? Entonces ¿cómo sabes que no estaba husmeando?

—Estaba… estábamos durmiendo, papá.

—Levanta —dijo Godwin con suavidad.

Se oyó el crujido de la madera y más movimientos.

—Abrid los abrigos. Sacaos los bolsillos.

Pasaron unos segundos.

—Digger, te lo juro —dijo Godwin. Su voz sonaba grave y perversa—, si descubro que has entrado en la despensa, se acabó para ti.

—Podría haber sido un zorro, Godwin —intervino Walter en voz baja.

Se hizo el silencio durante unos segundos. Después un leve silbido y uno de ellos soltó un grito inesperado. Las tablas crujieron de nuevo.

—Sabes que te quiero, ¿verdad, Willoughby? —Godwin hablaba ahora con suavidad—. No sé qué haríamos sin vosotros dos.

—Somos los mejores trabajadores.

—Eso es. Los mejores que hemos tenido nunca. Somos una gran familia, no lo olvidéis. Sois tan importantes como cualquiera.

—Y John —dijo Willoughby—. Y mis sobrinas.

—Sí, ellos también. Y tenemos que cuidar los unos de los otros. Tú cuidas a Digger. Digger te cuida a ti. Así es, ¿verdad?

—Te cuida a ti.

El caballo percherón blanco que tenía encima el jefe soltó un estruendoso gas por la parte trasera. Se dobló hacia delante y frotó el costado contra el muro bajo de madera. El jefe se retorció bajo su panza, atrapado contra las tablas.

—¿Eres feliz, Willoughby? —preguntó Godwin.
—Feliz, papá.
—¿Eres feliz con nosotros?
—Feliz.

Mientras hablaban, vi que la enorme verga del caballo blanco empezaba a crecer, lenta y decidida como una grúa.

Bajo la luz atenuada, el jefe se quedó mirándola horrorizado. Estaba atrapado allí sentado, incapaz de levantarse porque tenía encima la panza del caballo, y con miedo a arrastrarse por si le oían. Aquella cosa iba acercándose cada vez más a su cara.

Entonces, cuando ya debía de medir unos treinta centímetros de largo, se detuvo.

De pronto le salió de dentro un torrente de pis humeante. El jefe se llevó la mano a la boca, tratando de apartar la cabeza, pero estaba atrapado. El chorro caliente le empapó la cara, el abrigo y los pantalones.

—Parece que es Conde Lavender —dijo Godwin con una carcajada; su voz sonaba cariñosa ahora—. Deberíamos buscarle un orinal, ¿verdad, Willoughby?

—Un orinal —repitió Willoughby entre risas, aunque sonaban forzadas—. ¡Buscarle un orinal!

Y entonces el chorro cesó.

El jefe se quedó acuclillado bajo el caballo, completamente empapado, con la cara contraída por la rabia y la mano en la boca. Me miró con odio.

Oímos pasos al otro lado y la luz se fue apagando.

—Mañana hay que levantarse temprano, muchachos —dijo Godwin mientras cerraba la puerta del granero—. Tenemos que sacrificar a doce gorrinos.

Oímos que los hermanos se alejaban por la parcela con los perros correteando tras ellos. Después se cerró de golpe la puerta de la casa.

Volvimos a quedar sumidos en la oscuridad.

Solo entonces el jefe se atrevió a soltar un sonoro quejido.

Esperamos unos pocos minutos más, después nos levantamos y salimos de la cuadra. Al jefe ya habían empezado a castañetearle los dientes.

—Debemos irnos —susurró, ya sin energía.

Ettie lo ignoró y abrió la media puerta del granero. Sacó una vela de entre sus ropajes y la encendió.

—Willoughby —susurró.

—¿Señorita Ettie?

—Levanta. Vamos a llevaros a un lugar seguro.

Mientras avanzaba, la vela comenzó a iluminar la estancia. Lo primero que vimos fue el depósito de estiércol, que ocupaba la mitad del espacio. Estaba cercado por tres lados y el montón de estiércol tenía más o menos la altura de un caballo. De dentro manaban chorros de líquido marrón que cubrían por completo el resto del suelo de tierra, convirtiéndolo en barro. Mientras la seguía, la peste de toda esa mierda de cerdo estuvo a punto de marearme. Era lo peor que había olido en mi vida, incluso peor que cuando vivía en el corral de vecinos, un olor tan intenso que me provocaba escozor en los ojos.

Willoughby y Digger estaban sentados en dos tablas, sostenidas por una hilera de troncos sobre aquel charco de barro pestilente. No tenían colchón, solo unas capas de papel de periódico bajo sus cuerpos. Cada uno estaba envuelto con la misma arpillera que los caballos.

—Santo Dios —murmuró el jefe.

—¡Señor Arrowood! —exclamó Willoughby cuando al fin nos vio a la luz de la vela de Ettie—. ¡Señor Barnett! Nuestros amigos están aquí, Digger. Mira. ¡Y la señorita Ettie!

—Hola, Willoughby —dijo el jefe, horrorizado al ver cómo vivían—. Hola, Digger.

Digger se quedó mirándolo con dureza. Se fijó entonces en la puerta del granero.

—Escuchad, muchachos —dijo Ettie—. Vamos a sacaros de aquí. Os llevaremos a un lugar mejor.

Digger negó vehementemente con la cabeza y nos apartó con la mano.

—Mañana tenemos que trabajar, señorita Ettie —dijo Willoughby—. Somos una familia. Tenemos que terminar el drenaje.

—Pero debéis venir, Willoughby —continuó Ettie—. Os buscaremos un buen lugar para vivir, con una cama en condiciones y buena comida. Aquí no os tratan bien.

—Tenemos que trabajar duro. Lo dice papá. Me va a llevar con John.

Ettie se volvió hacia mí. Supe lo que quería: agarré a Willoughby y lo levanté.

—¡Me quieren matar! —gritó, retorciéndose—. ¡Me quieren matar! ¡Ayuda!

—Cállate —le dije mientras se retorcía en mis brazos. Pesaba muy poco: a través de los sacos de arpillera con los que iba cubierto sentía sus huesos. No tenía nada de carne en el cuerpo.

—¡Me quieren matar! —repitió.

Digger se puso en pie de un salto, se agarró a una escalera situada junto al depósito de estiércol y subió hasta una repisa colocada a unos tres metros y medio del suelo.

Los perros empezaron a ladrar de nuevo.

—Ve a por él, William —le ordenó Ettie.

—No tenemos tiempo —respondió, agarrándola del brazo y tirando de ella hacia la puerta del establo—. Debemos irnos, Ettie. ¡Rápido!

Cargué sobre mi hombro a Willoughby, que no dejaba de gritar y de retorcerse, y los seguí atravesando el establo hasta salir al campo por la parte de atrás. Con los perros ladrando, corrimos hasta el camino de la entrada donde aguardaba Sidney. Neddy abrió la puerta y me ayudó a meter dentro a Willoughby. Lo encajoné en el rincón y utilicé mi cuerpo para impedir que saliera.

—¡Me quieren matar! —gritó una vez más, aunque se estaba quedando ya sin energía.

Ettie y el jefe se montaron detrás y Sidney azuzó a los caballos. Asomé la cabeza por la ventanilla y miré hacia la granja mientras nos alejábamos: los perros estaban montando un escándalo en la verja. Justo cuando entrábamos en la carretera, Godwin y Walter corrieron hasta ellos señalando nuestro carruaje.

Después nos alejamos y los dejamos atrás.

CAPÍTULO 33

Huimos en mitad de la noche y solo aminoramos la velocidad cuando llegamos a Lewisham Road. Willoughby iba callado y respiraba a intervalos irregulares. Ettie hacía todo lo posible por calmarlo, pero estaba asustado.

El jefe iba sentado frente a mí, quejándose del caballo Conde Lavender. El olor que desprendía era asqueroso y empezaba a tener frío con la ropa mojada. Neddy sacó una manta y le envolvió con ella, metiéndosela por el cuello del abrigo y por debajo de los muslos. Después centró su atención en Willoughby.

—Estás a salvo, amigo, te lo aseguro —le dijo el muchacho—. Confías en mí, ¿verdad? Soy tu amigo, ¿verdad?

Willoughby asintió.

—Estos caballeros son amigos míos, Willoughby. Vamos a ayudarte, ¿lo entiendes?

—Ayudarte —repitió Willoughby con voz neutra y cara de asombro.

—Ettie —dijo el jefe—. ¿Vas a explicarnos por qué lo hemos secuestrado?

—Porque son esclavos, William —respondió Ettie secamente—. Duermen en ese horrible granero sin un colchón. Nunca salen de la granja, lo único que hacen es trabajar y dormir. Dudo que les paguen. Les dan de comer lo justo para que puedan seguir trabajando, pero siempre tienen hambre. Beben del abrevadero de los caballos.

—Yo los he visto comerse la bazofia de los cerdos —intervino Neddy.

A medida que el carruaje avanzaba dando tumbos por la carretera, Willoughby agachó la cabeza y se rodeó el pecho con los brazos. Me estremecí al recordar el peso de su cuerpo al levantarlo. Tenía los brazos finos como velas; era como alzar un manojo de trapos.

El jefe se inclinó hacia él y lo agarró del hombro.

—¿Es cierto, pequeño? —le preguntó con voz suave.

Willoughby no levantó la mirada.

—¿Tienes miedo, Willoughby?

—Somos los mejores trabajadores —dijo, ahora con la mirada levantada y la mandíbula proyectada hacia delante mientras hablaba. Asomó la lengua y se la pasó por los labios costrosos—. Somos una familia.

Cerró los ojos y empezó a mecerse, con la misma delicadeza con que una madre mecería a un bebé.

—¿Por qué habéis venido a por mí? —preguntó Ettie—. Estaba empezando a entender cómo funciona ese lugar. Necesitaba unos pocos días más.

—Teníamos que sacarte esta noche, Ettie. Era demasiado peligroso. La policía va a registrar el granero mañana en busca del cuerpo de la señora Gillie. Root sabe que Willoughby le dio el diente a alguien. Lo contará y el asesino sospechará de ti o de Neddy. ¿Te han drogado?

—No, solamente estoy cansada. He trabajado desde las seis de esta mañana hasta la medianoche. Tenían siete cestos de colada de una de las casas. Ya estaba cansada por haberme pasado los últimos días en la lechería, pero esto último ha sido demasiado. Aunque hoy he hablado con Birdie. Me ha ayudado en la lavandería durante un rato. Estábamos solas.

—¿Qué has descubierto?

—No quiere ver a sus padres. No sé si es realmente lo que desea o si la han entrenado para decir eso, pero lo ha dicho con total claridad.

—¿Le has preguntado por la foto?

—Su prima Annabel vive en Brighton. No entiende por qué Annabel no ha respondido a sus cartas.

—¿Birdie sabe escribir?

—Walter la ayuda.

—Vaya, vaya. Me pregunto si habrán llegado a enviarlas. ¿Qué ha dicho de él?

—Solo cosas buenas. Walter es fuerte. Walter es guapo. «Mi querido tontorrón», así lo llama.

—¿Qué más? ¿Te ha parecido que tuviera miedo?

—No de Walter. Se le ilumina la cara cuando entra en la habitación. A quien tiene miedo es a Rosanna.

—¿Le has preguntado si Walter le impide ver a sus padres?

—Rosanna se la ha llevado a la lechería antes de que pudiéramos seguir hablando.

El jefe se estremeció. El olor parecía salirle en vaharadas.

—¿Se ha caído en el abrevadero, señor Arrowood? —le preguntó Neddy, volviendo a remeterle la manta por el cuello del abrigo, donde se le había aflojado.

—Sí, pequeño. Muchas gracias. Tengo mucho frío.

—¿Qué te ha pasado en la mano, Ettie? —le pregunté señalando los trapos que la envolvían.

—Rosanna me la metió en el líquido esterilizador cuando estaba en la lechería. Dijo que era la única manera de curtirla.

—¿Te duele?

—Estoy bien, Norman, pero reconozco que grité en su momento. Estaba hirviendo. Creo que disfrutó al hacerlo. Estoy segura de que le ha hecho lo mismo a Birdie: también ella llevaba la mano vendada. Rosanna trata a las dos esposas como a sirvientas: le vi darle una bofetada a Polly porque se le cayó un plato.

—¿Cuáles son las tareas de Polly? —preguntó el jefe.

—Se encarga de la madre, se pasa el día subiendo y bajando las escaleras. Cuando no está haciendo eso, limpia y cocina. La pobre muchacha trabaja sin cesar, igual que Birdie.

—¿Qué aspecto tenía?

—Melancólica. Apenas habla, y creo que se arranca el pelo. Lleva un pañuelo en la cabeza, pero no lo tapa todo.

—Birdie tenía un trozo de pelo arrancado —dije yo—. Se lo vi en la estación aquel día. Rosanna dijo que había sido el rodillo de la ropa.

—¿Podría habérselo hecho Rosanna? —preguntó el jefe.

—No lo sé —repuso Ettie—. Es una señora severa y ambas le tienen miedo. Pero creo que Polly padece alguna enfermedad de la mente. Lleva tres figuritas de paja en el bolsillo del delantal. La vi sentada en la entrada dándoles calmante Dalby's.

—Tres figuritas de paja —repitió el jefe muy despacio, y se quedó pensando unos segundos mientras el carruaje daba tumbos por la carretera—. La señora Gillie nos habló de tres niños muertos. Tal vez estuviera diciéndonos algo sobre Polly. Tal vez quería que la ayudásemos. ¿Has oído algo sobre niños, Ettie?

Ettie negó con la cabeza.

—El bebé muerto de Polly es uno de ellos —dijo el jefe—. Pero ¿quiénes son los otros dos? —El carruaje se hundió en un bache, se tambaleó y lo lanzó hacia mí. Lo aparté con un empujón rápido—. La hermana de Polly tuvo gemelos —prosiguió—. Polly tuvo que cuidar de ellos cuando ella murió. La señora Fleg dijo que fue la muerte de esos niños la que condujo a su ingreso en el psiquiátrico. ¿Son esos los tres niños? ¿Su propio hijo y los gemelos de su hermana? Las tres figuritas de paja deben de representar a esos tres niños muertos. Les da de comer un calmante infantil. No puede dejar de cuidar de ellos. Quizá Polly no esté loca, hermana. Quizá solo esté sufriendo.

—Quizá sean ambas cosas, William.

Seguimos en silencio un rato, absortos cada uno en nuestros pensamientos.

—Por cierto —dijo el jefe—, mañana volveremos a nuestras habitaciones. Los albañiles han terminado.

Ettie giró la cabeza hacia mí y me dio las gracias con la mirada. Yo asentí.

Willoughby iba callado, contemplando a través de la ventanilla los edificios oscuros. Neddy se había quedado dormido con la cabeza apoyada en el hombro de Ettie. Me lie un cigarrillo para mantenerme despierto y seguimos nuestro camino, dejamos atrás New Cross Station y seguimos hacia Old Kent Road, pasamos Deptford Hospital y la fábrica de gas, atravesamos el canal. Por el camino nos cruzamos con algunos carromatos madrugadores de camino a los mercados, pero a esas horas de la mañana no había nadie más en la carretera. Cuando llegamos a Bricklayers's Arms, el jefe había dejado caer la cabeza sobre su pecho. Le quité la pipa de la mano y la dejé en el banco.

—Gracias por rescatarme, Norman —me susurró Ettie.

—Tú me salvaste una vez, ¿recuerdas?

Asintió. Aunque olía bastante mal, me alegraba de estar sentado a su lado mientras el coche avanzaba dando bandazos por la carretera.

—Estaba preocupado por ti —le dije.

Sentí su mano deslizándose por el banco hasta tocar la mía. Después sus dedos, duros y fríos, se acomodaron entre los míos. Cerré la mano con suavidad sobre la suya y una sonrisa cansada acudió a mis labios. Pasados un minuto o dos, oí su leve ronquido.

Cuando llegamos a Elephant and Castle, llevaron a Willoughby a dormir al dormitorio de Lewis. Estaba callado, ni feliz ni infeliz. Cansado más que otra cosa. El jefe decidió que yo dormiría en la sala con Neddy, con la puerta abierta por si Willoughby decidía escapar en mitad de la noche. Lewis bajó una pila de mantas. Aunque el sofá, demasiado pequeño para mis largas piernas, no me resultaba muy cómodo, me quedé dormido en cuanto mi cabeza tocó el cojín, con una extraña satisfacción en el corazón.

CAPÍTULO 34

A las ocho de la mañana siguiente estábamos en la comisaría de policía de Southwark. Yo no me sentía muy despierto después de haber dormido solo cuatro horas y el jefe tenía un aspecto todavía peor. Le había salido una costra en el labio y seguía teniendo el ojo cerrado por la mejilla hinchada y amoratada. Se había puesto su mejor ropa de domingo, pero, a juzgar por el olor y el aspecto, parecía que no se había lavado.

Petleigh no estaba allí, pero sobornamos al nuevo agente con un chelín y conseguimos su dirección en Walworth. La casera nos dejó entrar y nos indicó que subiéramos las escaleras, pues poseía toda la segunda planta. Allí nos abrió la puerta una mujer de mediana edad que parecía estar a punto de marcharse a la iglesia. Llevaba el pelo recogido bajo un sombrero de paja y sujetaba un par de guantes de piel que retorcía entre las manos, nerviosa al ver la cara magullada del jefe.

—¿Está en casa el inspector Petleigh, señora? —preguntó—. Es por un asunto de trabajo.

—Nos íbamos ahora a la iglesia —respondió la mujer,

recuperando su valentía. Arrugó la nariz al captar el perfume de caballo que aún desprendía el jefe—. ¿Podrían volver más tarde?

—¿Quién es, cariño? —se oyó la voz de Petleigh procedente del interior.

—Es para ti —respondió. Volvió a mirarme y decidió no invitarnos a entrar.

En cuanto Petleigh apareció en la puerta, se puso pálido.

—Arrowood. ¿Qué está haciendo aquí?

—Se supone que esta mañana se llevará a cabo la búsqueda del cuerpo de la señora Gillie —dijo el jefe con expresión grave—. ¿Ha hablado con su superior?

—Será solo un minuto —le dijo Petleigh a su mujer. Salió al rellano y cerró la puerta tras él. Vestía un elegante traje negro y una corbata a rayas.

—No nos ha presentado a la dama, Petleigh.

—¿Quién les ha dado mi dirección? —Petleigh agarraba con las manos el picaporte a su espalda. El jefe le sostuvo la mirada, pero no respondió—. Voy a ayudar al sargento Root —dijo al fin—. Han solicitado un detective. No sé cómo lo ha hecho, pero se ha salido usted con la suya.

—Ayer vimos al parlamentario —respondió el jefe—. Le mostramos el diente.

—No he oído nada de ninguna búsqueda. ¿Tienen una orden judicial?

—Imagino.

—¿Ettie está…?

—¡A salvo! —exclamó el jefe.

Petleigh se pegó contra la puerta, cambiando el peso de un pie a otro. Tragó saliva mientras nos miraba alternativamente.

—Bueno, ¿a qué está esperando, hombre? —gritó el jefe—. ¡Vaya a por su maldito abrigo!

En el taxi hacia la estación guardamos silencio. Petleigh y el jefe ni siquiera se miraban. En London Bridge tomamos el tren hacia el sur; el jefe habló por fin cuando pasamos por Ladywell:

—Así que está casado, Petleigh.

El policía entornó los ojos. Contempló la mañana neblinosa que volaba al otro lado de la ventanilla. Se aclaró la garganta.

—Así es —respondió, aunque su voz carecía de su habitual tono chillón—. Aunque no felizmente.

—¿Tienen hijos? —A cada palabra, el jefe iba alzando la voz.

—No. Mire, Will...

—Ha traicionado a mi hermana —le interrumpió el jefe. Los otros pasajeros volvieron la mirada hacia nosotros—. Y a mí. ¿Qué diablos estaba haciendo? ¿Le habría pedido la mano? ¿Cuál era su plan?

—No..., no lo sé. Ettie es una mujer maravillosa. —Petleigh miraba directamente al jefe, sin mover la cabeza. Hablaba con calma, tratando de fingir que no había cinco desconocidos escuchando la conversación—. Estaba planteándome el divorcio.

—¡Oh! ¡Planteándose el divorcio! Planteándose. ¡Qué noble! Qué caballeroso es usted, inspector.

—Baje la voz, William —le dijo Petleigh.

—No me diga que baje la voz, ¡maldito perro callejero! ¿Su esposa sabe lo de mi hermana?

—Déjelo, señor —le rogué yo.

—¿Dejarlo?

—Al menos hasta mañana. Recuerde lo que tiene que hacer hoy.

El jefe abrió la boca, a punto de atacarme a mí, pero entonces se lo pensó mejor. Apretó los labios, frunció el ceño y miró a Petleigh con furia una última vez antes de volver la cabeza hacia la ventanilla.

Necesitaban a alguien que hubiese visto a la señora Gillie recientemente para identificar el cuerpo, pero Root estaba muy enfadado por el asunto y se negó una y otra vez a permitir que el jefe los acompañara. Tampoco parecía hacerle mucha gracia que fuera yo, pero Petleigh lo convenció, así que enviaron al agente Young a despertar al sepulturero, quien nos recogió en su carro y nos llevó hasta la granja. Rosanna abrió la puerta.

—¿Un cuerpo en el depósito del estiércol? —exclamó cuando Root le mostró la orden judicial. Se toqueteaba la cruz plateada que llevaba colgada del cuello mientras hablaba con el ceño fruncido y expresión indignada—. Qué tontería. ¿Quién ha dicho que haya un cuerpo?

—Tenemos información, señora —respondió Root, con evidente rubor en la cara y en la papada.

Rosanna tomó aliento y me miró como si estuviera encantada de matarme. A nuestras espaldas, los perros gruñían tirando de sus cuerdas.

—Información suya y de su señor, imagino. ¿Y cree su palabra por encima de la nuestra? Ellos, que nos hicieron creer que había un testamento y que Birdie iba a recibir una herencia. Sargento Root, debería sentirse avergonzado.

—Las órdenes vienen directas de *sir* Edward, señora. A mí me gusta tan poco como a usted.

—Quiero que este hombre se vaya de nuestra propiedad —dijo ella cruzándose de brazos.

—Solo ha venido a identificar el cuerpo —le explicó Root.

—¡No hay ningún cuerpo! Ya se lo he dicho. ¿Y quién es usted, si puedo preguntar?

—Inspector Petleigh, de la policía de Southwark. Me he hecho cargo del caso, dado que el superintendente Jones está enfermo.

—Menuda pérdida de tiempo. ¿Y de quién se supone que es el cuerpo?

—No podemos decírselo aún, señora —respondió Petleigh—. Debemos empezar ahora mismo, si nos muestra dónde está el cuerpo.

—¡Dónde está el cuerpo! —gritó con voz aguda y los ojos muy abiertos—. ¡Ya le he dicho que no hay ningún cuerpo, maldito idiota! Esto es acoso.

—Me refería al depósito del estiércol, señora.

—¿Ha venido desde la ciudad para hacer esto? —Enarcó sus cejas pobladas y nos miró con fuego en sus ojos azules—. Imagino que se dará cuenta de que este hombre y el gordo solo nos están dando problemas. Ha salido en los periódicos. Les pagan los padres de mi cuñada para inventar mentiras sobre nosotros.

—Tenemos una orden para registrar el granero —se limitó a decir Petleigh.

—Bueno, pues tendrán que esperar a que regrese Godwin. Él dirige la granja.

—Me temo que no podemos esperar —repuso Petleigh—. Pero primero tengo que hablar con Birdie, señorita Ockwell. ¿Podría avisarla?

—No está aquí. Ha salido de visita. No sé a dónde.

—¿Puedo entrar y echar un vistazo para quedarme satisfecho?

—No. Ahora haga lo que tenga que hacer y váyase de nuestra propiedad.

Cerró la puerta con tanta fuerza que hizo vibrar las ventanas.

Petleigh se metió los pantalones por dentro de los calcetines y bordeamos la parte externa de la granja, manteniéndonos alejados de los perros, que ladraban como locos, tirando de las cuerdas para intentar mordernos. Las anchas puertas del granero estaban abiertas y de dentro salía una peste a mierda de cerdo capaz de tumbar a un hombre. El sepulturero encendió un farol mientras avanzábamos entre el enorme charco de agua marrón hacia el depósito. Tenía unos seis metros por cada lado, con paredes de madera en tres de ellos; el estiércol se amontonaba hasta alcanzar la altura de un hombre.

El agente Young y el sepulturero agarraron sus palas y empezaron a cavar, trasladando cada palada de estiércol al otro lado en una carretilla. Yo encendí un cigarrillo y me senté en una caja mientras Petleigh permanecía en pie observando, con un pañuelo en la nariz. Root se hallaba al borde del depósito de estiércol, con el casco bien alto en su alargada cabeza, hurgando dentro de la mierda con un palo. Los perros fueron calmándose poco a poco, pero seguían vigilantes frente a las puertas del granero, esperando por si acaso los engañábamos.

Pasaron cinco minutos.

Petleigh sacó un puro.

Diez minutos.

Quince.

Me lie otro cigarrillo. Frente a mí estaban las tablas sobre las que dormían Digger y Willoughby, sujetas por encima del charco de porquería gracias a unos pocos troncos apoyados en el suelo de tierra. En torno a una pared había fardos de heno apilados, pero lo único que tenían esos trabajadores en sus camas era papel de periódico y un trozo de arpillera vieja. En otra pared colgaban herramientas, y en un rincón una máquina de pienso.

—Ahí —dijo Root, señalando un punto a medio camino de la pared del fondo del depósito. Hurgó con el palo unos treinta centímetros más allá, después un poco más lejos—. Hay algo ahí.

Me acerqué a echar un vistazo. Young y el sepulturero empezaron a cavar junto a la pared, lanzando el estiércol tras ellos en vez de cargarlo en la carretilla, acercándose cada vez más al lugar donde Root había clavado su palo.

—Tengo algo —anunció el agente Young.

Era un grueso calcetín de lana, manchado y humedecido por el estiércol. Dentro había un pie.

Cavaron y rasparon hasta que distinguimos una pierna con unas calzas sucias, luego otro pie. El estiércol era irregular, marrón oscuro con vetas grises, y rezumaba un líquido negro como melaza; contenía trozos de huesos y plumas, paja y semillas. Siguieron trabajando hasta que vimos las faldas, tres tipos diferentes pegados, empapados y negros a causa del estiércol.

—¿Quiere que la saque, sargento? —preguntó el joven policía, algo jadeante por el esfuerzo.

—Solo desentiérrala —respondió Root sin apartar la mirada de las piernas.

Desenterraron los brazos, envueltos en un jersey grueso, húmedo y marrón, y después el cuerpo. Por fin llegaron a la cara.

Con la punta de la pala, el sepulturero apartó la tierra y dejó al descubierto la frente, la nariz y las mejillas de la señora Gillie. Las profundas arrugas de su rostro estaban llenas de porquería, grabadas como una red gruesa y oscura que se le hubiera hundido en la piel. Me estremecí. Tenía los ojos abiertos, pero sin brillo, escondidos bajo una pasta de mierda de cerdo. El sepulturero sacó un trapo y le limpió con cuidado la cara, la barbilla, los labios. Tenía las fosas nasales llenas de estiércol.

—¿Qué es eso? —preguntó Petleigh.

Asomando entre los labios de la mujer había un puñado de ramitas y hojas.

El sepulturero se dispuso a sacárselo, pero Petleigh lo detuvo.

—Déjame a mí —dijo mientras se ponía unos guantes de lona.

Entró con cuidado en el estiércol mojado y se inclinó sobre el cuerpo de la señora Gillie. Le extrajo lentamente el puñado de palitos de la boca. Se sacó un trapo del bolsillo, envolvió con él las ramas y se las pasó a Root.

—Tenga cuidado con eso —le dijo. Miró entonces al sepulturero—. Dame algo de luz.

Cuando le acercaron el farol, Petleigh le metió los dedos en la boca a la señora Gillie y sacó más ramitas y hojas. Luego, con la otra mano, extrajo un puñado de musgo. Se lo entregó todo a Root.

Entonces se colocó al otro lado del cuerpo y volvió a meterle los dedos en la boca, más adentro esta vez. Puso cara de asco, manteniéndome la mirada mientras rebuscaba. La cara de la señora Gillie parecía muy pequeña y triste, y la mano de Petleigh muy grande y tosca. Negó con la cabeza.

—No lo alcanzo.

Se quitó el guante de lona. Le sujetó entonces la barbilla mientras introducía los dedos sonrosados entre los labios, hasta el interior de la boca, llevando los nudillos hasta los labios. Se estremeció, luego modificó el ángulo de la mano, apretando los labios. Por fin logró extraer algunos trozos rojos de una flor de madera.

Estaban oscurecidos por la sangre. Había pequeños trozos de carne negra enganchados a la madera, en los pétalos rotos, en los tallos astillados. Un pegote cayó sobre los zapatos de Petleigh. Puso cara de asco y le entregó los pedazos a Root.

—Se lo metieron por la garganta —dijo—. Tiene más alojado ahí, pero tendremos que dejárselo al forense de la policía.

Solo entonces me fijé en que, en el cuello mugriento de la señora Gillie, asomando por un agujero que tenía en el lateral, había un tallo de color azul.

El agente Young, que se había mostrado ansioso y dispuesto mientras cavaba, se había quedado pálido, con los hombros caídos. Se sentó en la caja y apoyó los codos en las rodillas.

Petleigh se volvió hacia mí.

—¿Es la señora Gillie?

—Sí, inspector —respondí—. ¿Así fue como murió?

El inspector asintió.

—Es muy probable. Parece que le metieron estas cosas por la garganta a la fuerza hasta que se ahogó. Mire el hematoma que presenta alrededor de la boca. Creo que además le taparon la nariz con barro. —Dio un paso atrás—. Carguen el cuerpo en el carro, por favor, caballeros. Después registren el resto del depósito en busca de cualquier otra prueba; tejidos, papel, lo que sea. —Me miró—. Espérenos en la comisaría de policía, Norman. Tenemos que hablar con la familia.

Volví caminando hasta el pueblo. Cuando le conté al jefe lo que habíamos encontrado, se mordió el labio y se llevó las manos a la cabeza. Estuvo un buen rato sin hablar; sabía que era culpa suya, no debería haberle contado a Root lo de los niños muertos. Lo hizo solo porque se había alterado, pero ya debería haber aprendido a contenerse. La gente hablaba con nosotros. Y después la mataban.

Al ser domingo por la mañana, el *pub* estaba cerrado, y para cuando los policías regresaron tres o cuatro horas más tarde, estábamos muertos de frío y decaídos. En la parte trasera del carro, entre las palas del sepulturero, iba el cuerpo de la señora Gillie, cubierto por una lona vieja. El jefe se agarró al lateral del carro, mirando fijamente el bulto que había allí debajo. Lo tocó.

—Lo siento —susurró.

—Quítese de en medio, señor —dijo el sepulturero. Con ayuda del agente Young, bajó el cuerpo del carro y lo trasladó a la comisaría.

Root los siguió, diciendo:

—Ponga a hervir agua, Young. Estoy seco.

—¿Qué clase de desalmado le haría eso a una anciana, Petleigh? —preguntó el jefe.

—Jamás había visto algo así —admitió Petleigh. Abrió su caja de rapé y esnifó un poco—. No hemos encontrado pistas en el depósito. Hemos cavado hasta llegar a los adoquines.

—¿Han hablado con Birdie? —preguntó el jefe.

—Rosanna juraba que Birdie y Polly no estaban allí. No nos ha quedado más remedio que aceptarlo: no tenemos una orden para registrar la casa. Godwin y Walter han vuelto, así que hemos podido interrogarlos a los tres. Todos han negado saber algo al respecto, pero según parece uno de sus trabajadores desapareció anoche. Willoughby Krott, se llama. Parece como si alguien le hubiera avisado. El otro trabajador, Thomas Digger, no puede hablar, pero se aprecia la violencia en su cara. Un caso desagradable, se lo aseguro.

El jefe masculló y me miró.

—Si encontramos a ese tal Krott, creo que tendremos a nuestro asesino —prosiguió Petleigh—. Pondré a los agentes a vigilar tranvías y trenes y enviaré un mensaje a las demás comisarías de la zona. No debería ser difícil de localizar: es un enfermo mental, uno de esos mongoloides. Es difícil ocultar una cara como esa.

Sacó un puro del bolsillo y se lo llevó a la boca.

—Estoy seguro de que lo atraparán y condenarán en cuestión de horas, inspector —le dijo el jefe—. Un hombre con su inteligencia.

Petleigh captó su tono burlón.

—¿Qué le sucede, William? ¿Deseaba que fuera un miembro de la familia Ockwell? Imagino que eso sería beneficioso para su caso.

—Petleigh, es usted imbécil —respondió el jefe negando con su enorme cabeza—. Willoughby Krott no mató a la señora Gillie. ¡Fue él quien encontró el diente! Está en casa de Lewis. Nos lo llevamos anoche contra su voluntad para mantenerlo a salvo. Ettie insistió.

Petleigh se acarició el bigote encerado y entornó los párpados.

—Una vez más, ha ocultado información vital —comentó—. Haciéndome quedar como un idiota. Solo intento ayudar.

—Solo me ayuda para que siga permitiéndole cortejar a mi hermana.

—No necesito su permiso.

Al oír eso, el jefe echó la cabeza hacia atrás y resopló con incredulidad.

—Tiene que ser uno de los de la granja, inspector —le dije muy deprisa—. Willoughby estaba muy unido a la señora Gillie. Se puso muy triste cuando encontró el diente. Quería que alguien lo supiera.

—¿De quién sospechan? —preguntó el policía.

—De Walter, quizá —respondió el jefe—. Tiene un pasado violento. O de Digger. Godwin también es sospechoso. El otro día nos disparó. Golpeó a Norman con un palo.

—¿La vieja poseía algo de valor?

—No lo sé. Supongo que podría haber sido un robo, pero sucedió justo después de que yo informara a Root de que nos había contado lo de esos tres niños muertos. Tiene que preguntarle a Root a qué personas se lo contó.

—Ya lo he hecho. Jura que no se lo contó a nadie.

—No me lo creo. No es de fiar. Estaba tan borracho la otra noche en el *pub* que se cayó al suelo, delante de todo el pueblo. Escuche, Petleigh, ¿y si me deja a mí interrogar a los Ockwell? Creo que tal vez podría…

—¡Ya han sido interrogados! —exclamó Petleigh—. Debería irse a casa, William, y asegurarse de no perder a Willoughby. Hablaré con él hoy o mañana. También he de informar a la familia. —Suspiró—. Aunque no sé cómo encontrarlos. Podrían estar en cualquier parte.

—Tengo la dirección de su nieta. Vino a vernos cuando la señora Gillie desapareció. —El jefe abrió su libreta, copió la dirección en una hoja en blanco y se la entregó al inspector—. Por favor, dígaselo antes de que salga en los periódicos. Será mejor que se ponga con ello cuanto antes.

—Sé cómo hacer mi trabajo, William.

—Desde luego que sí, inspector.

Cuando llegamos a la casa, Lewis y Neddy estaban sentados en la sala jugando a las damas. Neddy se había lavado. Llevaba puesto el sombrero, las botas bien atadas y la chaqueta abrochada.

—Está esperando su dinero —nos informó Lewis.

—Ah, sí, por supuesto —respondió el jefe—. Has hecho un buen trabajo, pequeño. Estoy muy orgulloso de ti.

Neddy sonrió y se ruborizó un poco. Lo único que quería era hacer feliz al jefe.

Arrowood metió los dedos rechonchos en el monedero, extrajo unas pocas monedas y se las puso a Neddy en la mano. El chico puso cara mustia.

—Me dijo seis —se quejó.

—¿Seis? —preguntó el jefe—. Creía que eran cuatro.

—Eran seis, señor —insistió Neddy.

—Estaba seguro de que eran cuatro. —Su voz sonaba suave y desinflada, como si no tuviera mucho interés en ganar la discusión. No era propio de él.

—Eran seis, William —intervino Lewis negando con la cabeza. Le quitó el monedero al jefe y le puso dos chelines más al muchacho en la mano.

—¡Gracias, señor Arrowood! —exclamó Neddy, salió corriendo a la calle y desapareció.

—Ettie está en la cama —dijo Lewis—. Willoughby también. Le di unos huevos cuando se despertó, pero los vomitó de inmediato. No ha parado de tirarse pedos. Tenía la ropa llena de bichos, así que le preparé un baño en la bañera.

—Gracias, Lewis.

—Después ha conseguido retener unas pocas gachas. Creo que deberíamos limitarnos a eso de momento. Pero venid a ver una cosa.

Nos llevó hasta la cocina de atrás, donde había un montón de harapos sobre el linóleo. Se sentó en un taburete y sacó fajos de periódicos amarillentos y puñados de hojas.

—Llevaba esto bajo la ropa para mantener el calor. Las hojas estaban metidas entre los periódicos.

Las tiró al suelo y agarró unas mangas rasgadas y mugrientas.

—Llevaba los tobillos envueltos con esto. No llevaba calcetines. Tenía los pies metidos en estos sacos. —Nos mostró trozos rasgados de sacos, embarrados y deshilachados. Señaló el montón—. Llevaba esos trozos de madera en las plantas de los pies, acolchados con paja y más papel. Sus pies no tienen remedio. Tiene los dedos deformados, algunos rotos, creo. Tiene heridas infectadas por todas partes.

Se puso en pie y dio una patada al montón de ropa.

—Preparaos. Hay algo más.

Nos llevó escaleras arriba hasta su dormitorio, donde dormía Willoughby. Sin el sombrero, vimos que nuestro amigo llevaba la cabeza afeitada como un prisionero, la pelusilla le crecía a trozos entre costras oscuras y cicatrices blanquecinas endurecidas. Su rostro mongoloide, ahora limpio, estaba cubierto de pecas, y su lengua gruesa le asomaba entre los labios. Nunca en mi vida había visto una expresión de tanta tranquilidad.

Con cuidado, Lewis retiró las mantas y le desabrochó la camisa gris de dormir. Después se la abrió.

El jefe soltó un grito ahogado, retrocedió y se chocó contra el lavamanos.

Yo agarré el pomo de la puerta para no perder el equilibrio.

Willoughby tenía los costados cubiertos de docenas de laceraciones, con la carne abierta como bocas carmesíes. No tenía piel en la tripa, en su lugar, una capa brillante de color amarillo y rosado con costras mugrientas dispersas como pequeñas islas en charcos de pus infectado. Le faltaba uno de los pezones y en su lugar solo había un agujero marrón, mientras que el otro colgaba de un hilillo ensangrentado. Sus brazos eran un grotesco espectáculo de quemaduras y ronchas, en carne viva, llenas de bichos. No tenía un solo centímetro que no hubiera sido víctima de la furia de alguien. Y lo poco que le quedaba de piel colgaba de sus huesos como harapos magullados y sanguinolentos.

Willoughby abrió los ojos. Se incorporó rápidamente y se cubrió con la camisa.

—¡No! —gritó.

—Willoughby —dijo Lewis, sentándose junto a él en la cama para estrecharle la mano—. No te preocupes. Estás a salvo.

Willoughby respiraba aceleradamente y nos miraba confuso.

—Soy yo. Soy Lewis. No vamos a hacerte daño. Vamos a ayudarte.

—Nunca te haremos daño, pequeño —dijo el jefe—. Te lo prometo.

—La espalda la tiene igual —nos dijo Lewis tratando de controlar el temblor en la voz—. Debe de llevar años así.

—¿Quién te ha hecho esto, cielo? —le preguntó el jefe en un susurro.

Pero Willoughby volvió la cara hacia la pared y se tapó la cabeza con la manta. Le faltaban cuatro uñas en los dedos de la mano, en cuyo lugar tenía manchas negras y deformes.

—Anoche, en el granero, cuando vinieron Godwin y Walter, oímos que pegaban a alguien —dijo el jefe—. ¿Fue a ti, Willoughby?

No hubo respuesta.

—¿Quién te hizo daño, Willoughby?

Se limitó a suspirar.

Lewis le dio una palmadita en la pierna.

—Duerme un poco, pequeño. Tomaremos una buena taza de té cuando te apetezca.

CAPÍTULO 35

Preparé el té y me reuní con ellos en la sala, donde Lewis echó más carbón al fuego.

—¿Le duele? —preguntó el jefe retorciéndose una mano con la otra—. He oído que no sienten el dolor como nosotros.

—El agua caliente le hizo daño, William. —Lewis se sentó en su sillón y dio un sorbo al té. Cuando dejó la taza en la mesita auxiliar, vi las lágrimas en sus ojos—. Lo han maltratado durante años. Un hombre adulto.

Sacó el pañuelo y se sonó la nariz.

El jefe observó a su viejo amigo con cariño en la mirada. Una vez me contó que el padre de Lewis, un orfebre, le golpeaba con una vara por cualquier cosa que hacía mal. Lewis estaba decidido a aprender el oficio familiar, pero fue un niño que nació sin delicadeza, y un pequeño error en la orfebrería podía ser muy costoso. Una vez, cuando estropeó el broche de una familia rica, su padre montó en cólera, más que de costumbre. Le dio en el brazo con un atizador, una y otra vez, y continuó incluso cuando se le abrió la piel y le destrozó el hueso. Lewis tenía diez años. El brazo nunca se recuperó: a las pocas semanas se le puso negro. Entonces su padre lo ató mientras el médico se lo serraba. Las palizas cesaron cuando Lewis tenía quince años, y solo porque fue entonces cuando encontraron a su padre en la cama una mañana con un cuchillo de joyero clavado en el ojo hasta el cerebro.

Estuvimos tomando el té, viendo cómo el fuego iba consumiendo el carbón. Lewis se frotó los ojos y encendió una pipa. Cuando al fin volvió a hablar, la emoción hizo que le temblara la voz.

—Debes encontrar al responsable, William.

—¿No te ha dicho quién es?

—No quería decírmelo. Debes llevarlo ante la justicia, prométemelo.

—Lo haremos —aseguró el jefe—. De un modo u otro.

—Te pagaré —agregó Lewis—. Como si fuera un caso. Veinte chelines al día.

—No me pagarás. Deseo hacerlo tanto como tú.

Lewis me miró.

—Te pagaré a ti, Norman. La tarifa habitual.

—No lo aceptaré, Lewis.

Empezó a parpadear, después se puso en pie muy deprisa y se acercó a la ventana, donde permaneció de espaldas a nosotros. Sus hombros subían y bajaban una y otra vez.

—Debemos quedarnos con Willoughby hasta que sepamos qué hacer con él —continuó el jefe—. Uno de nosotros tendrá que permanecer aquí en todo momento. Dudo que intente escapar: no tiene dinero y estoy seguro de que se perdería. Pero siente un particular apego por esa familia y podría hacer cualquier cosa.

—No podemos mantenerlo aquí para siempre —dije yo.

—Ya habrá tiempo de pensar en el futuro, Norman. Ahora quiero que vayas a ver a Petleigh. Averigua qué ha dicho el forense.

Estaba lloviendo otra vez y el barro de la calle se había convertido en fango. Petleigh salía de la comisaría justo cuando yo llegaba y me hizo un gesto para que me subiera a su carruaje.

—¿Le ha contado a Ettie lo de mi esposa? —me preguntó cuando estuvimos a resguardo de la lluvia.

—Estaba dormida.

Asintió con la cabeza. Una procesión de caballos y carros pasó por delante, uno detrás de otro.

—William me ha malinterpretado, Norman. Estoy planificando el divorcio desde hace un tiempo. Yo mismo quería decírselo a Ettie.

—Tal vez debería haberlo hecho antes de empezar a cortejarla, inspector.

Sacó una petaca del bolsillo, dio un trago y me la pasó. *Whisky*. Después le tocó el turno a su caja de rapé. Esnifó y me la pasó también.

—He sido un maldito idiota.

—¿Qué ha dicho el forense de la policía? —pregunté, pues no deseaba hablar de Ettie con él.

—Murió asfixiada. Tenía la tráquea totalmente obstruida. Ha encontrado más pedazos de flores de madera, y hojas y musgo, también en los pulmones y en el estómago. El asesino le había taponado la nariz con barro. La tuvo agarrada del cuello mientras lo hacía. —Cerró los ojos—. Qué manera de morir. Hemos registrado el campamento, pero no hemos encontrado nada que nos sirva de ayuda. Root y su agente están indagando por el vecindario, por si acaso alguien vio algo o sabía de alguna rencilla, pero, a no ser que surja algo, va a ser difícil encontrar al culpable.

—¿Cuál es su teoría, inspector?

—Bueno, hemos descartado que fuese obra de un gitano debido a la localización del cuerpo. Creo que podemos descartar a las tres mujeres de la granja: son demasiado pequeñas. La señora Gillie medía en torno a un metro ochenta; Rosanna es la más alta, y solo mide uno sesenta, más o menos. Haría falta una persona mucho mayor para matarla como la mató, y debió de ser muy trabajoso subir el cuerpo por la colina. Eso nos deja con seis personas sospechosas. Godwin, Walter, Digger y Willoughby. Sé que no son ustedes dos, pero Root y ese maldito parlamentario quieren interrogarles. Espero que sepa que *sir* Edward no está en su equipo. Hay pruebas en contra de ustedes: fueron los últimos en verla, denunciaron su desaparición y tenían el diente.

—Pero no teníamos un motivo.

—Nadie tiene un motivo, ese es el problema.

—Creemos que los Ockwell no querían que hablásemos con ella.

—Pero ¿por qué?

Le conté lo de Willoughby, las condiciones en que vivían Digger y él, lo de las espantosas cicatrices que cubrían su cuerpo. Me produjo náuseas solo describirlo.

Petleigh volvió a sacar su petaca y me la pasó.

—¿Crees que la señora Gillie lo sabía?

—Tal vez. Los muchachos solían ir a visitarla.

—¿Por qué no os lo contó a vosotros?

—Supongo que no sabía si podía confiar en nosotros.

—¿Y qué me dices de esos tres niños muertos? ¿Alguna idea de a qué se refería?

—Polly lleva siempre encima tres figuritas que creemos que podrían simbolizar a su bebé fallecido y a los dos hijos de su hermana. Aunque no sabemos por qué la señora Gillie iba a contarnos algo así.

—Bueno, más tarde iré a interrogar a Willoughby. Quizá él pueda explicarlo. No dejéis que vaya a ninguna parte.

—Dudo que le diga nada. Está muy asustado. Escuche, inspector, no le cuente a nadie que está en casa de Lewis, ¿de acuerdo? Deje que el señor Arrowood intente ganarse su confianza. Sabe que se le da bien eso.

—No pensaba hacerlo. *Sir* Edward está dándole órdenes a Root, y Root no quiere oír nada en contra de los Ockwell. No me cabe duda de que encerrará a Willoughby si descubre dónde está.

Nos dimos la mano y salí de nuevo a la calle embarrada. El carruaje se alejó bajo la lluvia.

El jefe estaba furioso cuando llegué a la casa. Caminaba de un lado a otro frente al fuego, chupado vehementemente un puro, con la cara roja. Junto a su silla había una botella de vino Mariani casi vacía; en la mesita auxiliar descansaba una carta de Sherlock Holmes.

—¡Léela tú mismo! —gritó cuando le pregunté qué decía.

Me senté en el sofá y estiré el papel arrugado.

221B Baker Street, Londres
17 de enero

Estimado señor Arrowood,
me temo que no puedo confirmar ni negar los artículos de periódico a los que se refiere. Creo

haber oído mencionar su nombre, pero no tengo conocimiento de su participación en el caso en cuestión, aunque, como dice el artículo, sí que localicé las armas robadas y las recuperé con la ayuda del inspector Petleigh. Me temo que no conozco sus otros casos y, por lo tanto, no puedo proporcionarle una carta de recomendación.
Le deseo suerte en sus empresas futuras.

Atentamente,
S. Holmes

El jefe me arrancó la nota de la mano y la lanzó al fuego. Se volvió hacia mí. Parecía palpitarle la cabeza. Tenía las pupilas pequeñas como cabezas de alfiler y la esclerótica surcada de ramificaciones rosadas. No paraba de morderse los labios.

—¡Una carta de recomendación! —exclamó—. ¡No le he pedido una maldita carta de recomendación, cerdo arrogante!

Me miró con rabia, y el veneno que vi en sus ojos habría servido para acabar con un regimiento entero de la Guardia Negra. Me volví hacia la ventana; tuve que hacer un gran esfuerzo para no carcajearme.

—¡Pienso estrangular a Petleigh cuando lo vea! —prosiguió—. Ni siquiera le mencionó nuestros nombres a Holmes. ¡Y trabajamos en ese caso durante semanas! ¡Mezquino asqueroso! Probablemente se atribuyó todo el mérito. No me creo ni por un minuto que ese charlatán sepa algo de nuestro trabajo. ¿Y por qué los periódicos nunca hablan de nuestros malditos casos? ¿Acaso en su imaginación solo hay lugar para un detective?

Mientras hablaba, dio una patada a la pila de libros

de psicología que había junto a su silla y los lanzó por los aires. El canto afilado de un volumen de William James me golpeó en la corva.

Me di la vuelta furioso, lo agarré de la barbilla y lo levanté en volandas. Trastabilló y cayó en el sofá conmigo encima.

—¡Para! —gritó al caer.

—¿Cuántas veces voy a tener que decírselo? —le pregunté, ciego de ira—. No permitiré que nadie me trate así, y mucho menos usted. ¡Cuando paga a un hombre, debe respetarlo!

Le tapé la boca con la mano y la apreté las mejillas con toda la fuerza que pude. Me daban ganas de estrangularlo.

—Lo siento, Norman —murmuró con los ojos desorbitados y frunció los labios formando el beso más asqueroso que jamás había visto—. Deja que me levante.

Me puse de rodillas, tragándome la rabia para encerrarla dentro de mí. Sabía que ambos teníamos trabajo que hacer. Por mucho que deseara aplastarle la cara con el puño, más deseaba encontrar a quien había atormentado a Willoughby durante tantos años.

El jefe se incorporó sacudiéndose los pantalones.

—Ha sido una estupidez por mi parte —me dijo—. Lo siento mucho.

—Se está comportando como un idiota. Es ese maldito tónico.

—Lo sé. Este caso me está volviendo loco. —Negó con la cabeza—. Debemos resolverlo, amigo mío. Por Willoughby. Por Birdie. Por la señora Gillie. Tenemos que encontrar algo de justicia entre tanta maldad.

Lo miré a los ojos y vi en su interior lo mismo que

había dentro de mí. Ambos estábamos a punto de explotar. Pero teníamos que trabajar.

Era de noche. Lisa, la amante de Godwin, vivía en una habitación en la última planta de una casa de Doggett Road, a solo cuatro calles de donde se alojaba Ettie. Esperé en la puerta hasta que el jefe subió las escaleras, resollando y doblado por el esfuerzo. Se oían voces cantando dentro: un himno. Voces de niños y adultos.

Las voces cesaron cuando llamé a la puerta; abrió un hombre. Era viejo, con la barba gris y los ojos amarillentos. En la mano llevaba una pipa de barro.

—Buenas noches —dijo con la voz ronca.

—¿Está Lisa en casa? —preguntó el jefe.

Dentro de aquella habitación sombría del ático había una pareja de mediana edad, con un bebé en brazos de la mujer. Se me metió por la nariz el olor a orinal y a guiso. Había dos niños sentados en la cama y allí, removiendo una cacerola en un pequeño fogón al fondo de la habitación, se encontraba Lisa.

Estaba pálida, con el rostro demacrado y el pelo recogido con un pañuelo. Su vestido y su chaqueta eran de lana barata de color marrón. Se parecía a la mujer que habíamos conocido ya en el *pub*.

—¿Se acuerda de nosotros, Lisa? —preguntó el jefe—. El señor Arrowood. Este es el señor Barnett.

—Pensé que habían dicho que habían abandonado el caso.

—Y así es. Pero habrá oído que han encontrado un cuerpo en la granja, imagino. Solo intentamos ayudar. Para compensar por los problemas que causamos.

—Por favor —dijo la otra mujer—, tomen asiento, caballeros. Niños, fuera de la cama.

Se acercó al fuego para encargarse de la cacerola mientras los niños acercaban las dos únicas sillas para que nos sentáramos. El anciano y el marido ocuparon la cama familiar. Lisa sacó un taburete. El suelo era de linóleo marrón, viejo y cuarteado, y apoyados contra una pared había tres colchones de paja.

—Bueno, Lisa —comenzó el jefe—. ¿Sabe algo del asesinato de la señora Gillie? ¿Algo que haya oído? ¿Alguien que pudiera haber discutido con ella?

—Fue Digger —respondió de inmediato. Asintió y entrelazó las manos sobre su regazo—. Y Willoughby. Por eso huyó.

—¿Está segura?

—Tienen que ser ellos. Ese tal Digger nunca habla, solo te mira con esos ojos como si quisiera matarte.

—Pero ¿por qué iban a asesinarla?

—Salieron del psiquiátrico, ¿verdad?

—¿Y qué me dice de Walter? ¿Podría haber sido él?

Se carcajeó.

—Ese es un corderito. Nunca haría daño a una anciana.

—Pero ha estado en prisión por violencia —le recordó el jefe—. Un hombre perdió un ojo.

—No fue culpa suya —respondió ella negando con la cabeza—. Su padre le envió al mercado a vender cerdos. Nunca debería haberlo enviado solo. Walter siempre ha sido un poco lento. Le dijo que no volviera a casa a no ser que obtuviera cierto precio. Bueno, Walter consiguió el precio, pero después se detuvo a tomar unas copas. Una amiga mía estaba en el *pub* y lo vio todo. Unos tipos estaban metiéndose con él, diciéndole que era tonto, que los cerdos pensaban mejor que él. Eran unos abusones. Tras haberse tomado unas cuantas copas, Walter debió de olvidarse de que había dejado el dinero en el carro. Pensó que le habían robado y, como habían estado metiéndose con él toda la noche, creyó que tenían que haber sido ellos. Solo se enfrentó a ellos para recuperar el dinero de su padre.

—Pero no lo tenían.

—Lo sé, pero esa fue la única razón por la que se peleó con ellos. No es más violento que un osito de peluche.

—¿Está segura?

—Se lo juro, señor. Lo conozco desde hace mucho tiempo.

—Dígame, Lisa, ¿alguna vez conoció a Tracey?

—Trabajó en la granja unos años, pero nunca hablé con él.

—¿Por qué hay tantos del psiquiátrico?

—Es el señor Tasker el que se encarga de eso. Tiene algo que ver con el psiquiátrico. Los tratan y, cuando están mejor, les encuentran un lugar donde trabajar.

—¿Y las dos esposas?

Lisa suspiró y se miró las manos.

—No me hagan hablar —dijo—. Eso no lo apruebo. Pero ¿qué tiene esto que ver con el asesinato?

—Ha dicho que fueron Digger y Willoughby. Solo intento entender cómo llegaron a estar en la granja.

—La granja tiene deudas, ha sido así desde hace algunos años. Es por las importaciones, ¿saben? No podían permitirse doncellas ni lecheras, así que se quedaron con esas chicas. Pensaban que podrían hacerlas trabajar duro, señor. Más duro de lo que trabajaría una esposa normal. Resultan más fáciles de controlar y no son respondonas. Y creo que la familia recibe algunos chelines al mes por su mantenimiento.

—¿Quién decidió que se casaran con chicas del sanatorio psiquiátrico?

—Tal vez fue la vieja señora Ockwell. Todos la respetan. O Rosanna. Pero no me parece bien. Godwin no quería. Ahora desearía no haber accedido a ello.

—¿Conoció usted a sus padres?

Suspiró y dijo que no con la cabeza.

—Esa es otra historia. El padre de Godwin nunca le dejaba en paz. Estaba siempre encima de él a cada cosa que hacía mal. A cada pequeño error que cometía. A Walter lo dieron por imposible, no esperaban nada de él, pero se suponía que Godwin era el listo. Él se haría cargo de la granja, pero para el viejo señor Ockwell las cosas nunca eran lo suficientemente buenas. El pobre Godwin aún se siente dolido por todas esas burlas que tuvo que soportar. Imagino que eso fue lo que le causó la apoplejía.

—¿Y su madre?

—Ella se sentaba y observaba con esa cara que tiene. Tampoco ayudó que se desplomara el precio del grano justo cuando Godwin se hizo cargo de la granja. Su padre parecía pensar que era todo culpa suya, cuando no lo era.

—¿Usted lo cortejaba antes de que se casara con Polly?

Suspiró de nuevo y asintió con la cabeza.

—He estado mucho tiempo esperando a ese hombre.

—Trata mal a Lisa —intervino la madre—. No está bien cómo la trata.

—¿Godwin le ha pegado alguna vez, Lisa? —preguntó el jefe.

Ella parpadeó como si le sorprendiera la pregunta.

—Me quiere —respondió.

—Díselo, Lisa —dijo el hombre mayor.

Se volvió hacia él y lo miró como si la hubiera traicionado.

—Díselo o lo haré yo —agregó el anciano.

—Me quiere y eso es todo —respondió la chica cruzándose de brazos.

—El año pasado le rompió un brazo —explicó el señor—. Estuvo tres meses sin poder trabajar por eso.

—Cierra la boca —le dijo Lisa con el ceño fruncido—. No fue culpa suya.

—Sí que te trata mal, Lisa, querida —dijo la mujer.

—No lo entendéis. Quiere divorciarse, o tal vez ella se muera, porque está siempre enferma. Entonces estaremos juntos. Sería rico si no le hubieran engañado con aquel motor, y entonces Polly ni siquiera formaría parte de su vida. Habría sido más feliz casándose conmigo. Estábamos hechos el uno para el otro.

—¿Sería feliz siendo la doncella de la familia? —le pregunté.

—Al menos no estaba embarazada cuando se casaron —respondió, ignorando mi pregunta—. Al menos tuvo el sentido común de no hacer eso. Eso es lo que no entiendo de esa familia. Elegir una esposa del psiquiátrico ya está mal, pero elegir a una que además está embarazada me parece una tontería. Debe de haber miles de chicas pobres que estarían encantadas de casarse con un granjero.

El jefe me miró sin decir nada y frunció el ceño, confuso.

—¿Embarazada? —preguntó—. Pero ¿quién?

—Birdie —respondió Lisa—. Birdie estaba embarazada cuando se casó.

CAPÍTULO 36

Estábamos en casa de los Barclay a las ocho de la mañana del día siguiente.

—Espero que se haya recuperado de su disentería, señor Barclay —dijo el jefe en cuanto nos sentamos en la sala. El único ojo que podía usar en aquel rostro hinchado y magullado miraba con frialdad; no se había lavado en una semana y resultaba evidente. Apenas podía estarse quieto.

—No era disentería, señor —repuso el señor Barclay con el codo apoyado en la repisa de la chimenea. Parecía avergonzado—. Simplemente era...

—Birdie estaba embarazada cuando se casó —le interrumpió el jefe—. La criatura nació muerta.

La señora Barclay fue a colocarse detrás de su marido. Este parpadeó y le dio un tic en la mejilla. Se pasó la mano por su cabeza calva.

—Oh —dijo al fin—. Así que ya lo saben.

—Nos ha mentido desde el principio —le acusó el jefe—. Cuando aceptamos un caso, nos adentramos en el alma de las personas, y eso, señor Barclay, con frecuencia es un viaje peligroso y cruel. Más aún de lo que se pueda imaginar desde la comodidad de su hogar. Pasamos frío, apenas dormimos, enfadamos a la gente. El señor Barnett recibió una paliza en el suelo de un *pub* por ustedes. A mí me han destrozado la cara a puñetazos. ¡Mire este ojo! —Se señaló la cara e hizo una pausa.

—Señor Arro…

—Nos excedemos y nos traicionamos a nosotros mismos, nos agotamos hasta el extremo por ustedes, y esperamos a cambio sinceridad e integridad. Pero parece ser que ustedes no son esa clase de personas.

—Señor Arro…

—Birdie no desea regresar con ustedes —anunció el jefe levantando una mano para impedirle hablar—. Nuestra agente habló con ella largo y tendido, a solas, sin coacción. Estoy satisfecho con el resultado. Es justo lo que se merecen.

—¡No, señor! —exclamó el señor Barclay—. ¡No puede rendirse!

—¿Rendirme? El caso ha concluido, señor. No desea volver con ustedes. Nada más.

—¡Pero su mente es débil, maldita sea! No sabe lo que es mejor para ella.

—Sabe lo que desea. Y no desea estar con ustedes dos. No la culpo.

—Espere, señor Arrowood —intervino la señora Barclay. Se apartó de su marido y fue a sentarse en la banqueta del piano, cerca del jefe. Estaba tranquila y su alargado rostro español se mostraba tan sobrio como el negro vestido que lucía—. Los hemos engañado, lo admito. Sentíamos que teníamos que hacerlo para convencerles de ayudarnos. Las demás personas a las que acudimos rechazaron el caso. Dijeron que era solo una disputa familiar. Estábamos desesperados.

—¿Acudieron a otros investigadores antes que a nosotros?

—Sí —admitió.

El jefe no habló, y supe que estaba intentando decidir si preguntar a quién más habían acudido.

—Por favor, no nos abandonen —le rogó ella—. Se lo suplico, por favor, ayúdennos. Ayúdennos y se lo recompensaremos generosamente.

El jefe se fijó en el espacio que había tras ella, donde estaba el piano. Reflexionó.

—¿Lo han empeñado? —preguntó al fin.

—No tenemos dinero —respondió Dunbar Barclay. Parecía más grande plantado frente a nosotros, como si su vergüenza lo hubiera engrandecido—. Nada.

El jefe asintió con tristeza. Había desaparecido el tono áspero de su voz: hablaba ahora con amabilidad.

—Lo sabía. Es duro para una familia cuando un hombre pierde su empleo, y después de tantos años de leal servicio. Lo veo con demasiada frecuencia.

—Veintidós años sin una sola queja contra él —dijo la señora Barclay—. Cometió algunos errores en las cuentas, lo admitimos, pero no se merecía que lo echaran a la calle sin ni siquiera una carta de recomendación.

—Los hombres como el señor Tasker no toleran nada salvo sus propias debilidades —explicó el jefe.

—Gracias, señor —dijo el señor Barclay—. Gracias por decirlo. No me gusta hablar en contra de mis superiores, pero me siento decepcionado. Está resultando difícil encontrar un puesto similar. Todos quieren a alguien más joven.

—Entiendo lo difícil que es su situación, señor, y no me gusta en absoluto. ¿Puedo preguntarle algo delicado?

El señor Barclay asintió.

—¿Su casa está en riesgo?

—Lo está.

—Ya me parecía. ¿Hipoteca o alquiler?

—Hipoteca. —Su cara sonrosada adquirió una mueca de tristeza. Frunció levemente el ceño y arrugó la nariz—. No podemos hacer frente a los pagos.

—Oh, no, no. Mi querido amigo, lo siento mucho. Recientemente perdí mis habitaciones debido a un incendio. Es terrible perder el hogar. —El jefe se puso en pie, se acercó al señor Barclay y le colocó una mano en el hombro para consolarlo. Este se estremeció: no era un hombre acostumbrado a que le tocaran—. Debe de ser una gran preocupación.

—Sí, señor, lo es —repuso el señor Barclay, apartándose de la imprudente compasión del jefe.

—Le ofreció a la señorita Ockwell treinta libras por Birdie —prosiguió Arrowood, dirigiéndose ahora a la señora Barclay—. Hemos visto la nota. Debo dar por hecho que eso significa que tenerla de vuelta será de ayuda para su situación. —Se sentó junto a ella y la miró a los ojos con ternura. Estaba haciendo lo que mejor se le da: jugar con ellos, y yo disfrutaba con el espectáculo—. Podemos ayudarles, pero solo si nos cuentan toda la historia. Se nos da bien lo que hacemos: miren lo que hemos descubierto sobre Birdie y ustedes y esa granja. Le digo que podemos ayudarles, pero debemos saberlo todo, lo bueno y lo malo. No espero que la verdad sea del todo sana, pero ¿quién de nosotros puede asegurar ser puro? La vida en esta ciudad es dura. Un golpe de mala suerte puede enviar a una persona trabajadora al asilo para pobres. Hacemos lo que podemos para sobrevivir, y que el Señor me castigue si no es verdad. Le digo que podemos ayudarles. Queremos ayudarles. Así que cuénteme toda la verdad, señora Barclay. ¿Para qué necesitan que vuelva?

Miró a su marido, retorciéndose las manos sobre el regazo. El señor Barclay frunció el ceño sin parar de agitar nerviosamente la pierna. Asintió entonces.

—Yo tenía un hermano —explicó la mujer, al principio en voz baja y pausada. Se acarició los extremos de su larga melena negra, que le caía sobre los hombros—. Gaspar. Hace un año enfermó de cáncer. Se deterioró con rapidez, fue horrible de ver. El médico dijo que no sobreviviría, de modo que nos preparamos para su fallecimiento. Como no tenía familia, pensamos que yo sería la beneficiaria de su testamento. Había tenido mucho éxito en el comercio del té. Estaba bien situado.

—Entiendo —murmuró el jefe—. Sí, por supuesto. Por eso compraron esta casa. Todos los muebles nuevos.

—Debemos de parecer egoístas —dijo ella mirando al suelo.

—Martha siempre quiso tener su propia casa —intervino el señor Barclay—. Un lugar en el que desarrollar su talento. En Elden Road no podía practicar el canto. La mujer de abajo no paraba de decirle que se callara, fingiendo que molestaba a los demás inquilinos. ¡Paparruchas! Sé con certeza que los de arriba disfrutaban con sus canciones. Sí, así es. Pero a Martha le costaba cada vez más practicar. Tiene un talento que es un regalo de Dios, señor, y algún día será famosa, no me cabe duda. Lord Ulverstone dijo que tenía la voz de una sirena. Pero es un negocio competitivo. Llegar al siguiente nivel requiere dedicación y, me temo, algo de egoísmo. Jamás lo lograría en habitaciones de alquiler, donde se escucha hasta el más mínimo ruido. Señor Arrowood, estábamos desesperados. Así que, cuando creíamos que el final de su hermano estaba cerca, compramos esta casa.

Yo observaba a la señora Barclay mientras su marido hablaba. Parecía atormentada, como si solo al oír la descripción de los acontecimientos se hubiera dado cuenta de la clase de personas que eran. El señor Barclay continuó con su relato.

—Esperábamos que algo bueno surgiera de la tragedia del cáncer de Gaspar.

—Mi hermano murió hace dos meses —nos informó la señora Barclay.

—Y le dejó toda su herencia a Birdie —añadió el señor Barclay con voz aguda por la emoción—. La señora Barclay se quedó destrozada. Quería mucho a su hermano. Lo adoraba. Venía a casa todos los años por Navidad. ¡Todos los años! —exclamó de pronto con un grito agudo—. Ella pensaba que él la quería de la misma forma. Pero al final no era más que un hombre egoísta.

—Por favor, Dunbar, no digas eso.

—Es la verdad. —Golpeó la repisa de la chimenea con la mano—. ¡Un maldito egoísta!

—Lo siento mucho —susurró el jefe. Se sacó el pañuelo del bolsillo y se enjugó el ojo como si estuviera llorando. Resopló y suspiró—. Qué cruel —agregó con voz temblorosa.

—¿Se encuentra bien, señor Arrowood? —le preguntó la señora Barclay—. ¿Le apetece una taza de té?

—Estoy bien —repuso él volviendo a secarse el ojo—. Solo deme un momento.

Nos quedamos sentados escuchando el gran reloj de Neptuno. El señor Barclay no paraba de cambiar el peso de un pie al otro. Se acercó a la ventana y se asomó, después regresó de inmediato a la repisa. Agarró el periódico de la mesa y luego volvió a dejarlo.

—Lo siento —dijo el jefe cuando se hubo recuperado de su ataque de tristeza—. Se me rompe el corazón por usted, señora. De verdad. Que su propio hermano pudiera hacerle algo así.

—Fue una sorpresa mortal, lo admito —respondió ella.

—A no ser que recuperemos a Birdie, los Ockwell la convencerán para que invierta el dinero en la granja —explicó el señor Barclay—. Perderemos la casa, no recibiremos nada. Por eso necesitamos que se anule el matrimonio.

—Llámenos egoístas, pero creemos que es nuestro derecho.

—Claro que sí —dijo el jefe—. Claro que sí. Ahora, díganme, ¿puedo preguntarles algo? ¿Solo una última cosa?

—Lo que sea —declaró el señor Barclay.

—¿Por qué enviaron a Birdie al sanatorio psiquiátrico?

—Se estaba volviendo imposible —respondió—. Exigía hacer viajes como si tuviéramos todo el dinero del mundo. Decía que quería vivir con su prima. Quería casarse. Era infeliz con su vida. Suele pasarles, debido a que nacen sin todas las facultades. Quieren ser como nosotros. Nuestro médico sugirió que un breve tratamiento psiquiátrico podría ser beneficioso. Un año o dos a lo sumo. Como usted mismo dijo, señor Arrowood, las atenciones de los expertos pueden mejorar los trastornos mentales.

—Siempre dijimos que debería regresar —añadió la señora Barclay—. En eso deben creernos.

El jefe asintió y se volvió hacia el marido.

—¿Quién era el padre de la criatura?

—Había un panadero que le gustaba. Ella se encargaba de hacer la compra cuando Martha no se encontraba bien. Sucedió en la trastienda. Mi esposa encontró la prueba en sus pololos y ella confesó. Él lo negó; los padres estaban detrás de todo aquello.

—¿La violó?

—A ella le gustaba. Pensaba que eso significaba que se casarían. Pero no sabíamos que estaba embarazada cuando ingresó en Caterham. Se le empezó a notar más tarde. Fue entonces cuando el doctor Crenshaw acudió a vernos con Henry Tasker, el hermano del señor Tasker.

—Fue él quien nos ayudó a ingresar a Birdie en el psiquiátrico —añadió la señora Barclay—. Es el presidente del Comité de Visitadores.

—Dijeron que casarse con Walter sería la mejor solución para el bebé —continuó el señor Barclay—. Una familia estable, lejos de las miradas curiosas. Lejos del verdadero padre.

—¿Y ustedes aceptaron?

—Birdie siempre había querido casarse. Nos pareció perfecto.

El jefe se quedó reflexionando y los Barclay lo observaban.

—Una última cosa —dijo al fin—. En los archivos del psiquiátrico figura como una lunática pobre. Pero ustedes no eran pobres; usted aún tenía su empleo, señor. ¿Cómo surgió eso?

—Henry Tasker nos consiguió una cita con el

señor Waller Proctor, el asesor del Sindicato de Ayuda a los Pobres —explicó el señor Barclay—. Es muy amigo suyo y del doctor Crenshaw. Los tres cantaron con la Sociedad Coral de Streatham. Martha actuó con ellos durante un tiempo. Fue el señor Proctor quien lo sugirió. Dijo que si se registraba como pobre, ingresaría más rápidamente y así no tendríamos que pagar su ingreso como una paciente privada.

—Entonces ¿quién paga por los lunáticos pobres? —pregunté yo.

—Lo paga el Sindicato de Ayuda a los Pobres.

—¿Y Proctor se ofreció a hacerlo? —preguntó el jefe.

—A cambio de veinte libras —aclaró el señor Barclay—. Es él quien firma el formulario.

—¿Quiere decir que le pidió un soborno? —pregunté.

—Hizo que pareciera bastante habitual; dijo que muchas familias lo hacían.

—Pero ¿sabe que no tratan igual de bien a los pobres que a los pacientes privados? —preguntó el jefe con expresión sombría—. Su comida es peor. Tienen que compartir la ropa. Duermen en pabellones enormes y no hay buena calefacción. Los pacientes privados tienen su propia sala, con una chimenea. Colchones gruesos. Entretenimiento.

—El señor Waller Proctor dijo que la tratarían igual de bien —insistió el señor Barclay—. Solo hicimos lo que nos sugirió.

—Gracias —dijo el jefe poniéndose en pie—. Han sido ambos muy sinceros.

—No, gracias a usted, señor, por ser tan comprensivo —le respondió el señor Barclay—. ¿Cómo van a recuperarla?

—No voy a recuperarla —dijo el jefe mientras se abrochaba el abrigo.

—Pero si acaba de decir que nos ayudaría.

—Y voy a ayudarles. Les voy a ayudar a ser mejores padres.

El jefe se puso el sombrero y salió de la sala.

—Vamos, Barnett. Tenemos trabajo que hacer.

El señor Barclay nos siguió hasta la puerta.

—¡Señor Arrowood! —le rogó—. ¡Le daremos una parte de la herencia!

Llegamos hasta la calle y comenzamos a caminar hacia Waterloo.

—¡Cincuenta libras! —gritó a nuestras espaldas—. ¿Qué le parece? ¿Cincuenta libras? ¡O sesenta!

Recorridos unos veinte metros, el jefe se volvió hacia el señor Barclay, que seguía en su puerta con el rostro desencajado.

—Se me olvidaba decírselo —anunció—. Se ha cometido un asesinato en la granja.

Y, sin más, nos alejamos.

CAPÍTULO 37

Fuimos a la cafetería de Willows a tomar café y sándwiches de ternera. No había más clientes, así que el jefe hizo lo de siempre: recolectó los periódicos y se los guardó bajo los muslos por si alguien más quería leer alguno. Hojeó *The Star* mientras comíamos, buscando noticias del asesinato. Aparecía en la página cuatro, un pequeño artículo donde solo decía que se había encontrado el cuerpo de una mujer enterrado en una granja de Catford. Se sospechaba que había algo turbio. Root y Petleigh aparecían mencionados, pero nosotros no.

El jefe negó con la cabeza, agarró *The Times*, se ajustó las gafas y se acercó el periódico a la cara. Pasó las páginas.

—Oh, cielos —murmuró pasados unos segundos.

Lanzó el periódico sobre la mesa.

—Léelo.

Lord Hahn, el tipo que escribía las historias del explorador Beagley, había pronunciado un discurso el día anterior en la Cámara de los Lores exigiendo una investigación de las actividades de los detectives privados. El nombre del jefe sí que aparecía en ese artículo. Habían lanzado una petición para detener nuestra actividad, y algunos ricachones ya la habían firmado: Mary Martha Wood, la fundadora del Club Kennel de mujeres; el cuarto conde de Pevensey; Langdale Pike, la chismosa de la alta sociedad; Thomas Orme Smith, el terrateniente de corrales de vecinos propietario de Cutlers Court, y su socio empresarial, Samuel Chance.

El jefe había pasado a leer *The Daily News*.

—En este el principal sospechoso es Willoughby Krott —dijo—. Antiguo paciente en un psiquiátrico, desaparecido. Tienen un testigo que vio a un tullido caminando por el campo hacia Lewisham el día antes de que encontraran el cuerpo. Miraba a su alrededor como si alguien le siguiera.

Se terminó el café, recogió las migas de la mesa y se las metió en la boca. Después se puso en pie.

—No puedo soportar esto por más tiempo, Barnett —me dijo.

De vuelta en casa de Lewis, Ettie nos dijo que Petleigh ya había acudido a interrogar a Willoughby.

—No ha querido decir quién le ha estado haciendo daño —nos dijo—. E Isaiah tampoco ha logrado sacarle nada sobre la señora Gillie.

El jefe asintió. Estábamos en la sala y aún no habían encendido el fuego. Lewis estaba en su sillón; Willoughby había vuelto a acostarse.

—Me temo que ha dicho que deseaba volver a la granja —añadió Ettie.

—Me dan ganas de zarandearlo —intervino Lewis—. Parece incapaz de admitir que ha sido maltratado.

—No está siendo testarudo, amigo mío —le dijo el jefe mientras se sentaba con un quejido—. A Willoughby le ha hecho daño alguien repetidas veces durante los últimos años. No puede defenderse, así que el único poder que tiene es intentar evitar el siguiente ataque que podría producirse. Pero eso significa que solo piensa en el siguiente ataque, el que podría producirse hoy o mañana. No sabe si realmente podemos protegerlo, pero sí sabe una cosa: si nos da un nombre y lo llevan de vuelta a la granja, le pegarán seguro. Por eso no quiere decírnoslo. No ve más allá de eso.

Ettie se mordió el labio. Tenía la mirada atribulada y me di cuenta de que lo que decía su hermano significaba para ella algo más personal.

—Pero hay más —continuó el jefe—. En una situación como la que se ha visto obligado a soportar, la mente empieza a buscar razones para no escapar. Por eso un captor efectivo te dirá que te quiere, te valorará, dependerá de ti. Se aprovecha de tu necesidad de respeto y afecto y, cuanto más te maltrata, más ansías esas cosas. El amor por parte de un abusón puede ser más adictivo que el amor de un buen corazón.

Miró a su hermana, que se entretuvo tirando de un hilo suelto del sofá.

—Isaiah le ha dicho que debía quedarse aquí —le contó a su hermano.

—Bueno, al menos eso es algo.

—Me ha hablado de su esposa, William.

—Ah —dijo el jefe. Se puso en pie, se acercó al sofá y le tocó el pelo con cierta tristeza en la mirada. Le tomó la mano—. No te merecía, hermana. ¿Te sientes decepcionada?

Ettie se encogió de hombros y le dio una palmadita en la mano.

—Gracias, William.

Se miraron largamente y Lewis y yo los observamos. Sabíamos lo mucho que se querían el uno al otro, por supuesto, pero parecía que a veces a ellos mismos se les olvidaba.

—Vamos a tomar el té —dijo ella levantándose al fin.

Yo me levanté también para ayudarla en la cocina.

—¿Vas a venir a vivir con Lewis? —me preguntó mientras me ocupaba de servir las galletas.

—Estoy pensándolo.

—Deberías hacerlo, Norman. No creo que te venga bien estar solo. Y Lewis necesita compañía.

Me volví y la vi llenar la tetera. Llevaba la melena castaña recogida en lo alto de la cabeza y algunos mechones le caían por el cuello pálido. Su otra mano reposaba sobre la cómoda. Sin pensarlo dos veces, coloqué la mano encima. Encogió los dedos, pero no se volvió hacia mí ni dio señal alguna de haberse dado cuenta. De modo que la mantuve ahí mientras ella servía el resto del agua caliente. Cuando hubo terminado, dejó el hervidor, me miró y en sus ojos grises como la piedra advertí un brevísimo destello. Luego, sin decir palabra, apartó la mano, colocó el hervidor en la bandeja y me dejó solo en la cocina.

Durante unos segundos no hubo más sonido en el mundo. Después me sentí abrumado por la vergüenza. ¿En qué estaba pensando? Con ese movimiento había destruido el entendimiento lento y cauteloso que habíamos construido a lo largo de tanto tiempo. Me quedé allí parado, contemplando la noche oscura a través de la ventana de la cocina, convencido ahora de que tenía razón con respecto a Ettie. Había sido un tonto. Y con ese sentimiento de vergüenza llegó también la señora B, como un peso en mi corazón. Ya la había decepcionado.

Salí al pequeño jardín, apretando y aflojando mis estúpidos puños, respiré profundamente el aire nocturno y observé a través de la oscuridad la hilera de casas que había detrás. Tras recuperar la compostura, oriné en la letrina y después llevé la bandeja del té hasta la sala. Ettie estaba mirando las brasas, escuchando mientras el jefe les relataba nuestra visita a casa de los Barclay.

—La ingresaron como paciente del Sindicato de Ayuda a los Pobres cuando bien podrían haberse permitido pagar las tarifas de los pacientes privados —dijo asqueado—. Por entonces Barclay todavía tenía trabajo.

—No se preocupan en absoluto por ella —comentó Ettie.

—¿De verdad tratan a los pacientes privados mucho mejor? —pregunté yo, tratando de recuperar la voz.

—Así es —respondió—. Habitaciones privadas, mejor comida, más actividades, más visitas. No es como en los pabellones generales, pero además resulta algo muy extraño de ver. Una sala que no desentonaría en un club de caballeros, con libros en las estanterías, una alfombra, una chimenea. Y entonces te das cuenta de que algunos de los caballeros están encadenados a sus sillas.

Su voz sonaba cansada mientras acariciaba al gato. Tenía el ojo sano puesto en una pila de libros de psicología que había en el suelo.

—Nuestro padre pasó varios años en un psiquiátrico, Norman —me explicó al fin Ettie—. Monomanía emocional.

Negué con la cabeza.

—Ahora lo llaman demencia moral —murmuró el jefe, sacó su pipa y empezó a llenarla.

—Era capaz de razonar, pero apenas controlaba sus sentimientos —prosiguió Ettie—. El orgullo y la envidia, esos eran sus demonios. Al final perdió el control. Se volvió loco. Hizo cosas que no debería haber hecho.

Dio un sorbo al té y miró al jefe. Una ráfaga de viento recorrió la calle e hizo vibrar las ventanas. Lewis se levantó y se dispuso a encender el fuego.

—Allí fue donde murió, Norman —me explicó el jefe—. Yo tenía diecisiete años y Ettie quince. Como ves, sabemos un poco sobre el tema. Te quedas marcado cuando alguien de tu familia ha estado en un psiquiátrico. Eso es lo que no entiendo de que Walter se casara con Birdie. Debe de haber miles de mujeres pobres en Londres buscando un marido con una casa. ¿Por qué elegir casarse con una paciente psiquiátrica que está embarazada de otro hombre?

—Quizá se enamoró de ella —sugirió Ettie.

Me miró por un instante y, con su leve sonrisa, pareció burlarse de mí. Bajé la mirada y sentí el rubor en las mejillas. Entonces mi vergüenza dio paso a la rabia más amarga: parecía estar bien que Ettie me tocara a mí, pero yo a ella no. Había estado en lo cierto desde el principio: aquella noche en el carruaje solo buscaba un poco de consuelo, nada más. Yo era demasiado vulgar para una mujer como ella y debería haberlo tenido en cuenta. Sin la señora B, estaba empezando a comportarme como un tonto.

Nos quedamos sentados en silencio unos minutos. Observé a Ettie mientras contemplaba el fuego con el ceño fruncido, pensativa. Entonces advertí incertidumbre en su rostro y me pregunté a qué se debería.

CAPÍTULO 38

No había nada más que hacer hasta que terminara la investigación policial, de modo que esperamos. A cada día que pasaba se multiplicaban en los periódicos las voces en nuestra contra. Cada vez más personas firmaban la petición de lord Hahn contra los detectives privados: el reverendo Hudson Harris, el clérigo escritor que firmaba cualquier petición habida y por haber; el barón FitzHugh; siete miembros de los Juglares; la señora Dorothy de Clifford, la activista en contra de la esclavitud; un puñado de criadores de cerdos.

El jefe se quejaba de falta de sueño y se bebía jarras de cerveza para desayunar. Estaba cada vez de peor humor. Contrató a un tipo con un carro para trasladar sus pertenencias de vuelta a sus habitaciones situadas detrás de la panadería de Coin Street. Ettie compró una alfombra y dos camas e hizo que se las enviaran. Se pasaba los días fuera de casa trabajando para su misión en uno de los suburbios de Shoreditch, repartiendo aceite de ricino y jabón carbólico; se marchaba temprano y regresaba tarde. Estaba enfadada con su hermano y se mostraba distante conmigo. Vigilábamos a Willoughby con atención. Dormía mucho y muy profundamente, a veces gritaba palabras que no entendíamos. Yo me quedaba en la sala por si acaso trataba de huir durante la noche, aunque nunca lo hacía. Siempre tenía hambre, pero vomitaba cuando comía algo de carne o queso. Conseguía retener un poco mejor la sopa y las gachas, y engullía el té en grandes cantidades. Tenía gases constantes y sonoros. Pero, aunque estaba débil y frágil, no tardaba en sonreír ante el más mínimo gesto de ternura, y a veces la risa le salía del pecho como si no tuviera ningún problema en la vida. Todos los días pedía regresar a la granja.

El jefe hizo venir a un médico, quien conjeturó sobre algunas de las heridas que Willoughby mostraba en el cuerpo. Las quemaduras habían sido provocadas por hierros candentes y puros; los hematomas eran obra de una pala o de una cadena; los cortes eran producto de un látigo. Las mordeduras en los brazos y en las piernas probablemente fuesen de los perros. Le dio unas friegas con Whelpton's y le administró una dosis de tónico Pepper's. Le preguntábamos una y otra vez por sus lesiones, pero siempre apretaba los labios y miraba para otro lado, retrayéndose como solía hacer en esos días en que esperábamos noticias de la investigación policial.

—¿Cuándo tendrás un caballo, Lewis? —preguntó Willoughby mientras dábamos un paseo un día.

—No puedo permitirme un caballo, amigo.

—¿No puedes permitírtelo? —repitió Willoughby con las manos en los bolsillos mientras cojeaba por la calle con aquellos pies llenos de sabañones—. Yo tengo a Conde Lavender. Es mi amigo. Y a Tilly. ¿Sabes dónde está?

—Está en una granja —le dije—. La cuidan bien.

—John quiere que vuelva, Norman. Mi hermano. ¿Lo conoces? Primero tiene que preparar su casa. Papá me llevará donde John. Lo hará. Primero tengo que terminar mi trabajo.

—Pero estás contento de quedarte conmigo un tiempo, ¿verdad, Willoughby? —le preguntó Lewis—. Lo dijo el inspector Petleigh.

—Contento —repitió Willoughby.

Recorrimos Walworth Road y vimos a un vendedor de periódicos frente a la estación de Elephant and Castle. El jefe abrió su monedero, hizo una mueca de fastidio y volvió a guardarlo. Se palpó los bolsillos.

—Lewis —dijo—. ¿Podrías prestarme algo durante unos días? Solo hasta que se termine el caso. Quizá me baste con veinte chelines.

Lewis sacó su monedero y le entregó el dinero sin decir nada.

El jefe compró un periódico y nos metimos por Newington Butts para volver a casa; pasamos frente al Tabernacle y el cementerio de St. Gabriel's. Cuando tomamos Steedman Street, un pequeño perro callejero salió corriendo de detrás de una esquina y a punto estuvo de chocar contra las piernas de Willoughby.

Willoughby soltó un grito, le agarró los brazos a Lewis y se colocó de un salto detrás de él.

—¡No! —gritó, se cruzó por delante de un carruaje en marcha e hizo que el caballo retrocediera sobre sus patas traseras—. ¡Fuera! ¡Lewis! ¡Fuera!

El cochero blasfemó, tirando de las riendas para apaciguar al caballo, mientras Willoughby seguía arrastrando a Lewis hacia el otro lado de la carretera. No paraba de mirar al perro, sin fijarse siquiera en el caballo desbocado ni en el cochero furibundo.

El chucho se dio la vuelta y se alejó corriendo. Willoughby lo observó hasta que desapareció, sin soltar a Lewis en ningún momento.

—Ya pasó, ya pasó, pequeño —le dijo el jefe—. El perro se ha ido. Estás a salvo.

—A salvo —repitió Willoughby. Su rostro pecoso se había quedado pálido. No se soltó del brazo de Lewis hasta que estuvimos dentro de casa con el pestillo echado a la puerta.

Más tarde, aquel mismo día, vino a vernos Petleigh.

—No tenemos nada por donde seguir —nos informó, de pie en el escalón de la entrada—. Hemos rastreado la zona, pero no hay testigos ni pistas. El presidente de los magistrados ha solicitado un tribunal de investigación para ver si hay suficientes pruebas para presentar cargos contra alguien. Ya le he dicho que no las hay, pero ¿qué sabrá un inspector detective, verdad? Esas malditas investigaciones nunca llegan a nada: los magistrados se limitarán a hacer las mismas preguntas que ya hemos hecho nosotros. El caso es que quieren verles allí con Willoughby. A las once en punto del lunes en Mission Hall, en Catford. —Petleigh palmoteó con las manos y cambió el peso de un pie al otro—. Déjeme pasar, William, antes de que me congele.

—Willoughby no es realmente un sospechoso, ¿verdad? —le preguntó el jefe sin apartarse de la puerta—. Saben que lo secuestramos.

—De momento todo el mundo es sospechoso. Incluso ustedes.

—¿La investigación ahondará en su maltrato? La

persona que le hizo eso probablemente sea la misma que mató a la señora Gillie.

—No podemos estar seguros de eso —repuso Petleigh—. Hay seis personas en esa granja y otras con las que Willoughby tuvo contacto durante años. Los albañiles y la señora Gillie son tres de ellas. A no ser que nos diga quién fue, no hay nada que podamos hacer. Pero no depende de mí. Depende del presidente, el reverendo Sprice-Hogg.

—Sprice-Hogg, ¿eh? —El jefe se mordió el labio—. Vaya, vaya, espero que pueda permanecer sobrio. Imagino que habrá interrogado a los Ockwell sobre las cicatrices de Willoughby.

—Solo me ordenaron investigar el asesinato. Se lo cederé todo a Root después de la investigación.

—¡Pero sabe que Root no hará nada!

—Willoughby está a salvo ahora, William. Mírelo de ese modo.

Miró hacia el interior de la casa.

—¿Cómo está Ettie?

El jefe le cerró la puerta en la cara y se volvió hacia mí.

—Nunca resolverán esto por sí mismos, Norman —me dijo con un resoplido—. Todo el mundo tiene los labios sellados. Tenemos que lograr que suceda algo en ese tribunal de investigación. Debemos encontrar la manera de que se abran.

Yo dije que sí con la cabeza.

—No podemos fallar. —Se rascó el bigote y miró hacia las escaleras que conducían al piso de arriba, donde dormía Willoughby—. Porque está claro que él les va a decir que quiere regresar.

CAPÍTULO 39

Mission Hall ya estaba lleno cuando llegamos el lunes por la mañana. La primera fila de bancos era para los testigos y allí ocupamos nuestros asientos junto a Petleigh y a Root, con Willoughby sentado entre el jefe y yo. Llevábamos puesta nuestra mejor ropa de domingo y el jefe se había untado algo en el pelo que le daba un color negro y brillante. En alguna parte había leído que un idiota pensará mejor si le calientas el cerebro, así que le había envuelto a Willoughby la cabeza con toallas calientes durante el desayuno y le había rodeado el cráneo durante el viaje con pañuelos atados bajo el sombrero que Lewis había encontrado para él. Solo esperábamos que, cuando se diese cuenta de lo seria que era la situación, entrase en razón y dijese quién le había maltratado.

Todos los asientos de la sala además de estos de la primera fila estaban ocupados. La segunda fila estaba llena de periodistas. Detrás de esta, los bancos se encontraban llenos de espectadores, y había más aún en la galería. Una multitud estaba de pie en la parte de atrás, y también junto a las paredes y en los pasillos. Con un pago aquí y allá, los ciudadanos más pobres de los asientos más cercanos daban paso a las damas jóvenes con sombreros de satén, a los preocupados dignatarios locales, a los emocionados solteros que vestían trajes grises y apretados y chalecos coloridos. Los cocheros y sirvientes habían llevado mantas, que colocaban alrededor de sus señores. Los tres ancianos del *pub* estaban sentados en la galería; los hermanos Winter se hallaban de pie contra la pared. Le habíamos enviado un telegrama a Ida, la nieta de la señora Gillie, pero no se la veía por ninguna parte.

Godwin y Rosanna aparecieron justo antes que los magistrados. En cuanto vieron a Willoughby, hicieron el gesto de acercarse. Nuestro amigo los vio y se levantó agitando las manos:

—¡Papá! —exclamó—. ¡Señorita Rosanna!

Los Ockwell le devolvieron el saludo y se abrieron paso entre la gente del pasillo en dirección a nosotros. Iban vestidos con elegancia, ambos con abrigos gruesos, uno alto y delgado, la otra bajita y fiera.

—¡Tengo que drenar el campo de abajo, papá! —exclamó Willoughby con la cara roja. No se fijó en que todos a nuestro alrededor lo estaban mirando—. Ahora volveré a trabajar. ¿Has venido a por mí?

Me levanté y me abrí paso entre la gente hacia los Ockwell.

—Te hemos echado de menos, Willoughby, muchacho —dijo Godwin por encima de las cabezas de la multitud—. Ven a sentarte con nosotros. Allí, en la parte de delante.

—¿Cómo está Conde Lavender? ¿También me echa de menos?

Me detuve frente a Godwin, lo agarré de los brazos con fuerza y lo empujé hacia atrás por el pasillo.

—Quíteme las manos de encima —me dijo. Rosanna estaba detrás de él. Al no tener otro sitio al que ir entre tanta gente, se vio obligada a retroceder también, tropezando ambos mientras yo los empujaba y avanzaba. Godwin se resistía y blasfemaba, pero no encontraba un punto de apoyo firme para detenerme; la multitud estaba tan apretada que en realidad nadie veía lo que estaba pasando.

Acerqué los labios a su oído y le susurré:

—No volverá nunca con ustedes. Si vuelven a acercarse a él, se arrepentirán.

Le di un rodillazo en las pelotas. Soltó un grito de dolor y le temblaron las piernas; lo alcé en volandas y lo empujé. Rosanna lo agarró del brazo y lo arrastró hacia el otro lado de la sala sin quitarme los ojos de encima.

Al sentarme, Sprice-Hogg entró por una puerta lateral acompañado de otros dos hombres y ocuparon sus asientos a la mesa. Reconocí a uno de ellos de inmediato por el traje verde que llevaba, el mismo traje verde que vestía el día que lo conocimos en Ludgate Circus. Era Henry Tasker, el hermano del antiguo jefe del señor Barclay. El hombre que había presentado a Birdie a Walter Ockwell.

El jefe me miró y negó con la cabeza. En realidad no sé por qué me sorprendió. Todos estaban conectados en aquel maldito caso. Pero sabía que aquello no podía ser bueno para nosotros. Tasker debía de haberse enterado por boca de Crenshaw de que nos habíamos colado en Caterham: fue la primera persona a la que visitó el superintendente médico tras habernos apresado. Probablemente los Ockwell también se hubieran quejado. Tasker se pondría en nuestra contra, no me cabía duda.

Se cerraron las puertas y el clérigo golpeó la mesa con un mazo antes de aclararse la garganta.

—Damas y caballeros. Este tribunal de investigación pretende determinar si existen suficientes pruebas para presentar cargos con respecto al asesinato de la gitana Edna Gillie. Soy el reverendo Sprice-Hogg, de St. Laurence's, presidente de los magistrados y director de St. Dunstan's.

Sprice-Hogg tenía su habitual aspecto de clérigo de campo, con la cara roja y los rizos y el bigote blancos y las gafitas redondas, pero lejos quedaba su desesperación, su necesidad de atención, su risita de borracho. En su lugar, su voz retumbaba y su mano agarraba el mazo con fuerza. Era el amo de aquella multitud. Se volvió hacia el hombre que tenía sentado al lado.

—Este es el señor Rhodes, juez de paz, maestro carnicero y dueño de Rhodes e Hijos, de Lewisham.

—Y Forest Hill —agregó Rhodes con voz áspera. Era un hombre con mucho moflete y poco labio, con unas patillas finas y poco pobladas y un ojo más pequeño que el otro—. Pronto abriremos otro local en Brockley. La mejor carne de la región. A unos precios muy razonables.

Sprice-Hogg asintió.

—Y el tercer miembro de nuestra mesa es el teniente coronel Tasker, juez de paz, dueño de la granja Doggett's, también presidente del Comité de visitadores del sanatorio psiquiátrico de Caterham.

Tasker era el mejor vestido de los tres: un chaleco rojo decorado con escenas de caza debajo del traje y una camisa de un blanco impoluto. Examinó a la multitud con mirada astuta. Cuando reparó en el jefe, se detuvo un instante y sus ojos se encendieron por un instante.

Sacó una libreta y escribió algo en ella. En respuesta, el jefe sacó la suya e hizo lo mismo.

Sprice-Hogg llamó primero al forense, que dijo que la señora Gillie murió por una asfixia provocada por las flores de madera, las ramitas, las hojas y el barro que le metieron por la garganta y por la nariz cuando aún estaba viva. Los hematomas en el cuello y en torno a la boca indicaban que siguieron atragantándola hasta que se le bloqueó la tráquea: buena parte de los objetos se hallaban en su estómago. Le habían golpeado una vez en la cara con un palo de algún tipo. No había indicios de que la hubieran atado.

—Se resistió —añadió—. Tenía las uñas rotas. Y hematomas en los antebrazos.

—¿Alguna idea sobre el lugar donde murió? —preguntó Sprice-Hogg.

—Es imposible saberlo. El cuerpo estaba cubierto por el estiércol de los cerdos.

Los magistrados Tasker y Rhodes no hicieron preguntas, de modo que Petleigh ocupó la silla. Tenía el clásico aspecto del detective londinense, con la ropa bien planchada y el cuello y los puños sin mugre. Se dirigió a la sala en vez de a los magistrados mientras explicaba que habían interrogado a todos los de la granja, habían preguntado por Catford y rastreado los campos, pero no habían encontrado pistas ni un motivo evidente.

—Doy por hecho que escondieron el cuerpo en el depósito del estiércol dentro del granero porque el suelo está congelado y es difícil de excavar —explicó Petleigh—. Tal vez el asesino tuviera intención de trasladarlo cuando llegara el deshielo. Creemos que fue asesinada cerca del carromato. Su abrigo y sus botas seguían allí, y se descubrió una caja de flores de madera tirada en el suelo con varias de las flores rotas y pisoteadas. Más tarde, alguien limpió todo aquello. No se hallaron rastros de sangre.

—¿Huellas de pisadas? —preguntó Sprice-Hogg.

—El suelo ha estado varias semanas congelado. Se ha deshelado recientemente.

—¿Algo más? ¿Botones? ¿Ropa rasgada? ¿Cartas?

—Le habían destrozado la cabeza a su gato —dijo Petleigh—. No puede haber sido obra de ningún animal. Los cuervos se lo estaban comiendo, así que no quedaba gran cosa cuando llegamos. No hemos hallado más pistas. Lo hemos rastreado todo, también el granero. Excavamos el depósito de estiércol hasta el fondo.

—Este parece un caso para Sherlock Holmes —comentó Rhodes.

Noté que el enorme corpachón del jefe se ponía rígido a mi lado.

—¿Una vieja gitana? —murmuró en voz alta para que le oyeran los que teníamos alrededor. Se volvió entonces hacia mí—. Jamás mostraría interés.

—Díganos cómo se descubrió el cuerpo, inspector —solicitó Sprice-Hogg.

—Uno de los trabajadores de la granja, el señor Willoughby Krott, encontró su diente en el depósito de estiércol. El señor Arrowood nos lo hizo llegar.

Tasker levantó la mirada de su libreta y frunció el ceño. Volvió a mirar al jefe. Arrugó ligeramente la nariz y volvió a sus notas.

—Fue entonces cuando yo entré en el caso. Encontramos su cuerpo enterrado allí.

—¿Y quién tuvo oportunidad de llevar a cabo este asesinato?

—Cualquiera que trabaje en los terrenos y en los edificios de la granja. A saber, Godwin y Walter Ockwell y los dos trabajadores: el señor Digger y el señor Krott.

Un murmullo recorrió la sala cuando los presentes empezaron a hablar entre ellos.

—¿Y las mujeres? —preguntó Sprice-Hogg.

—Ellas no trabajan en el campo. Y la señora Gillie era bastante más alta que las tres mujeres Ockwell. Les resultaría difícil sujetarla durante todo el tiempo que haría falta para matarla de ese modo.

—En ese caso, ¿cuál de los hombres tuvo una oportunidad más clara en su opinión, inspector? —le preguntó Sprice-Hogg.

—Probablemente los trabajadores. Dormían en el granero y se encargaban del depósito de estiércol. De vez en cuando se pasaban por su campamento a por comida cuando estaban trabajando en el campo. Pero creo que la señora Gillie era su amiga.

—Ambos son antiguos pacientes del psiquiátrico de Caterham, ¿no es así? —quiso saber Sprice-Hogg.

—Eso creo.

—¿Los ha interrogado?

—El señor Digger no puede hablar, señor. Sufre algún daño mental.

—¿Se halla aquí? —preguntó el clérigo.

—No, señor. No puede hablar.

—Asegúrese de que venga mañana. ¿Y el señor Krott? Según tengo entendido, desapareció el día antes de que descubrieran el cuerpo.

—No huyó —aclaró Petleigh dirigiendo la mirada hacia nosotros—. El señor Arrowood y su ayudante lo capturaron.

La gente empezó a murmurar de nuevo. Los periodistas nos miraron, mordisqueando sus lapiceros y preguntándose unos a otros si habían oído correctamente. El jefe suspiró, sacó la pipa y la encendió. Se quedó mirándose los zapatos.

—¿Por qué hicieron eso, inspector? —preguntó el clérigo.

—Creo que el señor Arrowood tenía razones sinceras, reverendo. El señor Krott se hallaba en un estado lamentable. Sospechaban que no le pagaban por su trabajo.

—¡Tonterías! —gritó Godwin—. Nosotros le administramos su sueldo. Es feliz con nosotros. ¡Pregúnteselo usted mismo!

—Por favor, señor Ockwell —le dijo Sprice-Hogg—. Hablará cuando llegue su turno.

—Concentrémonos en el asesinato de la vieja gitana, ¿de acuerdo? Para eso estamos aquí —intervino Tasker. Su voz sonaba cálida y amistosa, pero su rostro triangular estaba visiblemente contraído. Tenía un orzuelo en el rabillo de uno de los ojos, un bulto rojo que le hacía parpadear—. ¿Ha interrogado al señor Krott, inspector? ¿Podría haberlo hecho él?

—No logré obtener ninguna información al interrogarlo, más allá del hecho de que parece profundamente disgustado por la noticia. Describe a la señora Gillie como su amiga.

—Los amigos a veces se matan entre sí —murmuró Rhodes, el maestro carnicero.

Willoughby estaba sentado junto a mí con los brazos cruzados, balanceándose hacia delante y hacia atrás, con la nariz enrojecida y húmeda y los ojos cerrados. No sabía si estaba escuchando o no.

—¿Alguien más tuvo oportunidad, inspector?

—Edgar y Skulky Winters, albañiles locales. Estuvieron allí trabajando en el pozo de agua.

Todo el que los conocía se volvió hacia ellos. Los hermanos estaban apoyados contra la pared, negando con la cabeza. Skulky con su pañuelo rojo al cuello, Edgar con su gorra con la borla de lana.

—¿Y qué me dice de los motivos, inspector? ¿Alguna idea al respecto?

—Creemos que tal vez la mujer tuviera oro o joyas. Suele ser el caso entre los gitanos. No hallamos nada de valor cuando registramos el campamento, de modo que el motivo más evidente es el robo.

—¿Algún otro posible motivo?

—El señor Arrowood tiene otra idea relacionada con el caso en el que está trabajando, pero será mejor que se lo cuente él mismo.

—Luego hablaremos con él. —Sprice-Hogg se volvió hacia los magistrados—. ¿Alguna pregunta, caballeros?

—Doy por hecho que han registrado la casa de los albañiles en busca de joyas, inspector —dijo Tasker con una extraña sonrisa.

—Aún no, señor.

—Ya es un poco tarde, ¿no le parece? Debería haberlo hecho antes de que se reuniera este tribunal.

—Sí, señor —respondió Petleigh—. Sí registramos el granero y no encontramos allí ningún objeto de valor.

—Usted es detective, ¿no es así?

—Así es, señor.

Tasker resopló y negó con la cabeza. Agarró su lapicero y escribió en su libreta sin dejar de parpadear.

—Muy bien, inspector —anunció Sprice-Hogg—. Quiero que nos lleve al campamento para que podamos ver el lugar. Y, señor Ockwell, señorita Ockwell, si no les importa venir, tendremos que echar un vistazo al granero.

CAPÍTULO 40

Las conversaciones comenzaron a subir de intensidad, como un clamor. Aparecieron muchachos entre los reporteros, ofreciendo comida y bebida del *pub* y de los ultramarinos. Los cocheros llevaban cestas para los que ocupaban los mejores asientos, que al cabo ya tenían pulcros manteles blancos sobre sus rodillas y estaban comiendo pollo asado y lonchas de jamón, y bebiendo vino tinto en copas de cristal. Los jóvenes aristócratas deambulaban entre ellos, ofreciendo cumplidos a las damas jóvenes, estrechando la mano a los dignatarios. El jefe me envió a comprar pan y queso.

—Verás, Willoughby, el señor Godwin y la señorita Rosanna no pueden hablar contigo, ¿lo entiendes? —dijo mientras comíamos—. Está prohibido.

—¿Prohibido?

—Eso es, amigo. Y tienes que dejar de llamarlo papá. Eso confundirá a los magistrados.

—¿Va a venir John?

—No creo.

Cuando terminamos de comer, nos quedamos

sentados fumando, inquietos. Willoughby incluso se fumó media pipa, aunque le hizo toser. Sabía que la investigación versaba sobre el asesinato de la señora Gillie, pero no sé hasta qué punto lo entendía.

Pasadas dos horas, los magistrados regresaron y el sargento Root fue llamado a declarar. Se sentó en la silla colocada frente a ellos, con el uniforme de policía abotonado hasta arriba y su cuello flácido colgando por encima. Se colocó el casco en la rodilla y miró al público.

—¿Cuándo supo de la desaparición de la señora Gillie, sargento? —le preguntó Sprice-Hogg. Tenía los labios teñidos por el vino y se le había relajado la voz desde esa mañana.

—El señor Arrowood me alertó de su desaparición el sábado, día diez —respondió Root—. Registré el campamento y observé indicios de pelea, con la caja volcada y esas cosas. Sospeché que había habido algo turbio.

—Tonterías —murmuró el jefe. Sprice-Hogg lo miró con severidad.

—El agente Young y yo realizamos una búsqueda por la zona —prosiguió Root—. No había rastro de ella. Pensamos entonces que lo más probable era que se tratara de una disputa entre gitanos. Les gusta pelearse. Tenía planeado acudir a usted para solicitar una orden de registro para el granero, señor, cuando tuviera un momento. Hemos estado muy ocupados con las mutilaciones del ganado.

—¡Paparruchas! —gritó el jefe—. ¡Usted se negó a hacer nada!

—¡Señor Arrowood! —le reprendió Sprice-Hogg—. Si no se controla, tendrá que esperar fuera. Continúe, sargento.

—Bueno, para entonces *sir* Edward Penn ya estaba implicado, y trajeron también al inspector Petleigh. Logramos una orden y registramos el granero.

—¿Reconoció el diente cuando el señor Arrowood se lo mostró, sargento?

—El señor Arrowood no me mostró el diente.

Sprice-Hogg asintió con los ojos entornados, como si estuviese reflexionando. Se recostó en su silla, estiró las piernas y juntó las manos por detrás de la cabeza.

—¿Quién cree que asesinó a la mujer, sargento?

Root se acarició las patillas y aparentó pensar.

—No creo que fueran el señor Godwin o el señor Walter. Quizá los trabajadores, Krott y Digger. O el otro trabajador que se marchó. Tracey Childs. Tal vez regresara para robarle. Cualquiera de ellos podría haberlo hecho debido a sus enfermedades mentales, y además duermen junto al depósito de estiércol. Pero también están el señor Arrowood y el señor Barnett. Tenían un buen motivo.

La multitud quedó en silencio.

—¿Y eso por qué? —preguntó Sprice-Hogg, incorporado de nuevo.

—Bueno, señor, fueron los últimos en verla, que yo sepa. Fueron a visitarla a solas y fueron los que denunciaron su desaparición. Fue el señor Arrowood quien tenía el diente en su poder.

—¿Y qué motivo tendrían para matarla, sargento Root? —preguntó Rhodes—. ¿Robo?

—Podría ser, señor. O quizá trataran de inculpar a la familia Ockwell, para causarles problemas. Fueron contratados por los padres de Birdie Ockwell para arrebatarles a Birdie.

—¿Y cree que mataríamos a una anciana por eso?

—gruñó el jefe—. ¡Somos detectives, no asesinos, imbécil!

Sprice-Hogg golpeó la mesa con el mazo una y otra vez.

—¡No, no, no! —gritó con cada golpe—. ¡Así no se puede, señor Arrowood! ¡No se puede! Vaya a esperar fuera hasta que le llamen.

—¡Son todo mentiras!

—Agente Young, por favor, acompañe fuera al caballero.

El jefe se puso en pie cuando el joven policía se acercó.

—Ya voy, muchacho. No hace falta que me acompañes. —Miró con rabia a Root y a Sprice-Hogg, después, negando con la cabeza, se abrió paso entre la multitud hacia la puerta.

—Por favor, explique otra vez lo que está diciendo, sargento —dijo Sprice-Hogg.

—El señor Arrowood y su ayudante fueron contratados por la familia Barclay para causar problemas a los Ockwell. Hemos recibido quejas sobre ellos desde que vinieron aquí la primera vez. Han estado husmeando por la granja, preguntando en el *pub*, amenazando a los trabajadores locales. Los Ockwell son personas decentes, ya lo sabe, señor. Llevan varias generaciones en la granja, y aparecen estos dos y se ceban con ellos como los perros con un zorro. Al no encontrar nada, deciden causar problemas. Quizá incluso le robaran el oro, o algo así, quizá la mataran por eso y después pusieron el cuerpo en la granja para que pensáramos que había sido alguien de la familia. Fueron los primeros en denunciar su desaparición, antes de que nadie más se diese cuenta.

El carnicero asintió y Tasker siguió escribiendo en su libreta.

—Pero ¿un asesinato, sargento? —preguntó Sprice-Hogg—. ¿Correr el riesgo de que los ahorquen? ¿De verdad llegarían tan lejos por su trabajo?

—En Londres se pueden contratar asesinos por un par de libras, señor, esa es la verdad.

—¿Y de dónde es el señor Arrowood, sargento? —preguntó Tasker sin apartar la mirada de su libreta.

—De Londres, señor.

Los presentes en la sala empezaron a murmurar de nuevo.

—En su opinión, sargento —dijo Tasker mientras examinaba la manga de su chaqueta verde en busca de motas de polvo—, ¿hay alguna prueba más en contra del señor Arrowood?

—Su ayudante, el señor Barnett. —Root vaciló, recolocando sus piernas frente a él. Yo sentí un acceso de rabia que me subía por la tripa mientras esperaba a ver qué decía. También sentía miedo, aunque aquel estúpido policía no podía haber encontrado nada sobre mí.

Continuó hablando entonces.

—Cuando se lleva tanto tiempo como yo en la policía, solo con mirar a un hombre se sabe si tiene antepasados criminales. Desconfié de él desde el momento en que lo vi. Tengo un sexto sentido para estas cosas, desde siempre, pero se ve con claridad que muestra todas las señales de las que el señor Lombroso habla en su libro: frente abultada, orejas alargadas, calvas en la barba.

Me llevé la mano a la barbilla.

—No lo digo solo yo, lo dice la ciencia —continuó Root con aparente sinceridad—. Se le ve en los ojos, demasiado separados. Te hace bizquear con solo mirarlo, eso es lo que dijo mi ayudante.

Noté que todos los presentes me miraban la nuca y el lateral de la cara. Los magistrados me observaban también. Incluso Willoughby se volvió para echar un vistazo.

—Con el debido respeto, sargento —intervino Petleigh—, esas ideas están muy desacreditadas hoy en día.

—Puede que esa sea su opinión, inspector —dijo Tasker, levantó la cabeza de su libreta y miró hacia el techo alto y abovedado—, pero le aseguro que muchos reputados psiquiatras no estarían de acuerdo. Existen muchas pruebas al respecto.

—No, señor —insistió Petleigh—. No existen. Mi policía nunca sospecharía de un hombre por su cara.

—Cuando queramos que hable, le haremos una pregunta, inspector —dijo Tasker volviendo a sus notas.

Habló entonces Sprice-Hogg:

—Si fueron los detectives, ¿por qué iban a hacerlo de ese modo? Meterle todas esas cosas por la garganta me parece una manera muy extraña de matar a una persona, ¿no cree? ¿No recurrirían a algo más sencillo?

—Eso no puedo explicarlo, señor —admitió Root—. La mente de un asesino es algo turbio. No hay manera de saber lo que harán cuando el instinto asesino se apodera de ellos.

—Parece más bien obra de un lunático —intervino Rhodes.

Dado que ninguno de ellos tenía más preguntas para Root, Sprice-Hogg llamó a Godwin Ockwell a declarar.

Me volví para echar un vistazo a todas las personas que habían acudido a disfrutar de la investigación.

Muchos tipos de ciudadanos, jóvenes y ancianos, mujeres y hombres, los pobres, los ricos, los de en medio. Y allí, al fondo, escondido detrás de un tipo alto con un grueso abrigo de lana, se hallaba el jefe. Me guiñó un ojo y se caló el sombrero hasta la cara.

—Su familia es la dueña de la granja, ¿es correcto, señor Ockwell? —preguntó Sprice-Hogg.

Godwin se había recortado la barba y dejaba ver su barbilla alargada y fuerte. Vestía un abrigo marrón, algo harapiento, pero limpio y bien planchado. Tenía el brazo débil sobre el regazo.

—Nuestra madre es la dueña de la granja, reverendo —explicó—. Está inválida. Nosotros tres nos encargamos de la propiedad: Rosanna, Walter y yo.

—¿Y cuándo fue la última vez que vio a la señora Gillie?

—La vi entre los árboles hace más o menos un mes, cuando estaba trabajando en el campo de abajo, pero no hablamos. Se volvió en nuestra contra cuando murió mi padre. No sé por qué.

—¿Conoce a alguien que pudiera querer matarla? —preguntó Sprice-Hogg.

—Al principio pensé que podrían ser gitanos, señor, un ajuste de cuentas, como suele pasar. O quizá ladrones.

—Eso no explicaría cómo acabó su cuerpo en el granero.

—No, reverendo.

—Debo preguntárselo directamente, señor Ockwell. ¿Asesinó usted a la señora Gillie?

—No, señor —respondió Godwin. Miró a la multitud negando con la cabeza—. Sé que debe preguntarlo, pero yo no la maté. No tenía motivos para ello. El sargento Root le dirá que nunca he sido uno de los sospechosos.

—Gracias, señor Ockwell. Ahora hábleme sobre Thomas Digger, su empleado. Según tengo entendido, viene del psiquiátrico. ¿Es un hombre violento?

—Es huérfano, antes del psiquiátrico estuvo en el asilo para pobres, así que no sé de dónde viene. Pero sí sé que a veces se enfada en el trabajo.

—¿Se enfada? ¿En qué sentido?

—Con los cerdos. A veces es difícil razonar con ellos. Le he visto azotarlos cuando se resisten.

—¿Ataca a los cerdos? —preguntó Rhodes, el carnicero, con cara de horror.

—Con una pala. Pierde los nervios.

—Y Willoughby Krott, su otro empleado —dijo Sprice-Hogg—. ¿También es violento?

—Nunca le he visto furioso, no. —Se volvió y sonrió a nuestro amigo guiñándole un ojo. Willoughby le dedicó una amplia sonrisa, como si aquella sonrisa de Godwin fuese el mayor regalo que un hombre podía recibir; empezó a balancearse hacia delante y hacia atrás, frotándose las palmas de las manos con alegría—. Pero Willoughby hace lo que se le dice —continuó Ockwell, volviéndose hacia los magistrados—. No lo cuestiona, simplemente lo hace.

Mientras hablaban, el jefe apareció al final de nuestra fila de asientos. Pasó sin hacer ruido por delante de Petleigh y ocupó su sitio.

—¿Haría lo que le dijera el señor Digger? —preguntó Sprice-Hogg.

—Si Digger se lo muestra, lo hará. Digger es un tipo muy listo para ser un lunático. Suele ser él quien le enseña a Willoughby las cosas en la granja si yo no estoy.

Willoughby tenía los ojos puestos en Godwin, pero ahora tenía la mirada perdida; no sé si estaba escuchando lo que decía. Se frotó los ojos y tosió, sin darse cuenta de lo que estaban sugiriendo. Sacó la lengua y se la pasó por los labios.

—¿Observó algo fuera de lo normal el viernes día nueve?

Godwin miró hacia las vigas del techo y proyectó la barbilla hacia fuera mientras pensaba.

—Digger estuvo melancólico ese fin de semana, señor. Avergonzado, tal vez, a juzgar por su cara. Un poco más lento en el trabajo.

—¿Algún indicio de alteraciones en el depósito de estiércol?

—No podría saberlo. Digger y Willoughby son los responsables de gestionar el depósito. Llevan el estiércol desde las cajas de engorde y lo almacenan allí. Lo llevan al campo cuando se necesita: se lo dejo a ellos. Saben lo que hacen.

—De manera que son los únicos cuyo trabajo está relacionado con el depósito de estiércol. ¿Y el otro trabajador, Tracey Childs?

—No pudo ser él, señor. Se marchó hace cuatro meses, antes de la muerte de la señora Gillie. Decidió probar suerte en América. Había ahorrado suficiente dinero para el barco durante el tiempo que pasó con nosotros. Siempre les animo a ahorrar.

—¿También salió del psiquiátrico de Caterham? —preguntó Rhodes.

—Sí, señor —respondió Godwin—. Recibimos a algunos pacientes de allí, una vez que han sido tratados. El señor Tasker gestiona el personal de algunas de las granjas de por aquí.

Tasker asintió haciendo un mohín mientras se secaba el ojo.

—Bueno, he aquí una idea —dijo Rhodes—. Tal vez no se fuera. Tal vez descubrió que la señora Gillie tenía oro y regresó para robárselo. Tal vez lo planeó todo con los otros dos trabajadores.

—No, señor. Yo me encargué del billete, pues a él no se le daba muy bien esa clase de cosas. Yo mismo lo llevé al muelle.

En ese momento un caramelo de menta golpeó a Godwin, rebotó en su hombro y cayó al suelo. Miró hacia el techo y después hacia nosotros, preguntándose de dónde habría venido. Los magistrados hicieron lo mismo.

—Fuera, señor Arrowood —ordenó Sprice-Hogg al ver que el jefe había vuelto a ocupar su asiento.

El jefe se levantó sin protestar y se abrió paso entre la multitud hacia las puertas.

—Lo vi desde el muelle mientras zarpaba —prosiguió Godwin—. Se me humedecieron los ojos, no me importa reconocerlo. Tracey era uno más de la familia, al igual que lo son Willoughby y Digger.

—Bueno, eso al menos descarta al señor Childs —concluyó Sprice-Hogg—. En fin, señor Ockwell, volvamos a Thomas Digger. ¿Cree que es posible que matara él a la señora Gillie? ¿Con o sin la ayuda del señor Krott?

—Más que posible —respondió Rhodes, el carnicero—. Tuvieron la oportunidad. Krott tenía el diente en su poder. Sabemos que Digger es propenso a ataques de ira. Y la manera en que murió... Solo un lunático sería capaz de hacer algo así. Lo sabe usted mejor que nadie, señor Ockwell. ¿Cree que es posible?

La sala quedó en completo silencio mientras todos los allí presentes observaban a Godwin. Este suspiró, se mordió el labio y negó con la cabeza.

—No me gusta tener que decirlo —respondió mirando al suelo—. Pero sí, es posible.

CAPÍTULO 41

Marchamos hacia la estación bajo la tenue luz invernal, ignorando a todos aquellos que intentaban hablar con nosotros. Petleigh nos alcanzó en el andén e hicimos el viaje en silencio, de pie en el tren abarrotado de periodistas y espectadores de Mission Hall. Willoughby iba plantado entre nosotros, con el bombín y el abrigo de Lewis y la mirada perdida. Algunos pasajeros se quedaban mirándolo, incapaces de apartar la mirada de su cara ancha y de sus labios cuarteados, de sus ojos mongoloides, de aquella boca abierta durante todo el trayecto. Yo sabía que les emocionaba la idea de que tal vez allí, ante ellos, hubiese un asesino, el que agarró a la señora Gillie del cuello y le metió palos y barro por la garganta. Me puse delante y me abrí el abrigo como para esconderlo.

—Barnett, llévate a Willoughby y espérame en la parada del autobús —me dijo el jefe cuando llegamos a las puertas de London Bridge—. Tengo que hablar con Petleigh.

Regresaron pocos minutos más tarde, Petleigh detuvo un cabriolé y nosotros fuimos andando hasta Elephant and Castle. El jefe iba perdido en sus pensamientos, con una mirada atormentada. De vez en cuando empezaba a mover los labios y los dedos en el aire frío.

Willoughby había estado tosiendo otra vez durante el camino de vuelta y se fue directo arriba para meterse en la cama cuando llegamos a casa de Lewis. Se quedó dormido en cuestión de segundos, todavía con el abrigo puesto y el bombín espachurrado bajo la cabeza. Le quité las botas y lo cubrí con unas mantas.

Había ahora más orden en la sala, más aire: las cajas y los libros del jefe habían vuelto a sus habitaciones en Coin Street, y su retrato en el que creía que se parecía a Moisés había dejado un hueco mugriento en la pared. Les conté a Ettie y a Lewis todo lo que recordaba mientras el jefe se sentaba a pensar, con el gato anaranjado en su regazo y los pies extendidos frente al fuego. Comía una galleta de jengibre tras otra y no paraba de acariciar al gato.

—Entonces sí que sospechan de vosotros —dijo Ettie cuando hube concluido mi relato. Estaba sentada al borde del sofá, con la espalda muy recta. Un pequeño volante de tela le rodeaba el cuello.

—Root sospecha —aclaró el jefe cuando por fin se unió a la conversación—. Pero parece que van a por Digger y a por Willoughby. Hasta ahora nadie ha sugerido que fuera uno de los Ockwell.

—No cabe la posibilidad de que vuelvan a enviar a Willoughby a la granja, ¿verdad? —preguntó Ettie.

—Lo intentarán y, a no ser que lo impidamos, él dirá que quiere regresar cuando se lo pregunten. No quiere decir quién le ha hecho daño.

—Tenemos que hacer algo —intervino Lewis—. Tenemos que detenerlos.

El jefe asintió mientras destapaba su pipa y la llenaba con el tabaco de su amigo. Después de encenderla me miró.

—Escucha, Norman —me dijo—. Tengo un plan.

Mission Hall ya estaba lleno de gente cuando llegamos a la mañana siguiente y una multitud esperaba fuera con la esperanza de entrar. La pareja de ancianos del *pub* sacaba patas de cordero de un cubo y estaba haciendo un buen negocio. Un par de chicas mugrientas, de no más de diez o doce años, estaban situadas tras una caja de ostras. Había restos de moluscos por toda la calle. El jefe se abrió paso hasta la puerta, donde el empleado le permitió pasar. Volvió a salir cinco minutos más tarde.

—Hay una puerta que da a la cocina en el lado delantero izquierdo —me dijo—. Llévalo ahí. Willoughby, ven conmigo.

Entraron en el edificio.

Petleigh llegó pocos minutos más tarde.

—¿Le ha escrito el telegrama? —le pregunté.

Dijo que sí con la cabeza.

—Espero que esto funcione, Norman. No me quito de la cabeza esas cicatrices. —Se pellizcó el puente de la nariz con los dedos y negó con la cabeza. Sacó la petaca y dio un trago.

Repasé el plan con él una vez más. Mientras hablaba, una berlina recién pintada se detuvo al otro lado de la carretera y de dentro bajó John Krott. Contempló irritado a la multitud y se volvió para decirle unas palabras al cochero.

—Ahí está, inspector.

Petleigh se acercó a saludarlo. Se dieron la mano y entraron en el edificio. Quedaba claro que a Krott no le hacía ninguna gracia estar allí.

Yo entré tras ellos y los seguí mientras se abrían paso hacia la parte delantera. Cuando llegaron a la puerta de la cocina, Petleigh la abrió y dijo: «Espere aquí, señor Krott. Tengo que hablar con los magistrados».

—Dígales que me vean a mí primero —respondió Krott—. Tengo muchas cosas que hacer hoy.

Siempre me ha costado resistirme a un tipo guapo que da órdenes, y Krott estaba más guapo aún aquel día con su abrigo de cachemir y su sombrero de seda: sin duda era un hombre del que uno se podría enamorar fácilmente con solo una pinta de ginebra en el cuerpo. Lo seguí hasta la cocina y cerré la puerta a nuestras espaldas. Se volvió, pero no dio muestras de haberme reconocido.

—Qué maldito fastidio —dijo negando con la cabeza.

—Qué maldito fastidio —repetí yo. El pelo canoso que tenía sobre las orejas le daba un aire de sabiduría que resultaba muy difícil de rebatir.

La cocina estaba fría y húmeda. En el centro había una mesa de madera y, junto a la pared, los fogones. El jefe estaba sentado en una silla, con las manos reposando sobre el bastón de repuesto de Lewis; todavía tenía un lado de la cara hinchado y magullado.

—Buenos días, señor —dijo mirando a Krott a través de las gafas—. Nos conocimos en su apartamento, no sé si lo recuerda. El señor Arrowood. Y el monstruo que tiene detrás es el señor Barnett.

—Ah, sí. —Krott miró al jefe como si estuviera a punto de vomitar. Después me miró a mí otra vez y asintió—. Lo recuerdo. De modo que les han convocado a ustedes también.

—Qué maldito fastidio —dijo el jefe—. Imagino que se habrá enterado del asesinato.

—Por supuesto. Aunque nunca he estado en esa granja. Es una maldita pérdida de tiempo.

—Una maldita pérdida de tiempo —convino el jefe—. De momento se aloja con nosotros.

—¿Quién se aloja con ustedes?

—Willoughby, por supuesto. ¿No lo sabía?

—¿Por qué no está en la granja?

—Eso quedará claro en la investigación, señor. Pero debo saber cuándo estará preparado para llevárselo a vivir con usted.

Krott se carcajeó.

—¡No va a irse a vivir conmigo! Ya se lo dejé muy claro la última vez.

—Pero Godwin le dijo a Willoughby que usted lo acogería cuando tuviera sitio.

—Nunca he dicho tal cosa. —Se irguió con actitud de superioridad y su bastón de cerezo en la mano. Sacó pecho y levantó la barbilla.

—Willoughby cree que, si trabaja duro, los Ockwell lo organizarán todo.

—Ah, bueno, será un truco para que trabaje, no me cabe duda. No quiero que se acerque a mi casa.

—El señor Waller Proctor cree que eso era parte del acuerdo.

—¿Waller Proctor? ¿De qué está hablando? No le prometí nada.

—Oh, vaya. Me temo que el señor Proctor me ha pedido que le diga que, si incumple su acuerdo, necesitará otro pago de veinte libras.

—Usted trabaja para él, ¿verdad? —preguntó Krott alzando la voz—. Eso lo explica todo. Dígale que ya puede olvidarse del asunto. El trato era un único pago, y desde luego no prometí nada sobre acoger a Willoughby en casa.

—¿Creía que el pago era solo para inscribirlo en la lista de pobres? ¿Para evitar las tarifas de los pacientes privados? ¿No se acordó nada más?

—Desde luego que no. —Krott lo miró como si fuese tonto—. Nunca se habló de que viniera a vivir con nosotros. Parece que Proctor está intentando sacarme más dinero. No pagaré, ¿me oye?

Arrowood se puso en pie y se acercó a la puerta que daba al vestíbulo. Allí se detuvo, golpeando el suelo con el bastón. Habló entonces en voz alta. «Pero, señor Krott, lo hablara o no con el señor Proctor, ¿no querría tener a su hermano Willoughby en casa con usted? Es un hombre muy agradable».

—No, no querría.

—¡Es carne de su carne, maldita sea! —exclamó Arrowood, furioso de pronto—. ¿Acaso no tiene corazón?

—¡Es un retrasado! —respondió Krott—. Ojalá mis padres lo hubieran abandonado en el callejón donde nació. Carne de mi carne, ya. Tengo más en común con un irlandés que con ese niño grande, por amor de Dios.

—Es un hombre bondadoso y un buen trabajador, señor. Nos cae muy bien.

—¿Qué más me da a mí cómo les caiga? Nunca vivirá conmigo, se lo prometo, y ni se atrevan a juzgarme por ello. La gente pensará que la sangre de mis hijas está contaminada si descubren que su tío es un enfermo. Se quedarán sin oportunidades.

—Es usted una criatura odiosa, señor —dijo el jefe—. No se lo merece.

—¡Ya sé que no me lo merezco!

—No me refería a eso. Ahora lárguese.

Abrí la puerta y al otro lado estaba Petleigh esperando.

—Puede irse, señor —dijo el inspector—. Ya no lo necesitamos.

—¡¿Qué?! —exclamó Krott—. ¿Me han traído hasta aquí y ahora no me necesitan?

—Lo siento, señor. Ha sido de mucha ayuda. Nos pondremos en contacto con usted si volvemos a necesitarlo.

—¡Malditos sean! —gruñó Krott con la cara roja. Agarró su sombrero justo cuando empezaba a caerse—. ¡Y maldita sea esta maldita investigación! ¡Y maldito Catford!

Pasó frente a Petleigh y se abrió paso entre la multitud.

El jefe atravesó la estancia hasta la puerta de la despensa y la abrió. Willoughby estaba allí con las manos entrelazadas, mirando al suelo como si le hubieran destrozado el ánimo.

—Siento que hayas tenido que oír eso, amigo —le dijo el jefe, tendiéndole la mano para sacarlo—. El señor Godwin ha estado engañándote. No iba a dejarte salir de la granja nunca.

—La granja —repitió Willoughby con expresión de profunda tristeza.

El jefe nos miró y negó con la cabeza. Petleigh se acercó.

—Willoughby, soy agente de policía. Lo sabes, ¿verdad?

Willoughby asintió.

—Los Ockwell han estado mintiéndote. Solo quieren tenerte allí trabajando para ellos. Ya has oído lo que ha dicho tu hermano. No te quiere. Nunca vivirás con él, pero el señor Arrowood te buscará un lugar seguro para vivir. Un sitio bueno donde puedas ser realmente feliz.

Willoughby resopló y cerró los ojos. El jefe le pasó el brazo por los hombros y le enderezó el bombín.

—Tienes que decirles a los magistrados quién te hizo daño —agregó Petleigh—. ¿Lo entiendes?

Willoughby tardó un buen rato en responder.

El jefe se mordió el labio. Petleigh me miró y negó con la cabeza.

Hasta que, al fin, Willoughby hizo un gesto de asentimiento.

Todos los asientos en la sala estaban ocupados y había personas de pie junto a las paredes y en la parte de atrás. En la galería de arriba se hallaban sentados los hermanos Winter, el anciano que compartía habitación con Lisa y los tres tipos del *pub*. De pie junto a la puerta, envuelta en un chal grueso, se encontraba Ida Gillie, y los Ockwell habían llevado a Walter y a Digger, ambos bien peinados y vestidos.

Petleigh había acordado con Sprice-Hogg que Willoughby sería interrogado en primer lugar, de modo que, cuando los magistrados se sentaron y el clérigo logró algo de silencio en la sala, dijo:

—Señor Krott. Por favor, acuda a sentarse.

Willoughby estaba sentado en el banco junto a mí, mirando los pies de los magistrados por debajo de la mesa. No dio muestras de haberlo oído.

—Vamos, amigo —murmuré, agarrándolo del brazo para guiarlo hasta la silla. Una vez allí, le susurré al oído—: Responde a sus preguntas y no digas nada más. Diles quién te ha hecho daño, pero, hagas lo que hagas, no debes decirles que quieres regresar a la granja. ¿Entendido?

Asintió y tragó saliva. Lo que le había oído decir a su hermano le había conmovido, y me daba cuenta de que le asustaba hablar delante de tanta gente.

Regresé al banco y me senté junto al jefe.

—¿Hace cuánto que trabaja en la granja, señor Krott? —preguntó Sprice-Hogg.

Willoughby suspiró profundamente, subiendo y bajando los hombros.

—Sí, es verdad —dijo con voz llana—. Trabajo en la granja.

—No, escuche. ¿Hace cuánto tiempo? ¿Cuántos años?

—Llevo... —Miró a los Ockwell con expresión confusa—. Unos... ¿Cuánto llevo, señorita Rosanna?

—Cuatro años —respondió ella.

—Tengo que volver a trabajar —murmuró Willoughby, volviendo a orientar su ancho rostro hacia el suelo. El bombín que le había prestado Lewis le quedaba un poco grande y le ensombrecía los ojos—. A drenar el campo de abajo.

—No, Willoughby —murmuró el jefe—. Recuerda lo que ha dicho John.

—¡Señor Arrowood! —le reprendió Sprice-Hogg—. ¡Una más y le mando salir!

Willoughby se dobló hacia delante por la cintura, cruzó una pierna por encima de la otra y empezó a balancearse.

—Señor Krott —dijo Sprice-Hogg—. Willoughby. Mira hacia acá.

Willoughby levantó la mirada sin dejar de mecerse.

—¿Conocías a la señora Gillie?

Hizo un gesto afirmativo.

—Mi amiga.

—Sí. Sabes que estamos intentando averiguar quién la mató, ¿verdad?

Willoughby volvió a mirar al suelo.

—La mató —repitió en voz baja.

Al oír eso, la multitud empezó a murmurar.

—¿Sabes quién la mató, Willoughby? —le preguntó el clérigo.

—La mató —repitió Willoughby sacando el labio inferior sin dejar de mirar al suelo.

—Escucha, muchacho —le dijo Rhodes, el carnicero, alzando la voz—. Escucha con atención. ¿Sabes quién la mató?

—¡Señor Rhodes! —le reprendió Sprice-Hogg—. No es sordo.

—¡Respóndenos, muchacho! —exigió el carnicero—. ¿Sabes... quién... la... mató?

—La mató —insistió Willoughby.

—¿La mataste tú? —preguntó Rhodes.

—No.

—Está repitiendo lo que usted dice —le dijo Sprice-Hogg—. Escucha, Willoughby, debes contestar bien. ¿Viste a alguien enterrarla en el montón de estiércol?

Willoughby negó con la cabeza y apretó los puños.

—¿La mató Digger?

—No. Digger no.

—¿La mataron el señor Arrowood o el señor Barnett?

—Mataron.

Se oyeron gritos ahogados. Alguien gritó «¡No!» desde la galería.

—¿La mataron ellos?

—No, no la mataron.

—¿Y qué me dices del señor Walter o el señor Godwin?

Willoughby miró a Sprice-Hogg. Pareció producirse en él un cambio, como si hubiera olvidado de qué trataba todo aquello

—¿Conoce a mi hermano John? —preguntó.

—No te estoy preguntando por John. ¿El señor Walter o el señor Godwin mataron a la señora Gillie?

—Tengo trabajo que hacer. Tengo que volver a la granja. Lo dice papá. Él es mi amigo. Somos los mejores trabajadores.

—Esto son tonterías —dijo Rhodes.

—¿La mataste tú, Willoughby? —le preguntó de nuevo Sprice-Hogg.

—No, yo no.

El clérigo sonrió y adquirió un tono más amable.

—Entonces ¿por qué huiste de la granja?

—Me llevó el señor Barnett. Ahora estoy con Lewis.

—¿Tú querías irte?

—Es mi amigo.

—Tonterías —dijo Rhodes—. Este chico es bobo. Cree que todo el mundo es su amigo.

—Estoy de acuerdo, reverendo —intervino Tasker—. Sus pensamientos están claramente trastornados. Se contradice. Es imposible decidir qué parte de sus respuestas podemos tomarnos en serio.

—Quiere volver al trabajo, reverendo —dijo Rosanna Ockwell desde el otro lado de la sala—. Eso está claro. Ya le ha oído. Te llevaremos con nosotros hoy mismo, Willoughby.

—Vuelvo al trabajo, señorita Rosanna —respondió Willoughby volviéndose hacia ella.

—No, reverendo, se lo ruego —dijo el jefe poniéndose en pie—. No deje que se lo lleven.

—Él quiere regresar, señor Arrowood —respondió Sprice-Hogg—. Nos lo acaba de decir.

—No, por favor. No puede permitirlo. Estaba encarcelado. Lo han maltratado. Casi lo matan de hambre.

—¿Va a permitirle decir esas cosas, reverendo? —se lamentó la señorita Ockwell—. Willoughby, díselo. Quieres volver a casa, ¿verdad?

Willoughby se rodeó con los brazos. Tenía los ojos cerrados y la cabeza agachada. Asintió.

—Gracias, Willoughby —le dijo el clérigo—. Puedes volver con los Ockwell hoy mismo.

El jefe se acercó y le susurró algo al oído a Willoughby. Mientras lo hacía, empezó a desabrocharle el abrigo a nuestro amigo.

Willoughby permaneció sentado con la boca abierta, viendo los movimientos del jefe.

—¿Qué está haciendo? —preguntó Sprice-Hogg.

—¡Déjelo en paz! —gritó Godwin levantándose de su asiento—. ¡Deje de manipularlo, canalla! ¡Sargento, haga algo!

El jefe le abrió el chaleco a Willoughby, después le desabotonó la camisa y se la bajó por los hombros.

—¡Señor Arrowood! —gritó Sprice-Hogg—. ¡Deje en paz a ese hombre!

—No, señor Arrowood —dijo Willoughby. Levantó las manos para detenerlo, pero el jefe siguió.

Godwin salió de su banco y se acercó corriendo.

—¡Suéltelo! —gritó, agarró al jefe del cuello y lo apartó de Willoughby.

Yo me puse en pie de un salto, agarré a Godwin y lo tiré al suelo.

La multitud gritó escandalizada.

—¡Root, deténgalo! —gritó Sprice-Hogg.

Pero, antes de que el policía se levantara de su asiento, el jefe puso a Willoughby en pie y le rasgó la camiseta interior.

CAPÍTULO 42

La sala quedó en silencio mientras cada uno de los asistentes se fijaba en los horrores que mostraba el cuerpo de Willoughby. Sprice-Hogg palideció. El carnicero deslizaba la mirada de un lado a otro, incapaz de entender lo que estaba viendo. Tasker miró durante unos segundos, parpadeó y después cerró los ojos. Todos en la sala se habían quedado con la boca abierta, mirando, parpadeando. Otros se habían llevado las manos a la cabeza en gesto de desesperación. Un niño empezó a llorar.

—Por eso no debe regresar jamás a esa granja —anunció al fin el jefe.

Willoughby estaba temblando y tenía los ojos cerrados. El jefe lo cubrió, le abotonó la camisa, el chaleco y la chaqueta y volvió a sentarlo; después se arrodilló y le dio un abrazo.

—Lo siento, amigo —le susurró—. Pero tenían que verlo. Nadie debe volver a hacerte daño.

—¿Quién le ha hecho eso? —preguntó Sprice-Hogg.

—Pregúnteselo a él —respondió el jefe.

—Willoughby, abre los ojos y mírame —ordenó el

clérigo—. Necesito que me digas quién te ha hecho daño.

Willoughby lo miró y separó los labios, pero no dijo nada.

—Vamos, querido —le animó Arrowood, levantándose, aunque sin quitarle las manos de los hombros—. No hay por qué tener miedo. Te mantendremos a salvo.

Willoughby volvió a cerrar los ojos, se rodeó con los brazos y empezó a mecerse.

Sprice-Hogg aguardó varios segundos más y después dijo:

—Willoughby, escucha. Tenemos que saber quién te ha hecho eso. Somos los magistrados y debes hacer lo que te digamos. Así que, por favor, dinos... ¿quién te ha hecho eso?

La enorme sala, abarrotada al máximo, quedó en silencio salvo por el aleteo de una paloma entre las vigas del techo. Rhodes el carnicero observaba a Willoughby. Tasker sujetaba su lapicero, con la mirada fija en la libreta que tenía ante él. Yo miré a Rosanna y a Walter. Godwin estaba de nuevo junto a ellos y todos tenían la vista puesta en Willoughby. Petleigh se inclinó hacia delante, animando a hablar a nuestro amigo.

—Willoughby, por favor, dínoslo —insistió Sprice-Hogg al no producirse respuesta alguna—. ¿Quién te ha hecho eso?

—¡Vamos, muchacho! —le urgió Rhodes—. ¡Dínoslo!

Willoughby negó con la cabeza.

—De acuerdo, señor Krott —concluyó Sprice-Hogg—. Puede sentarse.

* * *

Después le tocó el turno al jefe. Acomodó sus cansadas piernas en la silla de los testigos y contempló a la multitud. Tal vez llevara su mejor ropa de los domingos y el pelo teñido de negro, pero el ojo magullado y cerrado y la mejilla hinchada y amoratada le hacían parecer el peor ladrón de Londres. Yo mismo no me habría fiado de una sola palabra de lo que dijera.

—Es usted detective privado, señor Arrowood —confirmó Sprice-Hogg.

—Sí, reverendo. Trabajo con mi ayudante, el señor Barnett. Ayudamos a la gente a solucionar los problemas que han sufrido cuando la policía es incapaz de ayudar.

—Ya sabemos lo que hace —comentó Tasker con el rostro más contraído que antes. Se recostó y se metió los pulgares en su elegante chaleco rojo—. Encuentra indicios de infidelidad y cosas así. Espía a la gente y deja al descubierto sus asuntos privados para que el mundo lo sepa.

—Hay muchos tipos de casos, señor. Investigamos robos, personas desaparecidas, otros delitos. Parecido a lo que hace Sherlock Holmes, aunque nosotros tenemos una manera diferente de abordar….

—¿Parecido a Sherlock Holmes? —le interrumpió Tasker. Estaba mirando al público con una sonrisa en la cara. Se rio—. Vaya, vaya. ¿Así que la policía acude a usted cuando no puede resolver un caso?

—Bueno, no es exactam…

—No, ya me lo parecía. Pero seguro que el Gobierno acude a usted por asuntos de seguridad nacional.

—No, no es eso lo que…

—No, claro que no. Parecido a Sherlock Holmes, ¡ya! Tiene usted una elevada opinión de sí mismo, señor Arrowood, si me lo permite.

Los Ockwell se rieron a gusto, junto con casi todos los demás. Digger estaba sentado con ellos, limpio y aseado, con la barba recortada y una vieja chaqueta Norfolk. Miraba fijamente a Willoughby, que estaba sentado junto a mí, con la cabeza gacha y los puños apretados. Un suave tarareo emergía de su garganta.

—*The Star* dice que nunca ha resuelto un caso —declaró Tasker fingiendo consultar su libreta.

—*The Star* dice muchas cosas —le respondió el jefe—. Han acusado a cuatro hombres de ser el Destripador. El año pasado nos informaron de que en el Lejano Oriente hay gente con alas.

—Díganos a qué se debe su interés por la granja Ockwell, por favor, señor Arrowood —le pidió Sprice-Hogg.

—Nos contrataron los padres de Birdie Ockwell, reverendo. No la habían visto ni habían sabido de ella desde su boda, seis meses atrás, y estaban preocupados. Nos pidieron que comprobáramos que estaba a salvo.

—¿Y cómo conocieron a la señora Gillie?

El jefe les relató la vez que tomamos el té con ella y les contó que al día siguiente descubrimos que había desaparecido. Sprice-Hogg preguntó después cómo habíamos hallado el diente.

—El señor Krott lo encontró en el depósito de estiércol cuando estaba cavando.

—¿Por qué se lo dio a ustedes y no a sus señores? —preguntó Rhodes.

El jefe me miró. Yo sabía que esa era la parte que no deseaba contar, pero no le quedaba más remedio.

—No me lo dio a mí. Dos de mis colaboradores ocuparon puestos en la granja. Se hicieron pasar por una mujer muda y su hijo.

—¡Metieron espías en nuestra casa! —exclamó Godwin poniéndose en pie de un salto—. ¡Canalla!

Se extendieron los murmullos por la sala. Caras de enfado por todas partes, dedos acusadores, gente que negaba con la cabeza. Rhodes el carnicero se quedó mirando asqueado al jefe. Tasker centró la mirada en la galería, golpeándose los dientes con el lapicero mientras, con la otra mano, se rascaba la cabeza de cabello rizado. El jefe se cruzó de brazos y miró tranquilo a su alrededor. Sprice-Hogg golpeó la mesa con el mazo hasta que volvió a hacerse el silencio.

—Se lo dio al muchacho —explicó el jefe.

—¿Por qué? —preguntó Sprice-Hogg—. ¿Por qué no se lo dio a los Ockwell?

—Le tenía miedo a alguien de la granja. Imagino que pensó que alguien debería verlo, pero no sabía quién. El chico era un forastero. Tal vez le pareciera más seguro.

—¿Por qué capturaron al señor Krott?

—Tenían a los trabajadores como esclavos. Apenas les daban de comer, los trataban con crueldad. No les permitían salir de la granja.

—¡Mentiras! —gritó Godwin, en pie de nuevo—. ¡Podían marcharse cuando quisieran!

—Ya han visto el cuerpo del señor Krott —anunció el jefe alzando la voz—. El médico dice que ha sido quemado, fustigado, golpeado, mordido. Marcado con hierros candentes. Durante al menos los últimos tres años.

—¿Está acusando a algún miembro de la familia Ockwell, señor? —preguntó el carnicero.

—Su maltratador es alguien de la granja, eso seguro. —El jefe se había puesto en pie y su voz retumbaba por toda la sala—. Entiendo que este tribunal de investigación pretende presentar cargos por el asesinato de la señora Gillie, pero estos acontecimientos están relacionados. Tienen que estarlo. Por favor, señores, debemos descubrir quién ha hecho esto. ¡Hay que llevar a esa persona ante la justicia!

Algunos aplaudieron, pero la mayoría guardó silencio. Rosanna Ockwell negó con la cabeza entornando los párpados. Le murmuró algo a Godwin al oído.

—¿Quién cree que mató a la señora Gillie, señor Arrowood? —preguntó Sprice-Hogg.

—Probablemente fuera la misma persona que hizo daño al señor Krott. Una persona relacionada con la granja y con tendencia a la violencia. Lo que significa que el señor Krott no la mató.

—Y eso le elimina a usted como sospechoso, señor Arrowood —advirtió Tasker cruzándose de brazos—. Qué listo.

—Yo no maté a la señora Gillie. No sé quién lo hizo, pero sucedió justo después de que nos hablara de tres niños muertos en esa granja. Se negó a decirnos a qué se refería y he sido incapaz de averiguarlo. Informé de ello al sargento Root, y creo que el asesino podría haberse enterado de algún modo. Es posible que la mataran para que no dijera nada.

—¿Nada de qué? —preguntó Tasker—. ¿De esos tres niños muertos sobre los que nadie sabe nada?

—No estoy seguro. Sin embargo es algo que tiene que ver con la granja y con la familia. También me dijo que sospechaba que los hombres Ockwell fueron responsables de la muerte de su marido hace varios años. Fue atacado en el camino que conduce hasta la granja.

—¡Calumnias! —gritó Godwin, otra vez de pie—.

¡No puede permitir que haga esto, reverendo! No tenemos nada que ver con esto. Solo está intentando mancillar nuestro apellido.

—Sargento Root —dijo Sprice-Hogg—. ¿Hay algo de verdad en eso?

Root se puso en pie.

—El señor Gillie murió después de una pelea en la Feria de Primavera. Nunca descubrimos con quién se había enfrentado. La señora Gillie los acusó, pero no había pruebas de nada. El señor Godwin y el señor Walter ya estaban en casa. Sus padres lo juraron.

—¿Podríamos ceñir nuestra investigación a la muerte de la señora Gillie, reverendo? —sugirió Tasker—. No podemos desenterrar antiguos delitos cada vez que alguien los menciona.

—Sargento, ¿qué sabe usted de esos tres niños muertos? —preguntó Sprice-Hogg.

—Solo murió un niño en la granja, reverendo, y fue el recién nacido del señor Godwin —explicó Root—. He hecho averiguaciones. Lo que dijo la gitana no tiene ninguna veracidad. Hasta donde yo sé, se lo estaba inventando. Tampoco sería la primera vez.

No hubo más preguntas para el jefe, de modo que Sprice-Hogg llamó a declarar a Rosanna Ockwell. Se acercó a la silla de los testigos, con mirada dura y desafiante y los labios apretados en gesto decidido. Llevaba una falda de satén verde, una chaqueta abotonada hasta el cuello y un sombrero con velo hasta la mitad de la cara.

—¿Quién cree que podría haber matado a la señora Gillie, señorita Ockwell? —le preguntó Sprice-Hogg.

—Bueno, al principio sospeché de esos investigadores privados. —Hablaba despacio, con las manos enguantadas apoyadas en su regazo—. Me parecía demasiada coincidencia que aparecieran en el mismo momento en que sucedió. Pero imagino que podrían haber sido Digger o Willoughby. Odio decirlo, puesto que los hemos acogido en nuestra familia durante todos estos años, pero... —Se le empezó a quebrar la voz, como si la emoción amenazara con sobrepasarla—. Oí... oí que Digger había discutido con la anciana por algo de comida que se había llevado.

—¿Cómo se enteró de eso?

—Oí a la señora Gillie quejarse del asunto en los ultramarinos. Digger se altera a veces, como ya ha explicado mi hermano.

—El señor Arrowood asegura que tenían a los trabajadores como esclavos y los trataban con crueldad. ¿Es eso cierto?

—Es algo escandaloso, reverendo. Nosotros nos encargamos de guardarles el sueldo, lo prefieren así. Pueden marcharse cuando quieran, pero eligen quedarse con nosotros. Usted mismo acaba de oírselo decir a Willoughby. ¿Por qué iba a desear regresar si eso fuera cierto? Y además les proporcionamos pensión completa.

—¡Les proporcionan una tabla de madera y un nabo! —exclamó el jefe, retorciéndose a mi lado como una olla hirviendo.

—¡Silencio! —exclamó Sprice-Hogg—. ¿Y qué me dice de las lesiones del señor Krott, señora? ¿Quién se las provocó?

Rosanna miró a su alrededor, primero a Digger, sentado junto a Godwin, y después a Willoughby.

—Creo que debió de ser Tracey. O tal vez Digger, pero sospecho de Tracey.

—¿Y sus hermanos, señorita Ockwell? —preguntó Sprice-Hogg con un tono súbitamente amable. La miró a través de sus pequeños anteojos redondos—. Walter ya fue condenado por violencia, ¿no es así?

—Si supiera el afecto que mis hermanos profesan a nuestros trabajadores, no sugeriría eso, señor —contestó Rosanna con firmeza—. Los tratamos como a miembros de la familia, con amor y cariño. Me quedé tan sorprendida como todos por lo que vimos ayer, y anoche rezamos por el sufrimiento del pobre Willoughby. No teníamos ni idea, de verdad: jamás se quejaba. El único consuelo es que las personas como Willoughby no sienten el dolor como lo sentimos nosotros.

—Una última pregunta, señorita Ockwell —dijo Sprice-Hogg—. ¿A qué se refería la señora Gillie cuando habló de tres niños muertos en su granja?

—Mi hermano Godwin perdió a un bebé, y Birdie, la esposa de Walter, tuvo un bebé que nació muerto. El único más que se me ocurre es nuestro hermano, que murió antes de nacer nosotros, pero no creo que se refiriera a eso. Creo que la señora Gillie debía de haber estado bebiendo, tal vez. O había oído chismorreos y los malinterpretó. No tiene ningún sentido, reverendo.

Llamaron después a Walter a declarar. Parecía nervioso mientras avanzaba con pesadez hacia el asiento, observando a la multitud mientras tragaba saliva. Se quitó el sombrero: llevaba el pelo rubio peinado hacia un lado y las pestañas blancas le daban un aspecto de gigante tímido. El jefe garabateó algo en su libreta, arrancó el papel y se lo pasó a Petleigh.

—Voy a hacerle las mismas preguntas, señor Ockwell —dijo Sprice-Hogg con amabilidad—. ¿Entendido?

—Sí, reverendo —respondió Walter, sentado de lado en la silla, como si no estuviera seguro de hacia dónde mirar.

—¿Mató usted a la señora Gillie?

—No fui yo, lo prometo. —Hablaba despacio y en voz alta.

—¿Quién cree que lo hizo?

—No sé nada del asunto. No lo sé.

—¿Y las lesiones del señor Krott? ¿Sabe quién se las provocó?

—No, señor —respondió, en voz baja ahora. Apretó los puños sobre el regazo y miró hacia su familia.

—¿Está seguro? Debe decir la verdad, señor Ockwell.

Walter asintió. Durante todo ese tiempo, Willoughby permaneció sentado a mi lado, con los ojos cerrados y el cuerpo rígido y erguido. Pero yo sabía por los tics de sus orejas y por sus exhalaciones que estaba escuchando.

—¿Le hizo daño usted, señor? —preguntó el carnicero.

—No.

—¿Fue usted? —repitió el carnicero.

Walter se giró para mirar a su hermana con el ceño fruncido y cara de preocupación.

—No pasa nada, Walter —le dijo ella—. Tú responde a las preguntas.

—Yo no le hice daño, señor Rhodes.

—Creo que sí lo hizo, señor Ockwell —respondió el carnicero con voz baja y amenazante—. Igual que hizo daño a esos hombres en el *pub*.

—¡No! —exclamó Walter con miedo en los ojos—. Nunca le hice daño. ¡No diga eso!

—Debo decirlo —insistió el carnicero—. Porque es la verdad, ¿no es así?

—¡No es verdad! Nunca le hice daño. ¡No es verdad!

—Hace unos años se sentó ante nosotros, señor Ockwell, por romperle el brazo a un hombre y hacerle perder un ojo a otro. En aquella ocasión nos dijo que no había sido usted, pero sí había sido, ¿no es así? Cumplió condena en prisión. Es correcto, ¿verdad?

—¡Pensaba que me habían robado el dinero de los cerdos! —Walter parecía desesperado y miraba a su alrededor en busca de ayuda—. Estuvieron todo el día riéndose de mí, señor Rhodes. Me llamaron retrasado y esas cosas.

—Perdió los nervios, ¿verdad, señor Ockwell? —declaró el carnicero.

—¡Solo fue esa vez! —repuso Walter—. Pensé que me habían robado.

—¡Y volvió a perder los nervios con la señora Gillie!

—¡No, jamás!

—¡Y con Willoughby Krott!

Walter estaba cada vez más nervioso.

—¡No es verdad! —Se volvió hacia su hermana—. No puede decir eso. No es verdad. ¡Díselo, Rosanna!

—Déjelo en paz —exigió Rosanna—. Él no lo hizo.

—No se lo he preguntado a usted, señora —respondió el carnicero.

—Yo no lo hice —insistió Walter.

Se hizo el silencio durante unos segundos. Los magistrados se miraron unos a otros.

—El señor Ockwell ha dado una respuesta clara —concluyó Sprice-Hogg—. Señor Tasker, ¿tiene usted alguna pregunta?

Tasker negó con la cabeza.

—Yo tengo una, reverendo, si se me permite —intervino Petleigh. Doblada en la mano, llevaba la nota del jefe—. Señor Walter, ¿Tracey hablaba mucho sobre irse a Australia antes de marcharse?

—Sí, inspector, así es —confirmó Walter—. Siempre estaba hablando de Australia.

—Gracias, señor —respondió Petleigh.

Sprice-Hogg llamó después a Digger a declarar. No parecía sentirse muy cómodo con la chaqueta Norfolk que le habían puesto, y se notaba por su manera de arrastrar los pies que las botas le quedaban demasiado grandes. Se había lavado. Se había cortado el pelo. En cierto modo era como si lo hubiesen despellejado.

—Señor Digger —comenzó Sprice-Hogg. Hablaba despacio, pronunciando cada palabra con cuidado—. Quiero que intente responder a mis preguntas. ¿Entendido?

Digger lo miró con sus ojos fríos y pequeños. Cambió de postura en la silla.

—No puede responder, reverendo —explicó el sargento Root—. Ya intentamos interrogarlo. Es mudo.

—Asienta con la cabeza para decir sí.

Digger no hizo nada. Yo le di un codazo al jefe: Willoughby había abierto los ojos y observaba con atención.

—Señor Digger, por favor, intente responder a mi pregunta —continuó el clérigo—. ¿Sabe quién mató a la señora Gillie? Asienta o niegue con la cabeza.

Digger tomó aliento y tosió.

—¿Fue usted, señor?

Sprice-Hogg esperó unos segundos antes de seguir hablando.

—¿Le causó usted las lesiones a Willoughby Krott?

Digger miró a Willoughby con una ligera sonrisa, como si estuviese llevando a cabo un plan. Nunca antes le había visto sonreír y aquel gesto pareció cambiarlo. Willoughby le devolvió la sonrisa y relajó ligeramente el cuerpo. Había comunicación entre ellos.

De pronto sentí que se me helaba la sangre en las venas.

Miré al jefe, que también se había dado cuenta. Se quedó mirando a Willoughby, después a Digger, con la boca abierta por el horror.

Ambos trabajadores se mantuvieron la mirada.

Digger se levantó de la silla.

—No hemos terminado aún, señor —le recordó Sprice-Hogg—. Siéntese, por favor.

Digger lo ignoró. Empezó a desabrocharse la chaqueta Norfolk, después el chaleco. La sala quedó en silencio, con todos los ojos puestos en él mientras se quitaba la bufanda y se sacaba la camisa de los pantalones. Después, en un súbito arranque de rabia, se rasgó la camiseta interior.

Tenía el cuerpo tan destrozado como Willoughby.

CAPÍTULO 43

Digger miró a la multitud con las manos entrelazadas a la espalda. Sus costillas sobresalían como pedernales, los huesos de los hombros y los codos resultaban bien visibles, y donde debería haber piel solo había un espectáculo dantesco de trizas arrancadas, heridas abiertas, amoratadas y supurantes por la infección. Tuve que mirar hacia arriba para escapar de aquello, hacia el rostro severo de Digger, y solo entonces entendí que lo que había en sus ojos todo ese tiempo no era rabia, sino tormento. Inspiraba y espiraba despacio. Se giró para mostrar la espalda. Era una masa de ronchas, un amasijo sanguinolento de carne pútrida desde el cinturón hasta el cuello.

Todo en la sala quedó detenido; el propio aire pareció quejarse.

—Señor Digger —dijo Sprice-Hogg con la voz medio ahogada. Tenía lágrimas en los ojos—. Señor Digger..., si la persona que le hizo eso se encuentra aquí, por favor, haga el favor de señalarla.

Digger los miró con rabia, a él y a todos los hombres poderosos de la mesa.

—¡Señale! —le rogó el clérigo—. Por favor, señor Digger, señale.

Digger siguió mirándolo. Después comenzó a recolocarse la camisa.

—¿La persona se encuentra aquí, señor? —preguntó el carnicero—. ¡Asienta o niegue con la cabeza!

Digger recogió su chaqueta del suelo y se dirigió hacia nosotros. Willoughby se pegó más a mí para dejarle sitio. Digger se sentó a su lado.

Sprice-Hogg golpeó con el mazo.

—Haremos un receso de dos horas —anunció.

El ruido en la sala fue como un torrente de balbuceos y voces airadas. La gente corrió y se abrió paso a empujones para ocupar los mejores sitios en el *pub*, para beber cerveza y ginebra: sus corazones habían sido puestos a prueba.

—Godwin no llevó a Tracey al barco —le dijo el jefe a Petleigh mientras observábamos salir a la multitud—. Es mentira.

—Imagino que esto tendrá algo que ver con esa pregunta —respondió Petleigh.

Arrowood asintió.

—¿Recuerda que ayer Godwin dijo que Tracey se había marchado a América? Bueno, a veces las mejores pistas se encuentran si miras a los ojos de la persona que no habla. Imagino que no estaba observando a Rosanna en ese momento, ¿verdad?

—Vaya al grano, William.

—Cuando lo dijo, ella abrió la boca y enarcó ligeramente las cejas. Muestras universales de sorpresa, según Darwin. Entonces algo cambió en su rostro, adoptó esa expresión que adoptan las personas cuando ya no ven aquello que están mirando. Continuó así mientras él aseguraba haber llevado a Tracey a los muelles y haberse despedido de él. Por esa razón le lancé el caramelo de menta.

—Sabía que había sido usted.

—Quería ver lo distraída que estaba. ¿Se fijó en que todos se volvieron hacia nosotros para ver quién lo había lanzado? Pues bien, Rosanna no se volvió. No apartó los ojos de su hermano. ¿Y por qué? Porque lo que Godwin estaba diciendo sobre Tracey la había pillado por sorpresa. Anoche le pregunté a Willoughby si Tracey había mencionado alguna vez la posibilidad de irse a América. También me dijo que no. Por eso le he entregado esa pregunta sobre Australia para que se la hiciera a Walter. Godwin dijo que Tracey siempre hablaba de marcharse a América. Si fuera así, Walter lo sabría, por muy lento que sea. Pero, si Walter lo escuchó ayer por primera vez, en ese caso bien podría dudar de su memoria al no recordar si se trataba de América o de Australia. Creo que un hombre como él siempre malinterpreta las cosas, y la pregunta de un inspector conlleva cierta autoridad. Daría por hecho que era él quien se había equivocado, no usted.

—¿Está diciendo que Rosanna y Walter no sabían que Tracey se había ido a América? —preguntó Petleigh—. Pero ¿cómo es posible?

—¡Porque no sucedió, Petleigh! ¿Tengo que deletreárselo? La pregunta es por qué iba a decir Godwin una cosa así.

Justo entonces, el jefe se fijó en alguien entre la multitud.

—¡Harold! —gritó alzando la mano.

El tipo rondaría la misma edad que el jefe, pero era tan alto como yo, lucía una barba castaña a juego con su bombín. Tenía la clase de rostro cubierto de arrugas que indicaba que había vivido muchas cosas, buenas y malas.

—William —dijo el hombre acercándose a nosotros—. Cuánto me alegro de verte.

—Ha pasado mucho tiempo, amigo —respondió el jefe estrechándole la mano.

—Menudo moratón tienes ahí —le dijo Harold—. ¿Puedes ver algo?

—Solo por el ojo bueno. Y tú tampoco estás mucho mejor. Has envejecido.

—Y parece que tú has vuelto a las andadas.

—¿Cómo van las cosas en *Lloyd's*?

—Ya no trabajo allí. Al final se libró de mí.

—¿Dónde estás ahora?

El tipo vaciló y frunció el ceño.

—*The Star* —dijo al fin.

—¿Tú? Dios mío, nunca pensé que llegaría ese día. Entonces, debes de saber quién escribió esos artículos sobre nosotros.

—Fue idea del editor —respondió el reportero—. Su esposa tiene alguna relación con Catford. Yo no quería hacerlo, William. Te juro que no. Pero debo hacer lo que me ordenan. Si perdiera este trabajo no sé si podría conseguir otro. No con mi edad.

El jefe parpadeó y dejó de sonreír.

—¿Fuiste tú?

—Lo siento, William. No tenía elección.

—Pero si somos amigos, Harold. Empezamos juntos, aprendimos juntos el oficio.

—No tenía elección. El editor es una criatura odiosa y tiene detrás al dueño. Pero creo que aquí has hecho algo bueno. Voy a intentar plasmarlo en mi artículo.

—¿Intentar? ¡Pero si nosotros hemos descubierto esto! ¡La policía no habría hecho nada si no la hubiéramos obligado!

—Yo no soy el editor, William. Hay muchas personas en tu contra.

El jefe miró a su viejo amigo visiblemente dolido. El tipo se mordió el labio.

—Escucha, Harold —le dijo al fin—. Te diré cómo puedes arreglarlo. Tengo una historia para ti. Un gran escándalo que tiene que ver con un psiquiátrico y con el Sindicato de Ayuda a los Pobres de Lambeth. No lo sabe nadie salvo nosotros. Te lo contaré a condición de que tu periódico deje de acosarnos y nos dé lo que nos corresponde en el artículo que escribas sobre este caso. Pregúntaselo a tu editor. Es un gran escándalo. Mayor que la mujer socialista que no quería casarse. Mayor que lo de la señora Weldon. Es tuya si logras esa promesa. —Me agarró del brazo y me acercó a él—. Harold, este es mi ayudante, el señor Barnett. —Me guiñó el ojo.

—Necesitaremos también diez libras, señor —le dije—. Para conseguirle las pruebas.

—¡Diez libras! Por tanto dinero, necesitaré saber de qué se trata, señor Barnett.

—Hable hoy mismo con su editor y reúnase con nosotros mañana —le dije—. Entonces le contaremos más cosas y, si no quiere la historia, no pasa nada, se la daremos a otro. Pero la querrá.

Se lo pensó un momento.

—¿Mayor que lo de la señora Weldon, dices?

—Mayor y mejor —confirmó el jefe—. Hombres codiciosos que se llenan los bolsillos con el dinero destinado a los pobres. La clase de noticia que antes te gustaba, Harold.

El reportero frunció el ceño y al fin asintió.

—Se lo preguntaré. —Le dio una palmada al jefe en la espalda y se alejó hacia la puerta.

—Tenemos que hacer algo, señor —le dije cuando se hubo marchado—. Van a llevarse a Willoughby a la granja salvo que demostremos quién le hizo daño.

El jefe asintió y me miró a los ojos. Tenía los puños cerrados con fuerza en torno al bastón y la mirada perdida. Se dio la vuelta, se acercó a la mesa vacía de los magistrados y miró hacia el techo.

—¡No! —murmuró negando con la cabeza.

Miró a Willoughby y a Digger, sentados en silencio el uno junto al otro. Aflojó los labios amoratados y empezaron a brillarle los ojos. Negó de nuevo con la cabeza y parpadeó para contener las lágrimas. Después puso cara de rabia, frunció los labios y el ceño. Golpeó el suelo de piedra con el bastón y caminó hacia la parte delantera de la sala, murmurando de nuevo. A nuestras espaldas, los sirvientes habían empezado a llevarles cestas a algunos de los ricachones que habían permanecido sentados. Hablaban con vehemencia, riéndose, gritando. Yo estuve a punto de perder los estribos, de volverme hacia ellos y pisotear sus malditas cestas de pícnic, sus copas y sus tarrinas.

El jefe se volvió hacia mí.

—Tengo una idea —me dijo con cara de sufrimiento—. No es una buena idea, pero es lo único que se me ocurre. Será difícil. No es momento para ablandarse, Norman. Prométeme que, pase lo que pase, no te ablandarás.

Yo dije que sí con la cabeza.

—¿Señor Arrowood? —dijo una joven que se acercaba por el pasillo central. Era alta, de ojos oscuros y decididos; llevaba un gorro y una chaqueta azul a juego. Le tendió la mano—. Soy Annabel Ainsworth. Birdie es mi prima.

Fue entonces cuando me di cuenta de dónde la había visto antes. Era la joven de la fotografía que nos habíamos llevado de casa de los Barclay, a la que Birdie miraba cuando estaban en el parque.

—Es un gran placer conocerla, señorita —respondió el jefe, incapaz de sonreír—. Este es mi ayudante, el señor Barnett.

La mujer me saludó con un gesto de cabeza.

—Esperaba poder ver aquí a Birdie.

—Imagino que está en la granja. ¿Se lo ha preguntado a los Ockwell?

—La última vez que la visité, me impidieron verla. ¿Saben si va a venir?

—Lo dudo. Pero ahora íbamos de camino a la granja, señorita Ainsworth. ¿Quiere compartir un taxi con nosotros?

—Sería perfecto —respondió ella con una sonrisa—. Acabo de verlos entrar en el *pub*, así que, si nos vamos ahora, los evitaremos.

—¿Quiere ir a buscar uno de los coches de cuatro ruedas que hay fuera, señorita? Nosotros iremos en cinco minutos. Antes el señor Barnett y yo tenemos que hacer una cosa.

Dejamos a Willoughby con Petleigh. Seguía sentado en el banco, con Digger al lado, ambos en silencio. Se dieron la mano. Pese a todo lo que había sucedido aquel día, nunca había visto a nuestro amigo tan alegre; hasta Digger había perdido la expresión severa. Al jefe también le sorprendió aquello. Se detuvo con cara de preocupación y volví a sentir el miedo que había experimentado ante la sonrisa que habían compartido; había algo malo en aquella alegría. Algo muy malo.

—¿Cuál es el plan? —le pregunté al jefe mientras lo seguía por la plaza.

—Te lo explicaré por el camino —respondió—. Pero primero debemos persuadir a Edgar para que se encargue otra vez de los perros.

—Esto le ayudará a decidirse —le dije, sacando la pistola de Lewis del bolsillo del abrigo.

—Bien —respondió—. Pero déjame intentarlo a mí primero.

El *pub* estaba hasta arriba, con una multitud en la barra dándose empujones para que les sirvieran. La dueña había perdido los nervios, tenía la cara roja y ya no llevaba el sombrero vaquero. Su hijo servía pintas por ella. Una nueva camarera, contratada, según imaginé, para la investigación, llevaba una bandeja hacia el piso de arriba, donde se sentarían los clientes con más dinero. Había gente de pie por todas partes comentando el caso. Los Ockwell estaban sentados en un rincón, muy pegados unos a otros. Edgar se hallaba junto a la puerta.

—Otra vez ustedes no —se quejó cuando nos aproximamos a él. Se terminó la pinta a toda prisa y derramó parte sobre su abrigo.

—Necesito su ayuda durante media hora —le dijo el jefe—. Le daré dos chelines.

—Cuatro.

—Tres. Vamos. Se lo explicaré por el camino.

Encontramos el taxi que había alquilado la señorita Ainsworth y partimos hacia la granja.

—Tenemos que traer al dogo a Mission Hall —le explicó el jefe a Edgar—. Voy a intentar una cosa. Si funciona, descubriremos quién hizo daño a Digger y a Willoughby.

—¿Y cómo va a lograrlo exactamente? —preguntó Edgar.

—Ya lo verá a su debido tiempo.

—No pienso hacerlo si no me lo dice.

—Debe hacerlo, de lo contrario Root descubrirá lo de los materiales de la obra, Edgar. Podría pasarse un año en prisión, calculo.

—Quizá más —añadí—. Así que no se ponga fanfarrón con nosotros, amigo.

Edgar masculló algo en voz baja y el jefe se volvió hacia la señorita Ainsworth.

—¿Cuándo vio a Birdie por última vez, señorita?

—Oh, hace un año, quizá. He intentado verla muchas veces desde entonces, pero tía Martha lo posponía siempre, y luego supe que se había casado. No me invitaron a la boda, tampoco a mi madre. —La señorita Ainsworth tenía una manera clara y directa de hablar que daba ganas de escucharla. Parecía muy madura para su edad—. No lo entendimos. Y Birdie no ha respondido a ninguna de mis cartas. Cuando leí lo de la investigación, reconocí la granja.

—¿Estaba unida a Birdie? —preguntó el jefe.

—La quiero como a una hermana. Crecimos juntas, pero mi familia se trasladó a Brighton cuando yo tenía diez años. Por eso no lo entiendo. Birdie jamás me ignoraría de esa forma.

—No creo que sea ella la responsable, señorita —le dije.

—Iba a venir a vivir con mi madre y conmigo en Brighton. Siempre había hablado de ello: tenemos sitio de sobra ahora que mis hermanos ya no están, y deseaba alejarse del tío Dunbar y de la tía Martha. Me temo que no la trataban bien.

—Eso es, Barnett —dijo el jefe—. ¡Eso es lo que estaba intentando comunicarnos! Sabía que esa foto significaba algo.

De camino a la granja, el jefe le explicó a la señorita Ainsworth lo que había sucedido en las últimas semanas. Ella escuchó con atención y los ojos muy abiertos, asimilando toda la información.

Cuando nos detuvimos en la primera cancela, los perros ya estaban ladrando. Edgar se bajó del coche. Después de tranquilizarlos, nos bajamos los demás y nos acercamos a la casa. Era un día sombrío, el viento azotaba la colina y la luz era tenue y grisácea. Nadie respondió a la puerta, no apareció ningún rostro en la ventana de arriba. Al acercarnos a la lechería, oímos la mantequera.

La señorita Ainsworth se adelantó corriendo. Abrió la puerta y allí, con un delantal manchado y harapiento, estaba Birdie. Levantó la mirada de lo que estaba haciendo y se detuvo; la más brillante de las sonrisas iluminó su rostro, más cálida aún que la de su madre. Corrió hacia ella y ambas primas se abrazaron.

—Oh, Birdie —dijo la señorita Ainsworth.

—Mi Annie —respondió Birdie—. Mi querida Annie.

Empezó a llorar y las lágrimas inundaron aquellos ojos redondos y marrones. La señorita Ainsworth lloró también, aferradas la una a la otra.

—Me he casado —dijo Birdie con la cara hundida en el hombro de su prima.

—Lo sé.

—Estoy loca por él, Annie.

Las observamos mientras hablaban casi sin aliento,

se separaron y después volvieron a abrazarse, mirándose a la cara, sin soltarse las manos. El jefe sonreía tanto como ellas. Me dio una palmadita en el hombro y tuvo que contener las lágrimas.

—Me temo que debemos regresar a Mission Hall, señorita —dijo al fin.

—Váyanse ustedes —respondió Annabel—. Yo iré a pie.

—Es un largo camino. Y hace frío.

—Debo hablar con mi prima.

—No nos conocemos, señorita Birdie —dijo el jefe volviéndose hacia la joven—. Soy el señor Arrowood. Conoció al señor Barnett en la estación.

—Le vi a través de la ventanilla —respondió Birdie. Hablaba despacio, como si tuviera que pensar cada palabra. Su carita se veía blanca y suave bajo el pañuelo rojo que llevaba en la cabeza—. Les enseñé la foto.

—Sí, y siento que no lo entendiéramos. Debo preguntárselo directamente, señora. ¿Quiere irse a vivir con sus padres? Dígamelo con claridad.

—No, señor.

—Entonces, ¿desea quedarse aquí?

—Quiero vivir con Annie.

—Pero, Birdie, mi querida prima —dijo Annabel acariciándole el brazo—. Tú vives aquí, con tu marido. Esta es tu vida ahora.

—Tontorrón también quiere vivir contigo —respondió Birdie. Sus palabras subían y bajaban con suavidad, como el vaivén del Támesis en un día tranquilo—. No le gusta estar aquí. Le tratan mal. Los dos estamos de acuerdo.

—¿Por qué no me dijo eso en la estación cuando se lo pregunté? —le dije.

Abrió y cerró la boca; se humedeció los labios con

la lengua. Miró al suelo y una sombra de infelicidad y desesperación cruzó de pronto su mirada.

—Rosanna —fue lo único que dijo.

—¿Le tenía miedo a Rosanna? —preguntó el jefe.

Asintió y dijo:

—Nos pega.

Annabel volvió a abrazarla con fuerza. Levantó la mano para acariciarle el pelo, pero Birdie soltó un grito ahogado y se apartó.

—Tiene una herida en la cabeza —le dije.

Annabel le desató a Birdie el pañuelo de la cabeza y se lo quitó, mientras su prima miraba al suelo con las manos entrelazadas sobre el delantal. Annabel dejó escapar un grito ahogado. La cicatriz que tenía Birdie en la nuca era mayor de lo que recordaba, de un rosa intenso, mezclado con amarillo supurante, con la piel en carne viva. Le habían cortado el pelo alrededor.

—¿Qué te ha ocurrido? —le preguntó.

—Rosanna me lo metió en el rodillo —explicó Birdie con los ojos llenos de lágrimas—. Dejé una mancha azul en la camisa de Walter. Me arrancó el pelo.

—Pobrecilla —murmuró Annabel—. Escúchame, Birdie. Vais a venir conmigo. Los dos. Os quedaréis conmigo.

—¿Y Polly?

—¿Quién es Polly?

—Es la esposa de Godwin —le expliqué yo.

—Si ella quiere —respondió Annabel—. Voy a organizarlo todo. Debes confiar en mí, prima. ¿Lo harás?

Birdie sonrió de nuevo, aunque seguía con lágrimas en los ojos. Trató de controlarse, pero tenía la respiración agitada.

—Ayúdame, Annie —le dijo.

CAPÍTULO 44

Edgar mantenía al dogo agarrado en el suelo del coche mientras avanzábamos con dificultad por el camino. El animal estaba tranquilo; la piel negra de la cara le colgaba por debajo de la mandíbula; tenía los ojos medio cerrados. Cuando no estaba intentando matarte, ese perro era la viva imagen de la tristeza.

—Shh, Toby —repetía Edgar una y otra vez, pasándole la mano por el costado. Cuando paraba, el perro se volvía y le lamía los pantalones—. Shh —le decía entonces.

Al llegar a la plaza, el jefe nos contó el plan.

—No, señor —le dije—. No puede hacer eso.

—¿Se te ocurre otra idea?

—No voy a ayudarle.

—Escucha —me dijo con dureza, con la mirada cansada y atribulada—. Si no hacemos algo, se los llevarán a los dos a esa granja infernal para pegarles, quemarlos y matarlos de hambre. No pueden evitarlo; lleva demasiado tiempo siendo así, y yo ya he intentado todo lo que se me ha ocurrido. Le he demostrado a Willoughby que su hermano no quiere que viva con él. Se lo hemos preguntado todos una y otra vez. ¿Qué más podemos hacer?

—Debe de haber algo.

—Por el amor de Dios, ¿no te das cuenta de que no me quedan más ideas? ¿Te crees que soy mago? A mí me gusta tan poco como a ti, pero, maldita sea, Barnett, ¡no sé qué más hacer!

Encontré a Willoughby todavía sentado junto a Digger; Petleigh estaba de pie detrás hablando con uno de los ricachones. Le di la mano y lo conduje a través de la cocina hasta el callejón lateral de fuera. Era un camino de tierra de unos dos metros de ancho, con una pared alta a un lado y Mission Hall al otro. Junto a la esquina trasera del edificio había unos viejos contenedores.

Casi nada más aparecer, el jefe entró desde la calle. Edgar iba detrás, agarrando al perro por el collar.

Nada más verlos, Willoughby intentó agarrar la puerta de la cocina.

—Lo siento, amigo —le susurré, impidiéndole marcharse.

Se resistió, agitó los puños con una mirada de horror.

—¡Quiero volver a entrar, Norman! —gritó, tratando de alcanzar la puerta—. ¡Volver a entrar!

El perro, al ver el miedo de Willoughby, quiso salir corriendo hacia él. Edgar lo sujetó con fuerza por el collar. Se hallaba a pocos metros de distancia y emitía un gruñido gutural y amenazante, enseñando los dientes amarillentos. De la boca le colgaban largos hilos de saliva. El pánico de Willoughby parecía enfurecerlo más. Ladró y volvió a lanzarse hacia él.

Willoughby me agarró del brazo y me colocó frente a él mientras Edgar sujetaba al perro.

—Ayúdame, Norman —gritó, contemplando horrorizado al perro desde detrás de mí—. ¡Ayúdame!

Me pellizcó el brazo, usándome como escudo. Con la otra mano trató de agarrar el picaporte de la puerta.

—¡No! —gritó, intentando subirse a mi espalda—. ¡Vamos a entrar!

El jefe se aproximó, agarró a Willoughby por los hombros y lo acercó al perro. La bestia tiraba y se retorcía, con la mirada endemoniada.

—Ellos permiten que te haga daño, ¿verdad, Willoughby? —le preguntó.

El dogo dio un salto y Willoughby soltó un grito.

—¡Toby! —le gritó Edgar, que apenas lograba sujetarlo—. ¡Siéntate, chico!

El jefe acercó a Willoughby un poco más.

—Si regresas, volverán a hacerte daño, Willoughby —le dijo—. No puedes regresar.

—¡Demasiado cerca! —gritó Edgar, que ya casi no podía contener al perro. Se retorcía y tiraba, una masa de músculos enfurecida que ladraba y trataba de agarrarse al suelo con las patas.

Willoughby le lanzó una patada. El perro dio un brinco y le agarró el zapato entre los dientes. Willoughby gritó mientras el animal agitaba la cabeza de un lado a otro, sacudiendo todo el cuerpo de Willoughby con cada movimiento. El jefe intentó tirar de él, pero el perro lo tenía bien agarrado por el tobillo. Con cada tirón de la cabeza del animal, los gritos del joven se volvían más desgarradores.

Yo me acerqué y le di al perro una patada en la cabeza con todas mis fuerzas. Cayó de lado, atontado el tiempo suficiente para que pudiera abrirle las mandíbulas ensangrentadas y soltarle la pierna a Willoughby.

—¡Vuelva a meter al muchacho dentro, imbécil! —gritó Edgar, cayendo junto al perro.

Pero el jefe volvió a empujar a Willoughby hacia el animal.

—Tu hermano no te quiere —le dijo. El muchacho, muerto de miedo, pataleaba y se retorcía, gritaba y lloraba. Edgar estaba tendido en el suelo encima del perro, aprisionándolo mientras el animal se esforzaba por levantarse—. Godwin te engañó —continuó el jefe—. No te quiere, Willoughby. Solo quiere que trabajes para él. Así es como consigue que te quedes, porque tienes miedo.

Willoughby batió los brazos y me dio un puñetazo en la cara, pero aun así el jefe no lo soltó. Jamás en la vida había visto tanto miedo. Le caían las lágrimas por las mejillas. Gimoteaba, se retorcía y gritaba:

—¡Me quieren matar! ¡Me quieren matar!

El jefe lo empujó una vez más hacia el perro.

—¡Suéltelo! —le grité.

Por primera vez odié a Arrowood. Odié todos sus malditos planes. Le odié por ver que era capaz de hacer sufrir a un hombre de esa manera.

El perro ya había vuelto a levantarse e intentaba alcanzar a Willoughby, con el hocico hacia atrás, enseñando los dientes, húmedos y amarillos. Le salió de dentro un sonido terrible, como si un demonio tratara de emerger de allí. Edgar, tumbado en el suelo con los brazos extendidos sobre su cabeza, lo agarró del collar mientras el animal intentaba liberarse.

Entonces, sin previo aviso, el jefe soltó a Willoughby, me sacó del bolsillo del abrigo la pistola de Lewis y disparó al perro. El animal soltó un grito y cayó de costado.

—¿Qué diablos está haciendo? —gritó Edgar, mientras el perro gimoteaba y se retorcía de dolor tendido en el suelo.

El jefe se acercó, le apuntó con la pistola a la cabeza y lo mató de un disparo.

Se volvió hacia Willoughby, que contemplaba al dogo con la boca abierta, todavía tembloroso. Tenía la nariz llena de mocos, los ojos rojos y la cara empapada.

—Con nosotros estarás a salvo, amigo —dijo el jefe poniéndole las manos sobre los hombros—. Te lo prometo. No tienes que volver a esa granja, ni al psiquiátrico, ni al asilo de pobres. Te mantendremos a salvo. Nadie volverá a hacerte daño.

Willoughby temblaba con violencia y tenía la respiración acelerada. El jefe lo miró a la cara.

—Pero tienes que decirnos quién te ha hecho daño.

Willoughby contemplaba horrorizado el cuerpo del perro, la sangre que brotaba de la herida del costado y el amasijo de sesos y hueso de la cabeza. Vomitó en el suelo.

—¿Quién fue? —insistió el jefe—. ¿Quién te hizo daño?

—Fue papá —susurró, y se vomitó en las botas.

—¿Y Walter también te hizo daño?

Willoughby negó con la cabeza y cerró con fuerza los ojos.

—Godwin.

—Gracias, pequeño. Te prometo que estarás a salvo.

—Y Digger —agregó Willoughby.

El jefe me miró y frunció el ceño.

—¿Digger te hizo daño? —susurró.

—Digger a salvo.

—Sí, por supuesto. Digger también estará a salvo.

Arrowood sacó su pañuelo y trató de limpiarle las lágrimas y el vómito a nuestro amigo, pero Willoughby se retorció.

—Una cosa más —le dijo—. ¿Matasteis Digger y tú a la señora Gillie?

Willoughby negó con la cabeza.

El jefe lo miró en silencio, con las cejas arqueadas, como si nuestro amigo fuese a contarle algo más. Al fin abrió la puerta de la cocina.

—Norman, paga al señor Winter —me dijo antes de conducir a Willoughby al interior del edificio.

La sala estaba llena y los magistrados acababan de ocupar sus asientos tras la comida. El jefe habló con Sprice-Hogg. Digger había vuelto a sentarse con los Ockwell y había adquirido la misma mirada enfadada de siempre. Mientras yo ocupaba mi asiento junto a Willoughby en el banco delantero, el clérigo golpeó con el mazo.

—Llamo al señor Krott de nuevo a declarar —anunció.

—¿Qué? —preguntó Tasker alzando la mirada. Se llevó la mano al ojo y se limpió el pringue que se estaba acumulando alrededor del orzuelo enrojecido—. Otra vez no, reverendo, por favor. Solo repite lo que usted le dice. Debemos terminar esta investigación hoy mismo.

—Sí, ya ha tenido su oportunidad —agregó el carnicero—. No va a decir nada.

—Señor Krott, por favor, acérquese —insistió Sprice-Hogg.

Cuando el jefe trató de agarrar a Willoughby del brazo, nuestro amigo se zafó, de manera que fui yo quien lo ayudó a sentarse en la silla. Me quedé junto a él para que respondiera a las preguntas, con la mano apoyada en su hombro tembloroso.

—Willoughby —dijo Sprice-Hogg con suavidad—, ¿quieres decirnos quién te causó las lesiones por todo el cuerpo?

Willoughby pareció pensarlo unos segundos. Miró a su alrededor, a todas esas caras que lo contemplaban silenciosas. Después se dobló hacia delante. Sus ojos, aún llenos de lágrimas, estaban cerrados.

—Díselo, amigo —le animé—. Luego te llevaremos a casa.

—No va a decirlo —dijo Tasker.

—¡Silencio! —le reprendió Sprice-Hogg con el ceño fruncido en gesto de rabia. Miró a Tasker con odio. Después continuó—: Danos un nombre, Willoughby. ¿Quién te hizo daño?

Willoughby tragó saliva.

—Papá —dijo—. Él lo hace.

—¿Papá? —repitió Sprice-Hogg.

—Godwin Ockwell —aclaró el jefe—. Lo llama papá.

—¿Fue el señor Godwin? —preguntó Sprice-Hogg.

Willoughby asintió, con los ojos todavía cerrados.

—Lo hace Godwin.

Pareció como si todos los presentes en la sala empezaran a hablar al mismo tiempo. Godwin estaba de pie, gritando algo que quedaba ahogado bajo el ruido de la multitud. Tasker tiró su lapicero, negando con la cabeza. Sprice-Hogg golpeaba una y otra vez la mesa con el mazo.

—¡No sabe lo que está diciendo! —gritó Godwin—. Es retrasado. No lo entiende.

Willoughby se volvió hacia él.

—Tú lo haces —le dijo.

—¡No, reverendo! —insistió Godwin—. ¡Esto es una farsa! Ni siquiera debería ser tenido en cuenta como testigo. Tiene la mente de un niño.

—¡Siéntese, señor, o haré que le arresten! —ordenó el clérigo.

—Fue Tracey Childs, señor —protestó Godwin con mirada frenética. Se agarró la mano débil—. Yo intentaba protegerlo. Por eso me aseguré de que se subiera a aquel barco. Tracey venía del psiquiátrico, igual que estos dos. Un lunático peligroso. Me aseguré de que se subiera a ese barco. Era él quien les hacía daño. Lo juro por Dios.

—No —dijo Willoughby, girándose en la silla para mirarlo.

—Creo que puedo ayudar con esto, reverendo —intervino Tasker—. Es verdad que Childs tuvo algunos episodios violentos en el psiquiátrico. El superintendente médico lo creía curado, pero es fácil que recaigan. No hay manera de predecirlo.

—Sí, recayó —convino Godwin—. Pero me aseguré de que no supusiera un peligro. Protegí a mis dos trabajadores. Que el Señor sea mi testigo, fui yo quien los salvó.

Habló entonces el carnicero:

—Señor Tasker, usted es el experto. ¿Qué opinión le merece el testimonio del señor Krott? Parece más claro que antes, pero ¿podemos fiarnos?

Tasker juntó los dedos sobre sus labios y adoptó una expresión pensativa. Después habló despacio:

—Los idiotas y los imbéciles tienen una manera incierta de entender los acontecimientos. Es la naturaleza de la debilidad mental. Su recuerdo de la gente y de las escenas es escaso y, como resultado, podrían parecer convencidos de algo que no es más que una fantasía. También ofrecen la respuesta que creen que uno quiere oír sin entender lo que eso significa. En mi opinión profesional, sería peligroso fiarnos de la palabra de un retrasado mental antes que de la de un hombre trabajador de buena familia, al menos sin tener una buena cantidad de pruebas que lo corroboren.

—Bueno —dijo Rhodes—. Ya vimos antes que el señor Krott no sabe lo que dice. Y, si Childs ya tenía historial de violencia, entonces, por supuesto. Su mente es inestable, el doctor lo ha confirmado. El señor Ockwell no tiene historial de violencia, ¿verdad?

Sprice-Hogg negó con la cabeza.

—¿Cómo descubrió que era el señor Childs? —le preguntó Rhodes a Godwin.

—Una noche fui al granero. Era tarde. Le pillé haciéndolo. A juzgar por las cicatrices, debía de llevar años haciéndolo.

—Pero ¿por qué no nos lo contó ayer, señor Ockwell?

—Debería haber hecho que lo arrestaran en vez de montarlo en aquel barco, lo sé. —Mientras Godwin hablaba, Rosanna lo observaba con atención. Hablaba con mucho cuidado, tratando de no arrastrar las palabras, y había empezado a sudarle la cara por el esfuerzo—. Pensaba que estaría mejor empezando de nuevo. Él creía que los estaba manteniendo a raya, que lo estaba haciendo por mí. Su intelecto es limitado, señor, pero yo tenía fe en que aprendería de su error. Sé que debería haber acudido a la policía en su momento. Ni siquiera se lo conté a mi hermano o a mi hermana. Pero tiene razón, reverendo, debería haber dicho la verdad ayer, cuando tuve la oportunidad. Debo disculparme por eso. Estuvo mal, pero solo quería protegerlo.

—¿Podemos volver ya al asesinato, reverendo? —preguntó Tasker llevándose un pañuelo de seda al rabillo del ojo—. No hay nada que podamos hacer con respecto a Childs.

—¡No! —exclamó el jefe—. ¡No pueden permitir que salga impune! ¡La víctima lo ha acusado!

—¡Silencio, señor Arrowood! —le ordenó Sprice-Hogg—. Puede volver a su asiento, señor Krott.

—¡Debe hacerle caso, señor! —protestó el jefe.

—Agente Young, por favor, lleve fuera al señor Arrowood.

En ese momento se oyó otra voz procedente del otro lado, una voz ininteligible que se asemejaba más a un quejido o un tartamudeo que a una serie de palabras.

—Enn… nn… eeel —parecía decir.

Todos se volvieron en busca del origen del sonido. Digger se levantó con rabia en la mirada.

—En el… de… pooos —dijo con gran esfuerzo.

—Repítalo —le ordenó Sprice-Hogg con el rostro contraído y una mano tras la oreja—. ¿Dónde?

—En depooo… sssii …. ticol.

—¿Cómo?

—Trr… ay… ay… —Retorcía las manos intentando pronunciar las palabras correctamente—. O… wii… matooo.

—¿Mató? ¿Quién lo mató?

—G… K… Go… Kowi… G… gowiii… —Respiraba con gran dificultad por el esfuerzo, tomando aire entre cada sílaba, como si le doliera—. Triyss… sse.

—¡No! —exclamó Godwin junto a él.

—Depooo... sssito... esti... ticooo...

—¿Depósito de estiércol? —preguntó Sprice-Hogg—. ¿Está diciendo que hay otro cuerpo allí?

Digger asintió.

Se oyeron gritos ahogados por toda la sala.

—¿Por qué no respondió antes a nuestras preguntas, señor Digger? —le preguntó el clérigo.

Digger negó con la cabeza y miró al suelo.

—¿Cómo sabe que hay allí otro cuerpo?

—Viiii —respondió Digger señalándose el pecho.

—¿Qué?

—Vv... viiii... a... go... Godg... Gogwii...

—¡No le hagan caso! —gritó Godwin agitando la mano sana con furia mientras su brazo inútil le colgaba junto al costado—. Es un enfermo mental. ¡Un lunático! Ya han registrado el depósito de estiércol. ¡No hay ningún otro cuerpo allí!

Petleigh se puso en pie.

—Es verdad, reverendo. No había otro cuerpo en el depósito de estiércol. Lo examinamos en busca de pruebas, se lo aseguro.

—Pero ¿está totalmente seguro de que no se les pasó nada por alto, Petleigh? —quiso saber Sprice-Hogg.

—Sí, señor. Es así, ¿verdad, sargento?

—Lo excavamos hasta los adoquines del suelo, señor —respondió Root.

—Entiendo. Está bien. —Sprice-Hogg parecía perdido y miró esperanzado a sus magistrados—. Bueno...

—¡Dios mío! —murmuró el jefe con los ojos muy abiertos. Se inclinó por encima de Petleigh para hablar conmigo—. ¡Eso es, maldita sea! Es Tracey, Barnett.

Tracey Childs. —Me agarró de la chaqueta con los ojos desorbitados y habló atropelladamente—. La señora Gillie dijo que había tres niños muertos. Pensé que se refería al bebé de Polly y a los gemelos de su hermana. Tres figuritas de paja. Pero ¿por qué iba a contarnos eso la señora Gillie? Llevo dándole vueltas todo este tiempo. Si eso era todo, ¿por qué no nos lo dijo abiertamente? ¡Pero era Tracey Childs! ¡Childs, Norman! ¡Child es «niño» en inglés! Tres niños muertos: el bebé de Polly, el hijo mortinato de Birdie, y Tracey Childs. Nos estaba hablando del asesinato de Tracey. ¡Eso era lo que quería que descubriéramos!

—¿Y por qué no nos lo dijo directamente? —le pregunté en un susurro.

—Porque le tenía miedo. —Se incorporó y miró a Petleigh—. Dijo que no diría nada más por si acaso le ocurría algo. Esa pobre anciana se pasó allí todo el invierno sola porque su yegua estaba débil y su gente se había marchado. Cualquier cosa que le dijéramos a Root se acabaría sabiendo. Debió de pensar que nos estaba diciendo lo justo para que empezásemos a hacer preguntas, pero no tanto como para que Godwin pensara que sabía lo del asesinato. Pero la pobre mujer se equivocó. Godwin debió de enterarse de que había hablado con nosotros y decidió callarla. Fue él, Petleigh. ¡Fue él!

—Pero ¿cómo lo sabía ella? —preguntó el inspector entre susurros.

—Quizá ocurrió en uno de los campos y ella lo vio. O a lo mejor se lo contó Willoughby.

—Pero no había ningún otro cuerpo en el depósito del estiércol, William.

El jefe frunció el ceño y se quedó mirándose las rodillas rechonchas. Apretó los puños, como hacía siempre que se concentraba para pensar. La enorme narizota se le puso morada por el esfuerzo cerebral.

Tasker había empezado a hablar, con determinación y un tono de nuevo amable:

—Bueno, creo que hay pruebas más que suficientes de que no podemos confiar en el testimonio de estos dos hombres. El señor Digger apenas sabe hablar, y mucho menos formular pensamientos. Creo que lo que ven aquí es en parte confusión y en parte monomanía delirante. Cualquier psiquiatra lo confirmaría. No es correcto seguir con esto, reverendo. No es justo para la familia ni es justo para el señor Digger.

El jefe negó con la cabeza.

—Algo no cuadra —murmuró para sus adentros—. Algo no cuadra. No cuadra.

Sprice-Hogg miró a los otros magistrados.

—¿Creen que hace falta escuchar de nuevo el testimonio de Godwin Ockwell, caballeros?

—Excavaron hasta el fondo —murmuró el jefe para sí con expresión concentrada—. Pero ¿qué es? Excavaron...

Rhodes negó con la cabeza.

—Creo que ya tenemos toda la historia —dijo Tasker cruzándose de brazos.

—Esperen —intervino el jefe poniéndose en pie. Se volvió hacia Root—. ¿Ha dicho que excavaron hasta los adoquines?

—Hasta el fondo, sí —confirmó el policía.

—Pero el suelo del granero es de tierra.

—Eso no lo sé —respondió Root—. Pero la base del depósito está adoquinada.

—Hay que levantar los adoquines —anunció el jefe.

—¡Santo Dios, no! —exclamó Godwin. Tenía el bombín ladeado y se le estaba acumulando un poco de saliva en el lado caído de la boca—. ¡Esto es acoso! ¡Ya han registrado el granero! Esos adoquines llevan años ahí. Es así, ¿verdad, Rosanna?

Rosanna miró a su hermano y tardó unos segundos en responder.

—Así es, señores —dijo—. Los puso mi padre.

—Señor Arrowood, por favor, mantenga la boca cerrada a no ser que se le pregunte —dijo Tasker lanzándonos una mirada rápida. Se ajustó después la corbata—. No estamos aquí para llevar a cabo la *vendetta* de su cliente, sea la que sea.

—Gracias, señor —dijo Godwin respirando con dificultad. Miró a la multitud como si fuese un buen tipo—. Esto no es un juicio, ¿verdad, reverendo?

—No es cierto —dijo una voz desde el otro extremo de la sala.

Era Edgar, de pie en la puerta que daba a la cocina. Sujetaba un trozo de cuerda atado al collar del dogo.

—Les entregué un cargamento de adoquines hace menos de cuatro meses.

Comenzó a extenderse un murmullo por la sala. Gritos y acusaciones. Sprice-Hogg golpeó con el mazo. Godwin negó con la cabeza, entre protestas, aunque no se le oía en medio de la multitud. Había hombres en los pasillos tratando de gritarles sus argumentos a los magistrados. Los reporteros garabateaban a toda prisa.

Cuando por fin logró un poco de silencio en la sala, Sprice-Hogg ordenó a Petleigh y al agente Young que acudieran directos a la granja para levantar los adoquines.

La multitud fue abandonando la sala lentamente, hablando todos a la vez y mirando a Willoughby y a Digger. Godwin se quedó mirándonos, después se dio la vuelta y siguió a su hermano y a su hermana.

CAPÍTULO 45

Llevamos a Digger y a Willoughby de vuelta a casa de Lewis, donde tomaron un poco de sopa y después se fueron arriba a dormir. Willoughby no había perdonado al jefe: no le habló ni le miró en todo el trayecto de vuelta, ni siquiera cuando este intentó hablar con él, y en el tren se aseguró de que yo estuviera entremedias. Arrowood intentaba mostrarse alegre, pero yo sabía que le disgustaba.

Era tarde cuando Ettie regresó de la misión; estaba cansada, preocupada por lo que le había sucedido a una joven que había acudido a ellas, furiosa con el casero al que se enfrentaban. A veces me olvidaba de que, mientras nosotros batallábamos durante todo el día en nuestro trabajo, ella hacía lo mismo en el suyo. Le hicieron falta dos tazas de té, olfatear el *brandy* y aflojarse el corsé para relajarse. Solo entonces el jefe le contó lo que había sucedido en la investigación. Ella escuchó con atención, pero no hizo sus habituales preguntas. Esa noche estaba demasiado cansada.

—Entonces ¿Sprice-Hogg se ha portado bien? —preguntó Lewis.

—La semana pasada le envié una nota elogiando su libro sobre las campanas de Kent y Surrey —explicó el jefe—. Sospecho que eso ayudó. Pero desde luego es un hombre distinto cuando no hay una botella encima de la mesa.

—Bueno, William —dijo Ettie poniéndose en pie—. Es hora de irnos a casa: nuestra primera noche de vuelta en Coin Street. Lewis, has sido muy amable. Te estoy enormemente agradecida por lo que has hecho.

—Echaré de menos teneros aquí —respondió Lewis—. Y gracias por arreglar esa ventana.

Me di cuenta de que Lewis lo decía en serio. Se sentiría solo cuando se marcharan. Yo había pensado mucho en su ofrecimiento de vivir con él a lo largo de los últimos días y deseaba decirle que sí, pero, si quedaba algo de la señora B en nuestra habitación, no quería abandonarla. O quizá lo que no quería era superar su muerte.

—Iré a buscarte un taxi, Ettie —le dijo el jefe a su hermana—. Norman y yo tenemos un trabajo más que hacer esta noche.

Pocas horas más tarde estábamos frente al asilo de pobres de Lambeth, en Renfrew Road. Era un lugar que yo conocía demasiado bien: mi madre y yo habíamos entrado y salido de ese sitio años atrás, cuando ella perdió su trabajo como ama de llaves. Fue un invierno largo y cruel, lleno de frío y hambre, y le prometí que haría cualquier cosa para no volver a verla en un asilo para pobres. Habíamos conseguido salir, desde luego, y no me gustaba mucho la idea de regresar. Era un lugar plagado de malos recuerdos.

Las oficinas del Sindicato de Ayuda a los Pobres estaban en el bloque de administración, un inmenso edificio de ladrillo que separaba los alojamientos de los hombres y de las mujeres. Había una exigua luz en el piso de arriba, en la habitación del portero, pero todas las demás ventanas estaban a oscuras. Nos acercamos con sigilo a la parte de atrás, donde hallamos la puerta que daba al comedor: saqué mi ganzúa y en cuestión de minutos ya habíamos entrado, pues la cerradura era tan pobre como aquellos a quienes daba servicio el edificio. Olía a huesos cocidos y a humedad, y oíamos bichos corretear por todas partes, mordisqueando las migajas alojadas en las rendijas y grietas de la estancia. El olor transportaba cosas en las que no había pensado desde hacía años: la sopa aguada con grasa flotando; la mujer del ojo rojo que intentaba robarme el pan; el viejo que me tocaba por debajo de la mesa mientras silbaba.

Recorrimos la estancia mugrienta, con las ratas correteando ante nosotros, hasta que llegamos a un pasillo en el que el jefe encendió su vela. Allí nos detuvimos y aguzamos el oído. Oímos el crujido de las tuberías de la calefacción, pero nada más. Ahora olía a cera y a lejía y las paredes estaban pintadas de gris. Pasamos por la capilla y por la sala de juntas, y al fin encontramos las oficinas de socorro. Volvimos a escuchar con atención. Los bichos; las tuberías; las campanas de St. Gabriel's dando la media. Encontramos una puerta con la inscripción *Tesorero*, otra con *Director médico*, después hallamos la que buscábamos: *Asesor*.

El jefe acercó la vela a la cerradura. Tardé unos minutos en encontrar el cierre y entonces entramos. Tres de las paredes estaban cubiertas de estanterías, llenas de libros de contabilidad. En mitad de la habitación había un amplio escritorio y otro más pequeño situado en un rincón. La otra pared estaba encalada y tenía la pintura levantada. Encendí también mi vela y nos pusimos a trabajar.

Pasados unos minutos, el jefe extrajo unos cuantos libros y los colocó sobre el escritorio. Se hurgaba la nariz mientras pasaba las páginas. Se tiró un pedo.

—Está bien —dijo cerrando el libro—. Estos son los pagos, pero no figuran los nombres. Necesitamos los archivos de los lunáticos pobres.

Se guardó la pila de libros en la bolsa de viaje que llevaba y se volvió de nuevo hacia las estanterías.

—Cree que puede ser que la mataran Digger y Willoughby, ¿verdad, señor? —le pregunté en un susurro.

—Ocultan algo, Barnett —me respondió—. Estoy seguro. Pero ahora tenemos que buscar.

Pasaron cinco minutos. Empezaron a oírse gritos en uno de los bloques de habitaciones, voces de hombre. Estuvieron así unos minutos y después se callaron. Fuimos sacando un libro detrás de otro. Hasta que lo encontré, un volumen grueso y negro etiquetado como *Registro de lunáticos*, y junto a él *Registro de imbéciles*.

El jefe abrió el registro de lunáticos sobre la mesa y pasó las páginas hasta llegar a *Personas facturables a la Parroquia de Lambeth en el psiquiátrico de Caterham*.

Pasado un minuto o dos, cerró el tomo, se lo guardó en la bolsa y abrió el *Registro de imbéciles*, donde no tardó en hallar las páginas de Caterham.

—Willoughby Krott, 1889.

Se veía el vaho de su aliento a la luz oscilante de la vela, hasta desaparecer en la oscuridad. Yo cambiaba el peso de un pie al otro sobre el suelo de madera, manteniendo las manos en las axilas. Encontró a Tracey y a

Birdie y luego guardó el libro en su bolsa. Después extrajo el libro marcado como *Extractos financieros, 1894-1895*, le echó un rápido vistazo y también se lo guardó.

Al cabo de unos minutos ya habíamos encontrado todo lo que necesitábamos. Abandonamos el despacho, regresamos con sigilo hasta el comedor y salimos a la calle oscura.

Eran más de las dos de la mañana cuando abrí mi puerta por primera vez desde hacía días. Me quité el abrigo, el sombrero y las botas y me metí directamente en la cama. Aunque había pasado unos días rodeado de otra gente, un profundo y doloroso sentimiento de soledad se apoderó de mí en cuanto noté el peso de las mantas frías sobre mi cuerpo. Acerqué el chal de la señora B y me lo llevé a la nariz. El aroma a lavanda se había disipado y supe que lo que pudiera quedar de ella por fin se había disuelto en el aire. Cada rincón, cada grieta y cada rendija estaban vacíos. Una corriente fría se colaba por debajo de la puerta y por los agujeros del marco de la ventana, metiéndose dentro de mí hasta helarme la sangre. Dormí a trompicones, sin llegar a sentirme cómodo. En las horas más oscuras antes del alba, decidí que era el momento de marcharse. Al día siguiente le diría a Lewis que aceptaba su ofrecimiento. No podía seguir viviendo así.

CAPÍTULO 46

A la mañana siguiente me reuní con el jefe en Coin Street, en sus antiguas habitaciones detrás de la panadería. Sus pertenencias estaban por todas partes, amontonadas o guardadas en cajas. Me senté con él mientras revisaba los libros, tomando notas en hojas sueltas de papel. La gota estaba dándole problemas y no paraba de mascullar y quejarse, se levantaba y volvía a sentarse, exigía agua caliente para los pies, después agua fría. Tomaba Varalettes efervescentes y láudano, y cada vez que oía un ruido en la panadería, se detenía, pensando que serían noticias sobre la búsqueda. Era como estar enjaulado con una gallina enfadada.

Llegó un telegrama de Petleigh justo cuando acababa de terminar de revisar los informes del Sindicato de Ayuda a los Pobres.

—Todavía están rompiendo los adoquines —me dijo—. Irá a casa de Lewis pasadas las seis.

—¿Por qué no viene aquí?

—El muy idiota se ha olvidado de que nos hemos mudado. No importa: Ettie tiene que recoger otra maleta y yo quería hablar otra vez con Digger y Willoughby.

—¿Qué vamos a hacer con ellos? —le pregunté.

No dijo nada mientras guardaba los libros y las notas en su bolsa. Aunque habían pasado seis meses desde el incendio, todavía se percibía el olor a humo en el saloncito, mezclado con el olor de los púdines que se horneaban en la parte delantera del edificio. El gato anaranjado apareció y se subió de un salto al sofá como si hubiera vivido allí toda la vida.

—Dime, Norman —me dijo al fin—. ¿Sentiste algo cuando se sentaron juntos durante la investigación?

—Sentí que tenían un secreto —respondí.

—Sí. Pero ¿por qué? ¿Por qué sentiste eso?

—Fue por la manera en que se miraron el uno al otro cuando Digger se abrió la camisa. Me produjo escalofríos.

—Yo también lo sentí —me dijo con un suspiro—. Pero luego, cuando se sentaron juntos, todo cambió. Percibí una sensación de paz. Significan mucho el uno para el otro. Me pregunto si esa será una de las razones por las que Willoughby deseaba regresar a ese infierno.

La cara del jefe adoptó una expresión tierna mientras hablaba, una mirada a la que ya me había acostumbrado.

—¿Ha sabido algo de Isabel? —le pregunté, imaginando que estaría pensando en eso.

—Su abogado murió hace dos días —respondió mientras abría una lata de galletas de nata—. Pobre hombre. Tan joven.

—¿No era eso lo que estaba esperando?

—¿Sabes? Cuando estaba vivo, siempre me cabía esa esperanza. Pero, ahora que ha sucedido, descubro que tengo miedo. —Mordió un par de galletas, contemplando el jarrón que su esposa había dejado atrás cuando huyó—.

Me da miedo que, ahora que es libre, decida igualmente no regresar. Entonces no me quedará esperanza.

—Deje que haga el duelo, William. Puede necesitar tiempo.

—Está casada conmigo —me dijo con una sonrisa—, y sin embargo es a otro a quien llora.

Negó vehementemente con la cabeza, como si tratara de librarse de sus pensamientos.

—Me avergüenza haber deseado su muerte, Norman —dijo al fin—. No sé lo que me pasó.

Nos reunimos con Harold en la cafetería de Willows a las dos. Fuera hacía frío y había humedad; dentro hacía calor y había mucho ruido.

—¿Tiene el dinero? —pregunté antes de empezar.

—Lo tendrá si la historia merece la pena —respondió el periodista. Llevaba manchas de hollín en su barba castaña bien cuidada—. Bueno, háblame de la estafa.

—Cuatro personas de esa granja son antiguos pacientes del psiquiátrico de Caterham —dijo el jefe—. Willoughby Krott; Thomas Digger; Polly Gotsaul, la esposa de Godwin; y Birdie Barclay, la esposa de Walter. Tracey Childs sería el quinto. El magistrado Henry Tasker lo organizó todo para que fueran a la granja. Es el presidente del Comité de Visitadores del psiquiátrico. Al principio pensé que tal vez tuvieran allí un psiquiátrico privado, pero lo consulté con la Comisión de Demencia y no aparece registrado.

Harold asintió mientras se encendía un cigarrillo.

—Los cinco figuran como lunáticos pobres en el Sindicato de Ayuda a los Pobres de Lambeth. Aquí está su *Registro de lunáticos*.

El jefe lo sacó de su bolsa y localizó la página. Lo señaló con el dedo.

—Gotsaul, Polly. Ingresada en 1890. Fíjate en la columna del alta. Está vacía. —Pasó las páginas hasta llegar a los lunáticos varones—. Y aquí. Digger, Thomas. Ingresado en 1889. Y tampoco aparece nada en la columna del alta. Este otro libro es el *Registro de imbéciles*. Verás que sucede lo mismo con Willoughby Krott, Tracey Childs y Birdie Barclay. Todos ellos tienen una fecha de ingreso en el psiquiátrico, pero no una fecha de alta. Bien, por cada pobre enviado a Caterham, el Sindicato paga cuatro chelines y seis peniques a la semana por su manutención. Hemos logrado obtener el registro de pagos al psiquiátrico de Caterham por parte del Sindicato de Ayuda a los Pobres de Lambeth durante los últimos años. —El jefe levantó la bolsa para mostrarle los libros de contabilidad.

—¿De dónde los has sacado? —le preguntó Harold mientras se ponía las gafas para echar un vistazo a la bolsa.

El jefe se tocó la nariz enrojecida y sacó un libro negro.

—En este libro figuran los pagos reales por cada lunático e imbécil pobre efectuados a Caterham durante los últimos quince años. Deja que te muestre por quiénes pagaron en noviembre y diciembre del año pasado.

Abrió el libro y lo situó sobre la mesa. Señaló con el dedo, sucio y arrugado, un nombre que figuraba en la parte superior de la página.

—Polly Gotsaul. Lleva viviendo en la granja por lo menos tres años y sin embargo figura en el libro. El Sindicato está pagando al psiquiátrico como si siguiera siendo una paciente.

El jefe fue pasando páginas y mostrándole los apellidos: Childs, Digger, Barclay, Krott.

—Los cinco vivían en la granja mientras el Sindicato pagaba a Caterham para su mantenimiento.

—Un error, William —respondió Harold sacándose el reloj del bolsillo—. Mira, tengo que volver a Catford para ver si han encontrado ese cuerpo. ¿Esto es todo?

—También hemos visto los archivos en el psiquiátrico de Caterham. Ninguno de esos cinco figura como dado de alta. Oficialmente siguen siendo pacientes del sanatorio.

—Dilo de una vez, William, por favor —le instó Harold mientras apagaba el cigarrillo—. Tengo que marcharme.

—Existe una conspiración entre al menos tres personas. El doctor Crenshaw, superintendente médico del psiquiátrico; Waller Proctor, asesor del Sindicato de Ayuda a los Pobres; y Henry Tasker. Proctor envía a lunáticos pobres a Caterham y es el responsable de proporcionar cada mes una lista al tesorero para efectuar los pagos. También es él quien confirma que esos pacientes están en el psiquiátrico. El siguiente paso sucede en Caterham. Crenshaw identifica allí a los lunáticos pobres sin familia o cuya familia quiere deshacerse de ellos, y, si puede, los traslada. Tasker es el que lo organiza. Ocupa el cargo perfecto para llevarlo a cabo, es presidente del Comité de Visitadores y, por lo tanto, responsable de confirmar números y listas de pacientes. También es granjero y tiene contactos con esa comunidad. Las granjas buscan trabajadores desesperadamente. Hay una gran escasez. Los salarios son demasiado bajos.

—Vaya, vaya —murmuró Harold, y en su rostro se fue dibujando una sonrisa.

—Crenshaw no los registra como dados de alta en el psiquiátrico, de modo que el Sindicato sigue pagando. Cada mes el psiquiátrico recibe dinero por pacientes que no están allí. Con un poco de habilidad en las cuentas, el excedente desaparece en los libros de contabilidad. Un buen contable podría entender cómo se hace. De esa forma, el dinero por los pacientes desaparecidos se reparte entre ellos tres.

Harold se encendió otro cigarrillo.

—¿Cómo sabías que era Proctor?

—Les sugirió al hermano de Willoughby y a los padres de Birdie que podría clasificar a Willoughby y a Birdie como lunáticos pobres si le pagaban un soborno de veinte libras. Ninguna de las dos familias era lo suficientemente pobre para poder optar a dicha clasificación, pero significaría que no tendrían que pagar al psiquiátrico las tarifas de los pacientes privados. Eso de por sí ya es fraudulento: consume un dinero que podría emplearse en ayudar a pobres de verdad. Pero además aumenta el número de supuestos pobres en Caterham que podrían subcontratarse después. Sospecho que les ofrecía ese trato a las familias de aquellos que pensaba que podían casarse con facilidad o ser utilizados como mano de obra. Pero, como hemos visto en el caso de Digger y Willoughby, dado que a esos trabajadores no los protege nadie, son víctimas de explotación.

—¿Cómo sabes que los otros dos están implicados?

—Crenshaw recibe los pagos. Tasker y Crenshaw son los responsables de firmar el ingreso y el alta de los pacientes cuando entran y cuando se van. Pero esto es lo que me convenció de que existía una conspiración: hace unas noches, Crenshaw nos descubrió en las oficinas del psiquiátrico examinando los informes, y sin embargo no lo denunció a la policía. Su cochero nos dijo que, a primera hora de la mañana siguiente, Crenshaw hizo un viaje inesperado, algo que nunca hace. Primero fue a la granja de Tasker y después al Sindicato de Ayuda a los Pobres de Lambeth.

—¿Cuánto dinero hay implicado? —preguntó Harold.

—Cinco personas a lo largo de un año hacen un total de cincuenta y ocho libras y diez chelines —respondió el jefe—. A lo largo de tres años son casi ciento ochenta libras, pero algunos de ellos llevaban más tiempo allí. Son cientos de libras. Una buena suma. Y, si Tasker lo está haciendo para esa granja, ¿qué probabilidades hay de que lo esté haciendo también en otras? Es una gran noticia, Harold. A la gente le encantan los escándalos en un psiquiátrico, pero este implica estafa a gran escala, un magistrado, el Sindicato de Ayuda a los Pobres. ¡Piensa en la indignación!

Harold se carcajeó. Se recostó en el banco y se cruzó de brazos. Volvió a reírse.

—Te daré estos libros con la condición de que no reveles tu fuente. Lo que hemos hecho para conseguirlos nos podría traer problemas. He escrito aquí todos los detalles que necesitas. —Le entregó un sobre amarillo—. Entrega los libros a la Comisión de Demencia esta tarde y publica el artículo mañana. Después ve a la policía solo para asegurarte de que los comisarios hacen su trabajo.

—De acuerdo.

—¿Tu editor promete dejar de denunciarnos?

—Así es.

—Entonces solo queda el asunto del dinero —intervine yo.

CAPÍTULO 47

—Hemos encontrado un cuerpo —dijo Petleigh al entrar en la sala aquella tarde. Eran cerca de las siete. Venía helado, con los labios azules y manchurrones de barro en sus valiosas botas y en sus pantalones perfectos. Saludó a Ettie con la cabeza y frunció el ceño: ella lo miró como si no estuviera—. Había un viejo depósito de estiércol bajo los adoquines, como usted pensaba, William. Hemos tardado casi un día entero en levantarlo. Es un joven, Tracey Childs, suponemos, bastante descompuesto. El forense de la policía cree que le aplastaron la tráquea. Han detenido a Godwin esta tarde cuando embarcaba en un vapor en Dover. Lo hemos acusado del asesinato.

—Gracias —dijo el jefe.

Ettie agarró la otra pipa de Lewis de la repisa de la chimenea, le metió un poco de tabaco y la encendió. El jefe la observó con asombro.

—¿Qué estás haciendo, hermana? Tú no fumas.

—Antes fumaba —respondió ella dejando escapar bocanadas de humo—. Necesito algo que me calme.

—¿Willoughby y Digger siguen aquí? —preguntó Petleigh.

—Están descansando arriba —respondió Lewis.

—¿Godwin será acusado de detención ilegal? —preguntó el jefe.

—No. Eran libres de marcharse. Solo Dios sabe por qué no lo hicieron.

—Eran maltratados, Petleigh. Mire lo que le hizo a Tracey. Imagino que al menos lo acusarán de maltrato.

—Eso dependerá de su testimonio, que cualquier buen abogado conseguiría desmontar. Sin embargo lo colgarán por el asesinato de Tracey. Creo que la prueba definitiva fue que nos dijera que había visto al chico zarpar en el barco. Mañana revisaremos los registros de la empresa de transporte: supongo que no figurará ningún billete vendido para Tracey Childs. Además, Godwin compró los adoquines en la misma época en que desapareció.

—¿Y qué pasa con Walter?

—No hay indicios de que estuviera implicado. Parece tan sorprendido como cualquiera.

—¿Y Rosanna?

—No hay indicios.

—Ella no sabía lo de los asesinatos —dijo el jefe—. Eso quedó claro por su reacción en la investigación.

—Es una bestia —intervino Ettie—. Disfrutó metiéndome la mano en el líquido esterilizador. Birdie le tenía mucho miedo, y solo Dios sabe lo que le habrá hecho a Polly. Ojalá pudieran arrestarla, inspector, es tan culpable de maltrato como Godwin. La violencia debe de venirles de familia.

—El inspector jefe ha decidido que no podemos presentar cargos por maltrato —explicó Petleigh—. Lo siento, Ettie. Es demasiado difícil garantizar una condena.

—Sabía que diría eso —dijo Ettie, revelando un rencor hacia Rosanna que no le había visto antes—. Se pasea por ahí como si fuera la mejor sierva de Dios, pero en realidad es como un tigre enjaulado. ¿Sabe algo de su pasado, inspector?

Petleigh ladeó la cabeza.

—Tuvo dos oportunidades de escapar de esa granja: el matrimonio y la formación en medicina, pero perdió ambas. No fue por su culpa, simplemente mala suerte. Pero no tiene bondad ni valor para poner la otra mejilla y permitir que la Providencia vuelva a golpearla. En lugar de eso, paga su decepción con esas dos mujeres porque no pueden defenderse. Debemos asegurarnos de que escapen de allí.

—Lo haremos, hermana —respondió el jefe—. La señorita Ainsworth no se detendrá esta vez.

Aún de pie, Petleigh aceptó el *brandy* que le ofreció Lewis y se encendió un puro. Cuando lo tuvo bien encendido, habló:

—Bueno, ahora estarán a salvo, y al menos Godwin recibirá su castigo. Hemos tardado, pero al final lo hemos conseguido.

—¿Lo hemos conseguido? —repitió el jefe.

Petleigh dio un trago al *brandy* y se acercó al fuego.

—Reconócele el mérito al inspector Petleigh, William —le reprendió Ettie con frialdad—. Ha trabajado mucho en este caso.

—Pero…

Le puse la mano en el brazo y lo detuve una vez más. Necesitábamos entonces a Petleigh y lo necesitaríamos en el futuro. Aunque no hubiera resuelto el caso, nos había ayudado.

—Desde luego que sí —dijo al fin el jefe—. Todos hemos trabajado. También Ettie y Neddy.

Las llamas de las lámparas de gas oscilaron cuando una ráfaga de viento agitó las ventanas. Ettie dejó la pipa en el cenicero y se llevó la mano a la boca.

—Lewis —dijo—, ¿puedo tomar otro *brandy*?

Él le acercó el decantador.

—Edgar nos contó cómo logró hacer hablar a Willoughby —dijo Petleigh—. Un gran truco, William.

—No fue ningún truco —respondió el jefe—. ¿Le apetece otra copa, inspector?

—Bueno, pero funcionó —dijo Petleigh.

—Ya es suficiente, Petleigh —le contestó el jefe.

—¿Qué hiciste? —le preguntó Ettie con desconfianza en la mirada.

—Nada.

—William, ¿qué hiciste?

—Nada. ¿Quién quiere otro *brandy*?

—¡Cómo te atreves a ocultarme cosas! —exclamó Ettie—. Arriesgué mi vida por este caso. Dígamelo, inspector.

El jefe se levantó de su silla con un quejido y se fue a la letrina. Para cuando regresó, Petleigh había descrito lo sucedido en el callejón de Mission Hall el día anterior.

—Es algo imperdonable —comentó Ettie—. Debió de pasar mucho miedo.

—Fue lo único que se me ocurrió —se defendió el jefe con sequedad—. No podía razonar con él, y Dios sabe que lo intenté. Las palabras no bastaban, tú misma lo viste. Tenía que hacérselo entender de algún modo, que lo entendiera en su corazón. Tenía que plantearle una situación terrorífica para que viera que nosotros lo protegeríamos. Y, si lo protegíamos del perro, esperaba que entendiera que también lo protegeríamos de Godwin.

—Planeabas matar a esa criatura inocente. —Ettie se terminó el *brandy* y dejó el vaso sobre la mesita auxiliar—. Es odioso, hermano.

—No lo planeé. Lo único que pretendía era asustar a Willoughby, pero, cuando vi su terror, sentí rabia. Una rabia que no había sentido nunca. Perdí el control. —Se terminó la copa con mano temblorosa. Habló más despacio—. Hay algo en mí que no funciona, hermana. Siempre ha sido así. Cuando veo miedo, cuando veo sufrimiento, siento rabia. Y confieso que, cuando disparé a ese perro, sentí tanto alivio como Willoughby. Pero no planeaba hacerlo. Algo dentro de mí tomó esa decisión.

—¿Te refieres a que no sabes lo que fue? —le preguntó Ettie—. Entonces deja que te lo diga. Fue tu deseo de castigar a Godwin. Y fue el instinto violento que tienes dentro.

—Eso es demasiado simple, Ettie.

—Admítelo, hermano. Puede que esté enterrado, puede que elijas ignorarlo, pero ese deseo de violencia está dentro de ti. Te conozco desde hace demasiado tiempo como para que lo niegues. Seguro que disfrutaste cuando apretaste el gatillo.

El jefe la miró con frialdad.

—Fue algo más que eso —dijo al fin—. Pero funcionó. Matar al perro simbolizó romper sus cadenas. Willoughby al fin lo entendió, quizá no mediante el intelecto, pero sí mediante las emociones. Y a veces,

Ettie, no queda más remedio que cometer un pequeño pecado para vengar uno mayor.

—Podrías haber intentado otra cosa.

—No sabía qué más hacer.

Los observé discutir, preguntándome aún cómo era capaz de ser tan cruel. El terror que le hicimos pasar al pobre Willoughby no fue mucho mejor que una tortura, y nunca sabría si había otra manera o no.

—Te comportas como si fueras Dios —le dijo ella—. Cuando no eres más que un hombre egoísta.

Aunque estaba enfadada con el jefe, miraba a Petleigh mientras hablaba, y supe que lo que decía iba dirigido a él. Petleigh también lo sabía, pues se ruborizó y apartó la mirada.

El jefe apretó los labios y suspiró.

—Lo sé, querida hermana. —Negó con la cabeza, con los ojos vidriosos como si estuviera mareado—. Sé lo que soy.

Nada más marcharse Petleigh, Willoughby y Digger bajaron por las escaleras.

—¿Han encontrado a Tracey? —me preguntó Willoughby cuando entraron en la sala. Se notaba el nerviosismo en sus ojos. No miró al jefe cuando habló—. ¿Lo han atrapado?

—Sí, lo han encontrado, Willoughby —respondió el jefe—. Godwin ha sido detenido por el asesinato.

—¿Ha sido detenido? —preguntó Willoughby, todavía mirándome a mí.

—Sí —le confirmé—. Está en la cárcel.

Digger dejó escapar un largo suspiro, con los hombros temblorosos. Agarró a Willoughby del brazo. Este bajó la mirada hasta la alfombra como si estuviera triste. No parecían saber qué hacer.

—Sentaos —les dijo el jefe.

No se movieron.

—Venid —les animó Ettie—. Tenemos que hablar de esto.

Los condujo hasta el sofá junto al fuego. El jefe sirvió a cada uno un vaso de *brandy* y se lo entregó.

—¿Cómo os sentís? —les preguntó.

Ninguno de los dos habló.

—Willoughby, ¿cómo te sientes? —insistió.

Ambos bebieron.

El jefe suspiró y me di cuenta entonces de que necesitaba que Willoughby lo perdonara antes de poder perdonarse a sí mismo. Abrió otra botella de una caja que había en el suelo y nos llenó las copas. Nuestros amigos bebieron de nuevo. Willoughby empezó a toser.

—Hacía tiempo que no tomabas *brandy*, ¿verdad, amigo? —le dije.

—Me gusta —respondió. Su rostro empezó a relajarse y el jefe les sirvió más a los dos.

—¿Estás seguro de que deberías darles tanto? —le preguntó Ettie—. No están acostumbrados.

El jefe la ignoró.

—Bebed, caballeros. Os merecéis algo bueno después de todo lo que habéis pasado. Disfrutad.

Willoughby dio un gran trago.

—Digger, por favor, bebe —le instó el jefe—. Quiero verte disfrutar.

Digger dio un sorbo. Tosió y también su ceño fruncido se relajó.

—Bebed más —les animó el jefe.

Bebieron de nuevo. Le sirvió otro trago a cada uno.

—William, se van a emborrachar —protestó Ettie. Con el *brandy* que había tomado, y ahora que Petleigh se había ido, regresaba el color a sus mejillas y el cansancio de su mirada se había esfumado. Desde que me diera la mano en el carruaje aquella noche, sentía algo aterrador que me invadía solo con verla, algo que alcanzaba solo lo mejor de mí. Pero entonces me miraba con esos ojos grises y yo volvía a sentir la vergüenza que sentí cuando apartó la mano de la mía.

—¿Por qué no habías hablado antes, Digger? —preguntó el jefe.

—Nn... n... noo... le... —tartamudeó Digger. Era doloroso verle intentarlo. Le costaba mucho esfuerzo, apretaba la mandíbula y los puños. Pero resultaba imposible entender las palabras.

—Lo siento —le dijo el jefe—. Veo lo difícil que es para ti. No debería habértelo preguntado.

—No le gusta —dijo Willoughby—. Se burlan de él. La gente. Le imitan.

El jefe sonrió a Willoughby, contento de ver que volvía a dirigirle la palabra. Digger dio otro trago. Volvió a toser.

—¿Por qué no te marchaste nunca, Willoughby? —le preguntó Ettie.

—Decía que me encontraría. —Se señaló la cara, con sus ojos mongoloides, la lengua demasiado gruesa—. Tengo esto. Me encontraría. Papá.

—¿Y tú, Digger? Podrías haber huido.

Willoughby estaba a punto de responder por él cuando Digger lo agarró del brazo.

—Amm... me... mi... —Se esforzaba por hacer que su voz sonara clara, y se le ponía la cara roja por el esfuerzo—. Ammee... ammi... mig... os.

—Amigos —dijo Willoughby—. Somos amigos.

Le pasó un brazo por los hombros a Digger.

Digger se terminó la copa. El jefe se acercó y les sirvió más *brandy* a los dos. Cuando se sentó, Ettie le arrebató la botella y se sirvió otro.

Lewis abrió la caja de los puros. Digger y Ettie negaron con la cabeza, pero Willoughby se mostró encantado de aceptar uno. Se movía con cierta torpeza por el *brandy*, como si estuviera medio dormido. Su cara pecosa lucía una extraña sonrisa. Cuando encendieron los puros, el jefe se inclinó hacia delante y le agarró la mano.

—No estoy orgulloso de lo que hice, mi querido amigo —le dijo—. ¿Podrás perdonarme? No veía otra manera de salvarte.

Willoughby tragó saliva; el puro ya se le había apagado en la mano. Se rascó el poco pelo rubio que tenía en la barbilla.

—Hombre malo, señor William —dijo arrastrando las palabras por el alcohol. Se recostó en la silla, apoyó la cabeza en el antimacasar y se fijó en el techo amarillento. Parecía estar en paz—. Ahora estamos a salvo.

Digger se puso en pie. Se agarró al brazo del sillón como si fuera a caerse y salió dando tumbos por la puerta. Oímos las botas que le había prestado Lewis subiendo por las escaleras.

—Willoughby ha estado ayudándome en la casa —comentó Lewis.

—Sí —confirmó Willoughby, y la sonrisa volvió a dibujarse en su hermoso rostro. La fila de raigones negros que tenía en la boca parecía aumentar su hermosura. El jefe volvió a encenderle el puro—. Me gusta. Enciendo el fuego, barro.

—Entonces ¿no ha venido Mary Ann, Lewis? —le pregunté.

Lewis negó con la cabeza.

—No desde que fui tan estúpido de pedirle la mano.

—¿Le has pedido que viniera?

—Neddy le llevó una nota. Pero no tuve respuesta.

—Oh, vaya —dijo el jefe—. Parece que tendremos que pedirle a Petleigh que vuelva a excavar el depósito de estiércol, Norman.

Nos reímos, también Willoughby, aunque no sé si había entendido la broma. El jefe le agarró la mano y se la apretó. Se inclinó hacia él y lo miró a los ojos, riéndose.

—Eres rápido, amigo —dijo dándole una palmadita en el hombro—. Lo has hecho bien. Muy bien.

—Feliz —respondió Willoughby. Dio una calada al puro y empezó a toser; se llevó el vaso a los labios, pero estaba vacío.

—Debías de tener mucho miedo a que te pillaran —le dijo el jefe—. Pero ahora estáis a salvo los dos. No se lo contaremos a nadie. Tienes mi palabra. Vuestro secreto está a salvo con nosotros.

—A salvo —repitió Willoughby. Sacó la lengua y se humedeció los labios cuarteados.

—Seguro que os daba miedo que esos perros ladraran. Digger estaba intentando decírmelo antes, pero no entendía lo que decía. ¿Ha dicho carretilla?

—Carretilla —confirmó Willoughby con un gesto afirmativo. Balanceaba ligeramente la cabeza por efecto del *brandy*. Su sonrisa había desaparecido y la tristeza hacía que le brillaran los ojos—. Estaba oscuro. Subimos la colina. Lo dijo Digger.

—Godwin debió de ponerse muy nervioso. ¿No sospechó de vosotros?

—Nos mandó a buscar. No la encontramos. —Alzó entonces la voz—. ¡No la encontramos, papá!

—¡Os mandó a buscarla! —gritó el jefe encantado—. ¡Y no sabía que habíais sido vosotros!

—Estaba enfadado.

—¿A quién se le ocurrió el plan, querido? —le preguntó el jefe mientras le acercaba de nuevo la cerilla—. ¿A ti?

—Lo dijo Digger.

—¿Se te ocurrió a ti el plan, Willoughby?

Willoughby negó con la cabeza.

—Plan de Digger. Él lo dijo.

—Debisteis de poneros muy tristes cuando encontrasteis su cuerpo.

—Tristes. —Tragó saliva y cerró los ojos un instante—. Está muerta. Mi amiga. Papá lo hizo.

—Has sido muy valiente, Willoughby. Mucho. Pero ¿a quién pensabas darle el diente?

—A Edgar —respondió Willoughby encogiéndose de hombros—. O al carnicero. Digger dijo que alguien vendría. O usted, señor William.

—Bueno, fue una suerte que Neddy estuviese allí. Dame el puro, antes de que se caiga la ceniza. —Dejó el puro de Willoughby en el cenicero—. Dime, ¿cómo supisteis que fue Godwin quien mató a Tracey?

—Lo metió en el depósito de estiércol. Pensaba que dormíamos. Pero le vimos. Excavó.

—¿Por qué lo hizo?

—Se escapó. Tracey. —Le temblaban los labios mientras hablaba—. Demasiado duro. Mucho trabajo. Se cansó. Un muchacho. Un muchacho, señor William. Diecisiete años. Mi amigo. Papá lo descubrió.

Se frotó los ojos y nos quedamos sentados en silencio

unos segundos. Después se levantó y se fue a la letrina dando tumbos.

—¿Y bien? —preguntó Ettie—. ¿Vas a decirnos de qué iba todo eso?

—Hubo un momento ante el tribunal de investigación en el que se miraron el uno al otro y se comunicaron algo —explicó el jefe—. Un secreto. Sentí de pronto miedo, Norman también. A los dos nos preocupó que realmente pudieran haberla matado ellos. Desde entonces he estado repasando los detalles, tratando de entender qué podía ser. Sabíamos que el cuerpo fue enterrado en el depósito. Sabíamos que el asesino regresó al campamento y escondió las flores rotas. ¿Por qué? Para eliminar los indicios de un forcejeo, para que la policía diese por hecho que la mujer había abandonado el campamento. Sí, eso tendría sentido. Pero, si el asesino se había tomado la molestia de trasladar el cuerpo colina arriba para esconderlo en el granero, ¿por qué entonces no escondió las flores rotas y al gato al mismo tiempo? Es posible que una de las dos cosas se le pasara por alto, pero no las dos. Y entonces se me ocurrió. ¿Y si la persona que enterró el cuerpo no fue la persona que la mató? ¿Y si el asesinato se cometió en un ataque de furia y después el asesino huyó? ¿Y si, después, cuando el asesino se tranquilizó, regresó al campamento para esconder el cuerpo y descubrió que ya no estaba? ¿Y si Willoughby y Digger descubrieron el cadáver? Al fin y al cabo, eran ellos quienes la visitaban con más frecuencia. ¿Y si la trasladaron colina arriba hasta el depósito del estiércol?

—Pero ¿por qué? —preguntó Ettie.

—Para llevar a Godwin ante la justicia. El plan se le ocurrió a Digger; es más listo de lo que da a entender por su manera de hablar. Debió de pensar que, si lograban conducir a la policía hasta el cuerpo enterrado en el estiércol, también encontrarían el cadáver de Tracey. Su único problema sería cómo alertar a la policía sin delatarse. Una manera de hacerlo sería enseñarles el diente a los hermanos Winter, pero habría sido arriesgado. Y fue entonces cuando tuvieron su único golpe de suerte. Llegasteis Neddy y tú, hermana.

—La suerte no existe, hermano. Fue cosa del Señor.

—¿Está seguro de que no la mataron ellos? —le pregunté—. Willoughby podría estar mintiendo.

—¿Qué es lo que quieres creer, Norman?

—Que fue Godwin.

—Pues créelo.

—La verdad no funciona así, William —le respondí.

—Así es precisamente como funciona. ¿Quién de nosotros conoce al otro a la perfección? Al final, debemos decidir en quién confiar.

—Vamos a ver si lo he entendido —intervino Lewis—. Tuviste la sensación de que Willoughby y Digger podrían haber asesinado a la señora Gillie. Ese fue el terror que sentiste, pero ¿decidiste ignorar tus emociones y verlo de un modo lógico?

—En resumen, así es.

—¿Como haría Sherlock Holmes? —preguntó Lewis.

Ettie se carcajeó.

—¡Igual que Holmes! —exclamó.

Cuando el jefe se dio cuenta de que estaba acorralado, frunció el ceño.

—Fueron mis emociones las que me alertaron de que había que pensarlo en profundidad. No es lo mismo.

—Oh, por favor, herm...

—No es lo mismo y no pienso seguir hablando del tema —zanjó.

Ettie y Lewis se sonrieron y nos quedamos sentados en silencio hasta que regresó Willoughby. Se quedó de pie en el umbral, observándonos.

—Sidney necesita a alguien para trabajar en sus establos —comenté—. Quizá te apetezca, Willoughby. Cuidar de sus caballos.

—Oh, sí, Norman. —Se frotó las manos callosas y una mirada de alegría iluminó su rostro—. Me encantan los establos, sí.

Puedo asegurar que uno se alegraba de ayudar a alguien así. Sentí una sonrisa que me salía del corazón.

—La señora Button está de acuerdo en que Digger se aloje con ella en la puerta de al lado —dijo Lewis.

—Oh, excelente —respondió el jefe—. Pero tendremos que buscarle trabajo.

—Willoughby se queda aquí, Norman —me dijo Lewis—. Se me había olvidado decírtelo. Ocupará la habitación de invitados y me ayudará en la casa.

—Ah —respondí—. Bien.

Traté de disimular mi decepción, pero debió de darse cuenta.

—Oh, Norman, lo siento —me dijo—. Como no me habías dicho nada, daba por hecho que habías decidido no...

—No, Lewis, soy yo quien debería disculparse. Iba a decirte que había decidido quedarme en el Borough. Con todo el lío del caso, se me olvidó.

—Bien, bien —respondió Lewis aliviado.

Di una calada al puro y traté de mantener la sonrisa. Era lo justo. Willoughby lo necesitaba más que yo.

—Serás feliz aquí, Willoughby —le dije, consciente de que Ettie me estaba mirando.

—Feliz aquí —repitió él—. Me gusta.

Se le cerraban los párpados y empezó a bostezar.

—Necesitas dormir —le dijo Ettie.

—Voy a ver a Digger —respondió—. Está durmiendo. Soñando con la señorita Birdie.

Le deseamos las buenas noches y se fue escaleras arriba.

—Están muy unidos —comentó el jefe.

—Han vivido juntos una auténtica guerra —observé.

—Lo que aún no entiendo —dijo Lewis mientras apagaba su puro— es que, aun estando a salvo aquí, aun con la policía y los magistrados escuchándole, Willoughby siguiera sin decir quién le había hecho daño.

—El cautiverio no es solo una cuestión de violencia —explicó el jefe—. A veces entra en juego el amor. Y a veces es más fácil si te libera otra persona.

—¿Y eso lo has aprendido de uno de tus libros? —preguntó Lewis.

El jefe negó con su enorme cabeza.

—No —respondió mirando a Ettie—. De mi padre.

A su hermana se le encendió la mirada al ponerse en pie.

—Es tarde, William. Tenemos que irnos a casa.

CAPÍTULO 48

Al día siguiente tomé el tren a Catford y caminé hasta la arboleda de árboles desnudos donde aún se hallaba el carromato de la señora Gillie. El sol brillaba con fuerza y el cielo lucía un doloroso color azul azotado por el viento gélido. Recogí sus utensilios de cocina y los apilé junto a la cama, después saqué su testamento del tarro negro para enviárselo a Ida Gillie. Cerré la puerta con candado y me volví para echar un último vistazo antes de marcharme. El carromato estaba precioso entre el marrón y el gris de los árboles de enero. Mientras lo miraba, creí oír su carcajada entre los árboles. En un inesperado ataque de rabia, agarré una piedra de la hoguera y la lancé con todas mis fuerzas contra el carromato. Rebotó en los listones de madera y cayó al suelo congelado. Después solo hubo silencio.

Harold cumplió con su palabra: *The Star* publicó la noticia de la conspiración en su segunda página. Por la tarde le envió una nota al jefe informándole de que la

Comisión de Demencia había accedido a investigar los pagos del Sindicato de Ayuda a los Pobres de Lambeth al psiquiátrico de Caterham, y que él le había proporcionado todos los detalles a la policía. Parecía que por fin el caso se había cerrado.

—Es una pena que no pudiera dar nuestros nombres —comentó el jefe mientras aceptaba un tazón de sopa de cordero que le trajo Rena. Aquella tarde estábamos en la cafetería de Willows. Había comprado cinco periódicos y estaban todos apilados junto a él—. Aun así, nos llevaremos el mérito por la detención de Godwin. A partir de ahora tendremos mejores casos, Norman, puedes estar seguro. Más dinero, trabajo constante. Y ese maldito Holmes se dará cuenta de que tiene un rival en Londres.

Dio varios sorbos a la sopa.

—¡Deliciosa, Rena! —exclamó. Hacía semanas que no lo veía de tan buen humor.

Sonreí. Estaba retrasando la lectura de las noticias judiciales, igual que un niño retrasa la mejor parte de la comida. Lo habían ignorado durante demasiado tiempo, pero ahora obtendría el reconocimiento que merecía. Tenía los ojos brillantes por la emoción y se le notaba el orgullo en la cara.

—¿Y bien? —le pregunté con una risotada—. ¿No va a ver qué es lo que dicen?

Pasó las páginas de *The Star* hasta llegar a la columna dedicada a la investigación de Mission Hall. Yo agarré *The Illustrated Police News* y no tardé en encontrar el artículo. Mencionaba que «uno de los testigos» había mostrado las cicatrices de Willoughby. Decía que Willoughby había culpado a Godwin. Aparecía una ilustración de Digger levantándose la camisa y enseñando sus heridas, pero no había mención a Arrowood por ninguna parte. Pasé a *The Daily Chronicle*. En el resumen del reportero figuraba el jefe una vez, como testigo.

Levanté la mirada y vi su rostro contraído mientras leía el artículo de *The Star*, cada vez más preocupado. Tenía la boca abierta como si fuera a vomitar.

—¡Maldito canalla! ¡No dice lo que hicimos, Barnett!

—Casi todo lo que hicimos fue en otra parte, señor —le respondí.

Furioso, arrugó el periódico.

Decían lo mismo en *The Telegraph* y en *The Standard*. Para cuando llegó a *The Daily Chronicle*, estaba casi llorando. Le agarré la mano para detenerlo y negué con la cabeza.

—Dicen lo mismo —le alerté.

Me miró con asombro y parpadeó deprisa.

—¿Qué? ¿Nada?

—Vamos a beber algo, señor —le dije ayudándole a levantarse antes de que le diera un ataque.

A lo largo de los siguientes meses, la Comisión de Demencia descubrió a ciento ochenta y siete lunáticos pobres que figuraban como pacientes en Caterham, pero que vivían en granjas de Surrey, Kent y Hampshire. La estafa se remontaba once años en el tiempo e implicaba el robo de más de veinticuatro mil libras del dinero del Sindicato de Ayuda a los Pobres. Una pequeña fortuna. Waller Proctor fue el primero en ser acusado. Se declaró arrepentido y aportó pruebas condenatorias contra Crenshaw y Tasker. No eran solo obreros y doncellas; había otras doce pacientes del psiquiátrico casadas con granjeros pobres. Resulta que no es difícil convencer a una familia con problemas de dinero para que acepte a una esposa con problemas mentales a cambio de una pequeña suma al mes y una doncella de por vida.

En abril, Godwin fue condenado por asesinato en Old Bailey. Para entonces, la granja de los Ockwell había sido vendida y Rosanna había emigrado a Canadá, donde tenía una prima. Después supimos que habían abierto un hogar para mujeres con problemas. Birdie y Walter se fueron a Brighton a vivir con Annabel Ainsworth. En cuestión de pocos meses, los Barclay se habían quedado con más de la mitad del dinero de la herencia de Birdie para pagar su casa, pero no importaba. Birdie era feliz ahora.

Ettie incluso le encontró plaza a Polly en el refugio, donde sus figuritas de paja seguían acompañándola dondequiera que iba. Trabajaba con las demás mujeres, que aceptaban su silencio. Ayudaba a algunas de ellas a cuidar de sus bebés y, poco a poco, con el tiempo, empezó a llorar con menos frecuencia.

Godwin Ockwell fue colgado en la prisión de Newgate el 11 de agosto. Debería haber sido un día solemne para nosotros, pero para entonces ya estábamos trabajando en otro caso, en un mundo mucho más horrible y espeluznante que la granja Ockwell.

NOTAS HISTÓRICAS Y FUENTES

Diagnósticos
A lo largo de la historia, muchos de los términos empleados para describir las enfermedades mentales y las discapacidades cognitivas han pasado a utilizarse habitualmente como insultos. En este libro he utilizado los términos oficiales y coloquiales de finales del periodo victoriano. Los calificativos oficiales incluían «idiota» e «imbécil» (para personas con discapacidades intelectuales, de aprendizaje y de desarrollo), y «demente» y «lunático» para aquellos con enfermedades mentales.

Los «idiotas» y los «imbéciles» se diferenciaban por la edad de inicio (se creía que los «idiotas» tenían la enfermedad de nacimiento, mientras que los «imbéciles» adquirían la discapacidad en algún momento de su vida) o por el grado de discapacidad (los «idiotas» tenían síntomas más severos de discapacidad que los «imbéciles»). Las discapacidades intelectuales también se denominaban «amencia». Lo que ahora llamamos síndrome de Down había sido recientemente identificado por John Langdon Down, del psiquiátrico de Earlswood. Down advirtió similitudes entre los rasgos faciales de las personas con esta enfermedad y los habitantes de las regiones de Mongolia, y lo denominó «idiocia de tipo mongoloide». Consideraba que las personas «sin inteligencia» eran con frecuencia un «retroceso» de la raza de sus padres a otra raza, y aseguraba poder identificar también en Earlswood a «idiotas e imbéciles» de las variedades etíope (a los que llamó «negros blancos»), malaya e indígena americana, nacidos todos de padres europeos blancos. El término «síndrome de Down» comenzó a utilizarse en los años 60.

«Monomanía» era un término habitualmente utilizado por los expertos en la segunda mitad del siglo XIX para describir un tipo de «demencia» en el que las funciones mentales y el comportamiento de la persona se veían afectados solo en un área, sin efecto en las demás. Eso la distinguía de la demencia y de la amencia, por ejemplo, en las que se creía que la mente se veía afectada en general. Existen algunas versiones de la monomanía que aún permanecen en la terminología actual, por ejemplo la piromanía (provocar incendios), la cleptomanía (robar), la ninfomanía (adicción al sexo) y la dipsomanía (alcoholismo). Según Esquirol, la «monomanía intelectual» afectaba a las creencias (delirios), a las convicciones y a las opiniones relacionadas con un tema en particular (p. ej.: la familia real, la religión, que te vigile la policía). La «monomanía afectiva/emocional o instintiva» se producía cuando la persona era considerada incapaz de controlar una emoción o un instinto (p. ej.: ninfomanía, impulsos suicidas, miedo intenso a la muerte, celos crónicos, rabia, orgullo). Dependiendo del plan de diagnóstico utilizado, la «monomanía emocional» también se denominaba «demencia moral», dado que afectaba al sentido moral de la persona y a su comportamiento.

El diagnóstico de salud mental fue objeto de debate durante ese periodo, y existían diferencias de opinión entre los expertos en cuanto a la terminología y a los planes de diagnóstico. Los sistemas de diagnóstico en Gran Bretaña estaban en desarrollo, inspirados por las ideas procedentes de Europa y Norteamérica. Como resultado, los expertos podían emplear palabras diferentes y no estar de acuerdo con los diagnósticos, sobre todo en casos judiciales. La mujer socialista y feminista de Clapham Junction a la que menciona Arrowood en el capítulo cuatro está basada en Edith Lanchester, a la que en 1895 diagnosticaron monomanía relacionada con el matrimonio. Este caso aparece descrito por Sarah Wise en su excelente libro *Inconvenient People*. He añadido el detalle sobre la menstruación, que iría en consonancia con las opiniones de muchos expertos de la época sobre la vulnerabilidad de las mujeres frente a las enfermedades mentales.

Psiquiátricos

A finales del periodo victoriano, los condados de Inglaterra estaban obligados a utilizar dinero público para construir y dirigir sanatorios psiquiátricos para personas con enfermedades mentales que no pudieran permitirse atención privada. Además de en los psiquiátricos públicos, había lunáticos pobres en los asilos para pobres, en las prisiones y en la comunidad. Los «lunáticos pobres» eran aquellos cuya familia no podía permitirse atención privada (la mayoría de la población) y a quienes las autoridades locales declaraban incapaces de trabajar debido a su enfermedad. Su manutención estaba financiada por la Asesoría de Socorro del Sindicato local de Ayuda a los Pobres, cuyas oficinas con frecuencia se hallaban en los asilos para pobres. Cada paciente pobre ingresado en un sanatorio psiquiátrico costaba al Sindicato tres veces más de lo que costaría en el asilo. Los pacientes privados eran tratados en psiquiátricos privados o públicos, o como pacientes individuales en sus casas. En Inglaterra la Ley de Demencia de 1890 exigía que un magistrado emitiera una orden para el ingreso en un psiquiátrico. Los pobres necesitaban la declaración de un médico y de un agente del Sindicato. Los pacientes privados necesitaban la declaración de dos médicos.

Los sanatorios psiquiátricos debían ser inspeccionados y regulados por la Comisión de Demencia, que contrataba a abogados y médicos como inspectores. Además, cada psiquiátrico contaba con su propio Comité de Visitadores para la supervisión. Solían ser hombres adinerados cuyo trabajo era inspeccionar y aprobar informes psiquiátricos y examinar las quejas. A lo largo del siglo XIX, el sistema psiquiátrico, los enfoques del tratamiento y la legislación fueron evolucionando y cambiando. Hubo grandes escándalos suscitados por maltratos y tratamientos inhumanos, sobre pacientes que eran retenidos innecesariamente y en contra de su voluntad por los pagos de los que iban acompañados, y personas que eran ingresadas por miembros de su familia que obtenían con ello ganancias económicas. Como describe Sarah Wise en su libro, hubo muchos casos y vistas judiciales en los que los «psiquiatras» expertos ofrecían opiniones encontradas sobre si una persona era demente o simplemente excéntrica, y algunos de esos juicios recibieron una amplia cobertura por parte de los periódicos.

Vin Mariani
Este popular vino tónico vendido en la década de 1890 era una mezcla de vino de Burdeos y cocaína.

Fuentes
Muchas gracias a la Colección de Periódicos de la Biblioteca Británica y al Archivo Metropolitano de Londres por permitirme el acceso a documentos históricos. También me he documentado en diferentes libros. A continuación figuran los principales.

Roy Brigden, *Victorian Farms*, The Crowood Press, 1986.
John C. Bucknill y Daniel Hack Tuke, *A Manual for Psychological Medicine*, Lindsay & Blakiston, 1874.
Kathryn Burtinshaw y John Burt, *Lunatics, Imbeciles and Idiots. A History of Insanity in Nineteenth Century Britain and Ireland*, Pen & Sword History, 2017.
John Langdon Down, *Observations on an Ethnic Classification of Idiots*, London Hospital Reports, 3, 259-262, 1866.
Jean-Etienne Esquirol, *Mental Maladies: Treatise on Insanity*, Lea and Blanchard, 1845.
Judith Flanders, *The Invention of Murder: How the Victorians Revelled in Death and Detection and Created Modern Crime*, HarperPress, 2011.
Francis Galton, *Essays in Eugenics*, Ostara Publications, 1909.
Ruth Goodman, *How to Be a Victorian*, Penguin, 2013.

Jack London, *The People of the Abyss*, Hesperus Press, 1903.

Henry Maudsley, *The Pathology of Mind: A Study of its Distempers, Deformities and Disorders*, Julian Friedmann Publishers, 1979.

Mark Stevens, *Life in the Victorian Asylum: the World of Nineteenth Century Mental Health Care*, Pen & Sword History, 2014.

Kate Summerscale, *The Suspicions of Mr Whicher or the Murder at Road Hill House*, Bloomsbury, 2008.

Barry Turner, *The Victorian Parson*, Amberley, 2015.

David Wright, *Down's: The History of a Disability*, Oxford University Press, 2011.

L. L. Whyte, *The Unconscious Before Freud*, Julian Friedmann Publishers, 1979.

Sarah Wise, *Inconvenient People: Lunacy, Liberty and Mad-Doctors in Victorian England*, Vintage, 2013

AGRADECIMIENTOS

Muchas gracias a mis amigos Vincent Wells, Karen Johnson y Lizzie Enfield por sus comentarios sinceros y útiles sobre los primeros borradores de este libro. Gracias también a mi agente, la siempre optimista Jo Unwin, y a mi editora, Sally Williamson, por su paciencia, su buen humor y sus consejos